Jenny Bünnig *Worüber wir nicht reden*

Jenny Bünnig

Worüber wir nicht reden

Roman

LangenMüller

Für euch

MIX
Papier aus verantwortungsvollen Quellen
FSC® C083411

Umschlaggestaltung: Wolfgang Heinzel
Satz: Ina Hesse
Gesetzt aus: 11,25/14,15 pt. Adobe Garamond/Optima
Druck und Binden: CPI books GmbH, Leck
Printed in Germany
ISBN 978-3-7844-3416-2

Auch als ebook

www.langen-mueller-verlag.de

DONNERSTAG

13:30 Uhr

»Warum gehen wir nicht rein?«

»Weil Papa Angst hat.«

»Wovor?«

»Vor Opa und Tante Patti.«

»Warum hast du Angst, Papa?«

»Ich hab keine Angst«, murmelte Daniel, kaum laut genug, dass seine Kinder ihn verstehen konnten.

Er hielt mit den Händen das Lenkrad des alten Volvo umfasst, obwohl der Motor nicht mehr lief, und sah nach draußen auf das kleine beigefarbene Haus mit dem ewig kaputten Gartenzwerg neben dem Eingang. Alles sah aus wie immer, obwohl nichts wie immer war.

Wo war Patti? War sie noch nicht da? Daniel sah ihr Auto nicht. Was für ein Auto fuhr sie überhaupt? Er konnte sich nicht erinnern.

Irgendwann musste er reingehen. Natürlich. Er konnte nicht ewig mit Janne und Jonathan im Wagen sitzen und das Haus seiner Eltern von der anderen Straßenseite aus ansehen. Jonathan würde vielleicht mit ihm warten. Janne nicht.

»Ich hab keine Angst«, wiederholte Daniel lauter, wollte sich zu Jonathan umwenden, der auf der Rückbank saß, doch der Anschnallgurt ließ es nicht zu.

Kräftig zog Daniel daran, einmal, zweimal, dreimal. Drehte sich. Zerrte. Versuchte, sich aus der Umklammerung zu befreien. Es wollte ihm nicht gelingen. Nicht einmal gegen einen dämlichen Anschnallgurt gewann er. Mit einem Seufzen ließ er sich in den

Sitz zurücksinken. Schweiß stand auf seiner Stirn. Dass er ständig so schwitzen musste.

»Ich wollte nur …«

»Was wolltest du?«, fragte Janne und drückte auf den Öffner des Anschnallers. Der Gurt sprang zurück. Daniel war befreit.

Er warf seiner Tochter einen dankbaren Blick zu.

Sie trug die Haare sehr kurz. Eigentlich hatte sie Wellen, leichte Locken. Zu erkennen war das nicht. Daniel hatte die Locken gemocht. Janne nie. Vielleicht hatte sie sich deshalb die Haare kurz schneiden lassen, vielleicht auch, damit man die Ohrringe besser sah, drei an jeder Seite. Die hatte sie sich heimlich stechen lassen. Zusanna war schrecklich wütend gewesen, Daniel nur froh, dass sich Janne nicht für einen Ring durch die Nase entschieden hatte.

»Danke.« Er lächelte sie an. Janne hatte die großen grünen Kopfhörer nicht abgesetzt, wie sie es oft tat. Nie wusste er, ob sie ihn hörte oder nicht.

Sie lächelte nicht zurück. »Was wolltest du?«

»Ich wollte nur einen Augenblick hier sitzen und …«

»Toll!« Sie verschränkte die Arme vor der Brust, drehte das Gesicht zum Seitenfenster. In der Spiegelung der Scheibe verdoppelten sich der zusammengepresste Mund, die schwarz umrandeten Augen, die steile Falte zwischen den Brauen. »Ich wollte sowieso nicht mitkommen.«

Daniel schluckte. Ja, Janne war ein Teenager. Ja, Teenager waren schwierig. Aber das war anders. Sie wusste es. Wusste sie es?

»Wohnt in Opas Garten ein gruseliger Monsterkürbis?«, fragte Jonathan.

»Woher haste das denn?« Ohne Anschnallgurt konnte sich Daniel zu seinem Sohn umdrehen und ihn ansehen.

Jonathan wippte mit dem Fuß, als würde er einem Takt folgen, den niemand sonst hörte, sein Oberkörper wackelte leicht hin und her. Lange Autofahrten fielen ihm schwer. Alles fiel ihm schwer, wenn er ruhig sitzen musste. »Janne hat gesagt, dass in Opas Garten ein gruseliger, monstermäßiger Riesenkürbis wohnt, der kleine Kinder frisst.«

»Vielen Dank auch.« Vorwurfsvoll blickte Daniel Janne an.

»Ich habe nicht gesagt, dass er kleine Kinder frisst. Nur kleine Jungs.«

»Das macht es besser.«

Janne zuckte gleichgültig die Schultern. Sie hatte so viel von Zusanna. Lag es daran?

»Stimmt das, Papa?«

Janne war kein schwieriges Kind gewesen. Ein Einsteigermodell. So hatte Zusanna sie genannt. Wenig Geschrei, kaum Tränen und ein wunderbares Lachen, bei dem man mitlachen musste. Schnell hatten Zusanna und er gewusst, dass sie ein zweites Baby wollten. Geklappt hatte es lange nicht. Aus verschiedenen Gründen. Erst zehn Jahre später war Jonathan gekommen, und alles, was mit Janne schön und einfach gewesen war, war plötzlich schwierig geworden. Wir wussten nicht, was für ein Glück wir hatten, hatte Zusanna mal gesagt. Das stimmte nicht. Daniel hatte es gewusst. Jeden Tag. Die ganze Zeit.

»Papa!«, sagte Jonathan ungeduldig. »Papa, Papa, Papa. Stimmt das?«

»Nein.« Daniel schüttelte den Kopf. »Natürlich nicht.« Er streckte die Hand nach hinten und fuhr seinem Sohn durch das unordentliche Haar. »Kinderfressende Kürbisse gibt's nicht.«

»Und welche, die riesengroß sind?«

»Die schon.«

»Aber es wohnt keiner in Omas und Opas Garten, oder?«

»Ich hoffe nicht«, gab Daniel zurück.

»Was?«

»Ich …«, setzte er an, wusste nicht, wie er den Satz beenden sollte.

Wind frischte auf. Im Auto spürten sie es nicht, aber Daniel sah es. Eine Böe bewegte die Blätter des großen, alten Baumes, der im Vorgarten stand, das Laub am Boden und die Schaukel, die an einem der Äste hing. Immer noch. Wie viel Spaß sie auf dieser Schaukel gehabt hatten. Früher. Sie hatten Wettbewerbe im Weitspringen veranstaltet, versucht, die Wolken mit ihren Schuhspitzen zu treffen wie Fußbälle und den Himmel mit ihren Händen zu erreichen. Es war ihnen nicht unwahrscheinlich vorgekommen. Unmöglich schon gar nicht.

Bei allem, was sie getan hatten, hatte meist Patti gewonnen, Daniel selten, Rafael nie.

Vor den Fenstern hingen dieselben Gardinen wie in Daniels Kindheit. Vielleicht stimmte das nicht. Vielleicht waren sie in der Zwischenzeit ausgetauscht worden. Trotzdem kam es ihm so vor. Weiß waren sie, gehäkelt, mit ein bisschen Spitze. Nicht blickdicht. Man hätte näher herantreten und hindurchsehen können, um zu erfahren, was im Haus vor sich ging.

War es nicht mit allem so?

»Papaaaa!«, riss Jonathan ihn aus den Gedanken.

Jonathan konnte sehr ungeduldig sein, das hatte was mit seinem Tempo zu tun, und manchmal klang er schon so vorwurfsvoll wie Janne immer. Daniel hatte gedacht, dass er für Vorwürfe noch Zeit hatte.

»Papa!«

»Was denn?«, fragte er zurück. Er rieb sich über die Augen. Ihm fehlte Schlaf, er hatte nicht viel bekommen in letzter Zeit. Stundenlang lag er im Bett, neben sich Zusanna, die ruhig und gleichmäßig atmete, als wäre Schlafen so einfach, als wäre Nebeneinanderliegen so einfach, als wäre alles so einfach. Daniel blieb die Nächte wach.

»Haben Oma und Opa einen Riesenkürbis im Garten?«

»Weiß ich nicht.«

»Natürlich weißt du das!«, fuhr Janne dazwischen.

»Was?«

»Deswegen sind wir hier.«

»Wir sind wegen einem Riesenkürbis hier?«, fragte Jonathan.

»Nein … Ja. Ich bin nicht sicher.«

Daniel musste an das Telefonat mit seinem Vater denken. Daran, was dieser gesagt hatte. Komisch hatte er geklungen. Daniels Vater klang immer komisch. Er konnte nicht gut telefonieren. Früher hatte Daniel nur mit seiner Mutter gesprochen und die Stimme seines Vaters im Hintergrund gehört. Seine Mutter hatte jedes Mal wiederholt, was sein Vater gesagt hatte, obwohl das nicht nötig gewesen wäre. Daniels Vater sprach von Natur aus laut.

Ja, es war um den Kürbis gegangen, beim Telefonat mit Winni letzte Woche. Aber Daniel hatte das Gefühl gehabt, dass sie nicht nur darüber gesprochen hatten.

»Das ist mir zu doof!« Janne warf ihm einen strafenden Blick zu, riss die Wagentür auf, sprang raus. Kühle Luft und das Heulen des Windes schwappten herein. Mit einem Knall schlug seine Tochter die Tür wieder zu, es war still.

Daniel sah ihr nach, wie sie mit zornigen Schritten in Richtung Haus ging. Er hätte heulen können.

»Wir sehen einen Riesenkürbis. Wir sehen einen Riesenkürbis«, sang Jonathan von der Rückbank und lachte. »Ist das nicht toll?«

»Ja.« Daniel schüttelte leicht den Kopf. »Das ist toll.«

»Können wir reingehen?« Von hinten trampelte Jonathan gegen Daniels Sitz, setzte dabei seine Mütze auf.

»Jonathan!« Daniel fasste nach hinten, versuchte, seinen Sohn am Treten zu hindern. »Willst du wirklich diese Mütze …?«

»Was?«

»Nichts. Gehen wir.«

Daniel blickte noch einmal zum Haus. Es kam ihm vor, als könnte er das Quietschen der Schaukel hören, die sich im Wind bewegte. Er konnte sich gut erinnern, wie Patti und er den Gartenzwerg beim Fußballspielen getroffen hatten. Seine Schwester hatte geschossen, von Daniel war der Ball abgeprallt, der Gartenzwerg zu Bruch gegangen, und alles hatten sie auf Rafael geschoben. Rausgekommen war das nie. Und niemand hatte die Figur repariert. So war seine Familie. Wie der kaputte Gartenzwerg. Niemand sagte was. Nichts wurde in Ordnung gebracht.

Daniel atmete tief ein, zwang sich, das Lenkrad loszulassen, rutschte vom Sitz, stieg aus. Es war frisch, der Wind kräftig.

»Zieh deine Jacke an«, sagte er zu Jonathan, der mit den Füßen voran von der Rückbank in eine kleine Pfütze sprang, dass Wasser an seinen Beinen nach oben spritzte. Daniel hielt seinem Sohn dessen Anorak entgegen.

Jonathan nahm ihn nicht. »Ich lauf ganz schnell.«

»Dann lauf ganz schnell.« Mit einem leisen Seufzen ließ Daniel den Arm sinken. »Ich komm gleich nach. Ich ruf eben Mama an«, fügte er hinzu.

»Um ihr zu sagen, dass du sie lieb hast?« Jonathan grinste.

»Genau.«

»Iiiihhhh«, rief er und rannte seiner Schwester nach.

Daniel blickte ihm hinterher und zog das Telefon aus der Tasche.

13:31 Uhr

Patrizia stand vor dem Waschbecken und starrte sich ins Gesicht. Neben ihr am Badezimmerschrank lehnten die Krücken. Sie hatte die Hände auf den Keramikrand gestützt, beugte sich vor und betrachtete das Bild, das ihr der schlierige Spiegel zurückwarf. Dreiundvierzig war sie. Wann war sie so alt geworden?

Sie trug die Haare wie immer. Hochgesteckt zu einem Knoten, der mittig auf ihrem Kopf saß. Nicht streng gebunden. Eher locker. Es hatte eine Zeit gegeben, da hatte die Frisur zu ihr gepasst. Sie hatte etwas Entschlossenes, vorwitzig, ernsthaft, aber nicht ernst. Sie hatte einer Frau gehört, die gespannt war, neugierig, die wusste, wer sie war, was sie wollte, wohin die Reise gehen würde. War Patrizia jemals diese Frau gewesen?

Lächerlich kamen ihr die Haare heute vor. Es fiel ihr schwer, sie jeden Morgen zu binden. Manchmal konnte sie die Arme kaum heben. Es waren dieselben Handgriffe, seit Jahren, sie wollten ihr nicht mehr gelingen. Immer war was falsch, und Patrizia tat es nur, weil ihr alles andere wie Aufgeben vorkam, als hätte sie es akzeptiert.

Wann war aus ihr diese Versagerin geworden?

Patrizia war am Morgen erst mit dem Zug und dann mit dem Bus gefahren. Leichter wäre es mit dem Taxi gewesen, weil sie auf den Krücken nicht gut laufen konnte, aber das konnte sie sich nicht leisten. Sie hatte kaum genug Geld für die Fahrkarten. Schon gar nicht, nachdem sie die dämlichen Schlittschuhe gekauft hatte. Was hatte sie da geritten?

Vielleicht hätte sie Busfahrerin werden sollen. Oder Zugbegleiterin. Oder das, was der fremde Mann machte, der mit dem schwarzen Aktenkoffer eingestiegen war und ihr die meiste Zeit gegenübergesessen hatte.

Patrizia hatte mit dem Bus fast dieselbe Strecke genommen wie früher, wenn sie von der Schule nach Hause gefahren war. Es hatte sich angefühlt, als würde sie mit jeder Haltestelle weiter in die Vergangenheit reisen. Alte Schanze, Koloniestraße, Sportpark, Barbarasee, Wedau Bahnhof, Worringer Weg, Bissingheim Dorfplatz.

Zum Studium war Patrizia weggezogen. Es war praktischer gewesen, sie hatte nicht bleiben wollen. In den Ferien und an Wochenenden hatte sie ihre Mutter besucht. Ihren Vater nur, weil er zufällig auch da gewesen war. Mit der Zeit war es weniger geworden, sie hatte viel zu tun gehabt. Patrizia konnte sich kaum erinnern, wann sie das letzte Mal hier gewesen war. Zu Weihnachten, sicher. Danach? Ostern? Irgendwann im Sommer?

Der Weg von der Haltestelle bis zu ihren Eltern war beschwerlich gewesen. Vorbei an den Eisenbahnerhäusern, in denen heute kaum noch Eisenbahner lebten. Bis auf ihren Vater vielleicht. Langsam war Patrizia vorangekommen, einige Male gestolpert, fast gefallen. Am Haus von Giesigs war sie vorbeigegangen, die hier nicht mehr wohnten, an der Einfahrt von Familie Paulsen, dem Ehepaar Itten, das vor einigen Jahren in ein Heim gezogen war. Lebten sie noch? Zumindest einer von beiden? Manchmal hatten Daniel und Patrizia bei Ittens zu Mittag gegessen, wenn sie aus der Schule gekommen waren. Einmal hatte Patrizia bei Herrn Itten gewartet, weil ihre Mutter sie vergessen hatte. Hin und wieder hatte Frau

Itten auf Rafael aufgepasst, und als diese Sache passiert war, waren Daniel und Patrizia oft bei Ittens gewesen, mehrere Tage.

Heute hatte ein arktikblaues, neu aussehendes Auto vor der Garage gestanden. Sicher ein junges Ehepaar, eine kleine Familie. Ob sie Kinder hatten? Was machten sie beruflich? Patrizia konnte nicht aufhören, über diese Dinge nachzudenken. Immer.

Sie drehte den Wasserhahn auf. In den Leitungen gluckste es, ehe ein dünner Strahl ins Waschbecken floss. Seit Jahren ging das so. Niemand kümmerte sich darum. Patrizia hielt die Handgelenke in den salzweißen Strom. Kühl war es, fast kalt. Die Haut prickelte. Luftblasen zerplatzten. Patrizia betrachtete ihre Finger mit den Ringen, die roten Fingernägel farblich passend zum Lippenstift. Alles dasselbe. Gefühlt seit Ewigkeiten. Sie hatte mal gedacht, dass das ihr ganz eigener Stil wäre.

Aus der Tasche, einem großen erdbraunen Lederbeutel, fischte Patrizia Tablettenstreifen, drückte zwei heraus, hielt sie in der Hand, sah sie an, schluckte sie herunter und spülte mit Wasser nach, in der Hoffnung, dass es damit besser gehen würde, dass sie aufhören würde, Angst zu haben. Gab es das? Gab es Medikamente dagegen, dass man sich vor dem Leben zu Tode fürchtete?

Die restlichen Tabletten schob Patrizia in ihre Hosentasche, betrachtete ihr Gesicht im Spiegel, die Haare, den Mund, die Falten um die Augen, auf der Stirn. Dann wandte sie sich ab, griff nicht nach den Krücken, machte einige humpelnde Schritte nach hinten und ließ sich auf den Toilettendeckel sinken.

Von unten hörte sie die Klingel, Türenschlagen, Lachen. Wahrscheinlich waren Daniel, Zusanna und die Kinder angekommen. Sie sollte nach unten gehen, sie alle begrüßen, sich freuen, dass sie einander wiedersahen. Wie lange war es her? Wie groß waren die beiden jetzt? Sie mochte ihre Nichte und ihren Neffen. Sie mochte ihren Bruder und seine Frau. Es war schön, sie zu treffen.

Patrizia blieb sitzen.

Sie hatte es nie besonders lange mit ihrem Vater ausgehalten, war immer zu ihrer Mutter geflüchtet. Das ging nicht mehr, und

Patrizia hatte lange wortlose Minuten mit ihrem Vater am Küchentisch gesessen, ehe sie sich auf den Weg ins Badezimmer gemacht hatte. Wie lange war sie hier? Fünf Minuten? Zehn? Länger?

Im Bad sah alles wie früher aus. Geblümte Tapete, lehmbraunes Waschbecken, beigefarbene Fliesen an den Wänden, dunklere auf dem Boden, Ohrenstäbchen in einer durchsichtigen Dose auf dem Regal, ein winziges Seifenstück in einer Schale neben dem Wasserhahn, vielleicht mal eine Muschel, vielleicht ein Fisch, ein weicher, plüschiger Überzug über dem Toilettensitz. Eine gehäkelte Hülle mit einigen losen Fäden hielt die Toilettenpapierrollen. Auf dem Fensterbrett standen kleine Porzellangänse in Eierschalenweiß mit abgeschlagenen Schnäbeln und Flügeln, die irgendwer irgendwann dorthin gestellt hatte, wahrscheinlich zu Ostern, wahrscheinlich ihre Mutter. Seda hatte einen seltsamen Hang zur Spießigkeit, die zu Patrizias Vater besser gepasst hätte.

Hier, unten, das ganze Haus, nichts hatte sich verändert. Dieselben dunklen Möbel, dieselben hässlichen Teppiche auf denselben hässlichen Kacheln, dieselben Vorhänge und Platzdeckchen und Sitzkissen auf den Stühlen. Patrizias Vater war älter geworden. Das war alles.

Patrizia blickte auf ihr Gipsbein. Dick war es und schwer und kreideweiß. Aber es tat nicht weh. Nicht auf die Art. Es war eine dumme Idee gewesen. Natürlich war es nicht egal, wie viel Zeit vergangen war. Natürlich konnte man nicht, was man früher konnte. Einfach so.

Manchmal konnte sie nicht mal atmen.

Draußen vor dem Fenster sah sie den Baum mit der Schaukel. Es war windig. Die Äste bogen sich, die Blätter rauschten, einige fielen zu Boden. Durch die Spalten des Fensterrahmens bahnten sich feine Streifen kühler Luft ihren Weg, bewegten leicht die halben Häkelgardinen. Von einem hellen Austerngrau war der Himmel. Ein Oktoberhimmel. Geschichtet wie Sahnedessert. Das Jahr war fast vorbei. Patrizia hatte sich vor diesem Monat gefürchtet. Warum? Es war nicht überraschend gewesen. Vor Wochen hatte sie es schon gewusst. So war es eben. Von Anfang an war ihr klar gewesen, worauf sie sich einlassen würde. An der Uni Karriere machen. Promovieren, sich habilitieren, immer arbeiten, immer gut sein, immer schlau, besser als alle anderen, das Ziel im Blick.

Und nun saß sie hier. Auf dem weichen Toilettenüberzug im Badezimmer ihrer Eltern. Mit einem Gipsbein. Hatte sie es wirklich gewusst? Schwachsinn! Nichts hatte sie gewusst. Gar nichts.

Patrizia angelte nach den Krücken, um nach unten zu gehen.

Unter mir schimmerte das Weiß. Es war nicht einfach weiß. An einigen Stellen ging es ins Bläuliche, an anderen schimmerte es graugrün, an wieder anderen hatte es einen Gelbstich, je nachdem, wie das Licht von der Decke darauffiel und in welchem Winkel ich es betrachtete. Von der Bande hatte es ausgesehen, als wäre es glatt. Erst als ich mit wackeligen Beinen in der Mitte stand, konnte ich erkennen, dass es Rillen hatte, feine und breite, runde, geschwungene und solche, die in einer Zacke endeten. Hier war das Eis pulverig aufgeworfen, dass es wie Schnee aussah.

Über der Bahn lag eine besondere Kälte. Ich hatte das Gefühl, sie als Glitzer in der Luft sehen zu können, unten dichter, fast funkelnd, oben beinahe unsichtbar. Rechts war der Ausgang, links das Rot der Umgrenzung, die sich um das Oval schloss, über mir das Schwarz der Decke.

Hier zu stehen, das hatte ich mir gewünscht. Wochenlang hatte ich meinen Eltern in den Ohren gelegen, endlich Eislaufen zu dürfen. Nicht einfach mit dem Schlitten oder den Schuhen über das Eis rutschen, wie wir es jeden Winter auf dem Blauen See taten. Ich wollte diese wunderbaren Drehungen machen, diese Sprünge, diese Figuren. Ich wollte über die Bahn sausen, entschlossen und elegant, wie ich es bei anderen gesehen hatte. Ich wollte diese schönen Kostüme tragen und mich im Takt der Musik bewegen und so glücklich lächeln.

Jetzt stand ich hier. Es fühlte sich nicht an, wie es ausgesehen hatte. Hart und rutschig war der Boden unter mir. Ich hatte Schwierigkeiten zu stehen, wagte es nicht, mich zu rühren, hatte Angst zu fallen. Damit meine Füße nicht auseinanderglitten und ich auf den Kufen das Gleichgewicht verlor, musste ich mich konzentrieren. Angestrengt blickte ich meine schönen weißen Schlittschuhe an, als könnte ich sie dadurch zwingen zu bleiben, wo sie waren.

»Was ist?«, fragte meine Mutter.

Sie hatte eine große Runde gedreht und kam nun zu mir in die Mitte. Rosa leuchteten ihre Wangen. Sie lächelte. Meine Mutter lächelte immer. Sie bewegte sich auf diese geschmeidige Art. Wie Schwimmen sah das Laufen auf dem Eis bei ihr aus.

»Ich kann nicht«, sagte ich, mehr brachte ich nicht heraus, weil ich die Luft anhielt. Zu groß war meine Angst, ich könnte fallen, wenn ich atmete.

»Du kannst was nicht?« Sie blieb vor mir stehen, als wäre das ganz selbstverständlich.

»Ich kann nicht laufen.«

»Wieso nicht?«

»Es ist so rutschig.«

»Das ist Eis, Schätzchen.«

»Weiß ich.« Ich verzog das Gesicht.

»Was hast du gedacht, wie es sein würde?«

»Anders«, sagte ich. Gemeinsam blickten wir auf meine Füße. »Ich dachte, ich könnte gleich ...« Mit der Hand machte ich eine ungenaue Bewegung, geriet aus der Balance, kippte zur Seite, wurde vor Schreck steif. Ich würde fallen! Auf den harten Boden! Mir wehtun! Mich verletzen! Meine Mutter griff nach mir, fasste meine Arme, hielt mich fest. Ich blieb stehen, fiel nicht.

Ich sah sie an, die Finger in die Ärmel ihrer Jacke gekrallt. »Warum kann ich das nicht?«

»Ich weiß es nicht, Schätzchen.«

»Andere können das auch. Bei denen sieht es so einfach aus. Warum krieg nur ich das nicht hin? Andere schaffen immer alles sofort.« Schon spürte ich das Brennen von Tränen, das Kratzen meiner Stimme im Hals. Ich hasste es zu weinen, aber ich hatte mir alles so schön vorgestellt. Und jetzt? »Ich dachte, es würde leichter sein.«

Meine Mutter schwieg, nickte. »Ist es nicht.«

»Es ist so hart und rutschig.«

»Ja.«

»Ich hab Angst hinzufallen und mir wehzutun.«

»Versteh ich gut.« Sie legte eine Hand auf meine Wange. »Hab ich auch.«

»Aber du fährst trotzdem.«

»Was wär die Alternative? Ich kann nicht die ganze Zeit in der Mitte stehen und nichts tun. Irgendwann bekomm ich Hunger.« Mit einem Grinsen tippte sie mir auf die Nasenspitze. »Und um am Rand zu sitzen und zuzusehen, macht es mir zu viel Spaß.«

»Wie schaffst du das?«

»Ich mache einen Schritt.«

»Und?«

»Mehr nicht.«

»Aber ...«

»Das mach ich jedes Mal.«

»Ich weiß nicht, wie«, sagte ich. Zurück kam der weinerliche Klang meiner Stimme und ärgerte mich. Ich wollte keine Heulsuse sein, keins von den Mädchen, die ständig flennten.

»Du musst den Fuß heben und nach vorne setzen und ...«

»Ich weiß, wie man einen Schritt macht!«, gab ich ärgerlich zurück. Meine Mutter machte sich lustig. Das half mir nicht.

»Wo ist dann das Problem?«

»Ich ...« Sie musterte mich, wartete. Ich wartete ebenfalls. »Hilfst du mir? Hältst du mich fest?«

»Ich halt dich immer fest, Schätzchen.«

Ich zögerte, blickte auf meine Schlittschuhe und das Weiß darunter. Wie sollte ich die Kufen vom Eis lösen? Ich würde umfallen. Sofort! Ich würde mir wehtun. Ich würde mir die Knie aufschlagen. Vielleicht sogar das Kinn. Die ganze nächste Woche würde ich mit einem Verband an den Beinen und einem Pflaster im Gesicht herumlaufen müssen. Schrecklich peinlich! Alle Kinder in der Schule würden mich auslachen. Gut, nicht alle Kinder. Letzten Monat war ein Klassenkamerad von mir, Sven, mit einem blauen Auge in den Unterricht gekommen. Niemand hatte gelacht. Patrick hatte was Doofes gesagt, Patrick sagte ständig was Doofes. Und als Maren beim Spielen hingefallen war und sich einen Zahn abgebrochen und furchtbar geweint hatte, hatten wir anderen sie getröstet.

Wehtun würde es trotzdem!

Ich dachte an meine Knie, meinen Hintern, an meine Handgelenke und meinen Kopf. Wahrscheinlich würde ich hinfallen. Wahrscheinlich würde es wehtun. Ich schob meinen Fuß nach vorne. Als die Kufe über das Eis glitt, hinterließ sie eine schmale Spur. Wackelig war es, rutschig. Ich fühlte mich unsicher. Meine Mutter hielt mich fest. Ich wartete. Wartete länger. Machte den nächsten Schritt. Vielleicht würde ich hinfallen. Vielleicht würde es wehtun. Geschmeidig und elegant fuhr meine Mutter rückwärts vor mir her. Ich folgte, stockend, zögerlich. Meine Finger presste ich um ihre Hände. Wir wurden schneller. Der frische Wind fuhr mir ins Gesicht. Das Gleiten ging ganz von selbst, ohne Kraft, und fühlte sich schön an.

Ja, vielleicht würde ich hinfallen. Vielleicht würde es wehtun.

13:35 Uhr

Daniel hatte Zusanna nicht erreicht. Zweimal hatte er es versucht, es lange klingeln lassen und schließlich aufgegeben. Er war seinen Kindern nachgegangen, am kaputten Gartenzwerg vorbei ins Haus.

Es roch nach Mittagessen. *Feijoada.* Schon an der Tür drang Daniel der würzige Duft nach Zwiebeln, Knoblauch und Pfeffer entgegen, wie so viele Male, wenn er von der Schule nach Hause gekommen war. Eintopf war das Einzige, was seine Mutter hatte kochen können. Sie hatte es von ihrer Mutter gelernt. Es war einfach und ging schnell. So oft hatte sie das Essen verbrennen lassen, weil irgendwas dazwischengekommen war, dass Daniel kaum wusste, wie es richtig schmeckte. Einmal war er mit Zusanna in einem brasilianischen Restaurant gewesen. Du bist so wenig brasilianisch, hatte sie gesagt. Du hast so wenig von deiner Mutter. Früher hatten Patti und er sich Essensbrasilianer genannt.

Feijoada completa hatten sie an diesem Abend bestellt, mit Reis und *Farofa*. Hatte seine Frau gewusst, dass sie Schweineohren und -füße gegessen hatten? Er hatte es ihr nicht gesagt. Zusanna hatte es geschmeckt, Daniel nicht.

Nachdem er seine Jacke an die Garderobe gehängt hatte, ging er dem Duft nach. Es roch nicht angebrannt. Janne und Jonathan waren bereits in der Küche. Er hörte ihre Stimmen, dazwischen die seines Vaters. Wo war Patti? War sie noch nicht da? Würde sie kommen?

Er musste mit ihr reden.

Einige Male hatte Daniel ihr auf die Mailbox gesprochen. Sie hatte nicht zurückgerufen.

»Dein Sohn is 'n Rock am Tragn«, war das Erste, was Winni sagte, als Daniel den Raum betrat, der sehr warm war. Kein Fenster war offen. Wahrscheinlich lief die Heizung.

Daniel sah zu Jonathan, der vor der Küchentür stand, die Hände zu beiden Seiten seiner Schläfen, und nach draußen spähte. Hatte er was gehört?

»Hallo«, erwiderte Daniel, ging zögerlich zu seinem Vater, der eine Schürze trug und seine orangefarbene, leuchtende Bahnfahrerwarnweste. In der Hand hielt er einen Kochlöffel. Seine Wangen waren rot und schwitzig. Das Schwitzen hatte Daniel definitiv von ihm.

War das ein blauer Fleck an seinem Auge?

Falten bestimmten Winnis Gesicht, teilten es ein, in kleine und große Partien, gerade und schräg. Über die Jahre waren die verschiedenen Ausdrücke in seinen Zügen stehen geblieben, bewegten sich kaum noch. Schon vor einer Weile hatte sein Bart die Farbe verloren, nun war ihm auch das letzte bisschen Grau abhandengekommen. Dicht und weiß und borstig lag er unter Winnis Nase, nicht mehr so ordentlich gestutzt wie früher.

»Ich freu mich auch, dich zu sehn.« Daniel umarmte seinen Vater, klopfte ihm den Rücken. Die Wange seines Vaters war ganz kurz an seiner.

»Dein Sohn trägt 'n Rock.«

»Ich weiß.«

»Er is 'n Junge.«

»Ich weiß.«

»Wie 'n Mädchen siehter damit aus. Jungs tun keine Röcke tragn.«

Anstatt zu antworten, richtete Daniel den Blick erneut auf Jonathan. Er hatte einen dunkelblauen *Cars*-Pullover an, Turnschuhe, die eigentlich blinken konnten, es aber nicht taten, eine schwarze Strumpfhose mit Schlammspritzern und einen geblümten Rock. Natürlich hatte Jonathan auch Hosen, er trug sie nicht gern. Keine einzige hatte er sich letztes Mal beim Einkaufen ausgesucht, sondern war in die Mädchenabteilung gelaufen, zu einem dunkelblauen Rock, der sich bauschte, wenn man sich drehte. Im Kindergarten hatte eine Erzieherin Daniel darauf angesprochen. Sie hatte ihn extra noch mal angerufen, abends, war besorgt gewesen. Ob Jonathan unglücklich sei, ob sie Daniel einen guten Kinderpsychologen empfehlen sollte. Er müsste dringend das Gespräch mit seinem Sohn suchen. Daniel verstand nicht. Wo war das Problem? Sollte er seinen Sohn zwingen, Hosen anzuziehen? Zwei Wochen lang war ein Junge in einem Piratenkostüm in den Kindergarten gegangen, und ein Mädchen trug partout keine Schuhe. Dazu hatte niemand was gesagt.

»Und wat soll die Mütze?«, fragte sein Vater.

»Er mag sie.«

»Dat is ’n Einhorn. Dat kannste nich machn. Deinen Sohn ’ne Einhornmütze tragn lassn. Dat kommt davon, weiße?«

»Was meinst du?«

»Arbeitn muss ’n Mann. Et is nich richtig, datte deine Frau dat Geld verdien lässt. Männersache is dat.«

Daniel schwieg und spürte, wie Schweißperlen seinen Rücken hinabliefen. Elendig heiß war es. Er wusste, wie sein Vater war. Es war besser, nichts zu sagen.

»Wat für ’n Mann soll aus ihm werdn, wenner ’ne alberne Einhornmütze trägt? Lächerlich sieht dat aus!«

»Im Gegensatz zu deiner Warnweste?«, fragte eine Stimme von der Tür aus.

Daniel drehte sich um. Im Kücheneingang stand Patti, gestützt auf zwei Krücken, den Mund leicht verzogen, nach links oben. Immer etwas spöttisch. Warum hatte sie Krücken?

»Tante Patti!«, rief Jonathan und stürmte auf Daniels Schwester los, warf sich ihr in die Arme und sie beinahe um. Janne stand ebenfalls von ihrem Platz am Tisch auf und ging zu ihr, wurde von Patti umständlich, aber innig gedrückt, während die am Türrahmen das Gleichgewicht hielt.

Patti lachte. Sie sah aus wie immer. Und irgendwie nicht.

Sie trug die Haare zusammen, ihren roten Lippenstift, eine dunkle Bluse mit kleinen weißen Punkten, eine schwarze Stoffhose, einen Schuh links, dazu den Gips rechts. Ein weißes Ungetüm von der Mitte ihres Fußes über das Fußgelenk bis hinauf zum Knie, die Zehen guckten raus. Das war anders. Der Gips. Natürlich. Doch daran lag es nicht, dass sie anders aussah.

»Warum hast du Krücken?«, wollte Jonathan wissen.

Patti ging leicht in die Knie, beugte sich so weit wie möglich nach unten, um Jonathan ins Gesicht zu sehen. So machte Daniels Schwester es, wenn sie mit seinen Kindern sprach. Sie war die Erste gewesen, die Janne und Jonathan nach der Geburt im Arm gehalten hatte. Noch vor Seda und Winni. Davon gab es Fotos. Sie gehörten zu Daniels Lieblingsbildern.

»Ich bin gefallen«, sagte Patti.

»Tut es weh?« Jonathan streckte die Hand nach dem Gips aus.

»Nur manchmal. Du hast eine schöne Mütze.« Mit den Fingerspitzen zupfte sie am weichen, rosafarbenen Stoffhorn, das auf Jonathans Stirn thronte.

»Das ist ein Einhorn.«

»Hab ich mir gedacht.«

»Magst du Einhörner?«

»Ich liebe sie.«

»Ich auch.« Jonathan lächelte breit.

»Wusstest du, dass Einhörner die edelsten aller Fabeltiere sind und für das Gute stehen? Es gibt Darstellungen von ihnen in der christlichen Kunst, die aus dem 12. Jahrhundert stammen. Ganz schön alt, oder?«

»Hm«, machte Jonathan unbeeindruckt. »Ein Mann hat mal einem Babystier ein Horn von der Seite weggenommen und es auf die Stirn gesetzt. Es ist drangewachsen, und er sah aus wie ein Einhornstier.«

»Das wusste ich nicht.«

»Ich weiß alles über Einhörner.«

»Sieht so aus.«

»Gib nicht so an!«, knurrte Janne, die ihre Kopfhörer abgenommen hatte. Sie baumelten ihr nun um den Hals. »Du weißt nicht alles über Einhörner.«

»Wohl. Weiß ich wohl.«

»Red keinen Scheiß!«

»Papa! Janne hat Scheiß gesagt.«

»Du jetzt auch.«

»Du aber zuerst.«

»Und?« Janne zuckte die Schultern.

Zögerlich kam Daniel näher. Er musste an den Tag denken, als die Sache mit Rafael passiert war. Irgendwie kam ihm ständig dieser Tag in den Kopf, wenn er seine Schwester sah. War das immer so gewesen? Schon früher? Oder erst jetzt? Ging es ihr genauso?

Es war einer der schönsten Tage gewesen. Und der schlimmste.

»Hallo«, sagte Daniel, machte einen weiteren Schritt auf Patti zu, umarmte sie unbeholfen. Sie fühlte sich dünner an, vielleicht war er auch dicker. »Schön, dich zu sehen.«

Sie nickte.

»Ich hab ein paarmal versucht, dich anzurufen.«

»Ich hatte viel zu tun.«

Was sollte er sagen? Gab es irgendwas, das Daniel sie fragen oder ihr erzählen konnte? Ihm fiel nichts ein. Warum fiel ihm nichts ein? Patti war seine Schwester, sie waren mal unzertrennlich gewesen. Nicht so unzertrennlich, wie er gedacht hatte. Aber trotzdem. Es war so unendlich weit weg.

»Sagst du mir noch, woher du das blaue Auge hast?« Mit einer der Krücken deutete Patti auf ihren Vater.

»Is kein blaues Auge.«

»Natürlich ist das eins.«

»Ich werd wohl besser wissn, ob dat 'n blaues Auge is oder nich. Dafür brauch ich …«

»Es riecht nach *Feijoada*«, unterbrach Daniel ihn, sah zum Herd und dann Winni an.

»Dat liegt wohl daran, dat ich *Feijoada* am Kochn bin.«

»Was ist Fädschoada?«

»Ein brasilianischer Eintopf«, erklärte Daniel an Jonathan und Janne gewandt.

»Seit wann kannst du *Feijoada* kochen?« Auf ihre Krücken gestützt, humpelte Patti in Richtung Küchentisch. Als sie einen Stuhl erreicht hatte, ließ sie sich fallen und lehnte die Gehhilfen neben sich. »Seit wann kannst du überhaupt *irgendwas* kochen?« Sie gab ein spöttisches Geräusch von sich.

Seine Schwester konnte unglaublich spöttisch sein, schon als Kind. Daniel hasste das.

»Auf jeden Fall riecht es sehr lecker.«

»Ich hab nicht gesagt, dass es das nicht tut. Ich hab nur …«

»Machst du sie mit Schweine- oder Rindfleisch?«

»Ich tu sie mit gar keim Fleisch machn.« Winni rieb sich die Hände an der Schürze ab, hatte den Kochlöffel zur Seite gelegt.

»Hah!«, machte Patti.

»Wieso nicht?«

»Ich ess kein Fleisch.«

»*Du* isst kein Fleisch?« Patti verzog das Gesicht auf eine Art, wie nur sie es konnte. Hochgezogene Augenbrauen, gerümpfte Nase, spitze Lippen. Man fühlte sich am Ende wie der letzte Idiot. Oft war es Daniel so gegangen. Auch heute noch.

»Seit wann isst du kein Fleisch?«, fragte er.

»Tu ich eben nich.«

»Janne isst auch kein Fleisch«, sagte Jonathan. »Sie ist Vegetarier.«

»Vegetarier*in*«, verbesserte Janne, die auf der anderen Seite des Küchentischs Platz genommen hatte, die Kopfhörer wieder aufgesetzt.

»Warum ham die jungn Leute heute ständig diese Dinger auffe Ohrn?« Daniels Vater schüttelte den Kopf. »Schäbbig find ich dat. Is doch keine Art. Du musst den Leutn doch ordentlich zuhörn.«

»So wie du?«

»Können wir dir irgendwie helfen?« Daniel versuchte zu lächeln. Es wollte ihm nicht gelingen. Warum war kein einziges Fenster auf? Er würde an der warmen Luft noch ersticken.

»Nein.«

»Sollen wir schon mal den Tisch decken?«

»Wenn's euch Spaß macht.«

»Das ist so typisch!« Genervt stöhne Patti auf.

»Wat?«

»Warum kannst du nicht einfach sagen: Ja, danke für die Hilfe. Ist das so schwer?«

»Wenn ich doch keine Hilfe brauchn tu.«

»Brauchst du ja nie. Alles schaffst du allein. So ein Schwachsinn! Ich hab keine Ahnung, warum ich hier bin.«

»Wegen dem Riesenkürbis«, erwiderte Jonathan und blickte erst

Patti ernst an, dann Daniel. »Oder, Papa? Janne sagt, wir sind wegen dem Riesenkürbis hier.«

»Ich dachte, das wär ein Scherz!« Aus ihrem Knoten hatte sich eine Strähne gelöst, die sich Patti nun aus dem Gesicht strich.

Früher, als Kind, als Jugendliche, hatte sie die Haare offen getragen. Eigentlich hatte sie Wellen, ein bisschen wie Janne. Seit Patti zum Studium weggezogen war, kannte Daniel sie nur mit diesem Knoten auf dem Kopf. Ein bisschen wie ein Knopf, den man drücken musste. Ein Buzzer. Wie beim *Familienduell.* Was gefiel seiner Schwester daran? Wie eine alte, verbitterte Gouvernante wirkte sie damit. Diese Frisur hatte nie zu ihr gepasst.

»Ich dachte, wir sollten kommen, weil …« Als Patti ihm einen Blick zuwarf, nickte Daniel langsam.

»Dachte ich irgendwie auch …«

Enttäuschung erschien auf Jonathans Gesicht. »Dann gibt es keinen Riesenkürbis?«

»Natürlich tuts den gebn!«, antwortete Daniels Vater. »Und et is nich nur irgendein Riesnkürbis. Sondern der größte Riesnkürbis vonne Welt.«

»Von der *ganzen* Welt?«, staunte Jonathan.

Patti verdrehte die Augen.

»So isset.«

»Und wo? Wo ist er?« Aufgeregt hüpfte Jonathan auf der Stelle, dass das Horn auf seiner Mütze vor- und zurückschwang.

Um diese Begeisterung, die aus dem Nichts kommen konnte, beneidete Daniel seinen Sohn. War das eins von den vielen Dingen, die einem verloren gingen, wenn man erwachsen wurde? War er als Kind auch so gewesen? Rafael schon.

»Im Garten.«

»Im Garten, im Garten, im Garten!« Jonathan lief zur Küchentür, hielt inne, als er sie erreicht hatte, spähte nach draußen und runzelte die Stirn. »Frisst der Kinder?« Er drehte sich zu seinem Opa.

»Nur die bösn.«

Einen Moment schien Jonathan zu überlegen. Das Einhorn rutschte ihm in die Stirn, die Tierohren klappten nach vorne. Mit Schwung warf er den Kopf zurück. »Im Garten ist der weltgrößte Riesenkürbis. Im Garten ist der weltgrößte Riesenkürbis«, sang er. »Kann ich ihn sehen, Opa? Kann ich ihn sehen?« Mit dem Zeigefinger klopfte er gegen das Glas der Tür.

»Wenne willst.«

»Will ich. Will ich. Will ich.«

Winni trat auf ihn zu, drückte die Klinke nach unten. »Dann kannste gleich deiner Omma Hallo sagn.«

»Oma ist im Garten?«

Draußen trieb der Wind graue Wolken über den Himmel. Leise klatschten die letzten verbliebenen Blätter eines Baumes, der neben dem Haus stand, gegen die Fenster. Es sah nach Regen aus.

»Aber es ist kalt und windig«, sagte Daniel.

»Du kannst Mama nicht bei dem Wetter nach draußen setzen«, fügte Patti hinzu.

»Ich tu sie nich bei dem Wetter nach draußn setzn. Sie wills so. Den Kürbis willse sehn.«

»Sicher …«

»Du musst mir nich sagn, wat gut für meine Frau is.«

»Offenbar doch!«

»Du hast kein Recht …«

»Ich hab kein *Recht?* Ich hab alles Recht der Welt. Ich bin ihre Tochter.«

»Und mehr nich!«

»*Mehr nicht?* Willst du mich verarschen?«

»Dat fällt dir imma nur ein, wenn's dir innen Kram passt.«

»Wie bitte?«

»Papa?«, flüsterte Jonathan, der sich von der Gartentür abgewandt hatte und einige Schritte auf Daniel zugekommen war. »Tante Patti hat verarschen gesagt.«

»Ich weiß.« Liebevoll tätschelte Daniel dem Einhorn die Stirn, blickte von seiner Schwester zu seinem Vater, wieder zurück.

Irgendwas musste er tun. Musste was sagen. Den Streit schlichten. Wie? Am liebsten hätte er sich die Ohren zugehalten, wie als Kind, wenn Rafael einen seiner Anfälle bekommen hatte. Mit den Händen auf den Ohren hatte sich Daniel auf den Boden gehockt, hinter die Tür oder den Tisch, manchmal unter sein Bett, bis sich sein Bruder beruhigt hatte. Daniel hatte den Lärm nicht ertragen können, nicht die Tränen und Rafaels Gesichtsausdruck, nicht seine Mutter, wie sie ihn an sich gezogen und hin- und hergewiegt hatte, bis die Krämpfe und das Weinen nachgelassen hatten. Wie ein Schmerz hatte sich die Zeit dazwischen angefühlt, als würde sie niemals zu Ende gehen. Als Kind war ihm das so vorgekommen. Jetzt fühlte sich Daniel auch manchmal so.

»Wollen wir uns den Kürbis ansehen?«, fragte Daniel in die Wut hinein, die zwischen Patti und seinem Vater hin- und hersprang. In vielem waren sich die beiden so ähnlich, wie zwei Stiere, die aufeinander zurannten. Keiner von beiden würde zurückweichen. »Wollt ihr Oma Hallo sagen?« Er wandte sich an Jonathan und Janne, streckte die Hände nach ihnen aus.

»Will ich.« Janne stand von ihrem Platz am Tisch auf.

Einen kurzen Moment hoffte er, es wäre wie früher und seine Tochter würde seine Hand nehmen. Es hatte ihm Sicherheit gegeben, ihr Sicherheit geben zu können. Stundenlang waren sie so gelaufen, als Janne klein gewesen war, nebeneinander, ihre kleinen Finger in seinen großen.

Es war nicht mehr früher. Sie ging an ihm vorbei, ohne ihn zu berühren.

Jonathan dagegen ergriff Daniels Hand, hielt sie fest. »Warum streiten Opa und Tante Patti?«

»Haben sie schon immer getan.«

»Und worüber?«

Den Arm um Jonathans Schultern legend, zog Daniel seinen Sohn an sich. Gemeinsam traten sie hinter Janne durch die Tür in den Garten und in die frische Oktoberluft, während zornige Stimmen sie nach draußen begleiteten. Als er Jonathan einen Kuss auf die Stirn drücken wollte, traf er das Einhorn. »Ich glaub, das wissen sie selbst nicht.«

13:52 Uhr

Gegen das Fenster in der Küche drückte sich die warme Heizungsluft. Patrizia hatte das Gefühl, als könnte sie die Kälte draußen sehen. Der Himmel hatte sich verändert. Von ihrem Platz am Tisch wirkte er nicht länger dick und sahnig und schwerfällig. Er hatte die Farbe von Edelstahl, die dunklen anthrazitfarbenen Wolken waren in Bewegung, glitten über die Wipfel der Bäume und die Dächer der Häuser hinweg. Der Wind löste sie auf und schob sie zu neuen Formen zusammen, zog sie in die Länge, stauchte und ballte sie.

Nicht zu fassen! Bei diesem Wetter saß ihre Mutter im Garten. Wahrscheinlich frierend und zitternd. Kälte hatte sie nie gut ausgehalten. Ständig hatte sie die Heizung aufgedreht, selbst im Sommer. Da war sie wie Patrizia.

Winfried musste den Verstand verloren haben!

Und dann so eine dämliche Ausrede. Als wollte ihre Mutter draußen sitzen, um den Kürbis zu sehen. Irgendeinen dämlichen Kürbis. So ein Unsinn! Glaubte Patrizias Vater das wirklich?

Wenn Daniel dasselbe gedacht hatte, schien es ihn nicht wütend zu machen. Natürlich nicht. Daniel wurde nie wütend. Schon als Kind nicht. Manchmal fand Patrizia das unerträglich. Manchmal fand sie *ihn* unerträglich!

»Du hast kein Recht …«, sagte Winfried.

»Ich hab kein *Recht?* Ich hab alles Recht der Welt. Ich bin ihre Tochter.« Patrizia verschränkte die Arme vor der Brust und schob die Hände unter die Achselhöhlen.

Eine neue Angewohnheit. Nicht das Verschränken. Damit hatte sie begonnen, als sie zum ersten Mal Klausuraufsicht gehabt hatte. Sie war studentische Hilfskraft gewesen und hatte professionell wirken wollen, Autorität vermitteln, die sie nicht hatte, weil sie nicht älter gewesen war als die Leute, die vor ihr gesessen und heimlich versucht hatten, bei ihren Nachbarn abzuschreiben. Es hatte eine Grenze zwischen ihnen und ihr ziehen sollen. Es hatte zeigen sollen, dass sie sich sicher war.

Jetzt war das anders.

Patrizia ertappte sich dabei, dass sie die Arme verschränkte, um sich selbst festzuhalten.

»Und mehr nich!«

»*Mehr nicht?* Willst du mich verarschen?«

»Dat fällt dir imma nur ein, wenn's dir innen Kram passt.«

»Wie bitte?«

Das war so typisch!

Nie hatte Winfried Fehler zugeben können. Nie hatte er irgendwas verstanden. Er war sein ganzes Leben lang Lokführer gewesen. Woher sollte er wissen, wie es war, nächtelang an einem Projekt zu arbeiten, selbst Sommerwochenenden am Schreibtisch zu verbringen, im Büro zu schlafen? Weil es einen nicht losließ. Weil man nicht anders konnte. Ihren Urlaub hatte Patrizia im Germanischen Nationalmuseum in Nürnberg, in der Sächsischen Landesbibliothek, der British Library verbracht, in den Museen in New York, Madrid, Paris, St. Petersburg, Amsterdam. Vielleicht hätte sie sich das alles sparen sollen. Vielleicht hätte sie eine Ausbildung machen sollen. Bei *Aldi* an der Kasse. Damit hätte ihr Vater was anfangen können. Er hatte keine Ahnung, wie es war, zu lieben, was man tat. Er hatte keine Ahnung, wie es war, nicht länger als sechs Monate planen zu können, zwölf, wenn man Glück hatte.

Nichts wusste er! Gar nichts!

Bei der Unterschrift unter ihren ersten Viermonatsvertrag war sich Patrizia vollkommen frei vorgekommen. Als müsste sie sich nicht festlegen. Als wäre sie an nichts gebunden. Als stünde ihr alles offen. Andere planten für die nächsten Jahre, sie würde im Herbst vielleicht in Oxford sein, in Athen oder Amerika. War das nicht Freiheit?

Schon lange fühlte es sich wie das Gegenteil an.

»So was muss ich mir nicht sagen lassen. Nicht von dir!« Aus dem Augenwinkel sah Patrizia, wie Daniel mit den Kindern die Küche verließ und nach draußen in den Garten ging.

Natürlich! Auch das war typisch. Am liebsten nichts hören und nichts sehen. Wenn es schwierig wurde, verdrückte sich ihr kleiner Bruder. Da war er wie ihr Vater. Machte sich aus dem Staub und ließ andere mit der Scheiße zurück.

»Als hätteste dir je wat sagn lassn!«

»Als hättest du mir je was zu sagen gehabt.«

Mit den Händen auf der Tischkante drückte sich Patrizia hoch, griff nach ihren Krücken. Ohne Winfried anzusehen, humpelte sie um den Stuhl und auf die Gartentür zu. Ihr Blick fiel auf die Kommode aus dunklem Holz, links daneben unter dem Fenster, auf die Fotos, die dort aufgereiht waren. Hier stand das Hochzeitsfoto ihrer Eltern, leicht bräunlich, leicht beige, eingefasst in einen kohleschwarzen Holzrahmen. Sie kannte es. Natürlich. Hatte sie es sich jemals angesehen? Ihre Mutter trug ein Kleid, hielt einen Blumenstrauß in den Händen. Welche Farben waren es gewesen? Das Beigebraun der Fotografie hatte sie verschluckt. Patrizias Eltern hatten sich vor einem Brunnen aufgestellt. Was war das für ein Brunnen? Wo? Sehr dicht standen sie beieinander. Hatte Patrizias Vater den Arm um ihre Mutter gelegt? Er trug einen Anzug. Patrizia hatte ihn nie in einem Anzug gesehen. Nur das eine Mal. Ob es derselbe Anzug war? Konnte man denselben Anzug zu einer Hochzeit tragen und zu einer Beerdigung?

Patrizias Blick glitt weiter, zu den anderen Fotos. Schnappschüsse, in schwarz-weiß, in Farbe, vom Strand, aus dem Garten, Kinderbilder, sehr alte und weniger alte, kleine und große, von Daniel und ihr und von Rafael. Sie blieb stehen, streckte die Hand nach einer der Aufnahmen aus, auf der sie zu dritt zu sehen waren, in Badesachen auf dem Rasen, wollte sie berühren, entschied sich um, zog die Finger zurück.

»Macht es dich nicht traurig, die Bilder jeden Tag zu sehen?« Weil ihre Stimme so seltsam klang, räusperte sie sich. Es half nicht.

Hatte Winfried sie nicht gehört? Hatte er sie nicht hören wollen? Ohne eine Antwort trat er neben sie, gemeinsam betrachteten sie die Fotografien. Eine Familie reduziert auf Momente, das Leben stillgestellt in Augenblicken. Was lag zwischen ihnen? War das wichtig? War es nicht das Wichtigste?

»Wat wär anders, wenn ich se wegräum? Besser macht dat auch nix.«

Langsam nickte Patrizia. »Ich geh nach draußen.«

Ihr Vater nickte ebenfalls.

Das Erste, was Patrizia sah, als sie durch die Küchentür in den Garten trat, war der Sonnenschirm, der einige Schritte von ihr entfernt in der Nähe der Garage aufgespannt war. Im frischen Wind bauschte sich sein gelb-weißer Stoff, die Blätter raschelten und rauschten, die Ränder flatterten hektisch. Das Geflecht aus Stangen wurde von Böen bewegt, drehte sich im Kreis und gab ein helles, heiseres Quietschen von sich. Patrizia kannte den Schirm. Jeden Sommer hatte er im Garten gestanden und sie an ein Eis am Stiel erinnert. Wenn die Sonne sehr scharf und grell gewesen war, hatte sie an Zitrone und Banane denken müssen. War das Licht sanfter und goldener gewesen, hatten die Streifen wie Vanille- und Mangoeis ausgesehen.

Heute war der Schirm schmutzig und verdreckt, die Sonne nirgendwo zu sehen.

Patrizias Mutter und Rafael hatten den Garten geliebt. Stunden hatten sie mit dem Pflanzen und Pflegen und Stutzen von Blumen verbringen können. Es war eines der wenigen Dinge, bei denen Patrizias Bruder zur Ruhe gekommen war. Die Arbeit mit den Händen, die warme, weiche Erde hatten ihm gutgetan. Mit unvorstellbarer Konzentration hatte er kleine Würmer und Käfer beobachten können, hatte eine eigene kleine Gießkanne gehabt und ein schmales Beet mit Kräutern, für die er verantwortlich gewesen war. In einem Sommer, dem letzten, hatten sie Salat gegessen, den er gezogen hatte. So stolz war er gewesen.

Als Patrizia sich nun umsah, hatte der Garten nicht viel Ähnlichkeit mit dem Garten von früher. Die Wiese war verwildert, viele Stellen vertrocknet, niemand hatte sich gekümmert. Aus dem Teich in der hinteren Ecke, in dem sie als Kinder geangelt hatten, obwohl keine Fische darin geschwommen waren, war ein sumpfiges Schlammloch geworden. Auf der glatten, schmierigen Oberfläche spiegelten sich die vorüberziehenden Wolken. Das Dach der kleinen Laube hatte dem Wind nichts entgegenzusetzen. Patrizia hatte sich hier früher oft versteckt, um Daniel zu erschrecken. Er war so ein leichtes Opfer gewesen. Damals hatte es überall Blumen und Sträucher und Hecken gegeben. Heute gab es nur ein einziges Beet, und in diesem saß groß und herrschaftlich, geschützt vom Sonnenschirm, ein heller, blasser Riesenkürbis.

Er war rund und prall und größer als ein aufblasbares Planschbecken. Die Oberfläche war fest, aber unförmig, die Rillen und Knubbel ungleichmäßig. Der Stängel erinnerte sie an ein knochiges, krummes Kinderbein. Überhaupt hatte der Kürbis für Patrizia große Ähnlichkeit mit einem dicken Jungen, der sich in den Garten ihrer Eltern gehockt hatte. Schön sah anders aus.

»Ach, du Scheiße!«

»Tante Patti hat Scheiße gesagt«, rief Jonathan, der an ihr vorbeilief und dann auf einem Fuß weiter in Richtung Kürbis hüpfte.

»Geht's?« Fragend verzog Daniel das Gesicht.

Auf dem nassen, rutschigen Gras kam Patrizia mit den Krücken noch langsamer voran. Als sie eine abwehrende Handbewegung machen wollte, geriet sie aus dem Gleichgewicht, sah sich schon mit dem Gesicht voran in die Matsche fallen. Das hätte gepasst! Im letzten Moment konnte sie sich fangen, blieb stehen, musste durchatmen. Ihr Herz klopfte, ihre Arme und Beine zitterten. Das kannte sie nicht von sich. Ständig hatte sie jetzt Angst, noch mal hinzufallen. Hatte sogar Angst, einen weiteren Schritt zu machen.

»Geht's?« Daniel war neben sie getreten.

»Ja, ja.« Unwillig schüttelte Patrizia den Kopf, setzte konzentriert die Krücken vor sich, folgte ihnen. Stück für Stück.

Patrizias Mutter saß neben dem Kürbis, auf einem Stuhl unter dem Sonnenschirm, eingewickelt in dicke Wolldecken, bis hinauf unters Kinn. Neben ihr hockte Janne und sprach mit ihr, doch Patrizia konnte nicht hören, was sie sagte. Ihre Mutter hatte nur Augen für das Riesengewächs.

Dünn sah sie aus, blass, die Wangen eingefallen. Vor allem ihre Stirn und die Haut um die Augen hatten Ähnlichkeit mit knittrigem Papier. Obwohl sie über 70 war, war ihr Haar dick und dunkel. Wenige weiße und graue Strähnen durchwirkten das Rußschwarz wie glänzende Fäden einen Teppich. Früher waren ihre Hände niemals zur Ruhe gekommen, sie hatte mit ihnen geredet, gestritten, gelacht. Mit einer zärtlichen Entschlossenheit hatte sie andere an sich gezogen, hatte Rafael den Schmerz und die Aufregung und die Angst aus dem Rücken gestrichen. Jetzt lagen Sedas Hände matt zusammengefaltet in ihrem Schoß, die Fingernägel, die früher so oft bunt lackiert gewesen waren, hatten keine Farbe.

»Hallo, Mama«, sagte sie leise, als sie neben den Stuhl trat. Jede Silbe klebte an ihren Lippen. Warum fiel es ihr so schwer zu sprechen?

Ihre Mutter ließ nicht erkennen, ob sie Patrizia gehört hatte, sondern blickte weiter auf den hässlichen Kürbis.

Was sollte sie tun? Was sollte sie sagen? Patrizia hatte große Angst, was falsch zu machen, dass alles falsch sein konnte. Zu Weihnachten hatte ihre Mutter sie Giovanna genannt. Es war unmöglich gewesen, sie vom Gegenteil zu überzeugen. Patrizia war ihrer Mutter den Rest der Feiertage aus dem Weg gegangen und früher abgereist. Sie hatte keine Ahnung, wer Giovanna war.

Hier, schnell, hatte Patrizias Mutter gesagt, wenn sie mit dem Auto an einer Tankstelle gestanden hatten und Patrizias Vater zum Bezahlen reingegangen war. Dann hatte sie *Smarties* verteilt. Für jeden zwei. Gemeinsam hatten sie sich die Linsen in den Mund gestopft. Und wenn ihr Vater zurückgekommen war, hatten sie so getan, als wäre nichts gewesen. Heimlich schmeckten *Smarties* am besten.

Patrizia stellte die Krücken umständlich zur Seite, zögerte, beugte sich nach unten und berührte mit einer Hand unbeholfen die Schulter ihrer Mutter, die sich dünn und zerbrechlich unter dem dicken Wollstoff anfühlte. Die Berührung ließ ihre Mutter zusammenzucken. Sie hob den Kopf, sah sich um, zu Patrizia nach oben.

»Hallo.«

»Ich bin's … Patrizia.« Es war kalt hier draußen, der Wind so scharf, dass er Patrizia Tränen in die Augen trieb. Sie hätte sich wirklich eine Jacke mitnehmen sollen. Verdammt! Warum hatte sie nicht daran gedacht?

»Hallo.«

»Seda«, drang Winfrieds Stimme in ihren Rücken. »Seda, dat is Patti.« Er trat neben sie. In seiner Kleidung hing noch der Duft nach *Feijoada*, Patrizia roch es deutlich.

»Patti …«

Patrizia hielt die Luft an. Würde ihre Mutter sie wieder nicht erkennen? Würde sie ihr wieder einen anderen Namen geben? War sie aus den Gedanken und Erinnerungen ihrer Mutter endgültig verschwunden? Natürlich traf ihre Mutter keine Schuld. Sie tat es nicht absichtlich. Es lag am Alter, an der Demenz. Aber das machte es nicht besser. Nichts machte das besser.

Patrizia schluckte.

Sollte sie die Hand zurückziehen? Vielleicht war es ihrer Mutter unangenehm, von ihr berührt zu werden. Von einer Fremden. Warum hatte sie vergessen, sich eine Jacke anzuziehen? Musste es so verflucht kalt sein?

Früher war ihre Mutter oft morgens zu ihr ins Bett geklettert. Noch vor der Schule. Sie hatten nebeneinandergelegen, manchmal auf dem Rücken, manchmal auf der Seite, dass ihre Nasen sich beinahe berührt hatten. Über alles und nichts hatten sie geredet, leise, als dürfte sie niemand hören, als hätten sie Geheimnisse, die nur füreinander bestimmt gewesen waren. Diese Zeit hatte ihnen allein gehört.

»Freuste dich, Patti zu sehn?« Patrizias Vater stellte sich neben den Stuhl seiner Frau. »Unsre Tochter«, fügte er hinzu, als müsste er das erklären. Wahrscheinlich musste er das. Offensichtlich. Es klang seltsam aus seinem Mund.

»Patti.« Endlich lächelte Patrizias Mutter, streckte die Hände nach oben, griff Patrizias Finger. »Patti! Patti.« Sie wollte Patrizia an sich ziehen, war jedoch zu schwach, sich aus dem Stuhl zu heben. Patrizia konnte sich mit dem Gipsbein nicht weit genug nach unten beugen. Ihre Köpfe stießen aneinander. Patrizias Mutter küsste sie auf die Wangen, links und rechts, mit den Händen Patrizias umschlossen, so fest, als wären diese die Reling eines Schiffes und sie hätte Angst, über Bord zu gehen. So fest, dass es wehtat.

»Patti«, sagte Seda immer wieder. »Patti.«

»Daniel is auch da, Seda. Siehste?« Als sie sich von Patrizia gelöst hatte, wies Winfried auf Daniel. Er kam näher und weinte. Natürlich! Daniel weinte immer. Mit dem Ärmel seines Hemdes wischte er sich über die Augen, schniefte in den Stoff. »Die Kinder sind auch mit. Janne. Und Jonathan.« Janne, die neben dem Stuhl im Gras hockte, lächelte, während Jonathan die Erwachsenen nicht beachtete, sondern um den Kürbis hüpfte, als würde er einen Tanz aufführen.

Bei jedem Namen folgte Sedas Blick Winfrieds Finger. Sie nickte und lächelte. Am Ende kehrten ihre Augen zu Patrizia zurück.

»Sie sind alle da.«

»Alle sind da«, wiederholte Patrizias Mutter die Worte. Verstand sie, was das bedeutete? Sie sah schlecht aus. Warum sah sie so schlecht aus?

»Sie erinnert sich nicht an uns«, sagte Patrizia leise, wusste nicht, ob es eine Frage oder eine Feststellung sein sollte, wusste nicht einmal, für wen die Worte bestimmt waren. Vielleicht für niemanden.

Ihr Vater sah sie an. »Meistens doch.«

»Du hast wirklich einen Riesenkürbis in deinem Garten, Papa«, sagte Daniel.

»So isset.«
»Wie schwer ist der?«
»Dat werdn wir am Sonntag wissn.«
»Du willst wirklich nach Ludwigsburg?«
»Dat kannste annehmn.«
»Wo liegt das überhaupt?«, fragte Patrizia.
»Irgendwo in Baden-Württemberg. Bei Stuttgart, glaub ich«, erwiderte Daniel.
»Wie lange fährt man dahin?«
»Fünf Stunden?«
»Drei Stunden und zweiunddreißig Minuten, wenn wir die A3 nehmen«, sagte Janne. Überrascht sahen sie alle an. Sie hielt ihr Handy in die Höhe. »Ich hab's gegoogelt.«
Daniel lächelte. »Wie willst du das machen? Wie willst du den Kürbis nach Stuttgart kriegen?«
»Andreas hat 'n Hänger.«
Patrizia wandte den Kopf Winfried zu. *»Andreas?«* War das sein Ernst? »Du hast Kontakt zu Andreas?«
»So isset. Er is Sedas Arzt. Er wohnt hier umme Ecke.« Ungenau deutete ihr Vater zum Zaun und machte ein Gesicht, als könnte er nicht verstehen, dass Patrizia überhaupt nach Andreas fragte.
Natürlich konnte er das nicht. Er hatte nie irgendwas verstanden.
»Er wohnt hier?«
»Im Haus von Ittens.«
»Im Haus von *Ittens?«* Ihr Vater hob die Schultern. Typisch! Patrizia fühlte sich, als hätte sie Sand verschluckt. Jedes Wort schien in ihrem Hals zu kratzen. »Und ist er …? Hat er …? Wohnt er mit seiner …?«
»Tuter.«
»Seit wann?«
»Dat würdeste wissen, wenne öfter hier wärst.«
»Was arbeitet sie? Seine Frau.«
»Wat weiß ich.«

»Haben sie Kinder?«

»Warum fragste dat nich selbst?« Winfried fuhr sich mit Daumen und Zeigefinger über den Schnauzbart. »Essen is gleich fertig«, fügte er hinzu, wandte sich um und ging ohne ein weiteres Wort ins Haus zurück.

Jonathan folgte ihm. »Essen, Essen, Essen!« Einbeinig sprang er auf Patrizias Vater zu und hängte sich an dessen Arm. Dieser legte ihm eine Hand auf die Einhornmütze.

»Schwachsinn!«

»Was meinst du?«

»Dieser beschissene Kürbis.« Patrizia machte eine so schwungvolle Geste, dass sie auf ihren Krücken das Gleichgewicht verlor und sich am Stuhl ihrer Mutter festhalten musste, um nicht umzufallen. »Das alles!«

»Ja«, sagte Daniel nur. Wie immer.

»Und dieser alberne Kürbiswettbewerb. Ich fahr nicht zum Arsch der Welt, damit Winfrieds hässlicher Kürbis eine Medaille gewinnt.«

»Ich find ihn ganz hübsch. Die Farbe gefällt mir.«

Klar, dass Daniel wieder was Gutes an der Sache finden musste. Konnte er nicht einmal sagen, dass etwas scheiße war, wenn es scheiße war?

»Das ist keine Farbe! Außerdem sieht das *Ding*«, Patrizia gab ein abfälliges Geräusch von sich, »wie ein kleiner, fetter Junge aus.«

»Find ich auch«, sagte Janne und erhob sich. »Wie Dirk aus der Grundschule, dem ich mal selbst gemachte Pfannekuchen andrehen wollte, weil ich aus Versehen Salz statt Zucker reingeschüttet hatte.«

»Was? Davon wusste ich gar nichts.«

Janne beachtete ihren Vater nicht.

»Danke! Endlich gibt jemand diesem hässlichen Kürbismonster mal einen Namen. Dirk! Dirk, der Pfannekuchenjunge.« Patrizia grinste. Janne grinste zurück. »Väter müssen nicht alles wissen«, fügte Patrizia leicht spöttisch hinzu, drehte sich zu Daniel.

Der hatte Ähnlichkeit mit einem im Regen stehenden Hund. Niemand konnte besser wie ein nasser Köter aussehen als ihr Bruder.

»Wo ist Zusanna? Ist sie nicht mitgekommen?«

»Nein.«

»Warum nicht?«

»Würdest du mit deiner Oma reingehen, Janne? Ich muss was mit deiner Tante besprechen. Außerdem gibt's gleich Essen.«

Jannes Blick ging von Daniel zu Patrizia, dann wieder zurück. »Ich bin kein kleines Kind mehr!« Daniel schwieg. »Du kannst mich nicht immer wegschicken. Ich hab ein Recht darauf ...«

»Janne!« Er zog am Kragen seines Hemdes. Seine Stirn glänzte vor Schweiß.

Wie konnte er schwitzen, wenn es kalt wie in einem Eisschrank war?

Janne sah ihren Vater so zornig an, wie Patrizia ihren eigenen unzählige Male angesehen hatte. Es gab so viel, das Patrizia ihrem Vater nicht verzeihen würde.

»Toll!« Jannes Unterlippe zitterte. Vor Wut schien sie weinen zu müssen. Patrizia kannte das zu gut. Schließlich wandte sich Janne ihrer Oma zu. »Oma Seda? Wollen wir reingehen? Es gibt gleich Essen.«

Seda reagierte nicht.

Um sie direkt ansehen zu können, beugte sich Daniel zu ihr vor. »Gehst du mit Janne rein, Mama? Mit Janne.« Während er auf seine Tochter deutete, sprach er sehr langsam und deutlich. »Rein. Gehst du rein? Mit Janne?«

»Sprich nicht mit ihr, als wäre sie eine Idiotin!«

Was sollte das? Ihre Mutter war dement, nicht bescheuert! So was hätte sie sich nie gefallen lassen. Seda war nicht auf den Mund gefallen. Wütend konnte sie werden, laut, und anderen die Meinung sagen. Einmal hatte sie sich mit einem Mann angelegt, der ihr den Parkplatz vor der Nase weggeschnappt hatte. Am Ende hatte der Typ seinen teuren BMW zurückgesetzt und war weggefahren.

»Tu ich nicht. Ich wollte nur …«

»Mama?« Erneut legte Patrizia ihrer Mutter eine Hand auf die Schulter, obwohl es schwer war. »Mama?«

»Was?« Erschrocken sah Patrizias Mutter sie an. Wie ein kleiner Vogel, den jemand aus dem Nest geworfen hatte und der mit großen Augen und flatternden Flügelchen auf dem Boden hockte.

Nie hätte Patrizia es für möglich gehalten, dass ihre Mutter mal so vor ihr sitzen würde. Sie war immer stark gewesen, entschlossen, kein Problem hatte es gegeben, für das ihre Mutter nicht eine Lösung gewusst hatte. Und Patrizia brauchte sie. Jetzt. Sie wusste nicht weiter.

Stattdessen sah ihre Mutter aus wie etwas, das man nur vorsichtig berühren durfte, um es nicht kaputt zu machen. Patrizia war nicht gut in solchen Dingen.

»Gehst du mit Janne rein?«

»Ich will beim Kürbis sitzen.«

»Es ist kalt und sieht nach Regen aus.« Sie wies nach oben zum Himmel, dessen Grautöne wechselten, von Aschgrau zu Feldgrau, Rauchgrau und Silbergrau. Über dem Dach des Hauses schimmerten die Wolken in einem dunklen Schiefergrau und wirkten vor Nässe schwer.

»Ich bleib hier.«

»Wir essen gleich. Es gibt *Feijoada.* Die magst du so gern.«

»Nein.«

»Die hast du früher gern gegessen«, versuchte es Daniel.

»Ich geh nicht mit.«

Janne kniete sich neben Seda ins feuchte Gras. »Oma Seda? Würdest du mit mir reingehen?«

Es schien Seda schwerzufallen, den Blick abzuwenden, doch langsam drehte sie den Kopf. Ihre Gesichtszüge entspannten sich, aber sie sah Janne an, als würde sie ihre Enkeltochter nicht kennen. Fühlte es sich so für sie an? Kam Patrizias Mutter niemand von ihnen bekannt vor? Nichts?

Patrizia musste sich wegdrehen, betrachtete ebenfalls den Kürbis.

Irgendwie sah er selbstzufrieden aus. Konnte Dirk, der Pfannekuchenjunge, selbstzufrieden in seinem Beet hocken?

»Du gehst mit mir rein?«, fragte Patrizias Mutter.

»Ja, Oma Seda. Wir gehen zusammen.«

»Kann ich dir ein Geheimnis anvertrauen?«

»Kannst du.«

»Ich glaub, ich komm aus dem Stuhl nicht raus.« Seda kicherte. »Wegen der Beine. Die wollen nicht.«

»Das schaffen wir.«

»Meinst du?«

»Klar!« Lachend half Janne ihrer Oma aus den Decken, die fest um sie gewickelt waren wie ein Kokon.

Etwas hilflos standen Daniel und Patrizia daneben. Was sollten sie tun? Patrizia spürte den Wind noch schärfer um sich. In der Küche war es schön warm gewesen. Hier war es so eisig, dass sie sich nicht rühren konnte.

»Braucht ihr Hilfe?«, fragte Patrizia und stützte sich auf ihre Krücken, legte ihr gesamtes Gewicht darauf.

»Geht schon«, antwortete Daniel, der einen Schritt vor gemacht hatte.

Patrizia hätte geholfen. Sie war froh, dass sie nicht musste.

Gemeinsam fassten Daniel und Janne Seda an den Armen, er rechts, sie links, und hievten sie auf die Beine. Ohne sich zu rühren, sah Patrizia zu.

»Wollen wir, Omi?«

»Ziemlich frisch.«

»In der Küche ist es wärmer.«

»Was ist das?« Sich am Arm ihrer Enkelin festhaltend, deutete Seda auf die giftgrünen Kopfhörer, die um Jannes Hals lagen, und machte die ersten Schritte zum Haus.

»Kopfhörer.«

»Schön sehen die aus. Weißt du den Weg?«

»Den *Weg?* Zur Küche? Den weiß ich.«

»Dann ist gut. Ich hab nämlich keine Ahnung.«

Wann war das alles passiert? Hatte Patrizia nicht eben noch in der Küche auf einem Stuhl gesessen und sich von ihrer Mutter den Pony schneiden lassen? Hatte sie nicht erst gestern mit ihrer Mutter wild Rock 'n' Roll durchs Wohnzimmer getanzt? War es wirklich länger als eine Woche her, dass sie mit dem Kopf auf dem warmen Bauch ihrer Mutter geschlafen hatte?

»Ist es ein glatter Bruch?«

»Was?«

»Dein Bein.« Daniel deutete auf den Gips. »Ist es ein glatter Bruch?«

»Ja … irgendwie so.«

»Wie hast du das gemacht?«

»Hab ich doch gesagt. Ich bin gefallen.«

»Einfach so?«

»Kann man *einfach so* fallen?«

»Wie lange musst du den Gips tragen?«

»Ein paar Wochen.«

»Musstest du operiert werden?«

»Was sollen die Fragen?«

»Ich möchte wissen, was passiert ist«, sagte Daniel. »Wir haben uns lang nicht gesehen. Ich wusste nicht, dass du dir das Bein gebrochen hast. Dass du einen Gips trägst. Ich bin dein Bruder. Sollte ich das nicht wissen?«

»Einmal *Zurück in die Zukunft II*«, sagte ich der Frau am Schalter, warf bereits einen Blick an ihr vorbei.

Dort begann der Teppich, der zu den Kinosälen führte und von vielen Füßen an einigen Stellen dunkel und abgewetzt war. An den Wänden hingen Filmplakate, alte und neue, das Licht war meist schlecht, man konnte Musik und Stimmen und Gelächter hören, wenn eine Vorstellung lief. Manchmal machten wir uns einen Spaß daraus zu raten, welcher Film es war, während wir darauf warteten, Weingummi und Cola zu kaufen. Überall roch es nach süßem Popcorn und schlechter Luft. Es gab nichts Schöneres!

»Für meinen Bruder und mich«, fügte ich hinzu.

Ich konnte sehen, wie die Augen der Frau von mir zu ihm gingen. Sie beugte sich leicht vor, der Stuhl unter ihr quietschte, sie rückte die Brille auf ihrer Nase zurecht, blinzelte. An jedem der Bügel hing das Ende einer silberfarbenen Kette, die irgendwo in ihrem Kragen verschwand. Es gab nichts Spießigeres als diese Ketten. So eine hatte auch Oma Grete. Und es gab niemand Spießigeren als meine Oma Grete.

Die fremde Frau musterte uns weiter. Gleich würde die Frage kommen. So sicher wie sonst was. Mein Bruder sah zu jung aus. Wie ein Zehnjähriger. Mit diesem runden Knautschgesicht, den kurzen Haaren und den großen Augen. Die Hose bis zum Bauchnabel hochgezogen. Was, wenn sie uns nicht glauben würde, dass er vierzehn war? Was, wenn sie uns nicht reinlassen wollte?

Daniel und ich hatten zusammen den ersten Teil gesehen. Seitdem redeten wir von nichts anderem. Meine Freundinnen hatten gefragt, ob wir gemeinsam ins Kino gehen würden, auch Andreas hatte versucht, mich zu überreden. Nein! Das war eine Sache zwischen Geschwistern. Zwischen meinem Bruder und mir. *Zurück in die Zukunft* war unser Ding. Und wenn es irgendwann einen dritten Film geben würde, worauf wir hofften, würden wir uns den wieder gemeinsam angucken. Das stand fest!

Insgeheim schwärmte ich ein bisschen für Marty McFly. Nach dem ersten Teil war Michael J. Fox auf dem Cover der *Bravo* gewesen. Sonst warf ich alle Hefte weg, die Ausgabe hatte ich behalten. Direkt über meinem Bett hing ein Poster von ihm. Dass er so klein war, machte mir nichts. In unserer Familie waren wir alle nicht groß. Ich wäre perfekt für ihn. Und er wäre perfekt für mich!

»Biste denn schon zwölf?«, fragte die Frau am Schalter.

Natürlich!

»Ich bin vierzehn.« Daniel klang gekränkt. Er wurde nicht gern für jünger gehalten. Mir war das egal. Meistens.

»Aha.« Die Frau schien nicht überzeugt.

Ich trat vor, legte die Hände auf den Rand des Schalters. »Das können Sie ihm glauben. Lügen tut er nicht. Er ist der ehrlichste Mensch von der Welt. Wirklich! Es ist voll nervig, wie ehrlich er ist. Nicht mal bei *Lügen und Betrügen* schummelt er.«

»Wo sind eure Eltern?« Der knittrige Mund der Frau wurde spitz, tiefer die Falten an den Lippen.

Ich musste ein Seufzen unterdrücken. Sie war eine harte Nuss.

»Hören Sie.« Ich senkte die Stimme. »Kennen Sie *Zurück in die Zukunft*? Haben Sie den ersten Teil gesehen?«

»Davon gibt's 'n ersten Teil?«

Wollte die mich verarschen? Ich blickte sie an, sie sah ausdruckslos zurück.

»Mein Bruder und ich ...« Ich legte den Arm um seine Schultern, zog ihn eng an mich. »Wir sind große Fans. Die allergrößten! Seit Wochen, ach was, seit Monaten«, verbesserte ich, »warten wir darauf, den Film zu sehen. Wir haben kaum geschlafen. Das kennen Sie doch bestimmt, oder?«

»Ich würd gern ma dieset *Starlight Express* sehn. Da hab ich von gelesn. Dat is 'n Musical auf so Rollschuhn und soll echt wat sein. Da habense in Bochum extra 'n neuet Theater für gebaut. Für wat weiß ich wie viel Millionen.«

»Sehen Sie? Dann wissen Sie, was ich meine.«

»Ich glaub nich, dat ich da je ma hinkomm tu. Unsereiner kann sich dat doch nich leistn.«

»Vielleicht doch.«

»Nee, nee, nee.« Die Frau schüttelte den Kopf.

»Vielleicht sollten wir lieber nach Hause gehen«, flüsterte Daniel neben mir, zupfte an meinem Ärmel. Was? Ich drehte mich zu ihm um, sah ihn an. War das sein Ernst? »Vielleicht war das keine gute Idee. Wir bekommen bestimmt Ärger.«

»Warum sollten wir?«, fragte ich zurück, obwohl ich mir nicht so sicher war, wie ich klingen wollte. »Um halb acht wollten sie da sein. So war's abgemacht. Das haben sie versprochen. Was können wir dafür, wenn sie sich nicht daran halten?«

»Ich weiß, aber ...«

»Willste den Film nun sehen, oder nich?«

»Doch«, sagte er zögernd. Ich wartete. »Natürlich will ich ihn sehen!« Entschlossen nickte er.

»Wo ist dann das Problem?«

»Ich ... Es gibt kein Problem.«

»Dann sehen wir ihn uns an?«

Anstelle einer Antwort sagte er: *»Straßen? Wo wir hinfahren, brauchen wir keine Straßen.«* Und er tat, als würde er sich eine Brille von der Stirn nach unten auf die Nase schieben. Wie Doc Brown. Wie im Film. Mein Bruder lächelte. Ich lächelte zurück.

Wieder wandte ich mich dem Schalter zu. »Frau ...« Ich warf einen Blick auf das Namensschild der Verkäuferin. »Frau Buber, wissen Sie, worauf ich mich seit Wochen am meisten gefreut hab? So sehr, dass ich nicht essen und nicht schlafen konnte und jede Minute aufs Klo gerannt bin?«

»Worauf, Herzken?«

»Dass ich sagen kann: Einmal *Zurück in die Zukunft II*. Für meinen Bruder und mich. Also.« Mit durchgedrücktem Rücken stellte ich mich aufrecht hin, straffte die Schultern und griff Daniels Hand. »Einmal *Zurück in die Zukunft II*. Für meinen Bruder und mich.« Ich lächelte breit und sah aus dem Augenwinkel, dass mein Bruder ebenfalls grinste.

Schweigend musterte uns Frau Buber. Ich hielt die Luft an. Endlich nickte sie. »Dat will ich euch ma glaubn tun.« Sie riss zwei Karten ab. »Wer tut bezahln?«

Mein Bruder kramte bereits in seiner Hosentasche. Ich hatte mein Taschengeld der letzten Wochen gespart, kam ihm zuvor. »Ich«, erklärte ich nicht ohne Stolz. »Ich bezahl für uns beide.«

14:17 Uhr

Wie Patti dastand, Janne und ihrer Mutter nachblickte. Sehr lange, wie Daniel fand. Vielleicht, um nicht mit ihm reden zu müssen. Darin war sie gut, seit Wochen.

»Wie lange musst du den Gips tragen?«

Früher hatte Patti Eiskunstlauf gemacht und war dauernd mit blauen Flecken und verstauchten Knöcheln und aufgeschlagenen Knien nach Hause gekommen. Im Gegensatz zu ihm hatte sie sich nie was gebrochen. Wie ein Wunder war ihm das vorgekommen. Als hätte sie Superkräfte. Oft war Daniel dabei gewesen, wenn sie trainiert hatte. Ständig war sie gestürzt. Einige Male hatte es wirklich schlimm ausgesehen. Daniel wäre sicher nicht wieder aufgestanden. Patti schon. Jedes Mal.

»Ein paar Wochen.«

»Musstest du operiert werden?«

»Was sollen die Fragen?«

Seine Schwester war immer diejenige gewesen, die Dinge beim Namen genannt, ihre Meinung gesagt hatte. Dafür hatte er sie bewundert, manchmal gehasst. Er selbst war eine Niete darin. Die Sache mit Zusanna war das beste Beispiel.

Weil ihm der Kragen zu eng vorkam, wollte Daniel den obersten Knopf seines Hemdes lösen, nestelte daran herum. Vergeblich. Er war längst offen.

»Ich möchte wissen, was passiert ist. Wir haben uns lang nicht gesehen. Ich wusste nicht, dass du dir das Bein gebrochen hast. Dass du einen Gips trägst. Ich bin dein Bruder. Sollte ich das nicht wissen?« Er musste wie ein kleiner Junge klingen, der seine große Schwester anbettelte. Im Grunde war es so. Er war wieder sechs Jahre alt und sehnte sich danach, dass sie ihn beachtete. War er dafür nicht zu alt?

»Solltest du?«, fragte sie.

»Du hast nicht zurückgerufen.«

»Ich hatte viel zu tun. Ich werd mich nicht dafür entschuldigen, dass ich einen Job hab.«

»Das hab ich nicht gemeint.«

Warum musste alles so schwierig sein? Patti war seine Schwester. Sie fehlte ihm. Er hatte sie nie mehr gebraucht. Wie sollte er das sagen?

»Findest du auch, dass Mama schlecht aussieht?«

»Sie ist dement. Sie hat …«

»Das mein ich nicht. Mit Demenz hat das nichts zu tun. Sie sieht nicht gesund aus.« Daniel betrachtete den Stuhl, auf dem ihre Mutter gesessen hatte, als wäre sie noch da, als könnte er sie ansehen. Hatte ihr Vater nicht mit Patti gesprochen? Wusste sie es nicht? »Bei so einem Wetter sollte Winfried sie nicht draußen sitzen lassen.«

»Ich glaub nicht, dass er sie draußen sitzen lässt. Du hast gehört, was sie gesagt hat. Sie will den Kürbis sehen.«

»Ja, genau!« Seine Schwester lachte auf. »Das ist doch ein Witz, oder?«

»Was meinst du?«

»Winfried lässt uns alle für diesen dämlichen Kürbis antanzen. Nur, damit er an einem beschissenen Wettbewerb teilnehmen kann und am Ende der König der Kürbisse wird. Da hat er sich in Sachen Egoismus selbst übertroffen.« Mit einer ihrer Krücken bohrte Patti ein Loch in den weichen Boden, drehte das Ende der Stange in die eine, dann in die andere Richtung. An den Rändern quoll Wasser aus der Erde. »So eine fixe Idee, und wir alle müssen springen.«

»Ich denk nicht, dass es so ist.« Gern hätte Daniel lauter gesprochen. Es wollte ihm nicht gelingen. Aber was machte das? Patti redete sowieso über ihn hinweg.

»Und dass er sogar Andreas mit reingezogen hat.«

»Das weißt du nicht.«

»Natürlich weiß ich das. Du kennst unseren Vater. Du weißt, wie er ist. Außerdem ist Andreas zu nett, um irgendwem was abzuschlagen. Das war schon immer so. Deshalb hat er ständig den Müll rausgebracht, und gespült hat er auch.«

Daniel konnte sich gut an die Zeit erinnern, als Andreas und Patti ein Paar gewesen waren. Er war ihr erster fester Freund gewesen. Daniel hatte gedacht, dass sie eines Tages heiraten würden. Dann war Patti fürs Studium weggezogen, und alles war anders gekommen. Heute wohnte Andreas mit seiner Frau im Itten-Haus. Daniel hatte sie bei einem Besuch kennengelernt und fand sie sehr nett. Auch Andreas hatte er immer gemocht.

Vor zwei Jahren war Frau Itten im Heim gestorben. Auf ihrer Beerdigung hatte Daniel Herrn Itten getroffen, ihm sein Beileid ausgesprochen, ihm die Hand gegeben und die ganze Zeit dabei geweint. Er hatte das Ehepaar länger nicht gesehen, sie nur ein- oder zweimal im Seniorenheim besucht. Warum eigentlich? Es hatte eine Zeit gegeben, da war er bei ihnen glücklicher als zu Hause gewesen. Ein bisschen hatte Daniel auch darum geweint. Um das alles.

»Hast du Andreas mal wiedergetroffen?«, fragte er.

»Länger nicht.« Seine Schwester deutete ein Kopfschütteln an. »Wo ist Zusanna?«

»Muss arbeiten.«

»Konnte sie sich nicht freinehmen?«

»Für die Europameisterschaft im Kürbiswiegen?« Daniel versuchte zu lachen. »Nein.«

»Ist bei euch alles in Ordnung?«

»Sicher. Alles prima.«

»Das freut mich, Daniel«, sagte Patti, und ihre Stimme klang anders als sonst. Leise, fast weich. »Du, Zusanna, die Kinder. Das freut mich wirklich, weißt du?«

»Danke.« Obwohl sie zwei Schritte auseinanderstanden, spürte Daniel die Nähe zwischen ihnen, die früher selbstverständlich gewesen war.

Wie er sie vermisst hatte.

»Die Sache mit Sonntag musst du Winfried ausreden«, sagte Patti. »Auf keinen Fall fahr ich sieben Stunden mit dem Auto durch Deutschland, nur weil er das so will.«

»*Ich?* Warum ich?«

»Du kannst besser mit ihm sprechen. Wir fangen immer an zu streiten.«

»Und wir nicht?«

»Nein, ihr nicht, Daniel. Du streitest nicht.«

»Ich versuch, Streit zu vermeiden und ihn nicht extra zu provozieren. Das ist was anderes.«

»Weißt du, was, Daniel? Vergiss es!« Patti stellte ihre Krücken auf. »Drück dich wieder. Wie der Vater, so der Sohn.«

»Ich bin wohl kaum …«

»Schon gut! Ich kümmere mich selbst drum«, fügte sie hinzu, drehte sich weg, humpelte zur Haustür.

Daniel blieb zurück.

Es sah mehr und mehr nach Regen aus. Sollte er hier draußen auf die ersten Tropfen warten? Vielleicht war es schön, wenn sich die Wolken über ihm öffnen und ihn der Schauer treffen würde. Vielleicht tat es ihm gut, von oben bis unten nass zu werden. Schlimmer konnte es nicht werden.

Daniel ging rein, und als er die Tür hinter sich schloss, begann in seinem Rücken das Regentrommeln.

Der Tisch war gedeckt. Patti, Janne und Seda hatten sich gesetzt. Auf Socken drehte Jonathan Kreise durch die Küche und schob die Füße vor, als würde er Skifahren. Er zählte laut die Runden und hob jubelnd die Hände, wenn er eine beendet hatte.

»Kann dein Junge nich ma 'ne Sekunde stillsitzn?«, brummte Winni, der den großen Topf mit *Feijoada* vom Herd gehoben hatte und durch den Raum trug.

Erst sah Daniel ihn an, dann Jonathan, der sich um sich selbst drehte und einen Sprung über ein nicht vorhandenes Hindernis machte. »Nein, kann er nicht.«

Er spürte Winnis musternden Blick und wartete, dass sein Vater was sagen würde. Der schwieg jedoch, ging zum Tisch und stellte den Eintopf in die Mitte, wo ein bunter Untersetzer bereitlag, an den sich Daniel gut erinnern konnte. Er hatte ihn in der Schule gemacht. Über dreißig Jahre war das her.

»Das riecht lecker, Opa.«

»Dafür, dass kein Fleisch drin ist.« Patti verzog den Mund.

»Niemand hat gesacht, datte dat essn musst.« Mit der Kelle rührte Winni durch den Topf und griff nach dem ersten Teller, belud ihn großzügig und nahm den nächsten.

Es roch köstlich.

»Jonathan!«, rief Daniel und zog einen Stuhl zurück. »Es gibt Essen.« Er versuchte, nach Jonathan zu greifen, erwischte ihn nicht. Sein Sohn wich gekonnt aus, sauste weiter. »Wir sitzen alle am Tisch und wollen essen. Jonathan!«

Ruhig bleiben! Es nützt nichts, wenn man die Geduld verliert. So oft war ihnen das gesagt worden. Aber manchmal …

Bei seinen Bahnen um den Esstisch wirbelte Jonathan ein weiteres Mal um sich selbst. Verlor das Gleichgewicht. Wollte sich festhalten. Griff um sich. Erwischte Sedas Stuhl. Brachte diesen ins Wanken. Seda schrie auf. Winni konnte ihn am Fallen hindern. Hielt die Lehne und Jonathan fest. Die Einhornmütze landete auf dem Boden.

Für einen Augenblick war alles wie eingefroren. Jonathan, Daniel, Winni, Seda, Patti, Janne. Die Zeit.

»Allet gut«, hörte Daniel seinen Vater murmeln. »Nix passiert. Allet gut.« Winni berührte seine Frau an den Schultern, wartete, bis sie weniger verstört aussah.

Dann drehte er sich zu Jonathan. »Tickste noch richtig?« Seine Worte waren ein Donnern. Mit beiden Händen packte er Jonathan an den Armen. Drückte sie zusammen. Jonathan konnte sich nicht rühren. War starr vor Schreck, die Augen aufgerissen, das Gesicht bleich. »Pass doch auf, Junge! Kannste dich nich anständig benehmen?«

»Das hat er nicht mit Absicht gemacht.« Daniel hatte das Gefühl, kaum sprechen zu können. Dick und taub fühlte sich seine Zunge an. Der Schweiß lief ihm seitlich an den Schläfen hinab.

»Fast hätter Seda umgeworfn. Scheißegal is mir, ob er dat mit Absicht gemacht hat oder nich. Er kann nich …«

»Du musst ihn loslassen.« Daniel beobachtete, wie Jonathan versuchte, sich aus der Umklammerung zu lösen. Sich hin und her wandte. Nicht freikam. In Panik geriet. Daniel sah es ihm deutlich an. Die Lippen wurden bleich. Winni bemerkte es nicht. »Du musst ihn loslassen.« Dieses Mal sagte Daniel es lauter. Stand auf. Kam um den Tisch.

»Papa!«, wimmerte Jonathan. »Papa!«

»Du musst ihn loslassen, Opa.« Janne erhob sich ebenfalls, trat zu ihrem Bruder und berührte seinen Rücken.

»Was?«

»Winfried, lass ihn los!«, sagte auch Patti.

Jonathan japste nach Luft. Fing an zu zittern. Daniels Vater musterte ihn. Überraschung und Unverständnis im Gesicht. Die Hände weiter um die Arme seines Enkels. Regungslos. Nicht weniger erstarrt.

»Du musst ihn loslassen.« Endlich hatte Daniel die beiden erreicht, löste Winnis Griff, zog Jonathan aus der Umklammerung. Sein Sohn rang nach Atem. An seinem Hals waren die Adern hervorgetreten. Er konnte kaum stehen. »Schhh. Alles ist gut.« Beruhigend strich Daniel ihm über die Schultern. »Alles ist gut.«

»Ich wollt nich ...« Winni sah von Jonathan zu Daniel, zum Tisch und zu Jonathan. »Ich hab nur ...«

»Du darfst ihn nicht so festhalten, Opa. Er kann es nicht haben, wenn er so festgehalten wird«, sagte Janne und fuhr ihrem Bruder durch die Haare. Sie sprach sehr ruhig und klang sehr erwachsen.

Als Daniel ihr einen dankbaren Blick zuwarf, verzog sie den Mund, zuckte die Schultern. Janne hatte recht. Sie war kein Kind mehr. Musste sie deshalb alles wissen?

»Ich weiß nicht, wie es euch geht«, sagte Patti, nachdem sie eine Weile geschwiegen hatten. »Aber ich hab einen Bärenhunger. Wollen wir endlich essen, oder lassen wir diese fleischlose *Feijoada* kalt werden?«

Langsam sah Jonathan wieder besser aus. Er atmete gleichmäßiger, aus seinen Wangen verschwand die hitzige Röte, das Zittern ließ nach. »Alles in Ordnung?« Daniel küsste seinen Sohn auf die Stirn. »Alles wieder gut?« Noch etwas benommen nickte Jonathan.

»Willst du was essen?« Wieder nickte er. »Dann komm.« Daniel nahm seine Hand.

Als er mit ihm um den Tisch herumgehen wollte, blieb Jonathan vor dem Stuhl seiner Oma stehen. »Tut mir leid, Oma Seda.« Verlegen blickte er auf seine Socken. »Ich wollte dich nicht umwerfen. Das hab ich nicht mit Absicht gemacht.«

Sedas Gesicht ließ nicht erkennen, ob sie wusste, wer er war. Vielleicht erkannte sie ihn. Vielleicht nicht. Sie legte ihre Hände um sein Gesicht und drückte ihm einen Kuss auf die Wange. »Nicht schlimm.« Sie lächelte. »Ist alles nicht schlimm.«

»Hier.« Winni hatte die Einhornmütze aufgehoben, hielt sie Jonathan hin.

Zögerlich nahm der sie entgegen, sagte nichts, sondern ging zu seinem Platz und rutschte auf den Stuhl. Daniel folgte ihm.

Sie schwiegen.

»Die *Feijoada* schmeckt köstlich«, sagte Daniel.

»Dafür, dass kein Fleisch drin ist. Ich wusste nicht, dass du kochen kannst.«

Winni antwortete nicht.

»Sind da Brasilianer drin, Papa?«, fragte Jonathan.

»Red keinen Blödsinn!«, gab Janne zurück. »Warum sollten da Brasilianer drin sein? Wie kommst du ständig auf so einen Mist?«

»Papa hat gesagt, dass es ein brasilianischer Eintopf ist.«

»Das heißt, dass er aus Brasilien kommt. Und nicht, dass Brasilianer drin sind.« Weil sie nicht lachen wollte, nahm Janne einen schnellen Bissen, verbrannte sich fast die Zunge.

»Das Rezept stammt von deiner Oma Seda«, erklärte Patti.

»Ist Oma Seda Brasilianerin?«

»Ist sie.«

»Und du auch?«

»Zur Hälfte. Wie dein Papa.«

»Wirklich? Bist du, Papa? Und was ist mit mir?«

»Du bist zu einem Viertel Brasilianerin«, sagte Janne grinsend.

»Cool.«

»Wird ja imma besser«, brummte Winni.

»Kannst du Brasilianisch sprechen, Papa?«

»Nein. Kann ich nicht.«

»Warum nicht?«

»Weil ich's nie gelernt hab.«

»Warum essen wir zu Hause nie Brasilianisch?«, wollte Janne wissen.

»Weiß ich nicht«, antwortete Daniel. »Ich glaub … Irgendwie … Keine Ahnung.«

»Ich will zu Hause Brasilianisch essen«, sagte Jonathan. »Das schmeckt lecker. Das müssen wir Mama sagen.«

»Können wir«, antwortete Daniel, dann wandte er sich an Janne: »Deine Tante Patti ist Professorin für Kunst.« Mit dem Löffel deutete er auf seine Schwester und nahm einen weiteren zu hastigen Bissen Eintopf. Der brannte heiß auf seiner Zunge.

»Weiß ich.«

»Ich hab Kunst*geschichte* studiert, nicht Kunst«, verbesserte Patti ihn. »Außerdem bin ich keine Professorin.«

»Aber in Lüneburg …«

»Das war eine Vertretungsprofessur. Ist was anderes.«

»Eine Professur ist eine Professur.«

»So einfach ist das nicht. Wenn es so wäre, wäre ich nicht …«

»Was?«

Patti war immer die Erfolgreiche gewesen. Sie schaffte alles, was sie sich vornahm. Klug, fleißig, ehrgeizig. Schon in der Schule hatte sie fast nur Einser gehabt. Beim Eislaufen war sie die Beste gewesen, hatte sogar Profi werden wollen. Ihr Regal hatte voller Pokale gestanden. Alle, die sie kannten, hatten gewusst, dass aus ihr was werden würde. Dann das Studium, ihre Arbeit an der Uni, die Promotion. Ganz selbstverständlich war Daniel all das vorgekommen. Als könnte es nicht anders sein.

Und jetzt hielt Patti ihren Löffel so fest, dass die Knöchel weiß hervortraten. Eigentlich sah sie sich kein bisschen mehr ähnlich.

»Janne will Kunst als Leistungsfach nehmen«, sagte er, weil er was sagen wollte. Es war das Einzige, was ihm einfiel.

»Papa!«

»Was denn? Was hab ich jetzt wieder falsch gemacht? Stimmt doch, oder nicht?«

»Janne ist eine Künstlerin«, sagte Jonathan. Er hatte seine Mütze wieder aufgesetzt. Wenn er sich tief über den Teller beugte, rutschte sie ihm ins Gesicht.

»Bin ich nicht.«

»Und was machst du? Malerei, Bildhauerei, Performance?«, fragte Patti.

»Sie macht Fotos.«

Janne stöhnte auf.

»*Fotos?* Was interessiert dich besonders?«

»Sie macht Müllbilder.«

»Kannst du mal die Klappe halten?«, fuhr Janne ihren Bruder an.

»Janne!«

»Was denn? Muss er immer dazwischenreden? Ist doch scheiße!«

»Janne hat scheiße gesagt«, flüsterte Jonathan.

»Ich weiß.« Daniel strich dem Einhorn über die Ohren. »Iss deinen Eintopf.«

»Das ist kein Müll. Es sind alte Lebensmittel, die ich arrangiere. Fisch, Käse, Obst. So was.« Janne zuckte die Schultern.

»Im Anschluss an die Mahlzeitstillleben vor allem in der ersten Hälfte des 17. Jahrhunderts?«

»Im Grunde ja. Einerseits will ich auf die großen Mengen an Nahrung hinweisen, die wir jeden Tag wegschmeißen. Andererseits soll es ein Zeichen sein, dass alles vergänglich ist.«

»Klingt spannend. Darf ich was sehen?«

»Willst du?«

»Klar!« Patti nickte.

Eilig senkte Daniel den Kopf, musste lächeln. Tränen brannten in seinen Augen. Nicht nötig, dass seine Tochter das sah. Sie würde sich wieder für ihn schämen. Es reichte, wenn er das die meiste Zeit selbst tat. Verstohlen wischte er sich über das Gesicht.

»Wenn du Lust hast, kannst du nachher mitkommen. Ich wollte …«

Der Klingelton von Daniels Handy unterbrach sie. *When a Man Loves a Woman*. Daniel zuckte zusammen, sprang auf, stieß sich das Knie. Er ließ das Telefon fallen, beugte sich runter, hob es auf, schlug sich den Kopf an der Tischplatte.

»Aua! Scheiße! Ja, ich hab scheiße gesagt«, fügte er an seinen Sohn gewandt hinzu. »Ich muss da … Ich will da rangehen.« Er hielt das Handy in die Höhe, das Lied spielte weiter. »Ich werd eben … vor die Tür.« Er deutet zum Flur. »Ich geh eben vor die Tür.«

Mit schnellen Schritten verließ er die Küche. Daniel hatte nicht auf das Display gesehen. Er wusste, wer anrief. Kaum war er aus dem Zimmer, ging er ran.

»Zusanna?« Sein Herz klopfte. Er konnte es kaum erwarten, ihre Stimme zu hören. Mit ihr zu reden. Endlich! So viel hatte er ihr zu sagen. »Zusanna!«

»Guten Tag, wir machen eine Umfrage und rufen Sie im Auftrag …«

14:42 Uhr

Von ihrem Platz am Küchentisch aus sah Patrizia zu, wie die Welt draußen vor dem Fenster wieder zur Ruhe kam. Ein blasses, zaghaftes Licht kehrte in den Himmel zurück. Die dunklen, grafitgrauen Wolken verzogen sich rechts hinter die Bäume. Der Wind legte sich. Nur vereinzelt hob er herabgefallenes orangebraunes Laub von der Wiese, drehte die Blätter einige Male um sich selbst und ließ sie achtlos wieder fallen, als hätte er das Interesse an ihnen verloren. Der Blick in den Garten hatte was von einem Gemälde, klar umgrenzt von den geraden Linien des Fensterrahmens. Auf der Spitze des Zauns erkannte Patrizia einen kleinen Vogel. Zwischen den Blumenkübeln eine vergessene Pflanzenschere. Einen alten Ball in der Nähe der Laube. Unter dem Sonnenschirm den überdimensionierten Kürbis.

Sie senkte die Augen auf den Teller.

In der Küche war es warm, fast heiß. Mit dem Dampf war der Duft der *Feijoada* aus dem großen Topf herausgequollen und hatte sich über dem schwarzbraunen, wuchtigen Esstisch wie eine Decke ausgebreitet. Wann hatte Patrizia das letzte Mal *Feijoada* gegessen? Wann war sie das letzte Mal beim Essen nicht allein gewesen? An der Uni war sie öfter mit ihren Kolleginnen und Kollegen in die Mensa gegangen. Auf Tagungen hatte sie, mit einem Teller in der Hand, Small Talk geführt, wenn es sich nicht hatte vermeiden lassen. Patrizia war nicht gut darin. Das war das Ergebnis.

In den letzten Wochen hatte sie es vermieden, Mittagspause zu machen. Sie hatte niemandem erklären wollen, dass sie aufgehört hatte, sich was Neues zu suchen, dass sie nicht einmal mehr wollte und keine Ahnung hatte, wie es weiterging, während alle anderen von neuen Verträgen und Projekten und Seminaren sprachen. Deren Unverständnis und die mitleidigen Gesichter hätte sie nicht ertragen. Patrizia hatte genug davon, allen Leuten zu sagen, dass sie eine Versagerin war. Verdammt! Sie war es leid!

So vieles hatte sie an ihrer Arbeit gemocht. Das Lehren, das Forschen. Fast alles.

Wen interessierte das?

In diesem Moment ertönte ein Klingelton, die Melodie von *When a Man Loves a Woman*. Daniel sprang von seinem Platz auf und machte sich zum Affen, ehe er die Küche verließ. Wie oft hatte Patrizia solche Szenen miterlebt? Ihr Bruder war schon immer ein Tollpatsch gewesen. In ihrer Kindheit hatte es nichts gegeben, worüber er nicht hatte fallen können.

»Hat dein Vater mal dran gedacht, mit dieser Nummer aufzutreten? Die reinste Stand-up-Comedy.« Sie lachte. »Typisch Daniel, oder?«

Winfried schien überrascht, dass sie ihn ansprach. Er ließ seinen Löffel sinken und legte ihn sorgfältig neben seinen Teller. Er nickte. »Im Haus konnste nix stehn lassn. Drei Sekundn, und Daniel war schon am Drüberfliegn. Weißte noch, Seda?« Mit der Hand berührte er den Arm seiner Frau, die in ihr Essen vertieft gewesen war und nun den Blick hob. »Ständig hattnwer Manschettn, datter sich ma ernsthaft wat tut.«

Verstand sie, wovon er sprach?

»Einmal haben wir im Garten zusammen gespielt«, erzählte Patrizia. »Ich weiß nicht mehr, was es war. Irgendwas mit einem Ball. Ich hab geworfen, und Daniel ist rückwärtsgegangen, um ihn zu fangen. Dabei ist er mit dem Fuß mitten in einen Plastikeimer getreten, der neben der Garage stand. Richtig fest hat er gesteckt und ist ihn nicht losgeworden, obwohl er sein Bein geschüttelt hat wie ein Blöder. Es hat nichts genutzt.« Sie lachte lauter, konnte kaum sprechen, sah die Situation vor sich. Ganz genau. »Dann hat er das Gleichgewicht verloren und ist in den Wäscheständer gefallen. Mittenrein. Zwischen den Hemden und Hosen und Leinen hat er sich so verheddert, dass ich ihm helfen musste. Aber ich konnte nicht. Ich musste so lachen. Wie eine Roulade sah er aus.«

»Dat weiß ich noch.«

»Ja?«

»Allet hab ich gesehn. Vom Küchenfenster aus.«

»Hast du?«

»Wie in Zeitlupe is dat gewesn. Über 'n halbn Rasn is Daniel geeiert. Und grad, als ich gedacht hab, jetzt stehter wieder, is er umgefalln wie 'n Baum.« Schwungvoll ließ Patrizias Vater seine Hand auf die Tischkante sausen. Unter dem Krachen hüpfte das Geschirr. Seine Frau blickte ihn erschrocken an. »Tut mir leid«, murmelte er, fasste ihre Finger und drückte sie.

Beim Essen war es immer um Rafael gegangen. Er war kein guter Esser gewesen, es hatte ihn gestresst. Das hatte alle gestresst. Nicht selten hatten gemeinsame Abendessen in Streit und Tränen und knallenden Türen geendet. Einmal, an einem Freitag, hatte Patrizias Mutter sie mit dem Auto von der Schule abgeholt. Ohne Rafael, ohne Daniel. Sie waren in die Stadt gefahren und in ein Restaurant gegangen. Ein teures. So was hatten sie sich sonst nicht leisten können. Dieses eine Mal war das egal gewesen. Dieses eine Mal hatte Patrizia ihre Mutter beim Essen nur für sich gehabt.

Es war seltsam, wieder mit Seda am Tisch zu sitzen. Aber Patrizia war vorher nicht aufgefallen, wie sehr ihr das gefehlt hatte.

»Das klingt nach Papa.«

Winfried lachte leise. »Dein Vatter hat so seine Momente.«

»Und er hat wirklich *When a Man Loves a Woman* als Klingelton? Ernsthaft?« Ihre Nichte verdrehte die Augen. »Er weiß schon, dass er echt peinlich ist, oder?«

»Würd ich nicht drauf wetten.«

»Worauf würdest du nicht wetten?«, fragte Daniel, der aus dem Flur zurück in die Küche kam, das Telefon in der Hand.

»Dass du weißt, wie peinlich du bist.«

»Warum peinlich?«

»*When a Man Loves a Woman?* Als Klingelton? Geht's noch kitschiger?«

»Wieso?« Nachdem sich Daniel auf seinen Platz gesetzt hatte, griff er nach seinem Löffel. Das Handy legte er auf eine seltsame Art neben seinen Teller. Bildete sich Patrizia das nur ein? »Ich mag das Lied.«

»Von mir aus, aber … Nein! Das geht gar nicht.«

Ihr Bruder zuckte die Schultern. So war er. Ihm war egal, dass die Leute ihn seltsam fanden. Schon in der Schule war das so gewesen. Es hatte ihm nie etwas ausgemacht, wenn Rafael im überfüllten Supermarkt an der Kasse losgeschrien und wild um sich geschlagen, einen Anfall im Schwimmbad, Krämpfe bei einer Schulaufführung gehabt hatte. Patrizia hatte die Blicke nicht ertragen. Das Mitleid. Das Lachen. Das Flüstern. Sie hatte sich geschämt. Auch dafür, dass sie sich für ihren Bruder geschämt hatte. Vielleicht hatte sie deshalb versucht, überall die Beste zu sein. In der Schule, beim Eiskunstlauf. Um das irgendwie auszugleichen. Damit sie mehr war als das Mädchen, das einem leidtun konnte. Vielleicht. Verdammt anstrengend.

Und sie war kläglich gescheitert.

»War das Mama?«, wollte Jonathan wissen und deutete auf das Handy auf dem Tisch.

»Ja.«

»Hast du ihr wieder gesagt, wie lieb du sie hast?« Er verzog das Gesicht, als würde er was Saures schmecken.

Spöttisch lachte Janne auf.

Daniel hatte in der Schule nicht viele Freunde gehabt, an Freundinnen war nicht zu denken. Der kleine dicke Außenseiter war er gewesen, ruhig und nett. Er war gerne zu Hause geblieben, hatte Filme geguckt, gemalt. Für Gemeinheiten das ideale Ziel und für Mädchen uninteressant. Erst spät hatte er Zusanna kennengelernt, kurz danach war Janne gekommen. Daniel war ein Familienmensch, durch und durch. Er hatte sich Kinder gewünscht, Patrizia eine Karriere. Sie hatte gedacht, für alles andere wäre noch Zeit. Irgendwie hatte es nicht richtig gepasst. Woher hätte sie wissen sollen, dass aus *noch nicht* irgendwann *niemals* werden würde? Nie wäre sie auf die Idee gekommen, dass sie irgendwann dreiundvierzig sein und gar nichts haben würde.

Daniel hatte sich richtig entschieden. Patrizia falsch.

Und du?, hatte eine Bekannte letztens im Supermarkt gefragt, als Patrizia nicht schnell genug im Nudelgang hatte verschwinden können. Immer noch keinen Mann und keine Kinder? Es hatte sich angefühlt, als wäre sie angeschossen worden. Wie wäre es, wenn sie Mutter geworden wäre? Wäre sie jetzt auch so scheiße unglücklich?

Du hast scheiße gedacht, hörte sie Jonathans Stimme und musste grinsen.

Patrizia hatte nie in Kinderwagen gespäht, keine Frauen beneidet, die ein schreiendes Baby auf dem Arm gehabt hatten, sich mit Kindern unbeholfen gefühlt, nur beiläufig den Geschichten von anderen zugehört, wenn die über ihre Töchter und Söhne gesprochen hatten. Jetzt war das anders. Sie hatte es nicht gleich gemerkt, nicht gleich gewusst, was es war. Sie wollte ein Kind. Mama sein. Oder?

Waren das nicht Gedanken einer Frau Anfang dreißig? Kamen sie nicht zu spät?

»Kann ich aufstehen?«

»Kommt Zusanna übers Wochenende?«

»Vielleicht.«

»Papa, Papa, Papa!« Jonathan zupfte an Daniels Hemdsärmel. »Kann ich aufstehen?«

»Hast du aufgegessen?«

»Ich mag nicht mehr.«

»Sicher nicht?« Als sein Sohn den Kopf schüttelte, erwiderte Daniel: »Also gut.«

»Kann ich in den Garten?«

Daniel wandte sich halb zum Fenster um. »Aber wenn es wieder regnet, kommst du rein.«

Jonathan war aufgesprungen und zur Küchentür gelaufen. »Ja, ja, ja.«

»Und du bleibst im Garten. Jonathan? Hörst du?« Er war längst draußen.

»Großartig, Papa! Du bist wirklich eine Autoritätsperson«, sagte Janne.

»Sehr witzig.«

»Janne hat recht. So isset«, mischte sich Winfried ein. »Der Junge darf nich allet machn, watter will. Mit 'm albernen Mädchenrock tut's anfangn. Und ...«

»Können wir jetzt nicht darüber reden?« Daniel gab ein Seufzen von sich.

Mit der Hand wischte er sich übers Gesicht. Obwohl durch die offene Küchentür kühle Luft hereingetragen wurde, schien ihm heiß zu sein. Er sah müde aus. Natürlich war Daniel älter geworden. Älter und etwas dicker, über dem Bauch spannte sich sein

Hemd. Er hatte kaum noch Haare. Und sah trotzdem aus wie ihr kleiner Bruder. Dasselbe runde, knautschige Gesicht, dieselben großen Augen.

»Als wärst du der Richtige, um Erziehungsratschläge zu geben«, sagte Patrizia an ihren Vater gewandt.

»Wenigstens weiß ich, wat sich gehört.«

»Schwachsinn!«

»Wat sachste?«

»Vergiss es.«

»Nein. Wat haste gesacht?«

»Ich will mich nicht mit dir streiten.«

»Dat wär ja ganz wat Neues.«

»Von mir aus!« Die Arme vor der Brust verschränkt, die Hände wieder unter den Achseln, drehte sich Patrizia zu Janne. »Was wolltest du mich fragen? Vorhin?«

»Ach so … Ich dachte nur …« Etwas verlegen nestelte ihre Nichte an ihren kleinen silbergrauen Ohrringen, drei an jedem Ohr, fuhr sich durch die kurzen Haare.

Hatte sie die früher nicht länger getragen? Die neue Frisur stand ihr gut. Auch die Ohrringe mochte Patrizia. Sie selbst hatte keine. Sollte sie sich Löcher stechen lassen? Mit Daumen und Zeigefinger rieb sie ihr linkes Ohrläppchen. Ob das wehtat?

»Ich wollte gleich zum Supermarkt und sehen, ob ich ein paar Requisiten finde. Für neue Fotos. Hast du Lust, mitzukommen? Ich meine …«

»Klar.«

»Wirklich?«

»Ich weiß nur nicht, was es hier noch für Supermärkte gibt.«

»Super*märkte* ist gut«, sagte Daniel. »Keinen einzigen gibt's in Bissingheim. Ein Geschäft für Taucheranzüge, ja, aber einen Supermarkt? Schön wär's.«

»Du willst mich doch … ernsthaft? Winfried? *Edeka* und *Coop* und wie hieß der dritte noch?«

»*Spieker.*«

»Alle weg?«

»Schon lange.«

»Und wo geht ihr dann einkaufen?«

»Beim *Rewe* in Wanheimerort. Manchma tu ich auch nach Neudorf fahrn.«

»Hm … das ist ein bisschen schlecht. Ich bin ja nicht gut zu Fuß. Und mit dem Hinkebein kann ich nicht fahren. Aber weißt du was? Steht mein alter Roller noch in der Garage, Winfried?«

»Der alte *Roller?* Meinste die Vespa? Die is da. Natürlich is die noch da.«

»Das olle Ding? Das geht bestimmt nicht mehr«, wandte Daniel ein. »Es ist fast dreißig Jahre alt.«

Patrizia warf ihrem Bruder einen ärgerlichen Blick zu. Immer musste er eine Spaßbremse sein. Schon als Kind. Ständig fiel ihm zu allem ein Aber ein. Einfach nervig!

Seit Ewigkeiten hatte Patrizia nicht an ihren Roller gedacht. Dabei hatte sie ihn früher heiß geliebt. Zwei Sommer lang hatte sie dafür im Baumarkt geschuftet, hatte Pflanzentöpfe und Schrauben sortiert, Gartenmöbel durch die Gegend getragen, Erde und Ziersteine geschleppt. Jede einzelne Stunde hatte sie gehasst, aber am Ende hatte die schöne rote Vespa vor dem Haus auf dem Gehweg gestanden und nur darauf gewartet, dass sie mit ihr durch die Straßen brettern würde, den Fahrtwind im Gesicht. So frei hatte sie sich gefühlt, später nie wieder.

Genau das wollte Patrizia. Jetzt. Wie früher! Warum war sie nicht eher auf die Idee gekommen?

»Dat Ding is tipptopp«, widersprach Winfried. »Ich bring dat imma auf Vordermann.«

»Echt? Warum?«

Sie hatte das Gefühl, er wollte etwas sagen. Stattdessen hob er die Schultern und fragte nur: »Warum nich?«

»Dann können wir sie nehmen?«

»Is dein Roller.« Er wandte sich an Patrizias Mutter: »Willste noch wat, Seda? Oder biste satt?« Seine Stimme war sehr leise, noch leiser Sedas Antwort. Patrizia konnte sie nicht verstehen. Als hätten die beiden eine Geheimsprache.

»Ich find das keine gute Idee«, sagte Daniel.

»Warum überrascht mich das nicht?«

»Du bist seit Jahren nicht gefahren. Kannst du das überhaupt noch? Außerdem hast du ein gebrochenes Bein. Du brauchst Krücken. Wie willst du da einen Roller fahren?«

»Zum Glück braucht man dazu seine Füße nicht. Die zwei«, Patrizia hob ihre Hände, schloss sie zu Fäusten, »reichen vollkommen.«

»Aber …«

»Papa!« Janne stöhnte auf.

»Ja, Papa!«, grinste Patrizia. »Was denn noch?«

»Habt ihr überhaupt einen Helm?«

»Bestimmt, oder, Winfried?«

»Beide noch da.«

»Siehst du? Sie kann deinen nehmen.«

»Der wird ihr zu groß sein.«

»Wird er nicht. Du hattest schon immer einen Schrumpfkopf.«

»Witzig! Die alten Helme erfüllen gar nicht mehr die Sicherheitsvorschriften.«

»Meinst du das ernst?«

»Natürlich meine ich das ernst.«

Das führte zu nichts. Immer würde Daniel was finden. Wahrscheinlich konnte er gar nicht anders. War es so, wenn man Kinder hatte? Oder war nur ihr Bruder so? Patrizia griff nach ihren Krücken, drückte sich hoch, stand auf. »Weißt du was? Wir machen das jetzt einfach. Los, Janne. Auf geht's! Bist du dabei?«

»Musst du das noch fragen?« Gemeinsam mit Patrizia steuerte Janne den Flur an.

»Sei nicht immer so ein Spielverderber, Daniel«, rief Patrizia zurück.

»Ja, Papa. Sei nicht immer so ein Spielverderber.«

»Und wer räumt das Geschirr weg?«

»Der, der fragt.«

»Patti? Ernsthaft?«

Patrizia antwortete nicht. Er hatte lange genug versucht, ihr das auszureden. Sie würde das jetzt machen. Sie würde sich ihre alte Vespa schnappen und durch die Straßen brausen und verdammt noch mal zum ersten Mal seit Ewigkeiten ein bisschen Spaß haben!

Als sie in die Garage kamen, stand der Roller in der hintersten Ecke. Nur wenig Licht fiel durch die Fenster und das geöffnete Tor. Leicht war es nicht, sich bis zu ihm durchzuschlagen. So viele Dinge mussten in dem Raum Platz finden, vieles war übereinandergestapelt, lag herum, versperrte ihr den Weg. Kisten, Kartons, Aktenordner, Werkzeuge, Gartenerde, Pflanzenkübel, ein Wasserschlauch, Liegestühle, ein Tisch, Räder, Koffer. Das Durcheinander der Dinge, die man selten brauchte. Patrizia drückte und zwängte sich vorbei, Janne half ihr. Endlich stand sie vor ihm. Ihr Roller hatte sich kaum verändert, sah aus wie immer, schien hier auf sie gewartet zu haben. All die Jahre. Er hatte noch diesen herrlichen Zinnoberrotton, den Patrizia damals geliebt hatte. Nur deshalb hatte sie ihn ausgesucht. Noch heute, wenn sie die Farbe irgendwo wiedererkannte, auf der Straße, in einem Gemälde, bekam sie ein seltsames Herzklopfen. Lange hatte sie nicht gewusst, warum.

Gut, der Roller glänzte nicht mehr so schön wie früher, war an den Rändern leicht verrostet. An einigen Stellen war das teerschwarze Leder des Sitzes rissig und abgewetzt. Was machte das? Bei ihr war es nicht anders. Gut gepflegt war er. Das sah man. Die Reifen waren aufgepumpt, der Scheinwerfer kaum verkratzt. Ja! Der Roller hatte wirklich auf sie gewartet.

»Jetzt müssen wir das gute Stück nur irgendwie rausbekommen.«

»Ich mach das«, sagte Janne.

»Ja?«

»Klar! Kein Problem.«

»Okay! Klasse!« Patrizia lächelte. »Und da sind die Helme«, fügte sie hinzu, deutete zu einem der Regale.

Zwischen Einmachgläsern und einigen Flaschen Reinigungsmittel lagen ihr schwarzer und Daniels schwefelgelber Helm. Sie zog sie hervor, hängte sie sich über den Arm und ging zurück zum Garagentor, versuchte, mit den Krücken einige Gerätschaften notdürftig aus dem Weg zu schieben. Janne folgte ihr mit der Vespa.

»So hatte ich mir das vorgestellt!«, lachte Patrizia, als der Motorroller auf dem Gehweg stand.

Wirklich. Es fühlte sich wie früher an. Zu wie vielen Abenteuern sie von diesem Punkt aus aufgebrochen war. Mit Daniel, mit ihren Freundinnen, mit Andreas. Im Sommer waren sie zum See gefahren, um gemeinsam Schwimmen zu gehen, manchmal ins Autokino nach Essen, wo sie es sich auf dem Boden bequem gemacht und die Köpfe an den Roller gelehnt hatten. Bei ihrem ersten Besuch in der Disco war die Vespa ihre Komplizin gewesen, nachdem sich Patrizia, verbotenerweise, aus dem Haus geschlichen hatte. Auf dem schwarzen Ledersitz hatte sie ihren ersten Kuss bekommen. Es gab kaum etwas, das Patrizia nicht mit ihrem Roller geteilt hatte. Er war selbst an diesem einen Tag dabei gewesen, als das mit Rafael war.

»Der Moment der Wahrheit.« Umständlich bugsierte sie sich auf den Sitz, die Krücken zu beiden Seiten auf den Boden gestützt, sich leicht nach vorne beugend.

Der Schlüssel klemmte in einer kleinen Vorrichtung unter dem Lenker. Ihr Vater hatte sie dort angebracht, nachdem Patrizia den Schlüssel einige Male vergessen hatte. Auch der schien ausgeharrt zu haben, bis er gebraucht wurde. Patrizia nahm ihn heraus, steckte ihn ins Schloss und drehte. Durch die Vespa ging ein Rumpeln, das wie ein Seufzen klang, kratzig und heiser, der Motor spuckte. Einige Male stotterte der Roller, als hätte er Schluckauf. Schließlich begann er, gleichmäßiger zu laufen, und ein beständiges Vibrieren setzte sich vom Lenker über den Sitz bis zum Auspuff fort. Ein bisschen wie das Schnurren einer Nähmaschine, die schon bessere Tage erlebt haben mochte, aber zuverlässig ihren Dienst verrichtete.

Nachdem Patrizia Janne ihre Krücken gereicht hatte, fasste sie den Lenker mit den Händen. Der intensive, scharfe Geruch nach Abgasen hüllte sie ein. Daran erinnerte sie sich gut. Er war herrlich! Sie musste husten, gab mehr Gas. Das Geräusch und der Gestank wurden stärker.

Ja, Patrizia war jetzt älter, viel älter. Und ja, es hatte sich keiner ihrer Träume erfüllt. Verdammt! Ihr Leben war komplett vor die Wand gefahren. Aber gerade fühlte sie sich nicht wie die Verliererin, die sie war. Gerade fühlte sie sich wie das Mädchen von früher. Mutig und entschlossen, alles noch vor sich. Als könnte sie der Angst ins Gesicht lachen.

»Wollen wir?«, fragte sie über das Geknatter des Motorrollers hinweg.

Janne lachte. »Bin dabei!«

»Ich find nicht, dass das eine gute Idee ist!«, rief Daniel von der Tür.

Erst jetzt bemerkte Patrizia, dass er aus dem Hauseingang getreten war und sie beobachtete. In der Hand hielt er sein Handy. Man hätte ihn für einen erfolgreichen Geschäftsmann halten können und nicht für einen Hausmann, so fixiert war er auf das Ding. Was war los mit ihm? Musste er das Telefon überallhin mitnehmen?

»Er kann es nicht lassen«, murmelte Janne, setzte den Helm ihres Vaters auf und reichte Patrizia den anderen.

»Scheiß drauf!«

»Ja. Scheiß drauf.« Als Janne hinter Patrizia auf dem Sitz Platz nahm, hielt sie die Krücken links und sich selbst mit der rechten Hand an Patrizia fest. Die stellte ihr Gipsbein auf dem Durchstieg ab, ließ das andere am Boden.

»Dann geht's jetzt los.« Patrizia spürte ein Flattern im Magen. Zu schnell gab sie Gas. Der Motorroller machte einen Satz nach vorne. Knurrte auf. Sie drückte den Bremshebel. Ruckartig blieb die Vespa stehen. »Upps.« Patrizia lachte. »Das muss ich noch üben.«

Ein weiteres Mal versuchte sie es, jetzt langsamer. Der Motor wurde lauter, die Reifen lösten sich, der Roller bewegte sich vorwärts, etwas stotternd, aber ohne einen Sprung.

»Haha!«, rief Patrizia triumphierend, steuerte die Vespa etwas unsicher über den Gehweg zur Straße und den Bordstein nach unten. »Mach's gut, kleiner Bruder, du Spielverderber!« Den Arm hebend, winkte sie in Richtung Haus, geriet ins Straucheln, machte einen Schlenker, fuhr Schlangenlinien, fasste mit der Hand eilig wieder an den Lenker und richtete ihn gerade. Sie kicherte.

»Mach's gut, Papa!«

»Hast du den Helm richtig aufgesetzt? Fahrt vorsichtig! Und nicht zu schnell! Und passt auf, dass ...« Der Rest von Daniels Satz verlor sich im Fahrtwind.

Patrizia gab Gas. Die Luft blies ihnen entgegen und Patrizia Tränen in die Augen. Das blecherne Poltern des Motors hüllte sie ein wie der Geruch nach Benzin, als befände sie sich in einer schützenden Blase. In der konnte ihr nichts passieren. In der konnte das Leben ihr nichts tun.

»Juchu!« Sie schrie. »Juchuuu!«

Anstatt den Roller sofort in Richtung Supermarkt zu steuern, fuhr sie einen großen Bogen durch die Siedlung. Hermann-Grothe-Straße, zum Holzenberg, Berglehne, zum Ellenberg, Kurt-Heintze-Straße, die lange Bissingheimer Straße entlang. Hier war alles vertraut, jedes Haus, jede Ecke, jede Bushaltestelle. Alles hatte sie schon gesehen. In der Straße, in der sie jetzt wohnte, kannte sie sich kaum aus. Selten hatte Patrizia länger als zwei Jahre am selben Ort gelebt. Mit jedem neuen Projekt war sie umgezogen, manchmal in eine andere Stadt, manchmal in ein anderes Bundesland, manchmal ans andere Ende von Deutschland. In der Schweiz war sie gewesen, in den USA, in England. Nirgendwo hatte sie sich zu Hause gefühlt. Nicht in den Vierteln, nicht in den Wohnungen. Oft hatte sie nicht einmal die Kisten und Kartons ausgepackt. Es hatte sich nicht gelohnt. Alles war eine Durchgangsstation gewesen. Ihr ganzes Leben.

Das hatte sich mal gut angefühlt. Jetzt war Patrizia dreiundvierzig. Sie wollte irgendwo ankommen. Stattdessen war sie im Nirgendwo gelandet.

Die Häuserzeilen und Vorgärten und parkenden Autos flogen vorbei. Patrizia trieb den Roller an. Weiter und weiter. Er brummte widerwillig, kämpfte sich tapfer voran. Der Himmel über ihnen hatte Ähnlichkeit mit Wasser, einem Strom, der in die Richtung floss, in die sie fuhren. Sein Grau kam ihr nicht mehr duster und schwer vor. Die scharfe Luft kribbelte auf ihrer Haut. Sie hätte frieren können, doch ihr war nicht kalt. Sie sah Vögel und hätte ihnen am liebsten zugewinkt. Albern! Ja! Sie musste lachen. Warum konnte sie nicht wieder siebzehn sein? Von vorne anfangen? Alle Entscheidungen neu treffen? Die Karten anders mischen?

In diesem Moment auf der Vespa, Janne in ihrem Rücken, die Straße voraus, fühlte es sich an, als wäre das nicht vollkommen unmöglich.

Als sie den Supermarkt erreichten, lenkte Patrizia den Motorroller neben die Fahrradständer und brachte ihn zum Stehen. Über ihr Gesicht liefen Tränen, und sie lachte noch immer. Ihre Wangen schmerzten, weil sie nicht aufhören konnte zu grinsen. Sie fuhr sich mit der Hand über die Augen, um sehen zu können.

»War das nicht toll?«, fragte sie über das Knattern hinweg und wandte sich zu Janne um. Die nickte begeistert, lächelte ebenfalls.

Patrizia drehte den Schlüssel, das Geräusch erstarb. Als würde das Leben aus der Vespa verschwinden. Patrizia strich über den Lack, fühlte die Wärme unter ihrer Hand. Janne reichte ihr die Krücken, und Patrizia stieg vom Roller. »Was machen wir?« Sie schnallte den Helm ab.

»Erst mal gehen wir rein.«

»Okay.« Patrizia zog den Schlüssel ab, steckte ihn ein und folgte ihrer Nichte durch die Glasschiebetüren ins Innere des niedrigen Gebäudes.

Früher waren sie meist in Bissingheim einkaufen gegangen. Der Supermarkt jetzt war so groß und modern. Alles sah anders aus. Die Regalwände waren höher, es war heller und bunter. Überall hingen Schilder, große Lampen über Obst und Gemüse, aus den Lautsprechern drang Radiomusik. Patrizia konnte sich erinnern, wie sie mit ihren Freundinnen durch die Supermarktgänge gestreift war, um genau abzuwägen, was sie für die eine Mark kaufen wollten, die sie besessen und wie einen Schatz in den Händen gehütet hatten. Später war sie mit Andreas zu *Edeka* gefahren, wenn sie ins Kino hatten gehen wollen. Sie hatten sich mit Chips und Cola eingedeckt, die sie in Patrizias großem Rucksack versteckt und erst in der Dunkelheit des Saals ausgepackt hatten. Mit Daniel hatte sie sich beim Einkaufen mit ihrem Vater darum gestritten, welche Nougatcreme sie nehmen sollten, bis der die Geduld verloren und eine vollkommen falsche genommen hatte. Unzählige Male war Patrizia im Dauerlauf durch den Laden gehechtet, um etwas zu kaufen, was Rafael gebraucht hatte. Warme Milch, um ihn zu beruhigen, Pflaster, wenn er sich verletzt hatte, Süßigkeiten, die er gernehatte und die ihn aufmuntern sollten. Manchmal war Patrizia absichtlich länger geblieben, um nicht nach Hause zu müssen.

Obwohl Janne sich nicht auskannte, steuerte sie zielsicher die Wurst- und Käsetheke an. Dahinter stand eine Frau mittleren Alters, ein Netz um die Haare, eine abwaschbare weiße Schürze um die fülligen Hüften. Wie alt sie wohl war? Dauerte eine Ausbildung zur Wurstverkäuferin lange? Was verdiente man da? War das eine unbefristete Stelle? Bestimmt. Warum auch nicht? Ob die Frau Kinder hatte? Ob sie verheiratet war? Vielleicht war sie fürs Wochenende zum Geburtstag ihrer Enkelin eingeladen. Sicher würde es Kaffee und Kuchen geben und viele Süßigkeiten. Zu Weihnachten bekam sie wahrscheinlich selbst gemalte Bilder geschenkt, die sie an ihren Kühlschrank hing, und von ihrem Sohn die Lieblingspralinen mit Eierlikör.

»Hallo«, sagte die Verkäuferin und leierte ihre Begrüßung herunter: »Was kann ich für Sie tun?«

Janne stellte sich dicht vor das Glas, hinter dem die verschiedensten Fleischsorten ausgestellt waren, in schmalen Scheiben übereinandergelegt, angeschnitten, als Wurstketten, als Ringe, in Rosa, Beige, Hellbraun, Goldbraun, Orange, leicht bläulich, leicht rötlich, dunkel, fast auberginefarben, marmoriert, mit Punkten, eine in Form eines Bärchens, eine als Gesicht. Früher, als Kind, hatte Patrizia eine Scheibe Fleischwurst von der Verkäuferin bekommen. Mit einer zweizackigen Gabel hatte sie die aufgespießt, zusammengerollt und über die Theke gereicht. Ob sie das heute noch machten? Patrizia hatte es gemocht.

»Ich hätte eine Frage.«

»Bitte.«

»Was machen Sie mit den Nahrungsmitteln, die Sie nicht verkaufen?«

»Was wir damit *machen?*«

»Ja.«

Patrizia beobachtete ihre Nichte. Sie schien nicht nervös, stotterte nicht, sagte klar und deutlich, was sie wollte. Sie machte einen furchtlosen Eindruck, so, wie Patrizia selbst früher gewesen war. Warum konnte sie nicht wieder so sein? Warum konnte sie nicht einfach …?

»Die schmeißen wir weg.«

»Und wohin?«

»Draußen. In den Container.« Die Frau wurde misstrauisch.

»Darf man sich die einfach nehmen?«

»Da muss ich den Chef fragen.«

»Das wäre toll! Danke«, sagte Janne. In ihre Mundwinkel huschte ein kurzes, forderndes Lächeln.

Die Verkäuferin machte ein irritiertes Gesicht, zögerte, drehte sich um und verschwand durch eine Tür. Von der Theke zurücktretend, brachte Janne ihre Kopfhörer um den Hals in die richtige Position und schob die Hände in die Taschen. Sie hatte alles im Griff. Patrizia konnte sich kaum daran erinnern, wie es sich anfühlte, alles im Griff zu haben.

»In Deutschland ist Müll Eigentum, wusstest du das?«

»Was? Nein, das wusste ich nicht.«

»In Österreich ist das anders. Da ist Containern kein Problem. Es gibt sogar das Gemüse- und Obstkollektiv. Aber bei uns …« Schulterzuckend drehte Janne an einem ihrer Ohrringe.

»*Containern?*«

»So nennt sich das Mitnehmen von weggeworfenen Lebensmitteln, um sie vor der Vernichtung zu retten. Das meiste Essen, das weggeschmissen wird, ist eigentlich noch gut. Manchmal ist nur das Haltbarkeitsdatum überschritten oder das Obst ist ein bisschen angedötscht. Es sieht nicht mehr schön aus, deshalb will es niemand kaufen, und es wird weggeworfen. Damit sind nicht alle einverstanden, weißt du? Deshalb gibt es Leute, die nach solchen Lebensmitteln in den Containern von Supermärkten und Fabriken suchen.«

»Sie essen die weggeworfenen Lebensmittel?«

»Warum nicht? Die sind wirklich noch super. Das Mindesthaltbarkeitsdatum gehört sowieso abgeschafft. Über die Qualität sagt es nichts aus. Die Menschen machen sich nicht mehr die Mühe, selbst zu riechen und zu fühlen, ob etwas gut ist. Sie sehen nur: abgelaufen oder ein bisschen matschig. Zack. Weg.«

»Machst du das auch? Dieses Containern?«

»Hin und wieder. Aber ich such meist nicht nach den guten Sachen. Für meine Fotos will ich das olle Zeug. Den stinkigen Fisch, das verfaulte Gemüse, das ranzige Fleisch, den total verschimmelten Käse.«

»Klingt eklig.« Patrizia war beeindruckt.

Warum hatte sie davon bisher nichts gehört? Es klang überzeugend. *Janne* klang überzeugend. Irgendwann war Patrizia das auch mal gewesen. Wie lange war das her?

Sie sah auf ihr Gipsbein.

»Das ist es. Manchmal mieft und suppt es gewaltig. Aber das ekligste Essen bringt die besten Bilder.«

»Kann ich mir vorstellen. Ich glaub …«

In diesem Moment kam die Verkäuferin zurück, ein junger Mann folgte ihr. Er sah aus wie Anfang zwanzig, Mitte zwanzig allerhöchstens, trug einen Anzug, was in einem Supermarkt albern aussah, und machte ein übertrieben wichtiges Gesicht, als versuchte er, älter auszusehen. Er konnte kaum mit der Ausbildung fertig sein. Oder hatte er studiert? Was? BWL? Er wirkte, als würde er hier ein Praktikum machen. Die Ärmel seines Hemdes waren zu lang. Wahrscheinlich verdiente er dreimal mehr als die Frau, die dreimal so lange hier arbeitete.

»Was kann ich für Sie tun?« Seine Fingerspitzen hatte er zu einer Raute zusammengelegt. Wie Angela Merkel.

Janne beugte sich erneut vor, die Hände auf dem Rand der Theke. »Ich möchte wissen, ob ich mir die Lebensmittel, die Sie wegschmeißen, nehmen darf.«

»Aha.« Seine Mitarbeiterin und er tauschten Blicke. »Das ist leider nicht erlaubt.« Er schien um einen bedauernden Tonfall bemüht, war nicht überzeugend. Überhaupt hörte er sich an, als wäre der Stimmbruch gerade erst vorbei.

»Warum nicht?«

»Die weggeworfenen Lebensmittel sind Eigentum des Supermarkts.«

»Aber Sie wollen sie nicht.«

»Das spielt keine Rolle.«

»Sie werfen sie weg. Für Sie ist es Müll.«

»Auch der Müll gehört uns.«

Betont langsam stellte Patrizia die Krücken neben sich und trat ebenfalls vor. »Es ist für ein Kunstprojekt, wissen Sie? Meine Nichte ist Künstlerin.«

»Sie dürfen aus unserem Müll keine Kunst machen.«

»Sie will nur die alten und verdorbenen Sachen.«

»Ich bedaure, dass ich Ihnen keine andere Auskunft geben kann.«

»Wir nehmen wirklich nur das ganze stinkige, alte Zeug. Ihren guten Müll können Sie behalten und vernichten.«

»So sind die Vorschriften.«

»Dann sind es ziemliche Scheißvorschriften.«

»Das ist Ihre Meinung.«

»Das ist allerdings meine Meinung!« Wütend blickte Patrizia ihn an.

Mit einem Mal hatte sie das Bedürfnis, eine Szene zu machen. Woher kam das? So kannte sie sich nicht. Wollte sie genauso mutig und entschlossen sein wie Janne? Wieder ein bisschen mehr so sein wie früher? Wollte sie ihre Nichte beeindrucken?

»Aber bitte«, rief sie so laut, dass sich die Leute in der Nähe zu ihnen umdrehten. »Behalten Sie Ihren Müll. Bleiben Sie auf Ihrem verdorbenen Pferdefleisch, Ihrem stinkigen Fisch und dem schimmelnden, abgelaufenen Analogkäse sitzen. In diesem Laden kaufen wir nicht«, sagte sie.

War das nicht ein Zitat aus einem Film?

»Lass uns gehen«, raunte Patrizia Janne zu.

Fast gleichzeitig drehten sie sich um, ließen die Verkäuferin und den Schnösel zurück. Patrizia spürte die Blicke der anderen Kunden auf sich, hörte ihr Getuschel und fühlte sich großartig. Ein euphorisches Gefühl rauschte durch sie hindurch. Sie musste lachen. Janne lachte ebenfalls.

»Du bist cool, Tante Patti«, sagte Janne, als sie draußen vor dem Eingang neben dem Roller standen.

Patrizia musste schlucken. »Du bist auch ziemlich cool.« Sie nahm auf der Vespa Platz, setzte ihren Helm auf und startete den Motor. Janne griff nach den Krücken.

Vielleicht konnte es doch wieder wie früher sein. Vielleicht war nicht alles verloren.

»Und was willst du jetzt machen?«, rief Patrizia über den Lärm des Motors hinweg.

»Wir fahren nach Hause«, schrie Janne zurück. »Aber wir kommen wieder.«

Was ich sah, erinnerte mich an ein historisches Schlachtengemälde. Im Speisesaal der Uni waren überall Leute. Die einen drängten sich an das links aufgebaute Buffet, hievten cremeweiße Kartoffelsalate, schwarzbraune Frikadellen und mokkafarbene Törtchen auf ihre Teller, die anderen standen in Grüppchen zusammen, so dicht an dicht, dass ich nicht sagen konnte, wo das eine anfing und das andere aufhörte. Als ich durch die Tür hereinkam, schlug mir ein Durcheinander von Stimmen entgegen. Wie eine Welle. *Die große Welle von Kanagawa*. In New York hatte ich den Holzschnitt gesehen und einmal in Claude Monets Haus in Giverny.

Wie ich das hasste!

Es waren nicht die Menschenmassen, die ich schrecklich fand. Sie machten mich nicht nervös. Vor nicht einmal einer Stunde hatte ich vor ihnen gestanden und einen Vortrag über Christa Biederbick und die Wahrnehmung des Realismus gehalten. Mich hatte nicht gestört, dass es Kritik gegeben hatte. Daran war ich gewöhnt. Vor einem älteren Professor hatte ich sogar verteidigen müssen, dass ich mich überhaupt mit Biederbick beschäftigte und nicht mit einem anderen Vertreter von *ZEBRA*, einem der Männer, die viel prägender seien. So was machte mir nichts aus. Ich wusste, dass ich recht hatte.

Das hier war anders.

Hier ging es darum, Kontakte zu knüpfen, wer sich bei den wichtigen Leuten bekannt und beliebt machen konnte, wer wem seine Visitenkarte zusteckte und sich erfolgreich anbiederte. Für mich war das nichts. Ich hatte solche Dinge nie gemocht. Lieber überzeugte ich mit meiner Arbeit. Ich wollte, dass sich die Leute an meine guten Thesen, klugen Gedanken, vielleicht auch provokanten Ideen erinnerten, nicht daran, dass ich mehr Schnaps als sie vertrug, die besten Bush-Witze kannte oder ihnen nach dem Mund redete. Überhaupt wollte ich mit niemandem reden, weil es gut für meine Karriere war, für den nächsten Schritt auf der Leiter. Harte Arbeit zahlt sich aus, sagte meine Mutter. Daran hielt ich mich. Und tat es. Ich arbeitete hart. Wirklich hart. Immer. Das würde mich dahin bringen, wo ich hinwollte. Am Ende würde das belohnt.

Wenn nicht, hatte ich mich nicht genug angestrengt und es nicht anders verdient.

Nach meinem Vortrag hatte ich mich frisch gemacht, war nach unten in den überfüllten Empfangsbereich gegangen und schob mich links an einer Gruppe von Impressionismuskritikern vorbei, die vehement den Einfluss des französischen Impressionismus auf den Suprematismus leugneten. Mit einem von ihnen hatte ich mich auf einer Tagung vor ein paar Wochen in München beinahe darüber gestritten. Oder war es Salzburg gewesen? Weil ich zu hungrig war, um mich auf eine neuerliche Debatte einzulassen, wich ich ihnen aus und steuerte stattdessen das Buffet an. Eine Schlange war längst aufgegeben worden, jeder kämpfte für sich. Als eine Lücke frei wurde, griff ich nach einem Teller, als sich eine zweite auftat, belud ich ihn eilig mit Kartoffelsalat und Frikadellen. Selten war auf diesen Veranstaltungen genug Essen für alle da. Man musste jede Gelegenheit nutzten, schnell sein, nicht zimperlich und hin und wieder etwas rabiat. Auch jetzt drückte ich einem jungen Mann, der am Vormittag ein unbeholfenes Referat über Stillleben im Werk Cézannes gehalten hatte, meinen Ellbogen in den Rücken, um eines der letzten Würstchen im Schlafrock zu ergattern. Sie waren rotbraun, und der Blätterteigmantel hatte einen Eierschalenton, der an einigen Stellen ins Goldgelb ging. Lecker sahen sie aus. Wahrscheinlich kalt.

»Tschuldigung«, sagte ich mit vollem Mund. Beim informellen Teil von Tagungen war das meine Taktik. Den Mund voll haben.

Kurz wandte sich der junge Mann zu mir um, blickte mich mit diesen gehetzten, großen Augen an, wie ich so viele auf Veranstaltungen dieser Art gesehen hatte. Die Panik, mit nicht genug Leuten gesprochen, seine Zeit mit den falschen verschwendet und seine Wissenschaftskarriere an einem einzigen Tag in eine Sackgasse manövriert zu haben. Gerne hätte ich ihm gesagt, dass er sich größere Sorgen um seine fragwürdigen und wenig originellen Cézanne-Thesen machen sollte als um die Anzahl der Worte, die er mit dem Fachbereichsleiter gewechselt hatte, dass es wichtiger war, mit Inhalten zu überzeugen als mit einem lockeren Spruch. Zu fadenscheinig war sein Vortrag gewesen. Wahrscheinlich war es tatsächlich besser, wenn er sich auf Small Talk beschränkte. Ich biss in mein Würstchen, angelte nach einem Stück Brot, nahm ein zweites und einen Nachtisch dazu und wollte mich zurückziehen wie eine Krabbe, als mich jemand aufhielt.

»Frau Mertens, über Sie haben wir gerade gesprochen«, sagte ein Professor aus unserem Institut. Sein Steckenpferd war mittelalterliche Kunst, und er konnte ermüdend lange über die Frage der Kopie in der Karolingerzeit sprechen. Außerdem redete er mit vollem Mund und hatte ständig Essensreste an den Zähnen kleben. In der Hand hielt er ein großes Glas Bier, und ich sah mich um, wo es die Getränke gab. Warum hatte ich die übersehen?

»Marten«, verbesserte ich ihn nicht zum ersten Mal, balancierte meinen Teller vor der Brust.

Meinen Einwurf beachtete er nicht. »Wir diskutieren gerade ein Projekt, das Hartmut Jahn«, er deutete auf einen Kollegen in der Runde, »in Kürze bei der *DFG* anschieben will.«

Ich warf einen Blick auf den Mann, auf den er gezeigt hatte. Vom Namen kannte ich ihn, Worte hatten wir aber noch nicht gewechselt, obwohl seine Arbeit spannend war und ich schon lange hoffte, irgendwann mit ihm arbeiten zu können. Vielleicht war die Gelegenheit gekommen. Meine Mutter hatte recht gehabt. Ich musste mich nur anstrengen, fleißig sein, dann würden die richtigen Leute auf mich aufmerksam, dann würden sich Chancen ergeben.

»Es geht um ein Projekt über Interieur und die Zugänglichkeit des Bildes«, erklärte Hartmut Jahn. »Ich will einen Bogen spannen, vom Barock zur Moderne.«

»Moderne«, sagte der Mittelalterprofessor. »Das ist doch Ihr Ding.«

»Kann man so sagen.« Ich lachte leicht. Es passierte wirklich. Die viele Arbeit hatte sich gelohnt. »Genau genommen interessiere ich mich in meiner Forschung für die Kunst des 18. bis 21. Jahrhunderts und …«

»Wir hatten gleich an Sie gedacht.«

»Freut mich zu hören.«

»Dann fiel uns ein, dass Sie jetzt in dem Alter sind.«

»In welchem Alter?«

»Sie wissen schon.« Der Professor grinste. »Kinder und das alles. Wann ist es bei Ihnen so weit? Wie alt sind Sie jetzt? 32? 34?«

»Was spielt das für eine Rolle?« Ich schluckte, weil ich das Gefühl hatte, mir würde was im Hals stecken. Vielleicht die Frikadelle. Oder das Würstchen im Schlafrock. Ich hätte nicht so schlingen sollen. Ich schluckte ein weiteres Mal, wurde es nicht los.

»Verstehen Sie uns nicht falsch, Frau Mertens«, sagte Hartmut Jahn. »Kinder sind ganz wunderbar. Ich habe selbst vier von der Sorte.« Er lachte. »Aber wenn man so ein großes Projekt angeht … Sie wissen ja, wie das ist.«

Ich fühlte mich, als würde ich meinen Teller mit Kartoffelsalat, Frikadellen, Brot und Nachtisch auf den Boden fallen lassen. Als würde das Porzellan vor mir zersplittern, mit dem Essen über den Boden rutschen. Dann blickte ich auf meine Hände. Ich hielt den Teller noch fest.

»Wir haben überlegt, ob Sie Geert Halmann kennen.«

»Halweig«, murmelte ich.

»Kennen Sie ihn?«, freute sich der Professor aus der Mittelalterkunst, wollte in die Hände klatschen und verschüttete was von seinem Bier.

»Tu ich.« Mit einem Räuspern betrachtete ich das Essen vor mir, die milchig weiße Bierpfütze auf dem Boden direkt in unserer Mitte, auf dem vor Stunden wahrscheinlich glänzenden Parkett, ehe vierhundert Schuhpaare darübergegangen waren wie Schmirgelpapier. Ich zwang mich, den Kopf zu heben. »Da wir grad beim Thema sind.« Ich sah den Mittelaltermenschen direkt an. »Wissense, wat ich Sie auch schon imma mal fragn wollte?«

»Was?« Er grinste breit.

»Wie läuft et bei Ihrer Frau und Ihnen eigentlich so im Bett?«

15:41 Uhr

»Ich liebe dich«, sagte Daniel. Er hatte die Tür zur Küche hinter sich geschlossen und saß im Flur, auf den untersten Stufen der Treppe, einen Arm aufgestützt. Aus dem Nebenraum hörte er die Stimme seines Vaters, der mit seiner Mutter sprach.

In der Diele war es duster. Nur wenig Licht drang durch das kleine Fenster des Eingangs zu ihm. So viele Male hatte er an dieser Stelle gehockt, um sich die Schuhe anzuziehen, die Rollschuhe, einen Sommer lang die Fußballschuhe. Langsam war er hineingeschlüpft, langsamer hatte er sich die Schnürsenkel gebunden, weil er nicht zur Schule wollte, nicht zum Fußballtraining, manchmal ohne Grund. Dieser Ort war ihm wie ein Nicht-Ort vorgekommen, ein Zwischen-Raum. Er schien nicht vorgesehen, war der Durchgang von drinnen zu draußen, von unten nach oben. Allein Daniel hatte sich in ihm aufgehalten. Zu ihm hatte er gepasst. Passte offenbar noch immer. Alle anderen reisten hindurch, hielten nicht an. Er saß fest.

Früher hatte sich Patti oft über ihn geärgert und gemotzt, wenn er auf der Treppe und ihr im Weg gesessen hatte. Seine Mutter hatte ihm jedes Mal die Hand auf den Kopf gelegt, wenn sie an ihm vorbeigehuscht war und nicht hatte stehen bleiben können. Manchmal hatte sein Vater ihm zugezwinkert, doch oft hatte er ihn nicht bemerkt, wenn er von der Küche aus durch den Flur nach draußen gegangen war, zur Arbeit, seine orangefarbene Bahnfahrerwarnweste tragend und die Butterbrotdose in der Hand. Daniel hatte ihm zugesehen, wie er mit großen Schritten von einer Tür zur anderen gelaufen war. Wie ein heimlicher Beobachter hatte er sich gefühlt. Und unsichtbar. Das war schön gewesen. Und traurig.

Mit dem Telefon in der Hand musste Daniel an einen weiteren

Moment denken, in dem er im Nicht-Raum der Diele verschwunden war. Als die Sanitäter oben gewesen waren und er hier unten gewartet hatte. Anfangs mit Patti zusammen, später allein. Sie hatte es nicht ausgehalten. Daniel hatte sich nicht bewegen können, hatte auf die Geräusche gelauscht, auf die Stimmen. Nicht einmal, als die Schritte nach unten gekommen waren, hatte er sich zwingen können aufzustehen, obwohl er nicht hatte bleiben können.

»Ich liebe dich«, wiederholte er, hielt das Handy nah an seinen Mund. »Das wollte ich dir nur sagen. Ruf an, wenn du das abhörst. Ich vermiss dich.« Er küsste in den Hörer. Es war ein komisches Geräusch. Wie Küssen klang es nicht. Irgendwie seltsam. Er legte auf.

Meine Freundinnen haben schon Wetten abgeschlossen, ob du dich noch traust, mich anzusprechen. Das waren Zusannas erste Worte gewesen. Drei Stunden lang hatte Daniel sie da schon angesehen. Von seinem Platz in der Nähe der Toiletten aus, ein Bier in der Hand. Jeden einzelnen Moment hatte er mit sich gerungen. Also?, hatte Zusanna gefragt. Tust du es noch? Ich hab's fest vor. Wann? Gleich. Ich bleib aber nicht mehr lange. Gib mir noch fünf Minuten. Kriegst du. Denkst du denn, dass du es bis dahin schaffst? Muss ich. Warum? Weil du nicht mehr lange bleibst.

Einige Augenblicke blieb Daniel auf der Treppe sitzen. Im Flur war es kühler. Die Heizungsluft reichte nicht so weit, trotzdem klebte ihm das Hemd am Rücken, und er spürte einen Schweißtropfen auf dem Weg vom Nacken hinab in den Bund seiner Hose. Patti schien die Hitze in der Küche nichts auszumachen. Sie war wie ihre Mutter, konnte selbst in der prallen Sonne sitzen, während er schon bei zwanzig Grad schmolz wie eine matschige Kugel Eis. Klebrig und unförmig und eklig. Warum heizte Winni das Haus so auf? Er schwitzte selbst wie ein Schwein.

Obwohl er sich müde und schwer fühlte, stand Daniel auf. Die Sache mit dem Roller war eine blöde Idee. Seit Jahren war Patti nicht gefahren. Jahrzehnten. Sie hatte ein Gipsbein. Das konnte nicht gut gehen. Sah sie das nicht? Daniel hasste es, der Spielverderber sein zu müssen. Wie sie die Augen verdreht, sich Blicke zugeworfen hatten. Genau so hatte er sich in der Schule gefühlt, damals, wenn die anderen über ihn getuschelt hatten. Er hatte immer so getan, als hätte er nichts gesehen und nichts gehört. Gestimmt hatte es nie. Daniel hatte es gehasst. Die Schule. Die Kinder. So tun zu müssen, als würde man nichts bemerken, als wär man nicht traurig, als wär einem alles egal, als würde man nicht in seinem Zimmer darüber weinen.

Papa! Wie Janne das Wort ausgesprochen hatte. Als wäre es ein Schimpfwort. *Sei nicht immer so ein Spielverderber.*

Klar, Daniel wäre auch lieber der coole Onkel, mit dem die Kinder gerne Zeit verbrachten. Warum hatte Janne nicht ihn gefragt, ob er mitkommen wollte? Er hätte gerne was mit ihr unternommen. Er war nicht eifersüchtig, wünschte nur … Natürlich war das albern! Sie war fünfzehn. Mit ihrem peinlichen, alten, dicken Vater wollte sie nichts machen. Es nützte nichts. In letzter Zeit fühlte er sich sehr oft sehr albern.

Und als Patti und Janne ihn angegrinst hatten, auf der Vespa, bevor sie losgefahren waren, hatte sich Daniel wieder wie der kleine Junge gefühlt, der zurückgelassen wurde. Er konnte kaum zählen, wie oft Patti früher ohne ihn aufgebrochen war. Jetzt mit Janne. So peinlich war er!

Patti konnte nicht mal den Roller richtig gerade halten. Daniel hatte das Bedürfnis gehabt, ihnen nachzulaufen, sie aufzuhalten, irgendwas zu tun. Das konnte nicht gut gehen! Doch es gab nichts, was er tun konnte. So wie damals im Park. Beim Fahrradfahrenüben. Als Janne ihn weggeschoben hatte. Geh weg, Papa. Ich kann das alleine. So entschlossen war sie gewesen. So sicher. Hatte mit ihren kleinen Beinen in die Pedale getreten. Unglaublich schnell. Jeden Moment hatte er sie stürzen sehen. Lass sie, hatte Zusanna gesagt. Und er hatte sie gelassen. Hatte nicht geatmet. Hätte sich fast übergeben.

Mit Jonathan war es heute oft genauso. Alles machte er mit so viel Tempo. Ständig musste Daniel die Luft anhalten. Ein letztes

Mal blickte er auf sein Handy, das dunkel und stumm war, dann schob er es in seine Hosentasche.

»Was machst du da?«, fragte Jonathan, als Daniel in die Küche zurückkam. Sein Sohn stand in der geöffneten Gartentür. Winni saß am Küchentisch und arbeitete an etwas, das Daniel nicht erkennen konnte.

»Wo ist Mama?«, fragte Daniel seinen Vater.

»Müde isse gewesn. Hat sich hingelegt.« Winni hob den Blick nicht von seinen Händen.

»Willst du einen Kaffee?«

»Hm …«

War das ein Ja? Ein Nein? Daniel war sich nicht sicher, ging zur Anrichte. Er fand das Kaffeepulver und die Filtertüten an derselben Stelle wie immer, in einer mittelgroßen braunen Dose im Schrank links neben dem Herd, unterstes Fach. Daniel nahm beides heraus, füllte Wasser in den Kanister, gab das Pulver hinein und schaltete die Maschine ein. War es dasselbe Gerät wie in seiner Kindheit? Wahrscheinlich nicht. Wie lang konnte so was halten? Er nahm zwei Tassen aus dem Schrank, auch die standen, wo sie seit Jahren ihren Platz hatten.

»Opa! Opa! Was machst du da?«, hörte er Jonathan hinter sich, wandte sich um, die Hände am Rand der Arbeitsplatte. Hinter ihm fing die Kaffeemaschine an zu glucksen. »Was machst du?«

Sein Sohn war näher an den Küchentisch herangetreten, spähte seinem Opa über die Schulter. Der hielt die Augen auf das gerichtet, was vor ihm lag. Winni trug seine Lesebrille, hatte konzentriert die Stirn gerunzelt, die Haut sah wie Wellen aus, wie stehen gebliebene Wellen.

»Wofür brauchst du den Korken?«

»'ne Schwimmhilfe bin ich am Bauen.«

Was? Daniel löste sich von seinem Platz, kam ebenfalls zum Tisch und setzte sich neben seinen Vater. Mit einer Schere hatte Winni einen schmalen Streifen Stoff abgeschnitten, war dabei, ihn zusammenzunähen und am Korken einer Weinflasche zu befestigen.

»Für wen?«

»Für Blanche.«

»Wer ist Blänsch?«

»Der Goldfisch.«

»Du hast einen Goldfisch, der Blanche heißt?«, fragte Daniel. »Wie Blanche von den *Golden Girls?*«

»Blanche Elizabeth Devereaux.«

»Und wie heißen die anderen Fische? Dorothy, Rose und Sophia?«

Sein Vater nickte knapp.

»Ernsthaft?« Er schwieg. »Seit wann hast du überhaupt Fische?«

»'ne Weile.«

»Eine *Weile?* Wo?«

»Im Wohnzimmer.«

»Im *Wohnzimmer?*« Daniel wandte sich halb um und blickte zur Tür, die von der Küche in den Nebenraum führte. Hatte er beim letzten Besuch Fische gesehen? War er überhaupt im Wohnzimmer gewesen?

»Musste allet wiederholn, wat ich sach?«

»Warum braucht der Fisch eine Schwimmhilfe?« Jonathan ließ sich auf den Stuhl auf der anderen Seite des Tisches gleiten, hockte sich auf die Kante, weil er nie lange sitzen blieb, beugte den Kopf weit vor und spähte auf die Konstruktion in den Händen seines Opas. »Kann er nicht schwimmen?«

»Nich richtig.«

»Warum nicht?«

»Blanche hat 'ne geschädigte Schwimmblase.«

»Dadurch kann er nicht schwimmen?«

»Sie kann schwimmen. Aber sie tut schräg schwimmen.«

»*Schräg?*«, wiederholte Daniel.

»Ich willse stabilisiern.«

»*Stabilisieren?*«

Winni hob die Augen über seine Lesebrille, sah Daniel an, sagte nichts.

»Kann ich sie mir angucken?«, fragte Jonathan.

Schweigend deutete Daniels Vater zum Wohnzimmer. Sogleich sprang Jonathan von seinem Platz auf und lief um den Tisch herum zur Tür. Zögernd betrachtete Daniel die Nadel in der Hand seines Vaters, die in den großen, groben Fingern unbeholfen aussah. Er musterte den weißen, leicht glänzenden Stoff, den Korken. War das ein Scherz? Eine Schwimmhilfe für einen Fisch, der schräg schwamm? Ein Goldfisch, der Blanche Devereaux hieß? Das musste ein Scherz sein!

»Sie schwimmt wirklich schief!«, rief Jonathan.

Daniel wartete darauf, dass Winni etwas sagen würde. Als sein Vater stumm blieb, stand Daniel auf, folgte Jonathan in den Nebenraum.

»Siehst du, Papa? Sie schwimmt schief.« Jonathan war dicht an das Aquarium herangetreten, das rechts neben der Tür stand, stieß fast mit der Nase an das Glas.

Ein Aquarium. Daniels Vater hatte ein Aquarium. Seit wann? Wieso war es Daniel nicht früher aufgefallen? Warum sah er die Dinge nicht?

Daniel ging leicht in die Hocke. Tatsächlich. Von den vier orangefarbenen Fischen, die zwischen Pflanzen und Steinen hin und her schwammen, sah einer aus, als würde er sich seitlich anlehnen. Er blieb sehr nah am Boden des Beckens, schien mit den kleinen Flossen beinahe den Sand zu berühren. Ein bisschen traurig sah er aus. Unsinn! Konnten Fische traurig aussehen?

»Stimmt.«

»Meinst du, das tut ihr weh?«

»Glaub ich nicht. Sie ist halt etwas schräg. Das ist nicht schlimm.«

»Kann Opa ihr helfen?«

»Vielleicht. Bestimmt.« Eigentlich hatte Daniel keine Ahnung. War einem schräg schwimmenden Fisch zu helfen? Reichte dafür der alte Korken einer Weinflasche?

»Wie heißen die anderen?«

»Dorothy, Sophia und Rose.«

»Und welcher ist welcher?«

»Weiß ich nicht.«

Nadel und Faden in der Hand, kam Daniels Vater hinter ihnen ins Wohnzimmer, stellte sich neben sie.

»Welcher ist welcher, Opa?«

Winni schwieg einige Momente lang, beobachtete die vier Fische. »Die Kleene is Rose. Dat da vorne«, er zeigte auf ein Tier weiter rechts, »is Dorothy und dat Sophia.«

»Die sehen alle gleich aus.«

»Tunse nich.«

»Kannst du Blänsch helfen, Opa?«

»Ich werd's versuchn. Willste mitmachn?«

»Oh ja!« Jonathan klatschte in die Hände. »Will ich. Ja, ja, ja!« Er hüpfte auf und ab, das Einhorn auf seinem Kopf rutschte hin und her, vor und zurück.

»Dann los.« Mit einer knappen Geste verließ Winni das Wohnzimmer. Jonathan folgte ihm im Hopserlauf.

Als Kind hatte sich Daniel einen Hund gewünscht und nie einen bekommen. Wegen Rafael. Auch wenn seine Mutter es nicht gesagt hatte, Daniel hatte es gewusst. Um ein Tier hätte sie sich nicht auch noch kümmern können. Dafür war keine Zeit gewesen. Später hatte sich Daniel nicht mehr getraut, zu fragen.

Das Neonlicht über dem Aquarium machte Daniel müde. Er ging zum Fenster und sah nach draußen in den Garten. Von hier aus konnte er den Kürbis sehen. Wie spät mochte es sein? Vier? Fünf? Später? Früher? Ob Zusanna seine Nachricht gehört hatte? Wann würde sie zurückrufen? Würde sie zurückrufen?

Als Daniel in die Küche kam, saßen Winni und Jonathan gemeinsam am Küchentisch, über die Schwimmhilfe gebeugt. Mit dem Stuhl war Daniels Sohn nah an seinen Opa herangerückt und hielt den Stoff, den dieser sorgfältig zusammennähte. Jonathan wartete geduldig, rutschte nicht unruhig hin und her, beobachtete konzentriert jeden Stich. Es gab wenige Momente wie diesen. Daniel lächelte.

»Kennste dich mit Tiern aus?«, fragte sein Vater. »'n Junge sollte wat über Tiere wissn. Die meisten sind am Aussterbn. Weißte, wat dat heißt?«

»Nein.«

»Dat et bald keine mehr davon gibt.«

»Warum?«

»Weil Menschn Arschlöcher sind. Deswegn.«

»Arschloch sagt man nicht.«

»So isset aber! 'n Mann muss auch ma Arschloch sagn.«

»Welche Tiere?«

»Lemurn. Kennste Lemurn?«

»Nein.«

»'n bissken gestört sehn die aus. Die ham so komische schwatte und weiße Gesichter. Aber auch andre Tiere. Bengaltiger, Zwergwildschweine, Bisons, Panzernashörner.«

»Ich hab Nashörner im Zoo gesehen.«

»Zoos sind Gefängnisse! Dat darfste nich unterstützn.«

»Ich war mit meiner Gymnastikgruppe da.«

»*Gymnastik?* Davon tu ich nix haltn. 'n Junge muss Fußball spieln.« Winni warf Daniel einen vorwurfsvollen Blick zu.

Natürlich! Musste sein Vater immer davon anfangen? Daniel hatte das Fußballspielen gehasst. Er war sagenhaft schlecht gewesen. Ständig war er über seine Füße oder den Ball gefallen, und die anderen Kinder hatten gelacht. Niemand hatte ihn in seiner Mannschaft haben wollen. Mehr als einmal hatte er sich auf der Toilette versteckt und geweint. Als er aufgehört hatte, zum Training zu gehen, hatte sein Vater zwei Wochen lang nicht mit ihm gesprochen. Lange zwei Wochen.

Er sagte nichts, sondern ging durch die Küche auf die Kaffeemaschine zu. Als er an Jonathans Stuhl vorbeikam, strich er seinem Sohn über die Wange. Jonathan sah auf, lächelte. Daniel lächelte zurück.

»Ich geh auch zum Tanzen.«

»Dat is ja noch schöner!«

»Beim Tanzen bin ich der Beste.«

»'n Junge biste.«

»Wie trinkst du deinen Kaffee, Papa?«, fragte Daniel. »Mit Milch und Zucker? Oder Schwarz?«

»Ganz schwatt.«

»Möchtest du auch was trinken, Jonathan?«

»Nein.«

»Sicher nicht?«

»Wenner nix trinkn will, willer nix trinkn. Ständig biste den Jungn am Verhätscheln!«

»Ich hab nur gefragt. Ich wollte einfach ...«

»Hallo, alle zusammen!«, rief eine Stimme vom Flur aus. Monika trat in die Küche, einen Korb unter dem Arm, den Haustürschlüssel in der Hand. »Ihr seid ja schon da!« Sie lachte.

»Oma Monika!« Mit einem Sprung vom Stuhl raste Jonathan um den Tisch und Monika in die Arme.

Die lachte noch lauter. »Wer bist du denn? Bist du Jonathan?«

»Ja!«

»Wirklich? Du kannst unmöglich Jonathan sein. Das letzte Mal, als ich dich gesehen hab, warst du so groß.« Sie deutete an ihre Hüfte.

»Aber ich bin's! Ich bin's!«

»Bist du dir sicher?« Jonathan nickte. »Dann will ich dir mal glauben. Ist das eine Einhornmütze?«

»Ja.«

»Die ist aber schön.«

»Nich du auch noch!«, brummte Winni.

»Hallo, Monika.« Daniel kam auf Monika zu und umarmte sie zur Begrüßung.

Sie war eine große, dünne Frau, mit einer Frisur, die aussah, als würde sie mit Topf und Schere geschnitten. Monika trug Kleidung, mit der sie auf die Jagd hätte gehen können, eine beigefarbene Hose, schwarze Stiefel, eine grüne Jacke. Eigentlich war sie nicht Jannes und Jonathans Oma. Nicht richtig. Sie waren nicht verwandt. Monika war die erste Frau von Daniels Vater. Die beiden hatten sich jung kennengelernt, waren kaum mehr als ein oder zwei Jahre verheiratet gewesen, hatten keine Kinder gehabt. Winni hatte sie verlassen, als er sich in Seda verliebte. Nach der Scheidung hatte Monika nicht wieder geheiratet, aber sie hatte in der Nähe gewohnt und ganz selbstverständlich zu Pattis und Daniels Leben gehört. Als Kind hatte sich Daniel keine Gedanken darüber gemacht und sie einfach Tante Monika genannt. Später waren die Fragen gekommen. Einige erst jetzt.

»Wie geht's dir?«, wollte Monika wissen.

»Gut. Gut geht's mir. Dir?«

»Ich war eine Runde mit den Hundis draußen. Jetzt wollte ich mit deiner Mutter und euch Hübschen eine Tasse Kaffee trinken.« Als wäre er ein kleiner Junge, kniff sie Daniel in die Wange. Früher hatte sie das oft gemacht. Monika war die Einzige, bei der er das nicht doof gefunden hatte.

»Wat macht Peek?«, fragte Winni.

»Dem geht's sehr gut. Mit dem Rollwagen klappt alles wunderbar. Das eine Rad quietscht ein bisschen, aber sonst …«

»Ich kann dat ölen, wenne willst. Bring einfach mit.«

»Ich hab auch noch ein bisschen was zum Reparieren im Auto. Fürs Heim.« Monika deutete zur Haustür. »Wo ist Seda?«

»Mama hat sich hingelegt«, antwortete Daniel.

»Und Patti und Janne?«

»Die sind mit dem Roller unterwegs.«

»Mit dem *Roller?* Klingt spannend.« Wieder lachte Monika. Hatte sie jemals nicht gelacht? Schon als Kind hatte Daniel das Gefühl gehabt, dass es nichts gab, das Tante Monika nicht weglachen konnte.

»Ein bisschen zu spannend für meinen Geschmack.«

»Das glaub ich.« Sie legte einen Arm um seine Schulter und schob ihn zum Tisch. »Was macht ihr?«

»Ich und Opa …«

»Opa und ich«, verbesserte Daniel.

»Wir basteln eine Schwimmhilfe für Blänsch. Willst du sie sehen?«

»Unbedingt! Die Gute war in letzter Zeit ein bisschen schräg drauf.«

»Hier.« Stolz hob Jonathan den Stoff mit dem Korken in die Höhe.

Er machte dasselbe Gesicht wie bei der Kindergartenaufführung im letzten Jahr, als er seinen langen, schwierigen Satz fehlerfrei aufgesagt hatte, vor allen, am Rand der Bühne stehend, als Weihnachtselfe verkleidet. Drei Wochen lang hatten er und Daniel die Worte jeden Tag geübt, wieder und wieder. Mehr als ein Mal hatte Jonathan geweint, weil es ihm schwergefallen war, sich alles zu merken und dabei langsam und deutlich zu sprechen. Als es endlich so weit gewesen war, war Daniel fast aufgeregter gewesen als sein Sohn, hatte die Daumen gedrückt, dass es wehtat. Am Ende hatte es Jonathan geschafft und Daniel nach seinem Taschentuch gekramt.

»Sieht sehr gut aus. Damit wird die arme Blanche bestimmt endlich wieder gerade.«

»Können wir das gleich dranmachen? Opa? Können wir?«

»Dat muss erst geklebt werdn. Und dann musset noch trocknen.«

»Aber …«

»Nix abba. ’n Mann muss Geduld ham könn.« Seine Lesebrille absetzend, wandte sich Winni zu Monika. »Wat für Sachn?«

»Kleinigkeiten. Ein Kinderfahrrad. Soll ich sie holen?«

»Mach ich schon.« Er stand auf, nahm den Autoschlüssel entgegen, den Monika ihm hinhielt, und verließ die Küche, die Haustür schlug zu.

»Worum geht’s?«, fragte Daniel.

»Um Sachen fürs Flüchtlingsheim. Ich mach da die Kleiderkammer. Sammle das, was die Leute brauchen. Mein Wagen ist ständig voll. Ich fühl mich schon wie der Lumpensammler. Ich brauch nur noch die Musik.«

»Wir waren vor zwei Wochen bei einem Willkommensfrühstück. Bei uns im Stadtteil. Im Gemeindezentrum. Das war sehr schön, oder, Jonathan?«

»Es gab Kuchen zum Frühstück.«

»Ich hab auch Kuchen.« Schwungvoll stellte Monika ihren Korb auf den Küchentisch. Sie machte alles schwungvoll. Schon früher war das so gewesen. »Leckeren Pflaumenkuchen mit Pflaumen von meinem kleinen, mickrigen Pflaumenbaum. Magst du Pflaumenkuchen?«

»Mag ich, mag ich.«

»Dann holen wir mal Teller.« Monika fasste Jonathan bei der Hand.

Als Kind war Janne ein Sonnenschein gewesen, aber Fremden gegenüber zurückhaltend. Manchmal hatte sie sich hinter Daniels Beinen versteckt. Jonathan war da anders. Angst schien er nicht zu kennen. Ohne Hemmungen ging er auf die Leute zu. Er hatte ein besonderes Vertrauen in sie, das Daniel selbst gern hätte.

Wann hatte er Zusanna angerufen? Wie lange war das her? Hatte sie seine Nachricht schon abgehört? Warum konnte er nicht aufhören, darüber nachzudenken? Es führte zu nichts.

»Vielleicht helf ich ihm.«

»Was sagst du?«

»Vielleicht helfe ich Papa beim Ausladen der Sachen.« Daniel wies ungenau zum Flur.

»Mach das.« Monika hatte sich leicht zu ihm umgewandt, Besteck in der Hand, die Schublade stand noch offen. »Er kann sicher Hilfe gebrauchen.«

»Ist es viel?«

»Manchmal schon … Heute nicht so sehr.«

Daniel nickte langsam und ging durch den Flur nach draußen.

Als er aus der Haustür trat, kam seine Tochter gerade die wenigen Stufen nach oben. »Ihr seid wieder da.« Überrascht sah er Janne an.

Sie hatte den rechten Arm um einen großen Karton geschlungen, dessen Deckel leicht aufstand, zog mit der linken Hand einen kaputten Puppenwagen hinter sich her, dem ein Rad fehlte. Winni folgte, ebenfalls vollbepackt. Vor der Garage stand Pattis Roller, aber Daniels Schwester war nirgendwo zu sehen.

»Ich helfe Opa beim Ausladen.«

»Wollte ich auch.«

»Is nich mehr viel«, sagte Daniels Vater.

»Ich dachte, ich könnte ...«

»Janne und ich machn dat schon.«

»Na gut ... also ...« Unbeholfen trat Daniel von einem Fuß auf den anderen. Wie ein dicker Tanzbär musste er aussehen. Irgendwie fühlte er sich in letzter Zeit ständig wie ein dicker Tanzbär.

»Dich hab ich gesucht«, sagte in diesem Moment eine Stimme.

Janne, Winni und Daniel drehten sich um, dem großen, dunkelhaarigen Mann entgegen, der die Garage verlassen hatte und auf sie zukam.

»Andreas!«

»Hallo, Daniel.« Andreas streckte die Hand bereits aus, als er noch zu weit entfernt war. Sein Händedruck war fest und freundlich, das Lächeln ähnlich. Früher hatte sich Daniel gewünscht, auch mit Andreas befreundet zu sein. Jetzt war er überrascht, dass der Wunsch noch da war. »Groß ist sie geworden«, fügte Andreas hinzu und wies mit dem Kopf zu Janne.

Er trug Jeans, Turnschuhe, einen Kapuzenpullover und sah trotzdem aus wie ein Arzt. Woran lag das? An der Art, wie er redete? War es dieses Aufrechte, das Daniel schon als Kind aufgefallen war? Immer sehr gerade. In jeglicher Hinsicht.

»Jep«, machte Janne nur. Wenigstens war sie nicht nur bei Daniel kurz angebunden.

»Sie werden immer größer, oder?« Andreas grinste leicht. Dieses Mal nicht freundlich, eher verlegen und angestrengt. Oder kam es Daniel nur so vor? »Dann ist man wirklich alt, was?«

»Was meinst du?«

»Wenn man den Kindern sagt, wie groß sie geworden sind.«

»Wahrscheinlich.«

Aus dem Augenwinkel bemerkte Daniel, dass Patti auf ihren Krücken aus der Garage kam, langsam. Sie sah aus, als hätte sie geschwitzt, hatte leicht rote Wangen. Strähnen klebten an ihrer Stirn. Patti schwitzte nicht.

»Wen haste gesucht?«, fragte Daniels Vater.

»Dich.«

»Da haste mich gefundn.«

»Wie geht's?«

»Muss.«

»Können wir reden? Oder ist es gerade schlecht? Ich meine … Ich kann ein anderes Mal wiederkommen.«

Wurde Patti langsamer, je näher sie kam? Bei jedem Schritt bohrte sie die Enden der Stöcke in den Boden. Übertrieben fest. Sie hinterließ eine Spur aus Löchern, die bis zurück zur Garage reichte.

»Nein.«

»Soll ich das mit reinnehmen?«, fragte Daniel. Als niemand etwas sagte, deutete er auf die Kartons in den Armen seines Vaters.

Nun stand Patti fast neben ihm, stemmte die Krücken weiter in die Erde.

»Musste nich.«

»Kann ich aber.«

»Von mir aus.« Ein wenig widerwillig drückte Daniels Vater ihm die Kisten in die Hand, legte oben auf den Pappkarton ein altes Radio und knotete umständlich das Kabel, das herabgerutscht war, um die silberne Antenne.

»Okay.«

»Papa!«

»Was?«

»Ich schätze, wir sollen reingehen.« Janne deutete zur Haustür.

»Ja.« Daniels Blick ging von Andreas zu Winni, zu Patti und zurück. Er machte einen Schritt vor, wartete auf Patti. »Dann zeig ich euch den Goldfisch, der nicht gerade schwimmt.«

»Der nicht *gerade* schwimmt?«

»Blanche Devereaux, der Goldfisch. Kommst du? Patti?« Abwartend sah Daniel seine Schwester an.

»Als würde ich mir das entgehen lassen«, murmelte sie.

Lange hatte ich mit offenen Augen in meinem Bett gelegen und zugesehen, wie der Tag in mein Kinderzimmer geschlichen war. Erst hatte er die Wände mit einem zarten Zitroneneisgelb bemalt, das zu Wachsgelb, zu Buttergelb, Birnengelb, schließlich zu Korngelb geworden war. Mittlerweile hing ein sattes, goldenes Honiggelb unter der Decke, in dem alles, was mir vertraut war und was ich heute zurücklassen würde, einen warmen, weichen Schimmer erhielt. Die aufgereihten Kuscheltiere im Regal, daneben die *Dolly*-Bücher, mein *Commodore 64*, die *Bravo*-Poster, die wenigen *Drei-???-Kassetten*, die ich nicht mitnehmen würde, zur Uni, in mein neues Leben.

Auf der Treppe hatte ich Schritte gehört, vor meiner Zimmertür, jetzt entfernte Geräusche, die wahrscheinlich aus der Küche heraufdrangen. Bestimmt werkelte meine Mutter bereits am Herd. Es würde bald Frühstück geben. Das große Frühstück, bevor ich fahren würde. Das letzte. Gestern hatte meine Mutter Unmengen von Essen eingekauft, das noch für Tage reichen würde, wenn ich längst nicht mehr da wäre. Vor allem auf die Pfannekuchen freute ich mich. Pfannekuchen waren gut gegen das bisschen Traurigkeit, das ich spürte. Auch gegen die große. Vielleicht würde ich ein paar für die Fahrt mitnehmen und ein paar mehr, um sie später in meinem neuen Zimmer zu essen. Allein. Weit weg. Alles war gepackt. Viel nahm ich nicht mit. Das meiste wollte ich hierlassen.

Die Aufregung fühlte sich kribbelig an. Manchmal so sehr nach Angst, dass ich aufpassen musste, nicht zu weinen. Eigentlich freute ich mich doch. So lange hatte ich darauf gewartet. Viel zu lang.

Leise stand ich aus meinem Bett auf, stieg in Jeans und Pullover, öffnete mein Fenster, kletterte nach draußen. Oft hatte ich diesen Weg genommen, wenn meine Eltern nichts merken sollten. Meist war es abends gewesen, manchmal mittags, wenn ich Hausarrest gehabt hatte. Frühmorgens hatte ich mich nie rausgeschlichen.

Es war schwierig, sich über das Vordach bis zum Baum zu bewegen, der vor unserem Haus stand. Ich lief gebückt, eine Hand auf den Ziegeln, weil ich Angst hatte abzurutschen. Ich musste nah an den Rand, um nach einem Ast zu angeln, mich rüberziehen, dann Richtung Stamm und nach unten. An irgendwas blieb ich hängen, der Stoff meiner Hose riss. Ich achtete nicht darauf.

Aus der Garage holte ich meinen Roller und schob ihn ein Stück die Straße hinab, ehe ich ihn startete. So machte ich es immer. Durch das Knattern des Motors sollte mir niemand auf die Schliche kommen. Obwohl ich nicht wusste, was mir jetzt noch passieren sollte. Ich war erwachsen. Ich würde heute in mein eigenes Leben aufbrechen. Ich würde nicht zurücksehen.

Der Weg war nicht weit. Als ich in die Straße einbog und vor dem Haus hielt, bekam ich Herzklopfen. War es die richtige Entscheidung? Die ganze Nacht hatte ich mir die Frage gestellt, hatte nicht geschlafen, nur meine Antwort von einer Seite auf die andere geschoben. Trotzdem wusste ich es nicht. Ich wusste nur, dass ich nicht anders konnte. Wegen *Zurück in die Zukunft II*, wegen dem letzten Jahr, wegen allem, was passiert war.

Das Zimmer von Andreas lag im Erdgeschoss, ich klopfte an sein Fenster und wartete, bis sein verschlafenes Gesicht hinter der Scheibe auftauchte. Mit gerunzelter Stirn lächelte er, als er mich sah, fuhr sich durch die unordentlichen Haare, öffnete mir.

»Hallo. Ich dachte, wir sehen uns später. Wenn ich dich zum Zug bringe.«

Ich nickte, hätte den Kopf schütteln sollen. »Ich wollte mich von dir verabschieden.«

Wieder lächelte er, verstand nicht. »Ist ja nicht für lange. Übernächstes Wochenende komm ich dich besuchen. Und wenn ich meinen Eltern das Geld für die Fahrkarte aus den Rippen leiern muss«, fügte er mit einem schiefen Grinsen hinzu. Mit diesem besonderen schiefen Grinsen.

Das war der Plan. Unser Plan. Bis heute Morgen.

»Nein.«

»Was meinst du?«

Ich zögerte.

Vielleicht hätte ich ihm alles erklären sollen. Vielleicht hätte er es verstanden. Seit vier Jahren waren wir zusammen. Er war der erste Junge, mit dem ich geschlafen, der erste, den ich geküsst hatte. Auf seine komische, ernsthafte Art brachte er mich zum Lachen, selbst wenn ich weinen wollte. Sein eines Ohr stand mehr ab als das andere. Sein linker oberer Eckzahn war spitz wie bei einem Vampir. Er hatte die längsten Wimpern, die ich je gesehen hatte. Als Rafael gestorben war, vor eineinhalb Jahren, war er für mich da gewesen, auch wenn er es nicht richtig verstanden hatte. Niemand konnte das richtig verstehen. Nur Daniel. Nur mein Bruder und ich. Damit hing irgendwie alles zusammen, aber das konnte ich nicht sagen, obwohl ich Andreas gerne so viel gesagt hätte. Im letzten Sommer waren wir jeden Tag am See gewesen. Wie Andreas roch, wie sich seine Haut anfühlte, wie sie in der Sommersonne aussah und wie im Winter, all das wusste ich. Mehr als einmal hatte ich versucht, die Sommersprossen auf seiner Stirn zu zählen. Gelungen war es mir nie. Am liebsten hätte ich es wieder gemacht. Gleich hier. Jetzt. Doch dafür war keine Zeit. Dafür würde keine Zeit mehr sein.

»Ich möchte mich von dir verabschieden.«

Er stand da, kaum wach und noch im Schlafanzug, an seinem Fenster, die Schultern leicht vorgebeugt, knetete die Hände. Endlich begriff er. Er sagte nichts.

»Mach's gut!« Ich küsste ihn, drehte mich um, war weg.

16:21 Uhr

In der Straße lag ein besonderes Licht, als Patrizia mit Janne und dem Roller einbog. Noch immer hingen steinfarbene Wolken tief über den Hausdächern, aber in die frische Oktoberluft mischte sich ein zaghafter Schimmer, der den Asphalt, die Autos und Bäume in einem ungewöhnlichen Graugold glänzen ließ. Zwischen die Gebäude schlichen sich bereits die Schatten des Abends. In ihren Händen spürte Patrizia die Vibrationen des Motors, in ihrem Rücken ihre Nichte, die ihre Arme fest um sie geschlungen hatte, die Wange an sie gedrückt. Sie war müde. Zum ersten Mal seit Langem auf eine gute Art. Sie konnte kaum aufhören zu lächeln. Auch das war neu.

Die Einfahrt ihres Elternhauses hatten sie noch nicht erreicht, da sah Patrizia ihn bereits. Andreas stand vor dem Haus und blickte ihr entgegen. Sie fuhr langsamer, lenkte den Roller zur Garage, zögerte den Moment hinaus, da sie den Motor abstellen und das Knattern der Vespa verschwinden würde. Es kam ihr vor, als würde das Lärmen des Motors ein anderes Lärmen übertönen.

Andreas war da. Warum war sie deswegen aufgeregt?

Janne kletterte hinter ihr vom Sitz, reichte ihr die Krücken und ging bereits zum Haus. Patrizia setzte den Helm ab, hängte ihn an den Lenker und fuhr sich über die Lippen. War ihr Lippenstift verschmiert? Sie strich sich die Strähnen aus der Stirn, bemühte sich, ihre Frisur zu ordnen. War ihr Haar sehr unordentlich? Ihre Wangen glühten von der Fahrt, prickelten vom Fahrtwind. Was hätte Patrizia für einen kurzen Blick in den Spiegel gegeben? Sie konnte sehen, dass Andreas etwas zu Janne sagte.

»Hallo, Patti«, begrüßte er sie endlich, als sie auf ihren Krücken näher kam. Sie lief über den Rasen vor dem Haus, der uneben und glitschig war, musste aufpassen, dass sie nicht ausrutschte.

»Andreas.«

Mehr brachte sie nicht heraus?

Gut sah er aus. Kam ihr größer vor. Natürlich war das Unsinn. Er war nicht gewachsen. Sie war kleiner geworden seit dem letzten

Mal, als sie sich gesehen hatten. Zumindest gefühlt. Wann mochte das gewesen sein? Patrizia hatte keine Ahnung. Es war lange her. Irgendwie war alles lange her.

»Du hast Krücken.«

Sie hatte Andreas fast erreicht, musste noch die Stufen nach oben. »Ja.«

Sie wartete auf das, was Andreas vielleicht sagen würde. Warum war er hier? Hatte er erwartet, sie zu sehen? Wollte er sie sehen? Wollte sie ihn sehen?

»Was ist passiert?« Eine gute Frage. Was war eigentlich passiert? »Mit deinem Bein.«

»Ach so … Klar.« Patrizia schüttelte den Kopf. »Bin blöd gefallen.«

»Wie?«

»Beim Schlittschuhlaufen.«

»Beim *Schlittschuhlaufen?*«

»Ist eine lange Geschichte.«

»Wir sind jetzt in dem Alter, was?« Er grinste.

Patrizia musste an dieses Grinsen denken. Es war nichts Besonderes, sie hätte es unter Tausenden erkannt. Andreas verzog den Mund leicht, nur die eine Seite. Das hatte sie geliebt und bemerkte jetzt, wie sehr sie es vermisst hatte. Um seine Augen zeigten sich Fältchen. Er war auch mal jünger gewesen.

»Was meinst du?«

»Wir sind in dem Alter, in dem wir lange Geschichten haben.« Wieder das einseitige Grinsen. Er war ein schöner Mann. Er alterte schön. »Ich hab gerade schon deine Nichte mit meinen Alte-Leute-Fragen gelangweilt. Ich freu mich, dich zu sehen.«

»Ja?«

»Ich hatte gehofft, du würdest kommen. Du warst lang nicht da.«

»Ich hatte viel zu tun.«

Er schob seine Hände in die vorderen Hosentaschen, zog die Schultern nach vorne, machte den Rücken rund. Manche Dinge änderten sich nie.

»Als erfolgreiche Wissenschaftlerin.« Er lächelte. Sein Lächeln war anders als sein Grinsen. Nicht einseitig. Sein gesamtes Gesicht lächelte. Nein. Patrizia hatte nicht sein Grinsen vermisst. »Du bist Professorin für Kunst, richtig?« Sie sagte nichts. »Das ist toll! Dein Vater spricht dauernd davon.«

»Klar.« Patrizia machte ein spöttisches Geräusch, bohrte die linke Krücke in den Boden.

»Doch. Er redet viel über dich. Für seine Verhältnisse.« Andreas zwinkerte. »Er ist stolz auf dich.«

»Ist er nicht. Glaub mir. Ist er nicht.«

Befangen standen sie voreinander. Andreas schob die Hände tiefer in die Taschen. Ein Zeichen dafür, dass er sich unwohl fühlte. Sie kannte ihn zu gut. Patrizia blickte zur Tür. Sollte sie sich von ihm verabschieden und reingehen? Wollte sie das? Sollte sie ihm anbieten, reinzukommen? Auf einen Kaffee?

»Hast du ein bisschen Zeit? Oder musst du gleich nach Hause?«

Andreas schwieg kurz. »Nein. Ich hab Zeit.«

»Dann komm.« Mit ihrer Krücke machte sie eine Bewegung. »Ich bin gleich wieder da.« Sie warf Janne einen kurzen Blick zu, die schweigend neben ihnen gestanden hatte und nun nickte. Patrizia drehte sich um, ging in Richtung Garage. »Komm«, wiederholte sie mit einem leisen Lachen, als er ihr nicht gleich folgte.

Andreas war zögerlich. Das alles war ihr so vertraut. Er kam hinter ihr her. Ein Stück liefen sie nebeneinander.

»Ist das dein alter Roller?«

»Kaum zu glauben, dass er noch funktioniert, oder? Ich hab gedacht, er wär kaputt. Oder auf dem Müll. Ewigkeiten ist das her.«

»So lang auch wieder nicht.«

Sie hatten die Garage erreicht, das Tor war noch offen. »Setzen wir uns?« Patrizia deutete auf den alten Audi, der zwischen all dem Krempel stand. Es war der Wagen ihrer Mutter.

Warum hatte ihr Vater ihn nicht längst verkauft? Damit fahren konnte sie nicht mehr. Im Inneren des Autos hatte immer dieser besondere Geruch gehangen. Nach dem alten Vanilleduftbäumchen, das vom Rückspiegel gebaumelt hatte, nach abgestandener Luft, nach dem süßlichen Parfüm ihrer Mutter, verschüttetem, eingetrocknetem Kaffee, neuem Ton, den sie manchmal tage- und wochenlang im Kofferraum vergaß, halb leeren Paprikachips, die Rafael so gern gegessen hatte. Der Stoff der Polsterung hatte in den Kniekehlen gekratzt. Daniel hatte am liebsten auf der Armstütze in der Mitte der Rückbank gesessen, wie auf einem Thron. Vielleicht weil er dann größer war als alle anderen. Auf der Motorhaube hatten sie manchmal Picknick gemacht. Einmal hatte ihre Mutter Daniel und sie sogar ein Stück darauf gefahren. Auf einem schmalen Feldweg, den lauen Fahrtwind im Gesicht, das warme Blech unter ihren Händen und nackten Beinen. Durch das Fenster war die Radiomusik zu ihnen nach draußen geschallt. Und das Lachen ihrer Mutter. Und das von Rafael.

»Ich wette, dass mein Vater hier irgendwo …« Patrizia sah sich um, ließ den Blick über die Regale schweifen. Da! Da waren sie. »Hab ich's doch gewusst.«

Sie trat näher heran, zog zwischen Terpentin, Frostschutzmitteln und selbst gemachtem Mirabellenschnaps eine Schachtel Zigaretten hervor. Triumphierend hielt sie die Packung in die Höhe, ging zum Auto und hievte sich umständlich auf die Motorhaube. Die Karosserie gab ein Ächzen von sich, das Metall bog sich unter ihrem Gewicht.

»Brauchst du Hilfe?«

»Geht schon.«

»Brauchst du ja nie.«

Die Krücken an den Wagen lehnend, rückte Patrizia näher an die Windschutzscheibe heran, streckte das Gipsbein von sich. »Nun mach schon.« Mit der Hand klopfte sie auf das Blech, als Andreas unschlüssig in der Nähe des Audis stehen blieb. Schließlich setzte er sich neben sie, die Beine angewinkelt, den Oberkörper vorgebeugt, die Arme auf den Knien. »Willst du?« Sie hielt ihm die Zigaretten entgegen.

Mit Andreas hatte Patrizia zum ersten Mal geraucht. Heimlich natürlich. Hier in der Garage, wo ihr Vater schon früher seine Zigaretten vor ihrer Mutter versteckt hatte. Von dem Qualm hatte sie sich fast die Lunge aus dem Hals gehustet. Beim Gedanken daran musste sie lächeln. Danach hatten sie sich geküsst.

So viel hatte sie mit Andreas zum ersten Mal gemacht.

»Ich rauch nicht mehr.«

»Ich eigentlich auch nicht.« Schulterzuckend nahm sie eine Zigarette heraus, zündete sie an, zog. Dieses Mal musste sie nicht husten. Der Tabak schmeckte bitter. Das war okay. »Meine Mutter sieht nicht gut aus. Du bist ihr Arzt, oder?«

»Bin ich.«

»Was hat sie?«

»Darüber solltest du mit deinem Vater reden.«

»Warum sagst du's mir nicht?«

»Das fällt unter die ärztliche Schweigepflicht.«

»Ist es schlimm? Kannst du mir wenigstens sagen, ob ich mir Sorgen machen muss?« Er schwieg. »Du hältst dich immer an alle Regeln.«

»So bin ich.«

»So bist du.« Patrizia nickte. Sie blies den Rauch ihrer Zigarette vor sich in die Luft, sah der Glut zu, wie sie in Richtung ihrer Finger wanderte. Warum war ihr plötzlich nach Weinen zumute? Sollten die Tabletten nicht genau dagegen helfen? Dagegen, dass sie jetzt immer fast weinte und sich immer nicht nur fast vor dem Leben in die Hose machte. »Du bist verheiratet.« Sie fragte nicht. Sie machte eine Feststellung. Das war leichter.

»Ja.«

»Und ihr wohnt im Haus von Ittens.«

»Wir haben es voriges Jahr gekauft.«

»Da wollte ich auch immer wohnen.«

»Das wusste ich nicht.«

»Mit dir. Ich mach nur Spaß! Na ja.« Sie schnippte Asche von ihrer Zigarette. »Das Haus von Ittens mochte ich immer.«

»Es ist ein schönes Haus. Ein bisschen was haben wir verändert.

Umgebaut. Es musste dringend renoviert werden. Vicky wollte einen Carport.«

»Einen *Carport?*«

»Das ist ein …«

»Ich weiß, was ein Carport ist. Es kommt mir nur wie die spießigste Sache der Welt vor.« Sie lachte auf. Andreas lachte nicht. Warum hatte sie das gesagt? »Kenne ich sie? Vicky?« Wieso hörte sich der Name aus ihrem Mund anders an als aus seinem?

»Nein.«

»Was arbeitet sie?«

»Sie ist Krankenschwester.«

»Manchmal denk ich, ich hätte auch Krankenschwester werden sollen. Oder Zahnarzthelferin. So was in der Art. Letztens war ich beim Arzt. Da haben sie eine Arzthelferin zur Aushilfe gesucht. Auf 400-Euro-Basis.«

»Das hätte nicht zu dir gepasst.«

»Vielleicht doch. Wer weiß. Wie habt ihr euch kennengelernt?«

»Bei der Arbeit. Im Krankenhaus.«

»Der Klassiker, oder?«

»Ja, vielleicht.«

»Habt ihr Kinder?«

Andreas antwortete nicht sofort. »Wir versuchen es. Vicky hat Unmengen von Hormonen genommen. Das ganze Programm. Gerade machen wir eine Pause. Ist alles nicht so einfach.«

»Nein.«

Patrizia betrachtete die Zigarette zwischen ihren Fingern. In einer gleichmäßigen Linie stieg der grauweiße Qualm nach oben. Wenn sie die Hand bewegte, geriet er in Unordnung, drehte sich, kreiselte. Eigentlich sah das sehr schön aus. Warum versuchte sie trotzdem, den Arm ruhig zu halten?

»Was ist los, Patti?«

»Was soll los sein?« Sie räusperte sich. »Denkst du manchmal an früher?«

»Natürlich. Tue ich oft.«

»Tut mir leid, dass es so zwischen uns geendet ist. Ich musste irgendwie … raus, nehme ich an.« Sie machte eine ungenaue Geste, Asche rieselte herab. »Ich wusste nur nicht, wie.«

»Ich weiß.«

»Tut mir leid, dass ich dich verletzt hab.«

»Ist okay. Ist lang her.«

»Willst du nicht mal ziehen?« Sie hielt Andreas die Zigarette hin.

»Vielleicht ein Mal.«

Er beugte sich vor. Sie beugte sich vor. Ihre Hand war ganz nah an seinem Mund. Beinahe berührten seine Lippen ihre Finger. Die Glut glimmte auf, als er zog. Sie sah ihn an. Er sah sie an. Dann drehte er den Kopf weg, blies den Rauch aus.

»Ich sollte gehen«, sagte er, ließ sich von der Motorhaube gleiten und sprang auf den Boden.

»Ja.« Patrizia nickte, Andreas wandte sich bereits um. »Warte!« Sie wollte nicht allein in der Garage zurückbleiben, auf dem Auto, mit der Zigarette. »Ich komme mit.« Sie rutschte nach vorne. Dieses Mal fragte Andreas nicht, sondern nahm ihre Krücken und hielt sie ihr hin. Sie warf die Zigarette auf den Boden, er trat sie aus, sie griff nach den Stöcken. »Danke.«

»Gern geschehen.«

Schweigend gingen sie nach draußen. Er voraus, sie langsamer hinterher. Hatte noch den Geruch von Zigarettenqualm in der Nase.

Vor dem Haus standen Daniel, Janne und Winfried. Warum waren alle draußen? Sollte das eine Familienversammlung werden? Was waren das für Kartons, die ihr Vater und Janne in den Armen hielten?

»Können wir reden? Oder ist es gerade schlecht?«, fragte Andreas, als Patrizia näher kam. Nicht sie. Ihren Vater.

Sie drückte das Ende ihrer Krücken vor sich in den Boden. Bei jedem Schritt sah sie dem Wasser zu, das aus der Erde quoll, bevor sie den nächsten machte. Warum lief sie nicht schneller? Sie blickte zur Garage zurück. Am liebsten wäre sie dringeblieben. Hätte sich zwischen dem Krempel versteckt. Vielleicht im Auto ihrer Mutter. Ein alberner Gedanke.

Daniel sagte irgendwas, als Patrizia neben ihn trat. Irgendwas mit einem Goldfisch, der nicht gerade schwamm. Wirklich zuhören konnte sie ihrem Bruder nicht. Sie war zu sehr bemüht, Andreas nicht anzusehen. Was ihr schwerfiel.

»Blanche Devereaux, der Goldfisch.« Sie verstand kein Wort. »Kommst du? Patti?«, fragte Daniel.

Sie konnte nicht antworten, sich nicht bewegen. Aber endlich warf sie Andreas einen kurzen Blick zu. Er sah nicht zurück.

»Als würde ich mir das entgehen lassen«, murmelte sie, als sie Daniel und Janne ins Haus folgte, die Stimme von Andreas hinter sich, ehe sie die Tür schloss, sie aussperrte.

Mit einem Mal hielt Patrizia es nicht mehr aus. Ihr Bein schmerzte. Warum schmerzte ihr Bein plötzlich? Sie konnte kaum laufen. Die Knie zitterten. Ihre Hände taten weh. Die Handflächen. Komisch schwindlig war ihr. An der Schläfe pochte Schmerz.

»Ich komm gleich nach.«

»Was?«

»Ich muss aufs Klo.«

»Es gibt Kuchen.« Daniel deutete zur Küche.

»Was hat das damit zu tun?«

»Nichts. Ich wollte nur … Ich meine …«

Patrizia drehte sich weg. Sie konnte keinen Moment länger so tun, als wär alles in Ordnung, als wär alles normal. Niemand sollte das sehen. Sie zwang sich die Treppe hinauf. Jede Stufe kam ihr unüberwindlich vor, elendig lang der Weg nach oben. Warum gab es im Erdgeschoss keine Toilette wie in jedem anderen Haus? Scheiße war das! Als sie das Badezimmer erreichte, drückte sie sich von innen gegen die Tür. Ihr Herz klopfte. Was war los? Vorhin, auf dem Roller, mit Janne, war alles gut gewesen. Besser als gut. Jetzt fühlte sie sich, als würden die Beine unter ihr nachgeben, sie zu Boden rutschen. Sie konnte nicht im Badezimmer ihrer Eltern auf den Fliesen liegen. Patrizia trat ans Waschbecken, drehte das

Wasser auf. Wieder dieses Glucksen. Wieder dieser elendig dünne Strahl. Sie schluckte zwei Tabletten. Irgendwas musste helfen. Musste nicht irgendwas helfen?

Sie wartete, wartete lange, bis sie wieder entscheiden konnte, welchen Ausdruck ihr Gesicht haben sollte.

»Wir haben schon mal angefangen«, sagte Monika, als Patrizia nach unten in die Küche kam. Sie saß mit Daniel und den Kindern um den Küchentisch. Winfried war nicht da. Andreas auch nicht. Wie lange konnte so ein Gespräch dauern?

»Monika!« Warum war Patrizia überrascht? Natürlich war Monika da. Sie war immer da gewesen.

»Was ist denn mit dir passiert?« Monika stand auf, um sie zu begrüßen.

Im ersten Moment wusste Patrizia nicht, was sie antworten sollte. Sie dachte an Andreas, an die Garage, an ihr Gesicht im Spiegel, an alles. Wie oft musste sie das noch sagen?

»Ich bin hingefallen.«

17:15 Uhr

»Wer ist Peek, Oma Monika?«, fragte Jonathan, während er sich einen zweiten großen Löffel Sahne auf sein Stück Pflaumenkuchen hievte.

»Nicht zu viel. Du verdirbst dir den Magen«, sagte Daniel.

Janne verdrehte die Augen. Natürlich. Sein Sohn beachtete ihn nicht, verstrich die Sahne, als würde er ein Brot schmieren.

»Wer Peek ist?«

Seitlich am Tisch stand Monika und goss Kaffee aus Sedas weißer Porzellankanne in die vor ihr aufgereihten Tassen. Sie wandte sich an Janne: »Trinkst du auch Kaffee?«

Demonstrativ warf Daniels Tochter ihm einen Blick zu. »Ja.«

Sie wollte ihn ärgern. Er mochte es nicht, wenn sie Kaffee trank. Das wusste Janne. Sie war zu jung dafür. Sollte er was sagen? Sollte er es ihr verbieten? Er war so müde und es so leid zu streiten. Hatte Zusanna seine Nachricht immer noch nicht abgehört? War sie nicht zu Hause? Wo war sie? Warum meldete sie sich nicht? Was hatte das zu bedeuten?

Wusste Daniel nicht längst, was das zu bedeuten hatte?

Monika füllte Jannes Tasse und schob sie ihr zu. Ein weiteres Mal sah Janne ihn an, ein bisschen triumphierend, wie er fand. Diesen Kampf hatte sie gewonnen. Aber im Moment hatte Daniel ohnehin das Gefühl, ständig zu verlieren.

»Wer ist Peek, Oma Monika. Oma Monika, wer ist Peek?« Jonathan klopfte so ungeduldig mit dem Löffel auf seinen Sahneberg, dass weiße Flocken in alle Richtungen flogen.

»Jonathan!«

»Schon gut.« Die Kanne abstellend, wischte Monika mit dem Zeigefinger ein paar Sahnekleckse von der Tischdecke auf, leckte sie ab, setzte sich. »Peek ist mein Hund.« Mit dem Tortenheber lud sie sich selbst ein großes Stück Kuchen auf den Teller, knibbelte Guss zwischen den Pflaumen hervor und steckte ihn sich in den Mund. »Vor einigen Wochen hab ich zwei junge Ridgebacks aus einer illegalen Zucht gerettet. Peek und Cloppenburg.«

»*Peek und Cloppenburg?*« Janne lachte. »Find ich gut.«

»Mir gefallen die Namen auch. Einer von beiden, Peek, hat einen Wirbelsäulenschaden und kann seine Hinterbeine kaum bewegen.«

»Wie schrecklich.«

»Erst dachten wir, wir müssten ihn einschläfern. Er konnte kaum richtig laufen, ist ständig umgefallen. Und das alles …« Ungenau wischte Monika durch die Luft. »… war nicht schön anzusehen. Aber dein Opa Winfried«, sie streckte die Hand nach Jonathan aus und kraulte das Einhorn zwischen den Ohren, »hat ihm einen Rollwagen gebaut. Für die Hinterläufe. Damit klappt es wunderbar.«

»Einen *Rollwagen?*«

»Im Grunde ist es wie eine Art kleine Kutsche für die Beine. Man schnallt sie dem Hund hinten unter den Popo, dann läuft er vorne und zieht das Wägelchen hinter sich her.«

»Und das geht?« Daniel konnte es sich kaum vorstellen. Das musste wie in einem Comic aussehen.

»Ein bisschen schwer hat sich Peek am Anfang damit getan. Das schon. Aber Winfried hat viel mit ihm geübt, Runden durch den Garten gedreht und so weiter, und den Rollwagen immer wieder angepasst. Mittlerweile funktioniert das einwandfrei, und Peek ist glücklich mit seinem Rollwagen.«

»*Glücklich?*«

»Gut, er kann jetzt nicht so wild rumtoben wie Cloppenburg.« Monika spießte eine Pflaume auf ihre Gabel, aß sie nicht, sondern hielt sie in der Luft. »Aber laufen und rennen kann er und den Ball holen.«

»Was wär die Alternative?«, fragte Janne und blickte Daniel herausfordernd an. »Ihn einschläfern lassen? Nur, weil er nicht ganz gesund ist? Weil er etwas mehr Arbeit macht?«

»Manchmal ist es das Beste, wenn …«

»Für wen?«

»Na ja, für …«

»Irgendwas haben wir doch alle. Niemand ist perfekt.«

»Das wollte ich …«

»Eigentlich zieht jeder von uns einen Rollwagen hinter sich her. Bei den meisten sieht man ihn nur nicht gleich.«

»Ich meinte nicht …«

»Man sollte es sich nicht so leicht machen.«

Wann war aus Monikas Hundegeschichte ein Streit zwischen Janne und ihm geworden? »Ich glaub nicht, dass sich irgendwer so eine Entscheidung leicht macht.«

»Man darf nicht sofort aufgeben. Man muss um jemanden kämpfen.«

Daniel musste schlucken. Worüber redeten sie?

»Tu ich ja.«

»Was?«

»Nichts.«

Den Blick auf seinen Teller gesenkt, zerteilte Daniel den Pflaumenkuchen mit der Gabel in kleine Stücke, in immer kleinere Stücke, versuchte dann, sie einzeln aufzulesen. Gelingen wollte es ihm nicht. Sie waren nicht mehr groß genug. Er hätte die Finger zu Hilfe nehmen müssen. Das wollte er nicht.

»Kann ich ihn sehen, Oma Monika?«, fragte Jonathan, den Mund voller Sahne.

»Wen? Peek? Ich bring die beiden morgen mal mit. Ich wollte sowieso …« Monika beendete ihren Satz nicht, weil Patti in die Küche kam. »Wir haben schon mal angefangen«, sagte sie lächelnd und stand auf. »Was ist denn mit dir passiert?«

»Ich bin hingefallen.«

»Ziemlich steinig da draußen, was?« Monika machte mit dem Kopf eine ungenaue Bewegung, hatte Patti erreicht und umarmte sie.

Patti schwieg.

»Wo isset steinig?«, wollte Winni wissen, der in den Türrahmen trat.

»Draußen. Im Leben.« Monika lachte. »Oder, Patti? Wollt ihr Pflaumenkuchen?«

»Worüber habt ihr gesprochen?«, fragte Patti.

»Wat?«

»Andreas und du. Worüber habt ihr …?«

»Nix weiter … Gar nix.«

»Natürlich habt ihr über was gesprochen. Warum sagst du's nicht? Ging es um Mama? Habt ihr …?«

»Er is verheiratet!«

»Was?«

»Andreas. Verheiratet isser.«

»Was hat das mit meiner Frage zu tun?«

»Ich sachs nur. Mit 'ner netten Frau.«

»Schön für ihn. Das wollte ich gar nicht wissen. Ich hab …«

»Hier«, sagte Daniel und zog den Stuhl neben sich für seine Schwester zurück. »Setz dich.« Patti zögerte, kam näher, nahm Platz.

»Lasst uns jetzt gemeinsam Kuchen essen«, sagte Monika. »Winfried. Komm.«

»Hab draußn noch wat zu erledign.«

»Was denn, Opa? Was denn?«, wollte Jonathan wissen.

»Mit 'm Kürbis bin ich wat am Tun.«

»Kann ich dir helfen?«

»Wenne willst.« Daniels Vater ging um den Tisch herum zur Gartentür, wartete, bis Jonathan von seinem Platz aufgestanden war und vor ihm nach draußen ging. »Weiße, datte dat ganze Gesicht voller Sahne has?«

»Patti? Willst du Kuchen?«, fragte Daniel, als Winni und Jonathan verschwunden waren. »Kaffee?« Als Antwort wedelte Patti mit der Hand. Was sollte das bedeuten? Daniel schob ihr einen Teller mit Kuchen zu, angelte nach der Porzellankanne und schüttete ihr ein. »Trinkst du ihn mit Milch?«

»Nein.«

»Schwarz?«

»Ja.«

»Zucker?« Er nahm den Süßstoff und hielt ihn fragend über Pattis Tasse.

»Kannst du das mal lassen?« Als sie versuchte, die Krücken an die Tischkante zu lehnen, fielen sie klappernd zu Boden.

»Was?«

»Du musst mich nicht bemuttern oder so.«

»Wollt ich nicht ...«

»Lass es einfach. Ich brauch keine Hilfe.«

»Ich wollt nur nett sein.«

Janne nahm sehr langsam einen Schluck Kaffee, sah ihn über den Rand der Tasse an. »Vielleicht ist da ja das Problem.«

»Ihr könnt mich alle mal«, murmelte Daniel, ließ die Gabel sinken, schob den Teller von sich und die Hände unter die Oberschenkel. Wie früher. In der Schule. In der letzten Bank. Er konnte nicht atmen.

»Wisst ihr, was mir gerade einfällt?« Monika blickte in die Runde. »Ich hab gestern vergessen, die Betten für euch zu beziehen. Bestimmt hat euer Vater auch nicht dran gedacht.«

»Überraschung, Überraschung!«

Konnte Patti nicht einmal die Klappe halten?

»Würdet ihr das machen? Die Bettwäsche hab ich schon rausgelegt.«

Erst jetzt bemerkte Daniel, dass Monika seine Schwester und ihn ansah. »Ich …? Wir?«

»Ich hab ein gebrochenes Bein.«

»Und?«

»Ich kann ohne Krücken nicht laufen.«

»Wer kann das schon? Zum Glück bezieht man Betten mit den Händen.« Ein kurzes Grinsen huschte über Monikas Gesicht.

»Jetzt?« Daniel hatte gerade wenig Lust, irgendwas mit Patti zusammen zu machen. Mit ihr im selben Zimmer zu sein reichte.

»Das wär super! In der Zwischenzeit unterhalte ich mich ein bisschen mit Janne. Ich will wissen, was ich verpasst hab. Du musst mich auf den neusten Stand bringen. Beim letzten Mal hattest du längere Haare.«

»Die mussten ab«, antwortete Janne.

»Kenn ich. Manchmal bin ich so genervt, dass ich sie selbst abschneide.«

»Du schneidest sie selbst?«

»Geht ganz leicht. Man muss nur …«

»Wollen wir?«, fragte Daniel Patti, ohne sie anzusehen.

»Von mir aus.« Das Gipsbein von sich gestreckt, beugte sich Patti nach unten und versuchte, nach ihren Krücken zu greifen.

»Soll ich dir helfen?«

»Ich brauch keine Hilfe.«

In dieser Hinsicht war sie wie Winni. Schulterzuckend stand Daniel auf, wollte um den Tisch herumgehen, blieb stehen und bückte sich, hob die Stöcke auf, reichte sie seiner Schwester.

»Danke.«

»Dafür nicht.«

Umständlich hievte sich Patti auf die Krücken. Daniel wartete. Gemeinsam steuerten sie die Tür an, und zum ersten Mal fiel ihm auf, wie unsicher seine Schwester lief. Als würde sie auf Eis gehen. Sie hob kaum den rechten Fuß, schob ihn eher vorwärts. Früher hatte Patti vor den höchsten und kompliziertesten Sprüngen keine Angst gehabt. Alles hatte bei ihr ganz leicht ausgesehen. Jetzt war das anders. Laufen schien Mühe zu kosten. Und wenn Daniel es nicht besser gewusst hätte, hätte er gesagt, dass sie sich sogar ein bisschen davor fürchtete.

»Hast du einen Freund oder eine Freundin?«, hörte er Monika fragen, als Patti und er die Tür fast erreicht hatten. Während seine Schwester weiterhumpelte, hielt Daniel inne.

Es gab nicht mehr viel, was Janne ihm erzählte. Das war mal anders gewesen. Manchmal kam es ihm so vor, als hätte seine Tochter gestern noch mit ihm im selbst gemachten Zelt im Wohnzimmer gesessen, unter einer Decke aus Regenmänteln gegen den tropischen Regen, und ihm davon erzählt, dass sie eines Tages Piratin werden wollte. Nur die reichen Seefahrer hatte sie bestehlen wollen und von dem Geld einen Gnadenhof für Tiere bezahlen. In aller Ausführlichkeit hatte sie ihm von den bevorstehenden Abenteuern und den vielen verschiedenen Tieren berichtet, so ernst und entschlossen, dass ihm beinahe die Tränen gekommen waren. Er hatte sie weggeblinzelt und stattdessen den Blick auf den Wackelpudding in seinen Händen gerichtet, die zurückgelassene Spur einer seltenen Schleimschneckenart. Und war es wirklich schon über zehn Jahre her, dass Janne und er jeden Morgen mit einem Einhorn zum Kindergarten gegangen waren?

Was wusste Daniel heute von seiner Tochter? Jonathan ließ ihn teilhaben. Was erzählte sie ihm noch? Es hatte eine Zeit gegeben, da hatte er jede von Jannes Freundinnen gekannt. Heute wusste er nicht einmal, ob sie einen Freund hatte. Oder eine Freundin. So was würde sie ihm niemals sagen. Das war nur natürlich. Und schrecklich traurig.

Vielleicht war das Gespräch mit Monika seine Chance …

»Kommst du?«, fragte Patti in diesem Moment. Bereits an der Treppe hatte sie die Krücken auf die erste Stufe gestellt und wartete.

»Was? Ja ja.« Daniel versuchte, Jannes Antwort zu hören. Möglichst unauffällig. Vergeblich. Als er den ungeduldigen Blick seiner Schwester auf sich spürte, folgte er ihr mit einem leisen Seufzen. »Ich komm ja.«

Sie begannen in Pattis altem Zimmer, in dem noch die Jugendbücher von damals in den Regalen standen, in einer Ecke der Computer, der aussah, als würde er in ein Museum gehören, in einer anderen ein Heimtrainer, den Daniels Mutter irgendwann für Winni und sich selbst gekauft hatte. Keiner von beiden schien ihn oft benutzt zu haben, alte Zeitungen stapelten sich auf dem Sitz. Über dem Lenker hingen bunte Einkaufstaschen aus Stoff. Wer hängte Einkaufstaschen an einen Heimtrainer? Auf dem Bett lagen die Bezüge, wie Monika gesagt hatte. Altmodische Bettwäsche aus den 70ern. Sie roch frisch und blumig, die Muster waren längst ausgewaschen.

»Dass sie den Computer nicht längst weggeworfen haben.« Unschlüssig stand Patti in der Mitte des Raumes, auf ihren Krücken leicht nach vorne gebeugt, ein wenig aus dem Gleichgewicht. »Komisch.«

»Was meinst du?«

»Das alles. Irgendwie komisch.« Daniel nickte. »Nur lachen kann ich darüber nicht«, fügte sie mit leicht verzogenem Mund hinzu. »Wollen wir anfangen?« Wieder nickte Daniel.

Gemeinsam gingen sie zum schmalen Bett am Fenster, seine Schwester griff nach dem Kissen und der Kissenhülle, Daniel nach der Decke. Schweigend zogen sie das Bettzeug auf, schweigend gingen sie in den Nebenraum, Rafaels früheres Zimmer, in dem vieles noch so war wie damals. Das Bett war ein anderes. Winni hatte es nach der Beerdigung weggeschafft. Wohin, wusste Daniel nicht. Nicht einmal wann. Eines Morgens war es einfach nicht mehr da gewesen. Ein bisschen wie sein Bruder. Heute stand an derselben Stelle ein normales Bett, und Janne schlief darin, wenn sie zu Besuch waren.

Daniel versuchte, sich möglichst wenig umzusehen. Schon früher hatte er das so gemacht, trotzdem fiel sein Blick auf die kleinen Steine auf dem Nachttisch, die immer noch dort lagen. Rafael hatte ständig Steine gesammelt, wenn sie unterwegs gewesen waren. Selten waren es die schönsten gewesen, aber er hatte einen besonderen Blick für Formen gehabt, dafür, dass sie sich gut anfühlten, angenehm in der Hand lagen. Auf diese Dinge hatte Daniel nie geachtet. Ihm war lange nicht mal aufgefallen, nach welchen Kriterien sein Bruder die Steine ausgesucht hatte, bis Rafael sie ihm irgendwann in die Hand gegeben hatte, auf eine wissende, nachdrückliche Art. Erst da hatte Daniel verstanden.

Seitdem hatte er ständig einen weichen, runden, glatten Stein in der Hosentasche.

»Ich bin arbeitslos.« Patti hatte begonnen, ein Kissen in den Bezug zu stopfen, als sie das sagte. Sie betrachtete so konzentriert ihre Finger, als wäre es unglaublich wichtig, die Ecken glatt zu streichen und jeden Knopf sorgfältig zu schließen.

»Was soll das heißen?«

»Was soll das schon heißen? Es soll heißen, dass ich keinen Job mehr hab.« Sie bemühte sich, ruhig zu sprechen, gleichgültig. In ihrer Stimme war ein Kratzen, das sie verriet.

»Wie ist das passiert? Wurdest du rausgeworfen?«

»An der Uni wirst du nicht rausgeworfen.«

»Sondern?«

»Irgendwann ist es einfach zu Ende. Das ist alles. Und dann weist man dich in einem höflichen Schreiben darauf hin, dass sie dich und deine Arbeit nicht mehr brauchen und nicht einmal geschenkt wollen.«

»Quatsch! Das glaub ich nicht.«

»Mach, was du willst!«

»Es kann doch nicht einfach zu Ende sein. Irgendwie muss es doch …«

»Muss es nicht.«

»Aber …«

Warum fiel es ihm in letzter Zeit so schwer, sich zu konzentrieren? Was war los mit ihm? Manchmal hatte Daniel das Gefühl, das alles würde vielleicht doch einen Sinn ergeben, wenn er sich nur genug konzentrieren könnte.

»Es hat mit den Gesetzen zu tun, mit diesem ganzen bürokratischen Scheiß und so weiter. Blablabla.«

Blablabla. Früher hatte Patti das oft gesagt. Daniel sah sie an, wie sie das Kissen aufschüttelte, mit kurzen, kräftigen Bewegungen. Nein! Das konnte nicht stimmen. Das war nicht möglich! Sie war seine Schwester. Es gab niemanden, der mehr wusste als sie. Sie war klug, gebildet, arbeitete wie ein Tier. Das war unmöglich!

»Du hast promoviert …«

»Hab ich.«

»Und habilitiert.« Sie gab ein abschätziges Geräusch von sich. »Dann musst du dich woanders bewerben. Irgendwo wird bestimmt eine Professorin für …«

»Denkst du, das hab ich nicht längst? Zigmal, Daniel! Niemand will mich! Keiner von denen!«

»Das glaub ich nicht. Wirklich nicht! Und selbst wenn … Sie können dich nicht einfach vor die Tür setzen. Das ist nicht fair.«

»Nicht *fair?* Ernsthaft?«

»Du hast immer so viel gearbeitet. Überall auf der Welt hast du Vorträge gehalten. Sogar in Harvard bist du gewesen. Ständig erzähl ich Freunden davon und gebe mit dir an. Meine Nachbarin kennt Millionen Geschichten über dich. Das ist doch … Ich meine … Du bist … Ich versuch auch wieder, einen Fuß in die Tür zu bekommen. Illustratoren gibt es wie Sand am Meer. Und dass ich so lange nichts gemacht hab, macht es auch nicht besser …«

»Du hast nicht nichts gemacht«, erwiderte Patti.

»Aber du. Bei dir ist das anders. Die wären schön blöd, wenn sie dich einfach so gehen lassen würden«, fuhr er fort, ohne auf sie zu achten.

»Das sehen sie offenbar anders.«

»Es muss eine Möglichkeit geben ...«

»Gibt's nicht.«

»Aber ...«

»Ich kann nicht schon wieder Anträge schreiben, Mittel einwerben, schon wieder machen und tun und dann warten und hoffen. Ich kann einfach nicht mehr!«

»Dann findest du was anderes!«

»Und was? Was, Daniel? Sag mir, was! Was kann ich schon machen? Ich bin eine arbeitslose Kunsthistorikerin. Darauf hat der Arbeitsmarkt gewartet. Noch so eine gescheiterte Existenz.«

Daniel zögerte. »Das können sie nicht machen! Warum sollten sie das wollen? Sie können nicht einfach ...«

Patti schleuderte das Kissen aufs Bett. Daunen flogen auf. »Hör auf, das ständig zu sagen!« Er zuckte erschrocken zusammen. »Sie tun es, Daniel! Sie haben es getan! Ich bin da nicht mal was Besonderes. Ständig passiert das. Du rackerst dir den Arsch ab. Für nichts und wieder nichts. Und am Ende setzen sie dich vor die Tür, neben den Mülleimer, zu den anderen Verlierern. Mit Leuten wie mir sind die Straßen vor dem Arbeitsamt gepflastert. So ist das nun mal. Find dich damit ab! Ich hab's längst getan. Mit der Sache bin ich durch.« Sie hustete, wedelte mit der Hand vor dem Gesicht, um die Federn zu vertreiben. »Ich wollte nur, dass du es weißt. Jetzt können wir aufhören, darüber zu sprechen.«

Patti atmete schwer. Nie zuvor hatte Daniel seine Schwester so gesehen. Außer an diesem einen Tag, im Flur. Da hatte sie ihn ganz ähnlich angeguckt. Als wüsste sie nicht, was kommen würde. Als würde nichts jemals wieder gut werden können.

»Aber du bist der klügste Mensch, den ich kenne.«

Widerwillig richtete Patti die Augen auf ihn. Erst jetzt erkannte er, dass sie beinahe weinte. Sie versuchte, es zurückzuhalten. In ihrem Gesicht sah er die Anspannung, den Kampf mit sich selbst, das Glitzern von Tränen. Daniel trat auf seine Schwester zu, unsicher, was er tun sollte, legte ihr eine Hand auf die Schulter.

»Ich will nicht von dir umarmt werden«, sagte sie steif. Damals, auf der Treppe, waren es dieselben Worte gewesen. »Ich will einfach nicht mehr drüber reden.«

Daniel nickte.

»Wann ist das Leben so scheiße geworden?« Mit dem Unterarm fuhr sie sich seltsam grob über die Augen.

Eine Weile standen sie nebeneinander. Weil Daniel das Gefühl hatte, sie wollte nicht angesehen werden, sah er sie nicht an, wartete stattdessen. Was sollte er tun? Er wollte Patti trösten. So sehr. Konnte es nicht. Er konnte gar nichts.

Gerne hätte er ihr gesagt, dass sie ihm gefehlt hatte, dass seine Schwester ihm immer noch fehlte, jeden Tag.

Irgendwann fuhren sie schweigend fort, das Bett zu beziehen.

»Ich muss in letzter Zeit viel ans Schlittschuhlaufen denken.«

»Ans *Schlittschuhlaufen?*«

»Daran, wie Mama es mir beigebracht hat. Wie sie mit mir auf dem Eis gestanden und mich vorwärtsgezogen hat. Ich hatte solche Angst, aber Mama …«

»Das war nicht Mama.«

»Was? Natürlich war sie es!«

»Das war Papa.«

»Unsinn!«

»Mama kann nicht Eislaufen.«

»Was?«

Erinnerte sich Patti wirklich nicht daran?

Am Blauen See hatten Seda und Daniel mal zusammengesessen. Das war im Winter, und Winni und Patti waren mit dem Schlitten über das Eis gefahren. Rafael war damals noch sehr klein gewesen. Auch Daniel hatte ein paar Kreise gezogen, war dann zurück zu seiner Mutter. Willst du nicht auch fahren?, hatte er gefragt. Ich kann auf Rafael aufpassen. Er hatte seinen kleinen Bruder gerne im Arm gehabt. Ihm konnte man alles erzählen. Daniels Mutter hatte schließlich den Kopf geschüttelt und gelächelt. Ist mir unheimlich, hatte sie gesagt.

»Mama ist zwar später immer mit zum Training gefahren und zu allen Wettkämpfen«, sagte Daniel, »aber die ersten paar Male ist Papa mit dir aufs Eis gegangen. Er kann Eislaufen. Mama nicht. Das weiß ich, weil sie auch im Winter nie mit uns auf dem Blauen See gefahren ist. Sie hat nur zugesehen und gewunken.«

Seine Schwester blickte ihn an. Zögerte, zögerte lange. »Ich glaub nicht, dass es so gewesen ist.«

»So war's.«

»Warum solltest du dich daran besser erinnern als ich? Du warst viel kleiner. Ich bin mir ganz sicher, dass … Ich weiß es genau.«

»Mama kann nicht Schlittschuhfahren.«

Ungelenk beugte sich Patti nach vorne, hob das Kissen, das sie zuvor auf die Matratze geworfen hatte, klopfte es auf, legte es ordentlicher zurück, an die richtige Stelle. Sie zog es an den Ecken glatt, strich mit der flachen Hand über den Stoff, mehrmals. Daniel dachte, sie würde gar nicht mehr aufhören. Endlich richtete sie sich auf. Ihr Hals war rot und fleckig. Gemeinsam standen sie vor dem frisch bezogenen Bett.

»Fehlt dir Rafael manchmal?«, fragte Patti.

»Immer.«

»Erinnerst du dich, wie er lachen konnte, wenn man dieses Geräusch gemacht hat?« Sie drückte die Lippen zusammen und gab ein dunkles Brummen von sich, als wäre sie ein wildes Tier. Vielleicht ein Bär. So genau hatte Daniel das nie gewusst. Aber wie hätte er das Geräusch vergessen können? Und wie Rafaels Lachen?

»Egal, wie schlecht es ihm gegangen ist, damit konnte man ihn zum Lachen bringen. Ich weiß nicht, wieso.«

»Eigentlich hatte er Angst davor. Er hat sich gefürchtet. Und das fand er irgendwie lustig.«

»Ja.«

»Er konnte über seine Angst lachen. Ich kann's nicht.«

»Nein.«

»Manchmal denk ich, ich hab seinetwegen keine Kinder bekommen. Weil ich nicht …«

»Ich glaub, ich wollte seinetwegen unbedingt welche haben.«

»Ja? Vielleicht hätte ich auch gern Kinder gehabt.«

»Kannst du noch.«

»Ich bin dreiundvierzig! Ich hab keinen Mann. Ich hab gar nichts. Außerdem wollen Kinder keine Versagereltern.«

»Anfangs merken sie das gar nicht. Dann finden sie's eine Weile lustig. Irgendwann schämen sie sich für dich, und danach ist es ihnen fast egal. Zumindest drücke ich mir dafür ganz fest die Daumen.«

»Du bist ein guter Vater, Daniel.«

»Ich weiß nicht, ob das so ist.«

Manchmal, an den schlechten Tagen, hatten Zusanna und er zusammen im Bett gelegen und sich aufgezählt, in welchen Momenten sie ihren Kindern wieder peinlich gewesen waren. Zu einem richtigen Wettstreit war das zwischen ihnen geworden. Sie hatten versucht, sich gegenseitig zu übertrumpfen, und irgendwann nur noch gelacht. Aus einem schlechten Tag hatte das am Ende einen guten gemacht.

»Schön war's mit ihm. Mit Rafael. Und schrecklich.«

»Das war's.«

»Ich wünschte, alles wär anders gekommen.« Daniel konnte nichts sagen, nur nicken. »Hast du dir je verziehen?«

»Du?«

»Wie könnte ich?«

Als sie den Raum verließen, um in Daniels altes Zimmer zu gehen, zog er die Tür fest hinter sich zu.

Nachdem sie die letzten Kissen und Decken bezogen hatten, machten sie sich auf den Weg ins Erdgeschoss. Durch die leere und dunkle Küche gingen sie in Richtung Wohnzimmer, aus dem die Geräusche des Fernsehers drangen. Im Türrahmen blieb Daniel einen Augenblick stehen. Alle saßen sie zusammen, sein Vater auf einem der Sessel, Monika auf dem anderen, Janne auf dem Sofa zusammen mit Jonathan und seiner Mutter. Sie redeten nicht, sahen gemeinsam fern.

»Sind das die *Golden Girls?*«

Das war die Lieblingsserie seiner Mutter gewesen. Dorothy hatte sie am liebsten gehabt. Vielleicht weil sie sich gar nicht ähnlich waren. Daniel hatte Sophia besonders gemocht. Die Abende, an denen sie gemeinsam auf dem Sofa gesessen und sich die *Golden Girls* angesehen hatten, konnte er kaum zählen. Sie hatten so gut wie alle Folgen auf Video aufgenommen. Die meisten Dialoge hatte er damals schon mitsprechen können. Seda jeden.

Jetzt drehte sich Janne zu ihnen um. »Das ist die Folge, in der Rose aus Sorge um den Weltfrieden an Reagan und Gorbatschow schreibt und man ihre Briefe für die eines kleinen Kindes hält.«

»Die kenne ich«, sagte Patti.

Die Krücken an die Wand gelehnt, kam sie humpelnd um die Couch herum und setzte sich neben ihre Mutter, nicht ganz nah, sondern so, dass ein Zwischenraum zwischen ihnen blieb. Zögerlich nahm sie Sedas Hand, seltsam gehemmt, als wäre sie eine Fremde. Seda sah hoch und Patti an, dann wandten sie sich fast gleichzeitig zum Fernseher.

»Darf ich mich zwischen euch setzen?« Über die Rückenlehne hinweg berührte Daniel Jannes und Jonathans Schulter.

Jonathan grinste ihn an, Janne drehte sich weg. Daniel kam sich vor wie der kleine Junge, den beim Fußball niemand in seiner Mannschaft haben wollte. Dreißig Jahre war das her, er war jetzt erwachsen, aber es fühlte sich genauso an.

»Ja, Papa, ja«, sagte Jonathan lächelnd.

Daniel wartete auf seine Tochter.

»Von mir aus«, sagte Janne, zuckte gleichgültig die Achseln.

Er hätte heulen können.

Als er Platz nahm, kuschelte sich sein Sohn eng an seinen Arm. Er zog ihn an sich, strich ihm durch die Haare, küsste die Spitze des Einhorns. Die Stimmen von Dorothy, Rose, Blanche und Sophia erfüllten den Raum. Das flackernde Licht des Fernsehers warf unstete Schatten über die Wände. Keiner von ihnen sagte etwas.

Irgendwann lehnte Janne den Kopf an seine Schulter.

Ich musste an gestern denken, eine Hand an der Bande, das Eis unter mir. Es war nicht spektakulär gewesen. Die meisten Dinge hatte ich an den Tagen zuvor mitgenommen. Alles, was sich in den letzten Monaten angesammelt hatte. Nicht viel war übrig geblieben. So hatte ich es jedes Mal gemacht, wenn ich von einer Uni zur nächsten gezogen war. Möglichst wenig auspacken, dann musste nicht viel eingepackt werden. Das war das Geheimnis.

Dieses Mal war es anders.

Ich hatte einen Kuchen mitgebracht. Ich hatte immer Kuchen mitgebracht, wenn ich mich irgendwo verabschiedet hatte. *Schoko Flockina.* Der Klassiker. Die Backmischung. Gestern nicht. Ich hatte mich an einem anderen versucht, einem echten. Lange hatte ich im Internet gesucht, bis ich den richtigen gefunden hatte. Eine Art Nusskuchen mit Schuss. Er hatte eklig geschmeckt. Wahrscheinlich würden sie ihn wegwerfen, wenn ich nicht mehr da war. Hatten sie bestimmt längst, während ich hier auf dem Eis stand, eine Hand an der Bande.

Es war eine spontane Idee gewesen. Wie war ich darauf gekommen? Weiße Schlittschuhe, aus Leder, wie früher. Vollkommen absurd! Und dämlich! Ich hatte kein Einkommen mehr. Scheiße! Mein Auto konnte ich mir nicht mehr leisten, hatte meine Wohnung nicht bezahlt. Wie konnte ich mein Geld für so was Albernes wie weiße Schlittschuhe aus Leder ausgeben?

Jetzt stand ich hier, auf dem Eis.

Früher war ich gut gewesen, hatte unzählige Wettkämpfe gewonnen. Eine Zeit lang hatte ich davon geträumt, professionelle Eiskunstläuferin zu werden. Wie Katarina Witt. Aber dann war das mit Rafael passiert. Und dann war sowieso alles anders gekommen.

In ein paar Tagen würde ich nach Hause fahren. Zu meinem Vater, meiner Mutter und dem Kürbis. Zumindest, wenn ich Daniels Nachricht richtig verstanden hatte. Das machte alles noch schlimmer.

Ich konnte nicht aufhören, daran zu denken, was geworden wäre, wenn ich mit dem Schlittschuhlaufen damals nicht aufgehört hätte, wenn ich nicht zur Uni gegangen wäre. Was für ein Mensch wäre ich heute? Wäre alles anders gekommen? Hätte ich Erfolg gehabt? Wären Andreas und ich zusammen geblieben? Hätte ich Kinder bekommen? Wäre ich glücklich? Oder wäre ich trotzdem eine Versagerin?

Vorsichtig stieß ich mich von der Bande ab, spürte dieses wunderbare Gleiten, das ich früher so geliebt hatte. Als würde alles einfach passieren. Wenn man nichts tun musste, alles getan hatte, keine Kraft mehr brauchte, nur dem Eis und den Kufen und dem eigenen Schwung vertrauen musste. Die Luft war so kalt und klar. Plötzlich war alles ganz leicht.

Bekam man im Leben vielleicht doch eine zweite Chance? Konnte man noch mal von vorne anfangen? War es möglich, Fehler wiedergutzumachen?

Ich konnte nicht mehr atmen.

Dann war da dieses Mädchen. Erst neben mir. Vor mir. Sehr schnell. Sehr nah.

Ich kam nicht weit.

Freitag

03:08 Uhr

»Patti? Patti?«

»Hm?«

»Patti?«

»Was?«

»Aufwachen.«

»Was …? Wieso …? Es ist mitten in der Nacht.«

»Der Kürbis friert.«

»Was?« Patrizia rieb sich über die Augen, bemüht, in der Dunkelheit ihres Zimmers herauszufinden, wer vor ihr stand, obwohl sie Daniels Stimme erkannt hatte. »Was für 'n Kürbis?« Verschlafen setzte sie sich im Bett auf.

Der Raum war fast vollständig finster. Durch die Rollos drang wenig Licht von der Straße herein, von der Tür kam ein matter Schein aus dem Flur. Schmale Schnitte in der Dunkelheit, die an den hellen Rändern besonders tief wirkte.

Patrizia hatte noch lange wach gelegen. An fremden Orten zu schlafen fiel ihr schwer. Schon früher. Sie hatte gedacht, dass sie sich irgendwann daran gewöhnen würde. Das tat sie nicht. Jedes Mal, wenn sie umgezogen war, hatte es Tage, manchmal Wochen gedauert, bis sie nicht mehr ständig aufgewacht war und sich gefragt hatte, wo sie war. Manchmal hatten sich die vielen Wohnungen, in denen sie bereits gelebt hatte, so vermischt, dass sie beim Aufstehen gegen eine Tür gelaufen oder falsch abgebogen und im Hausflur gelandet war.

Hier, in ihrem alten Zimmer, war das anders. Alles kam ihr vertraut vor, obwohl es anders aussah. Nur wenige Dinge waren aus ihrem Kinderzimmer geblieben. Die Farbe der Wände war eine andere, in den Regalen und Schränken standen kaum Sachen, die ihr gehörten, und trotzdem fühlte es sich an, als würde sie alles kennen, als wären die Dinge an ihrem Platz geblieben, ohne es zu sein.

Die Umgebung war es nicht gewesen, die Patrizia dieses Mal wach gehalten hatte. Eher Daniels Worte. Und ihre Erinnerungen. Die vielleicht falsch waren. Zumindest aber nicht richtig.

Patrizia musste gerade erst eingeschlafen sein. Nun stand Daniel vor ihrem Bett, selbst bleich und verschlafen, und sagte ihr, sie solle aufstehen? Wegen einem Kürbis? Der fror? Was?

»Was für 'n Kürbis?«

»Papas Kürbis. Der Kürbis im Garten.«

»Was ist damit?«

»Dem ist kalt?«

»Warum?«

»Es friert.«

»Wo?«

»Draußen.«

»Und?«

»Wir müssen den Kürbis zudecken.«

»Ich versteh kein Wort.« Mit einem Stöhnen griff Patrizia zum Nachttisch und schaltete das Licht an.

Helligkeit flutete über das Bett, ein Stück des Teppichs, Daniels Gesicht. Sie musste blinzeln. Endlich konnte sie ihren Bruder klarer sehen. Er trug einen Schlafanzug, eine Jacke, Schal und Mütze. Komisch sah er aus. Ohne Socken war er in seine Schuhe geschlüpft. Sie konnte ihn nicht verstehen.

»Noch mal von vorn.«

»Die Temperaturen sind unter null gefallen.«

»Und weshalb weckst du mich?«

»Weil wir den Kürbis zudecken müssen.«

»Den *Kürbis?*«

»Dem Kürbis ist kalt. Er darf nicht frieren.«

War das ein Scherz? Merkte ihr Bruder nicht, wie dämlich das klang? Patrizia würde nicht aufstehen. Das konnte er vergessen. Nicht, weil einem hässlichen Riesenkürbis kalt war.

»Dann soll sich Dirk warme Socken anziehen.«

»Wer?«

»Vergiss es. Woher weißt du, dass es friert?«

»Papa hat einen Frostalarm.«

»Was hat er?«

»Er hat mich geweckt und gesagt, dass wir rausgehen und den Kürbis warm halten sollen, damit er keine Frostbeulen bekommt. Es ist ein Notfall. Gewissermaßen.«

»Willst du mich verarschen? Du kannst nicht ernsthaft glauben, dass ich mitten in der Nacht aufstehe, um es einem Kürbis draußen im Garten schön warm und muckelig zu machen. Und nur weil unser Vater meint, er müsste dich in seine alberne Kürbissache reinziehen, musst du doch nicht gleich springen! Lern mal Nein sagen, Daniel! Wirklich!«

Ihr Bruder stand vor ihr, ohne ein weiteres Wort zu sagen, in seinen taubenblauen Schlafanzughosen, dem taubenblauen Schlafanzugoberteil, das unter der braunen Winterjacke herauslugte, einen dicken ockergelben Wollschal um den Hals und eine backsteinrote Pudelmütze auf dem Kopf. Er sah so sehr wie der kleine, dicke Junge von früher aus.

Patrizia stöhnte auf. »Von mir aus.« Nachdem sie sich aus der Umarmung ihrer Decke gekämpft hatte, schob sie das Gipsbein über den Bettrand, das andere folgte. Daniel reichte ihr die Krücken, die auf dem Boden gelegen hatten. Umständlich stemmte sie sich hoch und brauchte einen Moment, um das Gleichgewicht zu finden. »Ich war gerade eingeschlafen«, murmelte sie vorwurfsvoll, während sie Daniel aus dem Zimmer und nach unten folgte.

In der Küche brannte Licht. Zwischen den Wänden lag diese seltsame, unnatürliche Helligkeit, die es nur nachts gab und die das surrende Geräusch alter Glühbirnen zu machen schien, selbst wenn alles still war. Am Küchentisch saß Janne, eingewickelt in ihre Bettdecke, den Kopf gesenkt.

»Dich haben sie auch in die Sache reingezogen, was?«, fragte Patrizia.

»Allerdings.«

Als ihr Bruder ein komisches Gesicht machte, zuckte Patrizia die Schultern. »Was?«

Mit der Hand fuhr sich Daniel über den Nacken und trat von einem Fuß auf den anderen, wie er es immer machte, wenn er nervös war. Wie ein dicker Tanzbär. Schon als kleiner Junge war Daniel ein dicker Tanzbär gewesen.

»Ich glaub, diese Sache ist Papa wirklich wichtig«, murmelte Daniel und sprach so leise, dass sich Patrizia anstrengen musste, ihn zu verstehen. »Er sagt es nicht. Du weißt ja, wie er ist. Aber vielleicht … vielleicht können wir ausnahmsweise nicht streiten und die Sache einfach hinter uns bringen? Ich meine …«

Wieder musste Patrizia an den vergangenen Abend denken, wie sie gemeinsam die Betten bezogen hatten. Hatte Daniel recht? Hatte nicht ihre Mutter, sondern ihr Vater mit ihr auf dem Eis gestanden, ihr das Fahren beigebracht, ihre Hände gehalten, damit sie nicht hinfiel? Unmöglich! Ausgeschlossen! Nie im Leben konnte sie sich so falsch daran erinnern. Patrizia war sich sicher. Vollkommen sicher! So war ihr Vater nicht. Er war ganz anders. Er war …

»Bitte«, sagte Patrizia. »Wenn du unbedingt willst. Retten wir Dirk, den Pfannekuchenjungen.« Sie grinste ihre Nichte an. Die grinste zurück.

»Auch schon da?« Winfried trat durch die Tür aus dem Garten in die Küche.

Hinter ihm schloss sich die Dunkelheit draußen wie ein Vorhang. Er wirkte übertrieben munter, hielt eine Taschenlampe in der Hand, mit der er in den Raum leuchtete. Was sollte das? Mit einem Brummen drehte Patrizia den Kopf weg, als sie der Lichtkegel traf, und wäre am liebsten umgedreht und ins Bett zurückgekrochen. Sie blieb stehen.

»Ich hab schon gedacht, datter gar nich mehr aufsteht. Da sind

Deckn und Wärmflaschn.« Winfried deutete zum Küchentisch. »Und Abmarsch. Ranhaltn müssnwer uns.« Er wandte sich um, ging wieder hinaus.

In der Finsternis vor dem Fenster sah Patrizia den Schein seiner Lampe.

Ja, so war ihr Vater. Mürrisch. Kurzab. Aufbrausend. Ein Bollerkopf. Schon immer gewesen. Ganz anders als ihre Mutter. Er brachte einem nicht das Schlittschuhlaufen bei, er hielt einen nicht bei den Händen. Aber Daniel war sich so sicher gewesen. Was, wenn doch?

»*Wärmflaschen?* Ernsthaft?« Patrizia gab ein verächtliches Geräusch von sich. »Bringen wir's hinter uns.« Auf ihren Krücken humpelte sie zur Tür, warf sich zwei Decken über die Schulter, als sie am Tisch vorbeikam, und folgte Winfried nach draußen.

Kalt und tintenschwarz war die Nacht. Der Mond musste hinter Wolken verschwunden sein, vom Himmel fiel kein Licht. Die Finsternis füllte den Garten, machte ihn größer, als würde sich die Welt zurückziehen. Die einzige Helligkeit ging von Lampen aus, die Patrizias Vater um den Kürbis aufgebaut hatte. Fast ein bisschen kirchlich. Wie ein Altar. Absolut lächerlich!

Langsam kam Patrizia näher. Sie hatte Schwierigkeiten, auf den Krücken zu gehen, sie sah nicht, wo sie aufsetzen musste, konnte nur spüren, wie weit die Entfernungen waren. Es fühlte sich an, als würde sie über einen See laufen und die Enden der Stöcke irgendwo unter sich ins dunkle Wasser tauchen. Der Untergrund war uneben und weich. Sie fürchtete auszurutschen.

So ein Mist! Was zum Teufel dachte sich Winfried? Wenn er diese dumme Kürbissache durchziehen wollte, bitte! Aber dann allein. Warum mussten sie alle darunter leiden? Das war typisch für ihn. So typisch!

Der Kürbis lag unter dem Sonnenschirm, als wäre helllichter Tag. Die Aufregung um ihn schien ihn nicht zu stören. Im grellen, harten Licht der Glühbirnen sah er sogar noch hässlicher aus. Unförmig, in einem ausgewaschenen Karottenorange. Die Knubbel und Unebenheiten warfen Schatten. Wahrscheinlich waren Kürbisse das abstoßendste Gemüse, das es gab. Und der hier war keines der schöneren Exemplare. So viel war sicher.

Als Patrizia den Rand des Lichtkreises erreicht hatte, den ihr Vater mit den Lampen um den Kürbis gezogen hatte, blieb sie abwartend stehen. Sie hörte, dass ihr Bruder und Janne neben sie traten.

»Und jetzt?«

»Der Boden unterm Kürbis darf nich am Frieren sein. Wir müssn zusehn, dat die Schale warm bleibt. Am besten, wir machn mit 'n Flaschn so 'n Ring drumrum. Dann die Deckn drauf. Ihr müsstse gut feststeckn. Rausguckn darf da nix.«

Kam das Ganze nur Patrizia wie ein Sketch vor? Wie ein wirklich schlechter Sketch?

»Wenn wir zusammenarbeiten, geht's bestimmt schnell«, sagte Daniel, der ihre Gedanken gelesen zu haben schien und sich bemühte, nicht müde, sondern motivierend zu klingen. Das war nervig und irgendwie süß. »Dann kommen wir alle in null Komma nix ins Bett.«

»Wer's glaubt.«

»Tut euch bloß kein Zackn ausser Krone brechn. Ich kann dat auch sehr gut allein, wenner nich wollt. Eure Hilfe brauch ich bestimmt nich.«

»Ach nein?«

»Neh.«

Das war doch nicht sein Ernst! Erst warf er sie alle mitten in der Nacht aus dem Bett und bestellte sie hierher, und jetzt so was? Aber bitte! Wenn er keine Hilfe wollte, konnte Patrizia gut und gerne drauf verzichten, im kalten, dunklen Garten zu stehen und einen hässlichen Kürbis vor dem Erfrierungstod zu retten.

Als sie sich umwenden und zurück zum Haus stapfen wollte, begegnete sie dem Blick ihres Bruders. In seinem Schlafanzug, mit der Pudelmütze auf dem Kopf, der Bommel war ihm in die Stirn gefallen, sah er wie der Weihnachtswichtel aus, den er in einem

Schultheaterstück gespielt hatte. Damals war er sechs gewesen, vielleicht sieben, und so aufgeregt, dass sie das Zittern seiner Hände sogar aus der vorletzten Reihe gesehen hatte. Wie erstarrt hatte er dagestanden, kein Wort gesagt, während alle auf seine Worte gewartet hatten. Im Saal und hinter der Bühne war es unruhig geworden. Patrizia hatte die Hilflosigkeit in Daniels Augen gesehen, war aufgestanden, nach vorne gegangen, hatte sich vor die Bühne gehockt und gewartet, bis ihr Bruder sie angesehen hatte. Dann hatte sie ihm seinen Text vorgesprochen, Zeile für Zeile. Und Daniel hatte alles wiederholt.

Patrizia blickte auf ihren Gips. Als sich der Sanitäter auf dem Eis über sie gebeugt und gefragt hatte, wie es ihr ginge, hatte sie sich wie ihr Bruder auf der Bühne gefühlt. Sie hatte kein Wort herausgebracht, als hätte sie ihren Text vergessen. Später, im Krankenhaus, hatte die Ärztin wissen wollen, wie sie das angestellt hätte. Das Mädchen, ich wollte mich noch festhalten, hatte Patrizia gesagt. Mehr nicht.

Patrizia zuckte die Schultern. »Von mir aus.«

Nachdem sie die Krücken abgestellt hatte und näher gehumpelt war, reichte Janne ihr die Wärmflaschen, die sie getragen hatte. Winfried gab seine Daniel, und gemeinsam fingen sie an, sie um den Kürbis zu legen, Patrizia auf der einen Seite, Daniel auf der anderen, bis sie sich irgendwann begegneten. Die mitgebrachten Wolldecken breiteten sie weit über dem Kürbis aus, eine über der anderen, und steckten sie sorgfältig fest. Niemand von ihnen sagte was. Als sie fertig waren, blieben sie schweigend am Beet stehen. Eingewickelt wie ein dickes, rundes Paket sah der Kürbis noch alberner aus als vorher. Aber so albern fühlte es sich gar nicht an.

Obwohl sie alle müde aussahen, obwohl es kalt und dunkel war, gingen sie nicht gleich zurück ins Haus.

Als Patrizia später mit offenen Augen in ihrem Kinderbett lag, fiel ihr eine Situation mit ihrem Vater ein. Auf dem Spielplatz, im Winter. Wie alt mochte sie gewesen sein? Vielleicht acht? Eher jünger. Sie war auf das Klettergerüst gestiegen, bis zu den Stangen, an denen man sich nach unten hatte hangeln können. Ob es das Gerüst noch gab? Den Spielplatz? Kalt war es an diesem Tag gewesen, es hatte gefroren. Patrizia hatte nach der Metallstange gegriffen, sich festhalten wollen, war abgerutscht, gefallen, auf dem Boden aufgekommen. Alles war ganz schnell gegangen und hatte sich wie Zeitlupe angefühlt. Der Aufprall hatte wehgetan. Sie war kurz davor gewesen zu weinen. Plötzlich war da ihr Vater gewesen, hatte sie hochgehoben und an sich gedrückt. Sie hatte nicht geweint.

Am nächsten Morgen wachte Patrizia durch ein Rumsen auf. Als würde jemand einen Ball gegen die Zimmerwand werfen. Direkt nebenan. Oder war das nur in ihrem Kopf? Sie war müde. Die Nacht war zu kurz gewesen. Aber irgendwas war anders. Was war es?

Durch das Fenster kroch das Licht des Morgens, als Patrizia aufstand. Auf dem Nachttisch lagen ihre Tabletten, daneben die Haargummis und Spangen, die sie brauchte, um ihre Haare zum Knoten zu binden. Oft war es das Erste, was sie tat. Heute nicht. Heute humpelte sie ans Fenster, öffnete die Gardinen und sah nach draußen. Gab es etwas Vertrauteres als diesen Ausblick? Die anderen Häuser. Die Straße. Der Vorgarten. Der Baum. Mit den Fingerspitzen rieb sie sich die leicht schmerzende Kopfhaut. Das kam davon, wenn man sich die Haare zu lange und zu fest zusammenband.

Patrizia hatte morgens ihre festen Rituale. Sie stand früh auf, ging duschen, zog sich an, machte sich auf den Weg zur Arbeit. Aufs Frühstücken verzichtete sie, holte es manchmal im Büro nach, manchmal nicht. Selbst am Wochenende machte sie sich erst fertig, zog Bluse und Hose an, als würde sie zur Uni fahren, und setzte sich dann an den Schreibtisch.

Was sollte sie jetzt tun?

Sie hätte duschen können. Welchen Sinn hätte das gehabt? Sollte sie sich zumindest umziehen? Wofür? Patrizia kramte aus ihrer Tasche einen Kapuzenpulli, den sie über den Schlafanzug streifte, ließ die Haare, wie sie waren, schlüpfte in Socken von gestern und zog alte, muffige Hausschuhe über, die sie unter dem Bett gefunden hatte. Waren die von Winfried?

Als Patrizia in den Flur hinaustrat, hörte sie das Rauschen von Wasser aus dem Bad, Stimmen. Alle waren schon wach. Wie spät war es? Auf dem Weg nach unten kam sie am Zimmer ihrer Eltern vorbei, zögerte, blieb stehen. Die Tür war leicht geöffnet. War ihre Mutter auch schon auf? Sollte Patrizia sie begrüßen? Konnte sie irgendwas tun? Vorsichtig trat sie näher, warf einen Blick hinein.

Früher war sie oft zur ihrer Mutter ins Bett geklettert, wenn sie schlecht geträumt hatte, wie wahrscheinlich jedes Kind. Zwischen ihre Eltern hatte sie sich nie gelegt, nur auf die Seite ihrer Mutter. Die hatte sie in den Arm genommen, und es hatte sich angefühlt, als hätte es auf der Welt niemanden gegeben, nur ihre Mutter und sie. In den Tagen, nachdem Rafael gestorben, als ihr Vater schon nicht mehr da gewesen war, hatte sich Patrizia gewünscht, zu ihrer Mutter krabbeln zu können. Sie hatte es nicht getan. Sie hatte sich nicht getraut.

Patrizia hörte sehr leise Stimmen und spähte durch den Türspalt. Auf dem Bett saßen ihre Eltern, ihr Vater neben ihrer Mutter, sie war halb nackt, er half ihr in ein Unterhemd, strich ihr die vollen Haare zurück, glättete sie mit den Fingern und fuhr ihr über den Rücken.

»Jetzt müssnwer 'ne Bluse anziehn.« Patrizia sah zu, wie Winfried nach einem Kleidungsstück griff, das hinter ihnen auf der Bettdecke lag.

Wann war ihre Mutter so klein und zerbrechlich geworden?

Als Patrizia fürs Studium weggezogen war, hatten ihre Mutter und sie mehrmals in der Woche telefoniert, manchmal stundenlang, egal, wie hoch die Rechnung geworden war. Selbst im Ausland hatte Patrizia regelmäßig angerufen. Sie hatte extra dafür gespart. Irgendwann war ihr aufgefallen, dass sich ihre Mutter nicht mehr daran erinnern konnte, was sie ihr erzählt hatte. Irgendwann hatte sie sehr fremd geklungen, als hätte sich ihre Stimme verändert. Irgendwann hatte ihre Mutter geschwiegen und

Patrizia Winfried im Hintergrund gehört. Du musst wat sagn, Seda. Als wär sie ein Kind. Irgendwann um diese Zeit hatte Patrizia aufgehört anzurufen.

»Ich will nicht«, hörte Patrizia ihre Mutter jetzt sagen, gereizt, ärgerlich.

»Wat willste nich?«

»Ich will nicht.«

»Willste wat andres anziehn? Willste nich die Bluse?«

Seda schwieg.

Als Kind hatte Patrizia eine Phase gehabt, in der sie Gedanken lesen konnte. Zumindest hatte sie das behauptet. Sie hatte die Leute angesehen und gesagt, was die gerade dachten. Richtig?, hatte sie gefragt. Richtig? Richtig, hatte ihr Vater jedes Mal geantwortet, und Patrizia war sehr stolz auf sich gewesen.

Sie wünschte, sie könnte das heute noch.

»Wat is? Willste nich die Bluse anziehn, Seda?« Ihr Vater sprach ruhig, geduldig. Patrizia konnte sich kaum erinnern, dass sie ihn jemals so gesehen hatte. Doch. Mit Rafael. Mit ihm hatte er nie die Geduld verloren. »Willste wat andres anziehn?«

»Weiß ich nicht!«, fuhr Patrizias Mutter ihn an, heftete die Augen auf ihn, hatte die Lippen fest zusammengepresst. Einen Moment war es still zwischen ihnen. »Ich weiß es nicht.«

Winfried nahm ihr schmales Gesicht in seine Hände, nickte. »Ich tu dir jetzt ma die Bluse anziehn und dann die Haare kämmn, und dann gehn wir runter und machn Frühstück. Wat sachste? Is dat 'n Plan?« Er lächelte. Patrizias Mutter lächelte zurück, ließ sich in die Ärmel ihrer Bluse helfen, in den einen, in den anderen, sah zu, wie Winfried die Knöpfe schloss.

Patrizia drehte sich weg. Konnte kaum atmen. Ihr Herz klopfte so stark, dass sie es als Pochen unter ihrer Zunge spürte. Es kam ihr vor, als hätte sie was gesehen, was sie nicht hätte sehen dürfen. Etwas, das sie nicht sehen wollte. Etwas, das sie unbedingt sehen musste. Irgendwie alles zusammen.

Als sie wieder Luft bekam, humpelte sie den Flur entlang zur

Treppe und nach unten. In der Küche setzte sie Kaffee auf, lauschte einige Momente dem Glucksen und Prusten der Maschine. Anstatt zu warten, bis der Kaffee vollständig durchgelaufen war, ging sie nach draußen in den Garten.

Über dem Rasen lag eine leichte, schwebende Reifdecke. Sie schimmerte in einem Silberweiß, berührte nur die Spitzen der Gräser, wob sich über diesen zusammen zu einem Teppich aus gefrorenen Wassertröpfchen. Es war frisch, nicht so kalt wie in der Nacht, doch das Licht der aufgehenden Sonne war noch kühl. Links sah Patrizia einen kleinen Vogel, der auf der Hecke gelandet war, das Gefieder ackerbraun, an einigen Stellen beige. Rechts bewegte sich was im Gras, Patrizia konnte nicht sehen, was es war. Von Weitem hörte sie die Motorengeräusche von der Autobahn. Sie trat auf den Rasen, atmete einige Male tief ein, spürte das Eis in der Luft und an ihren Fingerspitzen. Sie stützte sich auf ihre Krücken, sah nach oben. In einem durchsichtigen Dunstgrau lag der Himmel über den Häusern. Langsam wurde er blau.

Zum ersten Mal hatte Patrizia dieses Jahr dem Herbst zugesehen. Sonst war es immer plötzlich Winter gewesen, die Bäume ohne Blätter, Straßen voller Schneematsch. Sie hatte keine Zeit für den Herbst gehabt. Dieses Mal hatte sie im September gemerkt, wie es langsam früher dunkel wurde, wie die Farben wechselten, das Licht, der Geruch in der Luft, die Kälte, und wie sie den Schal enger hatte nehmen müssen. Vom Fenster aus hatte sie die Veränderungen beobachtet, auf der Arbeit, zu Hause, wenn sie durch die Straßen gelaufen war, weil sie nicht gewusst hatte, was sie sonst tun sollte.

Patrizia ging auf den Kürbis zu, der unter den Lagen aus Wolldecken nur zu vermuten war. Wenn sie nicht selbst dabei gewesen wäre, hätte sie nicht geglaubt, dass sie in der letzten Nacht hier gewesen waren und den Kürbis eingepackt hatten. Längst waren die Wärmflaschen kalt. Patrizia beugte sich nach unten, strich über den kratzigen, filzigen Stoff, spürte die feste, runde Form darunter. Eigentlich fühlte es sich ganz schön an.

Sollte sie sich in den Stuhl setzen? Dahin, wo ihre Mutter gestern gesessen hatte? Sollte sie einfach …?

In diesem Moment hörte Patrizia Geschrei aus der Küche. So laut, dass sie zusammenzuckte, auf den Krücken beinahe das Gleichgewicht verlor. Was war das? Wer …? Sie drehte sich um. Humpelte zurück. Schnell.

Als sie in die Küche kam, stand ihre Mutter in der Tür. Zwischen Küche und Flur. Aufgeregt. Zornig. Fuchtelte wild mit den Armen. Die Augen aufgerissen. Die Wangen rot. Den Blick auf den Boden gerichtet. Winfried daneben. Er sprach ruhig auf sie ein. Bemüht, nicht von ihren fliegenden Händen getroffen zu werden. Daniel, Janne und Jonathan in der Nähe des Tisches. Alle erschrocken. Starrten Seda an. Sie schrie. Patrizia konnte sie kaum verstehen. Jonathan hielt sich die Ohren zu. War blass im Gesicht. Weinte. Patrizia konnte sich nicht rühren.

Niemand konnte das.

»Ich falle! Ich falle!«

»Allet gut!« Patrizias Vater hatte die Hände nach seiner Frau ausgestreckt. Versuchte, sie zu erreichen. Bekam ihren Arm zu fassen. Sie befreite sich. Ruckartig. Schlug nach ihm. »Seda! Komm! Et is nix. Allet is gut.« Er trat näher an sie heran. Berührte sie. Wich nur mit dem Kopf aus. »Dir passiert nix. Du bist nich am Falln.«

»Ich fall da rein!«

»Glaub mir dat, Seda. Du tust nich falln.« Er streichelte ihre Schulter. Sie hob den Arm. Ließ ihn sinken. Sank in sich zusammen. Verbarg das Gesicht in den Händen.

»Ich falle. Warum glaubst du mir nicht? Warum glaubt mir niemand?«

Du kannst ihn haben. Ich will ihn nicht. Ich will ihn aber auch nicht. Du musst ihn nehmen. Wenn ich ihn nehmen muss, will ich aber stattdessen Pascal. Du kannst sogar Sascha haben, wenn ich den dafür los bin.

In meinen Fußballsachen stand ich am Rand des Platzes, so

weit außen wie die weiße, ausgeblichene Feldlinie es erlaubte, und sah dem Spiel zu, bei dem mich niemand dabeihaben wollte. Nicht mal eine richtige Position hatte ich. Axel, Maik und Harald waren die Abwehr, Karsten, Pascal, Jeremy und Christopher das Mittelfeld, Leonard und Sascha im Sturm, Sebi der Torwart, ich sollte nicht stören. Am sichersten war es für mich, wenn ich mich ganz abseits hielt. Da war das Risiko am kleinsten, dass ich den Ball bekommen und was falsch machen konnte.

Ich kannte das.

Seit Wochen tat ich jeden Dienstag und Donnerstag nach der Schule nichts anderes, als möglichst wenig aufzufallen, möglichst wenig zu nerven und möglichst wenig mitzuspielen, während die anderen über den Rasen rannten, sich gegenseitig zupassten, sich anschrien und zujubelten. Wenn ein Tor fiel, sprangen sie sich gegenseitig in die Arme, klatschten sich ab, grölten sich an. Manchmal lief ich einige Meter auf sie zu, sie beachteten mich nicht, ich hob die Arme, rief was, das ich selten selber verstand, und sah zu, wie die anderen lachend und feixend zurück in unsere Spielhälfte kamen, während ich auf meine Position ging, außen, am Feldrand.

Anfangs hatte ich jedes Mal geweint. Ich hatte sogar gehofft, dass kein Tor mehr geschossen würde, damit ich nicht wieder der Einzige war, mit dem niemand jubeln wollte. Mittlerweile hatte ich eine Strategie, um die Tränen zurückzuhalten. Ich tat, als wäre mir das alles egal, als würde es mir nichts ausmachen. Ich verschränkte die Arme vor der Brust, verlagerte das Gewicht auf ein Bein, machte ein gelangweiltes Gesicht, sah nicht hin, schaute den Rasen an. Wenn es kaum auszuhalten war, konzentrierte ich mich auf einen einzelnen Grashalm, den ich anstarrte, gähnte, obwohl ich nicht müde war. Es gab was Schlimmeres, als der Junge zu sein, den man nicht mal geschenkt wollte. Und das war, der Junge zu sein, der heulte.

Heute machte es mir der Blick meines Vaters doppelt schwer.

Ich spürte ihn im Rücken. Mir durften vor ihm nicht die Tränen kommen. Nur wegen ihm machte ich das alles. Weil er es sich wünschte. Für mich oder von mir. So genau wusste ich das nicht. Ein richtiger Junge spielt Fußball.

Nun saß mein Vater mit Rafael auf der Bank am Spielfeldrand. Er sah, dass niemand mit mir spielte, dass niemand mit mir sprach, dass Sascha den Ball lieber ins Aus schoss als zu mir. Ich war eine Enttäuschung. Das war mir klar. Am liebsten wäre ich im Boden versunken. Am liebsten hätte ich geweint. Hin und wieder zog ich die Hand aus meiner eigenen Umklammerung und tat, als würde ich mir Schweiß und nicht Tränen aus den Augen wischen.

Wie lang ging das Spiel noch? War die zweite Halbzeit nicht längst rum? Wann konnte ich endlich nach Hause?

Da passierte es!

Karsten hatte nicht aufgepasst. Verstolperte den Ball. Eroberte ihn zurück. Spielte ab. Zu mir! Was? Ich erschrak. Er ebenfalls. Was sollte ich ...? Ich wusste doch nicht ... Vor meinen Füßen lag der Ball.

Tu was! Vielleicht war das meine Chance. Vielleicht konnte ich vor meinem Vater glänzen. Tu was!

»Spiel zu Christopher!«

»Gib ab!«

»Na, los!«

War das mein Vater? Feuerte er mich an? Ich konnte mich nicht umdrehen. Durfte nicht. Zwang mich, einen Schritt nach vorne zu machen. Den Ball vor mir her zu spielen. Es ging erstaunlich gut!

Ich lief an der Seitenlinie entlang. Stimmen um mich herum: Gib endlich ab! Bist du bescheuert? Spiel ab, du Arsch! Du schaffst es! Haste sie noch alle? Los! Weiter!

Es ging nicht anders. Ich musste wissen, ob die Worte von meinem Vater kamen. Wenn ich ganz schnell den Kopf drehte. Nur kurz. Was konnte passieren, wenn ...?

Ich fiel über meine Füße. Über den Ball. Landete im Dreck. Der Ball kullerte über die Linie ins Aus.

Ich konnte mich nicht rühren, sah vor mir nur die braune Erde. Ich war auf die Knie gefallen, spürte den Schmerz in Beinen und Händen. Um mich herum hörte ich Gelächter. Ich blickte nicht hoch. Füße gingen vorbei. Jemand holte den Ball. Jemand machte Einwurf. Jemand rempelte mich so fest an, dass ich erneut zu Boden ging, die Nase im Dreck.

»Ganz toll! Du Versager!«

Das Spiel ging weiter.

Ich konnte nicht ewig liegen bleiben. Natürlich nicht. Es dauerte, bis ich mich nach oben stützen, aufrichten, aufstehen konnte. Was sollte ich tun? Einfach gehen? Konnte ich einfach gehen? Ich stellte mich an meine Position am Platzrand, die Arme vor der Brust verschränkt, das Gewicht auf einem Bein, mit gelangweiltem Gesicht, einen Grashalm im Blick.

Endlich war Schluss.

Während die anderen Jungen in Richtung Kabine liefen, um sich umzuziehen, sich schubsten und ärgerten, ging ich zögerlich auf meinen Vater zu, der auf der Bank saß, mein Bruder im Rollstuhl daneben. Mein Vater reichte ihm kleine Stücke Butterbrot. Er sprach leise mit ihm, ich konnte ihn nicht verstehen. Mit einem Tuch wischte er Rafael über die Lippen, entfernte Speisereste vom Mund, strich ihm über die Stirn, die Wange, lächelte, sprach weiter.

Was würde mein Vater zu mir sagen?

»Hallo.«

Er blickte zu mir hoch. Ich wartete, schob die Hände in meine Achselhöhlen. Obwohl ich nicht mehr als ein paar Schritte gelaufen war, schwitzte ich. Wie peinlich!

»Warum biste nur am Rumstehen?« Mein Vater faltete das Tuch zusammen.

»Weiß nicht.«

»Du musst dich mehr anbietn. Dat is wichtig. Wenne nur am

Warten bis, dat die andern dir 'n Ball gebn, warteste bisse alt und grau bis. Bis zum Sanktnimmerleinstach. Dat musse schon selbst machn. Zeig's denen. Ohne dat geht's nich.«

»Ja.« Mehr fiel mir nicht ein.

Mein Vater beugte sich zu meinem Bruder, strich ihm Haare aus dem Gesicht, Butter aus dem Mundwinkel. »'n Foul war dat übrigens.«

»Was?«

»Dat der Junge dich so umgestoßn hat. Nich reel war dat. Dat hätt 'ne Karte gebn müssn. 'ne rote. Gleich runter vom Platz muss so einer. Aber 'n bisschen zackig. Dat sach ich dir.«

»Er war in meiner Mannschaft.«

»So wat hat auffem Platz nix verlorn. Dat hat mit Fußball nix zu tun. Wer dat nich rafft, kann sich gleich vom Acker machn.«

»Ich glaub, sie waren sauer, weil ich nicht abgegeben hab ... und über den Ball gestolpert bin.«

»Den sollte ma jemand kräftig die Levitn lesn. Aber so wat von. Du kannst mitspieln wie alle andern. Dat ham die nich zu entscheidn. Du tustet wenigstens versuchn. Dat is die Hauptsache. Allet andre is egal. Kann passiern.«

Ich schwieg, weil ich nicht wusste, was ich antworten sollte. Ich sah meinen Vater an, dann meinen Bruder. Der hatte den Kopf gehoben, streckte die Hände nach mir aus. Ich lächelte, trat vor, schlang die Arme um ihn, legte meine Wange an seine. Glucksend lachte er, vielleicht sagte er auch was, ich verstand ihn nicht, spürte seine Finger auf meinem Rücken, seine Haare kitzelten mich.

»Du darfs dir nich imma allet gefalln lassn. Dat die andern dich so rumschubsn.« Rafael umklammerte mich und ich ihn. »Jungs müssn sich durchsetzn. Wat für 'n Mann willste werdn, wenne andre mit dir machn lässt, watse wolln?«

08:32 Uhr

»Guten Morgen. Ich wollte nur guten Morgen sagen«, flüsterte Daniel ins Telefon. Warum sprach er so leise? Er stand in der Mitte seines Kinderzimmers und hatte die absurde Angst, jemand könnte ihn hören. »Bist du zu Hause? Bei uns? Ich meine … Schade, dass du noch keine Zeit hattest, mich zurückzurufen. Ich hätte mich gefreut, mit dir zu sprechen.« Mit dem Daumennagel knibbelte er am Saum seines Hemdes, zog es nach unten. Manchmal rutschte der Stoff nach oben und man konnte seinen Bauch sehen. Das mochte er nicht. »Ich … Ich würde gern mit dir reden, Zusanna. Ich denke, wir sollten reden. Na ja … Ruf an, wenn du kannst … und willst. Du … ähm … fehlst mir. Ich liebe dich. Ich liebe dich sehr.« Als Daniel aufgelegt hatte, betrachtete er das Telefon in seinen Händen, bis das Display längst dunkel war.

»Du machst dich lächerlich!« Daniel wandte sich um. In der halb geöffneten Tür stand Janne, ihren Kulturbeutel in der Hand. Seine Hände zitterten so stark, dass er beinahe das Handy fallen ließ. »Weißt du das nicht?«

Sie drehte sich um, verschwand.

Daniel schluckte. Sein Hals tat weh. Irgendwas in seinem Hals. Er schluckte wieder, es wurde nicht besser. Er schob das Telefon in seine Hosentasche, verschränkte die Arme vor der Brust, verlagerte das Gewicht auf ein Bein, betrachtete den fleckigen Teppich. Konnte es sein, dass er an dieser Stelle mal Pfirsichsaft vergossen hatte?

Bei seiner ersten Verabredung mit Zusanna in einem Café hatte er auch Pfirsichsaft bestellt, und sie hatte gelacht. Ich lach dich nicht aus, hatte sie gesagt. Nur ein bisschen. Von da an hatte sie immer Pfirsichsaft im Kühlschrank gehabt. Auch noch, als Daniel Pfirsichsaft gar nicht mehr mochte. Gesagt hatte er es ihr nie.

Daniel verließ das Zimmer.

»Du bist ja schon wach«, sagte er, als er den gegenüberliegenden Raum betrat, in dem Janne und Jonathan geschlafen hatten.

Auf einem der beiden Betten saß sein Sohn im Schneidersitz, warf einen kleinen grünen Ball gegen die Wand. Die Luft war erfüllt vom regelmäßigen Rumsen. Woher hatte Jonathan den? War es einer von Rafaels Bällen? Erneut traf die Gummikugel die Tapete.

»Das kannst du nicht machen. Es ist noch zu früh, um mit dem Ball zu spielen. Du weckst alle auf.« Daniel trat näher, streckte die Hand nach dem Ball aus.

»Ich hab mir sogar schon die Zähne geputzt.«

»Das ist toll, aber …«

»Und angezogen bin ich auch. Janne hat mir geholfen.«

Daniels Blick fiel auf den weißen Tüllrock, den sein Sohn trug. Einer von Jonathans Lieblingsröcken. Was würde Daniels Vater dazu sagen? Das konnte heiter werden.

»Du musst wirklich aufhören, den Ball gegen die Wand zu werfen.« Keine Reaktion. »Hörst du? Jonathan!« Daniel versuchte, ruhig zu bleiben. »Jonathan!«

Als sein Sohn den Ball erneut warf, fing Daniel ihn aus der Luft. In solchen Dingen war er nicht gut, ungeschickt, außerdem schwitzten seine Finger. Der Ball rutschte ihm aus der Hand und fiel auf die Bettdecke. Daniel griff danach, Jonathan auch. Daniel war schneller und presste den Ball an seine Brust.

»Jetzt … ist … Schluss.« Es fiel ihm schwer, deutlich zu sprechen. »Wir gehen runter … frühstücken.« Damit drehte er sich um und ging nach draußen in den Flur, lauschte kurz, ob sein Sohn ihm folgen würde.

Was, wenn nicht? Was sollte er dann tun? Hinter sich hörte Daniel ein Geräusch und schloss erleichtert die Augen. Jonathan kam ihm nach.

In der Küche stand die Tür zum Garten auf. Frische Luft wehte herein. Einen Moment blieb Daniel am Tisch stehen, genoss den leichten Wind und die Kühle. Warum war ihm schon wieder so entsetzlich heiß?

»Was soll der Ball?« Daniel hatte gedacht, die Küche wäre leer. In der Nähe der Kaffeemaschine stand Janne mit einer Tasse in der Hand.

Hatte sie sich Kaffee genommen? Wollte sie ihn provozieren? Schon wieder?

Noch immer hielten Daniels Hände den Ball umklammert. Langsam lockerte er den Griff, legte die Gummikugel auf den Tisch vor sich.

»Willst du einen Kaffee?«

»Was?«

»Ob du Kaffee willst?« Janne hielt ihm die Tasse hin.

»Ja ... danke ...« Zögerlich ging er auf sie zu, griff danach. »Danke«, sagte er lächelnd.

Schweigend zuckte Janne die Schultern.

»Was gibt's zum Frühstück?«, fragte ihr Bruder, der in diesem Moment in die Küche kam.

»Das, was wir machen.«

»Ich mach Eis.«

»Alles außer Eis.«

»Dann Schokopudding.«

»Wir essen zum Frühstück keinen ...«

»Nein!«

In der Tür standen Daniels Eltern. Winni einen Schritt voraus, Seda unbeweglich hinter ihm. Sie hielt sich mit den Händen am Rahmen fest, blickte mit großen Augen auf den Fußboden.

»Nein! Das mach ich nicht.«

»Wat machste nich?«

»Ich geh da nicht rein!«

»Seda? Daniel is da. Und Jonathan und Janne auch. Wir wolln zusammn frühstückn.«

»Nein! Ich fall da rein!« Sie deutete auf die Fliesen. Daniels Mutter wirkte, als würde sie auf einem schwankenden Boot stehen, auf hoher See, von den Wellen hin- und hergeworfen. Sie ließ die schwarzen und weißen Kacheln nicht aus den Augen.

»Wo rein?«

»Da!«

»Da is nix.«

»Tu nicht, als wär ich verrückt!« Jetzt schrie sie. »Ich geh nicht rein. Da! Ich falle! Ich falle!« Wild schlug sie mit den Händen durch die Luft.

Sie würde Winni treffen. Ihn schlagen. Verletzen. Daniel atmete nicht. Neben ihm fing Jonathan an zu weinen. Hielt sich die Ohren zu. Was sollte Daniel tun? Sollte er seinem Vater helfen? Konnte er das? Wie? Irgendwas musste er … Er ging zu seinem Sohn, legte ihm tröstend den Arm um die Schultern und streckte gleichzeitig die Hände nach Janne aus, die blass und erschrocken aussah. Sie trat eng an ihn heran, hielt sich an ihm fest. Wann hatte sie das das letzte Mal gemacht?

»Seda! Komm! Et is nix. Allet is gut. Dir passiert nix. Am Falln biste nich.«

»Ich fall da rein!«

»Glaub mir dat, Seda. Du tust nich falln.« Winni streichelte Sedas Schulter.

Sie blickte ihn an, hob die Faust, ließ sie sinken, schlug die Hände vors Gesicht.

»Ich falle.« Ihre Stimme war nun leiser. »Warum glaubst du mir nicht? Warum glaubt mir niemand?« Sie weinte.

Winni stellte sich dicht neben sie, schloss die Arme um sie. Sie ließ es zu, legte den Kopf an seine Brust. »Allet wird gut. Allet gut. Kannste mir ma 'ne Decke gebn?«

»Eine *Decke?*«

»Oder wat andres.«

»Hier.« Janne löste sich von Daniel, griff nach einer Wolldecke, die noch von letzter Nacht auf einem der Stühle lag, ging um den Tisch herum und reichte sie ihrem Opa.

»Komma bei mich bei. Hilf mir ma, dat auszubreitn.«

»*Auszubreiten?*«

»Aufm Bodn. Manchma hilft dat.«

Mit einer energischen Bewegung legte Janne die Decke über die Fliesen, von der Tür bis zum Tisch. »So?«

Anstatt zu antworten, richtete sich Winni an seine Frau. »Seda?

Siehste? Jetzt könnwer einfach drüberlaufn. Dann fällste auch nich. Wie 'ne Brücke is dat. 'ne Brücke. Siehste?« Vorsichtig schob er sie von sich.

Sie zögerte, sah ihn an, dann zum Boden.

»Eine Brücke, Oma Seda.« Janne lächelte leicht.

»Ja.«

»Da kann dir gar nichts passieren.«

»Nein?«

»Bestimmt nicht.«

»Wollnwer?« Als Winni Seda den Arm anbot, hielt sie sich daran fest, und gemeinsam gingen sie über die Wolldecke zu einem der Stühle.

Seda wirkte wackelig, als sie sich setzte.

»Es sind die Fliesen, oder?«, fragte Janne.

Daniels Vater nickte, sagte nichts.

»Die *Fliesen?*« Patti stand in der Gartentür. Daniel hatte sie nicht kommen gehört.

»Der Kontrast«, Janne deutete ungenau auf die schwarzen und weißen Kacheln, »kann alten Leuten Angst machen.«

»Woher weißt du das?«, fragte Daniel.

»Die Oma einer Freundin hat Demenz. Sie geht die Treppe nicht mehr hoch, weil zwischen den Stufen Lücken sind, durch die man nach unten in den Keller gucken kann. Davor fürchtet sie sich.«

»Das wusste ich nicht.«

»Warum hat Oma Seda so geschrien?«, wollte Jonathan wissen.

»Weil sie Angst hatte, Spätzchen«, erwiderte Daniel.

»Hattest du Angst, Oma Seda?« Schweigend saß seine Mutter auf ihrem Stuhl, zusammengesunken wie ein kleiner Vogel. »Aber jetzt geht's dir wieder gut?«

Winni nickte an ihrer Stelle, eine Hand auf Sedas Schulter. »Jetzt isset schon wieder besser, wat?«

»Gibt's dann Frühstück?«

»Wat hätteste denn gern?«

»Schokopudding und Eis!«

»Wat sachste zu Pfannekuchn?«

»Pfannekuchen, Pfannekuchen, Pfannekuchen.«

»Willste mir helfn?«

»Will ich, will ich, will ich.« Jonathan sprang auf, lief um den Tisch, streckte die Hand nach seinem Opa aus, der sie nahm und gemeinsam mit seinem Enkel zum Kühlschrank ging. Als Winni an Daniel vorbeikam, deutete er auf Jonathans Rock. »Wat solln dat Tülldings? Willste 'n Schwuln aus dem Jungn machn, oder wat?«

Daniel schwieg, während sein Sohn und sein Vater anfingen, die Zutaten zusammenzusuchen. »Wollnwer ma sehn, ob wir allet ham, watwer brauchn. Magste Nutella aufm Pfannekuchn?«

»Nutellaaaa! Ich will Nutella!«

Daniel zögerte einige Momente, drehte sich um, ging zum Tisch und nahm seiner Mutter gegenüber Platz. Er streckte die Finger nach ihr aus, berührte vorsichtig ihren Unterarm, lächelte sie an. Sie lächelte zurück, fast ein bisschen schüchtern. Seda war nie schüchtern gewesen.

»Welche Freundin?«, fragte er Janne.

»Was?«

»Die Oma von welcher Freundin hat Demenz?«

»Warum?«

»Weil's mich interessiert. Ich wusste nicht, dass die Oma einer Freundin Demenz hat, und jetzt frag ich mich …«

»Von einer Freundin eben«, gab Janne zurück.

»Aber welcher?«

»Was geht dich das an?«

»Ich möchte es nur wissen.«

»Du sagst mir auch nicht alles, was ich wissen will!«

Daniel schloss kurz die Augen, atmete aus.

»Der Kürbis«, sagte Patti neben ihm, »sieht aus wie ein überdimensionaler Sitzsack. Wir sind wirklich mitten in der Nacht aufgestanden, um dieses hässliche Gemüse in Decken zu wickeln, oder? Das war nicht nur ein ziemlich schlechter Traum? Kaum zu glauben. Ich kann nur hoffen, dass sich der ganze Sch…« Sie stockte. »Dass sich das alles gelohnt hat«, verbesserte sie.

»Ernsthaft? Das hoffst du?«

»Du weißt, was ich meine.«

Daniel lächelte. Seine Schwester hatte doch einen weichen Kern. Auch wenn sie oft versuchte, es zu verbergen.

Als die Pfannkuchen fertig waren, deckten sie gemeinsam den Tisch, stellten *Nutella*, Schokoladenstreusel, Käse, Marmelade, Puderzucker und Honig dazu. Obwohl er schwitzte und seine Wangen hochrot waren, hatte Winni die Heizung aufgedreht. Rauchig-süßliche Hitze hing in der Küche, während sie alle um den Tisch saßen und gemeinsam zu essen begannen. Besteckgeklimper erfüllte die Luft. Ihre Worte. Jonathans Lachen. Daniel sah von einem zum anderen. Sein Sohn schmierte dick *Nutella* auf seinen Pfannkuchen, Streusel darüber, rollte ihn ein. Genauso machten es Janne und Winni. Patti bedeckte erst ihren, dann Sedas mit reichlich Puderzucker und setzte in die Mitte einen großen Klecks Marmelade. Wie hieß das noch? Himmel-und-Hölle-Pfannekuchen hatten sie das früher genannt. Warum eigentlich?

Daniel griff ebenfalls nach Zucker und Sieb.

Zusammen. Zum ersten Mal seit langer Zeit waren sie alle zusammen. Das war ein schönes Gefühl. Nur Zusanna fehlte.

»Passiert das öfter?«, fragte Patti mit vollem Mund. Zuckerstaub klebte ihr an den Lippen.

»Wat?«

»Dass sie so ist wie gerade? Dass sie … Ich meine …« Patti sprach leise, warf ihrer Mutter einen Blick zu.

»Kommt vor. Is eben kein guter Tach heute.«

»Aber wie oft? Hast du davon das blaue Auge?«

»Wat willste andeutn?«

»Gar nichts will ich andeuten. Ich will wissen …«

»Und wat willste wissn?«

»Hat sie dich …? Ich meine … Brauchst du vielleicht Hilfe, Winni?«

»Brauch ich nich.«
»Aber …«
»Ich fahr gleich innen Baumarkt«, schnitt Winni Patti das Wort ab, während er sich ein großes Teigstück mit Schokocreme in den Mund steckte.
»Was?«
»'ne Hütte müssnwer bauen.«
»Eine *Hütte?*«
»So isset.«
»Wofür?«
»Für 'n Kürbis.«
»Den *Kürbis?* Warum für den Kürbis?«
»Die Wetterfuzzis sagn, dattet Regn gibt. Zu nass werdn darf der Kürbis nich. Nich, wenn's so kalt is.«
»Das ist ein Scherz, oder? Wofür hast du den schicken Schirm?«
»Wenn's windig is, reicht dat vorne und hintn nich.«
»Was soll das eigentlich? Glaubst du wirklich, dass du mit dem komischen Kürbis am Sonntag die Kürbisweltmeisterschaft gewinnst?«
»Wir fahren zur Kürbisweltmeisterschaft?«, fragte Jonathan, den ganzen Mund mit Schokocreme verschmiert.
»Dat is die Europameisterschaft.«
»Und wenn schon. Glaubst du das im Ernst?«, wiederholte Patti.
»Darum geht's nich.«
»Worum dann?«
Ohne zu antworten, rollte Daniels Vater sorgfältig ein Stück Pfannkuchen zusammen. »Ihr zwei tut doch mitkommn, oder? Baut mit euerm ollen Opa 'ne Hütte für den weltgrößtn Kürbis?«
»Oh ja, ja, ja!«
»Machen wir, Opa Winni«, sagte Janne. »Ich such sowieso noch nach einer Kiste.«
»Wofür?«, wollte Daniel wissen.
»Ist doch egal.«
»Wie schwer ist der schwerste Kürbis der Welt, Opa?«

»1054 Kilo. Dat war der vom Beni Meier ausser Schweiz. Im letzten Jahr, am 12. Oktober 2014 is dat gewesn.«

»Und du glaubst, unser Kürbis wird gegen ihn gewinnen?«

»Dat werdnwer sehn.« Daniels Vater legte seinem Enkel die Hand auf den Kopf.

»Kann ich dich was fragen, Winni?«, fragte Patti, hatte Gabel und Messer neben ihren Teller gelegt.

»Kann ich dich davon abhaltn?«

»Wer von euch hat mir das Schlittschuhlaufen beigebracht?«

»Wat meinste?«

»Wer von euch beiden«, mit dem Finger deutete sie auf Winni und Seda, »war dabei, als ich das erste Mal auf dem Eis stand? So richtig. Nicht nur auf dem See.«

»Deine Mutter is imma dabei gewesn.«

»Aber beim ersten Mal. Wer war da mit mir auf dem Eis, Winni? Du oder Mama?«

Winni schnitt den Pfannkuchen vor sich in kleine und kleinere Stücke. »Ich kann Schlittschuhlaufn, fallset dat is, watte wissn willst.«

09:23 Uhr

Warum fragte sie nicht einfach? Das war so albern. Stattdessen nahm Patrizia einen weiteren großen Bissen vom Himmel-und-Hölle-Pfannekuchen. Er schmeckte nach Kindheit, mit diesem Riesenklecks Marmelade und Puderzucker auf den Lippen. Patrizia kochte nicht viel. Himmel-und-Hölle-Pfannekuchen schon. Pfannekuchen gingen immer. Genau wie Nachtisch. Und *Smarties.* Das waren die Regeln ihrer Mutter, Patrizia hielt sich dran.

Aus dem Augenwinkel warf sie Seda einen kurzen Blick zu. Die schien vertieft in ihr Essen, hatte diese besondere Art, Pfannkuchen zu schneiden. Vom Rand in Richtung Mitte, zur Marmelade hin. In kleine Streifen, die sie umklappte, nur mit Zucker. Das Stück unter dem Marmeladenklecks, Marmeladenkern hatte sie es früher genannt, bewahrte sie sich bis zum Schluss auf und aß es in einem. So viel schien Patrizias Mutter vergessen zu haben, das nicht.

»Kann ich dich was fragen, Winni?«, wollte Patrizia wissen.

Warum war sie plötzlich nervös? Sogar ihre Finger zitterten.

»Kann ich dich davon abhaltn?«

»Wer von euch hat mir das Schlittschuhlaufen beigebracht?«

»Wat meinste?«

»Wer von euch beiden war dabei, als ich das erste Mal auf dem Eis stand? So richtig. Nicht nur auf dem See.«

»Deine Mutter is imma dabei gewesn.«

Konnte ihr Vater nicht mal eine vernünftige Antwort geben? Das war wieder so typisch!

»Aber beim ersten Mal. Wer war da mit mir auf dem Eis, Winni? Du oder Mama?«

Konzentriert bearbeitete Winfried seinen Pfannkuchen mit dem Messer. Wie oft hatte er früher genauso dagesessen, wenn Rafael beim Essen geschrien und getobt hatte? Als wär es ihn nie was angegangen. Als hätte er es nicht mal gemerkt. Allet gut, hatte er manchmal gemurmelt. Mehr nicht. Später, als sie nur noch zu viert am Tisch waren, hatte er gar nichts mehr gesagt. Manchmal war Patrizia darüber so wütend geworden, dass sie versucht hatte, mit ihm Streit anzufangen. Richtig geklappt hatte es nicht. Das hatte sie noch wütender gemacht.

»Ich kann Schlittschuhlaufn, fallset dat is, watte wissn willst.«

Sollte das die Antwort sein? Ernsthaft?

»Ich würd auch mit in den Baumarkt kommen«, sagte Daniel neben ihr. Wahrscheinlich wollte er verhindern, dass sie was sagte. So war ihr kleiner Bruder. Harmoniesüchtig bis zum Gehtnichtmehr. Die Mühe hätte er sich sparen können. Patrizia wusste ohnehin nicht, was sie hätte antworten sollen. Sie wusste gar nichts.

Nie hatte sie daran gezweifelt, dass Seda ihr das Schlittschuhlaufen beigebracht hatte. Das hatte sie beide verbunden. Nicht nur deshalb hatte sich Patrizia ihrer Mutter näher gefühlt als ihrem

Vater, aber auch. Sie hatte immer ihr Gesicht vor sich gesehen, als sie ängstlich mitten auf dem Eis gestanden hatte, hatte die Wärme ihrer Hände gefühlt, als sie sich vor dem ersten und dem nächsten Schritt gefürchtet hatte, hatte ihre Stimme gehört, die ihr Mut machte.

Konnte sie sich das wirklich nur eingebildet haben? Konnten ihre Erinnerungen so falsch sein?

»Ich bleib bei Mama«, sagte Patrizia. »Wir gehen spazieren.«

»Du weißt schon, daste Krückn has, oder?«

»Ist mir nicht entgangen.«

»Wollt ich nur gesacht ham.«

»Hast du was dagegen?«

»Deine Mamma wird sich freun. Ich mein … Erwachsn biste. Musste selbst wissn. Nur umziehn musste dich vorher.«

»Sagt der Mann, der schon wieder seine Warnweste trägt.«

»Haste überhaupt geduscht?«

»Ich hab entschieden, nicht mehr zu duschen.«

»Wat solln dat heißn?«

»Das Leben benimmt sich gerade wie ein Riesenarschloch.«

»Tante Patti hat Arschloch gesagt«, sagte Jonathan.

»Und bis es sein Verhalten mir gegenüber ändert«, fuhr Patrizia fort, ohne auf ihren Neffen zu achten, »und endlich aufhört, so scheiße zu mir zu sein, bin ich nicht bereit, mich für es schick zu machen. Wenn das Leben mir den Stinkefinger zeigt, zeig ich ihm auch den Stinkefinger. Das soll es heißen.«

»Ich find's cool«, sagte Janne.

»Im Schlafanzuch kannste nich durche Gegend laufn.«

»Wieso nicht? Außerdem ist das ein Kapuzenpulli. Also lauf ich nur zur Hälfte im Schlafanzug rum. Die andere Hälfte …«

»'n Schlafanzuch is 'n Schlafanzuch.«

»Und eine Warnweste ist eine Warnweste.«

»Erst dat Röcksken und die komische Mütze und jetzt dat. Für total meschugge müssn uns die Leute haltn.«

»So falsch würden sie damit ja nicht liegen, oder?«

»Gut, dass wir das geklärt haben«, sagte Daniel und nahm den letzten Bissen seines Pfannkuchens. Seine Lippen waren brombeerviolett von der Marmelade, die ihm in den Mundwinkeln klebte. Damit sah er aus wie sein Sohn, der *Nutella* überall im Gesicht hatte, und wie Janne, deren Haut um den Mund bräunlich glänzte. Eigentlich sahen sie alle so aus. Ihre Mutter hatte Puderzucker an der Wange, ihr Vater Schokostreusel im Gesicht und einen Schokoklecks auf dem Hemd.

Patrizia musste lachen. »Wir sehen aus! Bevor ihr in den Baumarkt geht, solltet ihr dringend mal in den Spiegel gucken.« Als sich alle verstohlen über den Mund wischten, lachte sie noch lauter.

»Das sagt die Richtige! Du hast direkt auf der Nase Marmelade«, erwiderte Daniel.

»Wirklich?« Sie fuhr sich über die Nasenspitze und leckte sich das Fruchtgelee vom Finger. »Tatsächlich.«

»Du bist ein Marmeladenclown, Tante Patti. Ein Marmeladenclown.« Jonathan kicherte.

»Familie Marten kann nicht essen.«

»Dat kannste laut sagn.«

»Muss an der Erziehung liegen.«

»Und welche Ausrede hätten dann Oma und Opa?«, fragte Janne.

»Dann sind es die Gene.«

»Mitte Gene is allet einwandfrei. Dat weiß ich abba ganz sicher.« Sie lachten. »Wat sachter? Wollnwer los?«

Gemeinsam räumten sie den Tisch ab, dann brachen Winfried, Daniel und die Kinder zum Baumarkt auf. Patrizia fühlte sich seltsam, als die Tür hinter ihnen ins Schloss fiel. Sie war lange nicht mehr mit ihrer Mutter allein gewesen. War sie jetzt verantwortlich? Einige Augenblicke stand sie unsicher in der Küche, setzte sich schließlich zögerlich zu ihrer Mutter an den Tisch. Nervös knibbelte sie am Rand des Untersetzers, auf dem zuvor die Porzellankanne gestanden hatte.

»Wollen wir spazieren gehen? Hast du Lust, Mama?«

Warum klang ihre Stimme so unnatürlich? Sollte es nicht das Natürlichste der Welt sein, dass eine Tochter ihre Mutter fragte, ob sie gemeinsam spazieren gehen wollten?

Seda blickte nach draußen, wo das Licht der Sonne die Farben auffrischte. Das Laubgrün wurder satter, das Rostrot der gegenüberliegenden Dächer kräftiger, das Buttergelb des Sonnenschirms nahm einen dunkleren Bananenton an. Selbst in der Küche, umgeben von der dicken Heizungsluft, wirkte es hinter der Fensterscheibe kalt, ein leichter Wind wehte. Der Himmel war klar und blank wie Glas. Vielleicht würde es ein ganz schöner Tag werden.

»Wollen wir spazieren gehen?«

Hatte Patrizias Mutter sie nicht gehört?

Endlich wandte Seda ihr den Kopf zu. *»Spazieren gehen?«*

»Eine Runde um den Block.«

»Ich weiß nicht.«

»Das Wetter ist gerade so schön.« Obwohl sie sich kein bisschen so fühlte, bemühte sich Patrizia, zuversichtlich zu klingen.

Was wir alles mit euch gemacht haben, hatte Seda früher oft gesagt, wenn sie Daniel und Patrizia von dem Bollerwagen erzählt hatte, mit dem sie durch den Park gefahren waren, dem Babyschwimmen, dem Kinderbauernhof, dem Tellerbemalen. So viel haben wir gemacht, und an nichts davon erinnert ihr euch. Ganz schön gemein ist das.

Wer erinnert sich jetzt?

Wahrscheinlich wusste Seda nicht mal, wer Patrizia war. Für Patrizia würde sie immer ihre Mutter sein, aber für ihre Mutter war Patrizia niemand geworden. Wie konnte sie ihre Mutter zwingen, mit einer Fremden rauszugehen? Was, wenn sie wieder Angst bekam? Vor der Straße? Vor den Stufen draußen vor dem Haus? Vor irgendwas? Was sollte Patrizia dann tun? Gab es überhaupt etwas, das sie tun konnte?

Warum war sie nicht einfach mit den anderen in den Baumarkt gefahren?

»Wirklich schön«, sagte Seda.

»Was?«

»Das Wetter.«

»Ja?«

»Sehr schön.«

»Wollen wir dann …?« Zaghaft berührte Patrizia den Arm ihrer Mutter, wartete.

Als sie endlich nickte, half Patrizia ihr beim Aufstehen. Es war nicht leicht, weil sie auf den Krücken nicht fest genug stehen konnte, um jemand anderen zu stützen. Irgendwie klappte es, und gemeinsam gingen sie in den Flur. Erst zog Patrizia ihrer Mutter die Jacke an, dann sich selbst. Nebeneinander traten sie durch die Tür nach draußen.

Es war so kühl, wie es vom Fenster aus ausgesehen hatte. Glitzerndes Sonnenlicht lag in der Luft, das Patrizia an das punktuelle Flimmern impressionistischer Gemälde erinnerte. Als löste die Helligkeit die Farben in einzelne Töne auf. Aus dem Grau der Fahrbahn wurden Steinpilzgrau, Mausgrau, Basaltgrau, die dicht an dicht lagen. Das Grün der Blätter setzte sich aus Algengrün, Polizeigrün, Schilfgrün zusammen. In einem weißlichen Cyan schimmerte der Himmel, an einigen Stellen in einem hellen, fast transparenten Purpur, an anderen in einem gedeckten Quittengelb. Die Straße teilte sich in Schatten und Licht, die Bäume spannten sich weit über die eine Seite des Gehwegs auf, der Sonne gehörte die andere.

Langsam gingen Patrizia und ihre Mutter die Stufen nach unten zum Gehweg. Als sie auf dem Bürgersteig standen, atmete Patrizia erleichtert aus. Die Treppe war geschafft. Vielleicht würde es doch gehen.

»Du hast Krücken«, sagte Patrizias Mutter, als würde sie es erst jetzt bemerken. Vielleicht war es so.

»Ich hab meinen Job verloren, Mama.«

»Deshalb brauchst du Krücken?«

»Irgendwie schon.«

Der Boden bestand aus einzelnen Steinplatten, groß, mit Rillen dazwischen. Konnten die ihrer Mutter Angst machen? Waren Rillen wie dunkle Fliesen? Warum wusste sie das nicht?

Aus dem Augenwinkel musterte Patrizia ihre Mutter. Falls sie Angst hatte, war es ihr nicht anzusehen. Sie waren sich sehr ähnlich. Auch Patrizia kamen die Lücken erschreckend vor. Auch sie fürchtete sich vor den Zwischenräumen. Gerne hätte sie die Hand ihrer Mutter gehalten, mit den Krücken ging das nicht.

Und ein bisschen war Patrizia erleichtert.

Sie gingen einige schweigende Schritte nebeneinanderher. Patrizia fiel das Laufen auf den Krücken schwer, es war anstrengend, sich immer wieder abzustützen. Die Hände taten weh.

»Ich weiß nicht, was ich tun soll.«

Hatte ihre Mutter sie gehört? Seda zeigte es nicht, hielt den Blick auf den Bürgersteig gerichtet, setzte sorgfältig die Füße voreinander, war darauf konzentriert, vorwärtszugehen. Schon als Kind hatte Patrizia das beeindruckt. Die Gewissenhaftigkeit, mit der ihre Mutter gehen konnte.

»Mein Leben ist ein ziemlicher Reinfall«, sagte Patrizia, hörte das Wackeln in ihrer Stimme.

Bisher hatte sie die Worte nicht ausgesprochen, nur gedacht. So oft. Im Kopf wiederholt. Wieder und wieder. Natürlich war das albern. Als könnte sie das vergessen. Was erwartete sie? Von ihrer Mutter? Sollte die ihr irgendwie helfen? Das konnte sie nicht. Die Zeiten waren vorbei.

»Ich hab alles falsch gemacht. Ich hätte was anderes studieren sollen. Oder besser gar nichts. Vielleicht hätte ich eine Banklehre machen müssen. Bei der *Sparkasse*. Oder sonst wo. Dann hätte ich jetzt eine feste Stelle, vielleicht ein kleines Haus, ein Auto, vielleicht eine Familie. Vor allem nicht so eine Scheißangst. Ich halt's kaum aus, so viel Angst hab ich.«

Jetzt klopfte Patrizias Herz so laut, dass sie sich selbst nicht mehr hören konnte. Ein heftiges Pochen. Überall in ihrem Oberkörper. Das hatte sie oft in letzter Zeit. Panikattacken, hatte der Arzt das genannt. Angstzustände, Depressionen. Dagegen waren die Tabletten, die sie an manchen Tagen aß wie Bonbons. Sie wirkten nicht. Wie konnten sie?

»Ich musste mein Auto verkaufen. Ich hab kein Geld mehr. Nichts. Aus meiner Wohnung muss ich wahrscheinlich auch bald raus. Zum Arbeitsamt müsste ich. Aber ich kann nicht.« Patrizia blieb stehen, wartete.

Als ihre Mutter weiterging, ohne anzuhalten, folgte sie ihr, spürte Tränen in den Augen, die Panik in der Brust, dieses Flattern, dieses Zittern, das mehr wehtat, je länger es blieb. Nein, ihre Mutter konnte ihr nicht helfen. Auch nicht die Tabletten. Niemand konnte das.

»Ich hab mich so angestrengt. Ich dachte, das reicht. Das hast du immer gesagt, Mama! Du hast gesagt, man kann alles erreichen. Man muss nur hart genug arbeiten. Und wofür? Nirgendwo hat mich das hingebracht.«

Seda sah Patrizia an, wie sie die Bäume ansah.

»Ich hab Andreas wiedergetroffen«, sagte Patrizia. »Gut sieht er aus. Ist Arzt. Aber das weißt du ja … Er ist dein Arzt.«

»Andreas«, wiederholte ihre Mutter den Namen.

»Ich kann nicht aufhören, daran zu denken. Was wär gewesen, wenn ich damals nicht …? Wären wir noch zusammen? Würden wir im Haus von Ittens wohnen? Würde er mit mir versuchen, ein Kind zu bekommen? Ich komm mir so blöd vor! Ich hab doch immer gewusst, dass ich keine Kinder will. Und jetzt? Jetzt ist der Zug abgefahren, und plötzlich stell ich mir vor … Scheiße! Was stell ich mir eigentlich vor? Wär ich eine gute Mutter geworden? Siehst du? Genau das meine ich. Zu spät. Es ist einfach zu spät. Ich wünschte nur … Ich weiß selbst nicht, was ich mir wünsche. Aber das hier … Das ist nichts. Gar nichts. Ich hab mal darüber nachgedacht, Jura zu studieren, weißt du? Wahrscheinlich wär das todlangweilig gewesen. Aber … Vielleicht wär ich mit Jura glücklich geworden. Oder als Verkäuferin an der Fleischtheke im Supermarkt, deren Kinder ihr selbst gemalte Bilder schenken. Als Zugbegleiterin. Oder als Frau, die im Blumenladen am Bahnhof die Blumen so schön zusammensteckt. Das könnte ich sein. Ich meine … Ich …« Patrizia musste Luft holen, blieb abermals stehen. »Du fehlst mir so! Kannst du nicht irgendwas sagen, Mama? Irgendwas? Egal. Ich bin hier am Ertrinken! Und du bist doch meine Mutter, und ich … Ich brauche meine Mama.«

Dieses Mal blieb Seda stehen, sah sie an.

Hatte sie irgendwas verstanden? Hatte sie überhaupt zugehört? Patrizia fühlte sich, als wäre sie vier Jahre alt und nachts aus einem schlimmen Traum aufgewacht und stünde weinend und verängstigt im dunklen Schlafzimmer ihrer Mutter und wünschte sich nichts sehnlicher, als dass ihre Mutter ihr über den Kopf streicheln und ihr sagen würde, dass es nicht so schlimm wäre und dass alles wieder gut werden würde. Und Patrizia wollte daran glauben können. Wie früher.

»Mir ist kalt«, sagte ihre Mutter. »Ich möchte auf der anderen Seite laufen.«

»Was?«

»Auf der anderen Seite ist die Sonne.« Seda deutete auf den Teil der Straße, der im Sonnenschein lag.

»Es ist derselbe Weg.« Patrizia wollte nicht ärgerlich klingen. Dabei war sie es.

Natürlich. Ihre Mutter konnte nichts dafür. Es war nicht ihre Schuld, dass Patrizia eine Versagerin war und ihr Leben nicht auf die Reihe bekam. Trotzdem. Hätte sie nicht was anderes sagen können? Was anderes als das?

»Es ist genau derselbe Weg. Der gleiche Boden, genauso lang, genauso viele Rillen und Zwischenräume. Da wirst du nicht besser laufen können, und ich mit meinen Krücken auch nicht.«

»Nein.«

»Warum sollen wir uns dann die Mühe machen, rüberzugehen. Ist doch alles derselbe Scheiß.«

»Weil da die Sonne ist.«

»Sonst ändert sich nichts. Außerdem müssen wir dafür über die

Straße. Das ist ein Umweg. Da fahren Autos. Und wir müssen das Ganze auch wieder zurück. So lange kann ich nicht auf den Krücken laufen. Das ist total anstrengend. An den Händen bekomm ich schon Blasen. Ich will auch nicht wieder hinfallen. Hatte ich schon. Noch mal brauch ich das nicht.«

»Ich möchte in der Sonne laufen.«

»Aber wenn sich der Aufwand doch nicht lohnt.«

»Er lohnt sich immer.«

Von ihrer Mutter sah Patrizia zur anderen Straßenseite. Mit einem Seufzen zuckte sie schließlich die Schultern. »Von mir aus.«

Nebeneinander überquerten sie die Straße. Es kam kein Auto, sie mussten nicht warten, Seda ging zügig, der Asphalt war glatt, es gab keine Lücken. Für Patrizia war der Weg unendlich lang. Ihre Arme zitterten unter der Anstrengung. Sie konnte die Krücken nicht mehr sicher aufsetzen. Das ungebrochene Bein tat weh, das Knie meldete sich, unter dem Gips pochte die Haut. Es wurde immer schwieriger, auf einem Bein zu gehen. Bei jedem Schritt war sich Patrizia sicher, keinen weiteren mehr machen zu können. Aber ihre Mutter lief vor ihr. Wenn sie bei ihr bleiben wollte, musste sie ihr folgen. Sie geriet außer Atem, musste anhalten, als sie auf der anderen Seite angekommen waren, blieb einen Augenblick stehen, holte Luft.

Schweiß lief ihr den Rücken hinunter, die Wade brannte. Sie mussten den ganzen Weg wieder zurück. Daran durfte sie nicht denken. Seda war ebenfalls stehen geblieben, hatte das Gesicht in die Sonne gedreht, die Augen geschlossen.

Erst jetzt bemerkt Patrizia die Wärme, die Helligkeit, in der sie standen. Auf der anderen Straßenseite war ihr nicht aufgefallen, wie kalt es gewesen und dass die Kühle von den Schatten gekommen war, die über dem Gehweg hingen. Auf dieser Seite gab es weniger Bäume. Die Oktobersonne hatte noch Kraft, fiel ungehindert vom Himmel. Patrizia fror zumindest ein bisschen weniger. Sie blinzelte.

Es war derselbe Weg, den Patrizia und ihre Mutter gingen, einmal um den Block. Aber sie gingen in der Sonne. Für den Moment wollte Patrizia nicht daran denken, wie schwer es sein würde zurückzugehen.

Als Seda und Patrizia zum Haus kamen, war Andreas da. Er saß auf den Stufen, die Arme auf den Knien, und erhob sich, als sie näher kamen. In ihren Ohren hörte Patrizia ihr Herz, fuhr sich durch die ungekämmten Haare, über den Schlafanzug. Die Aufregung kannte sie. Auch wenn es Jahre her war. Sie hatte Andreas um ihre erste Verabredung gebeten und sich genauso gefühlt.

»Hallo«, sagte sie.

Er strich sich die Hände an der Hose ab. »Hallo, Patrizia. Hallo, Seda.« Er berührte Patrizias Mutter an der Schulter. Fürsorglich sah das aus. Fast liebevoll. »Wie geht's dir?«

»Wir sind in der Sonne gelaufen.«

»Klingt gut.« Andreas lächelte. »Geht's mit den Krücken?«

»Ziemlich anstrengend, immer auf einem Bein zu laufen. Wahrscheinlich bekomm ich bald einen Ermüdungsbruch.«

»So schnell geht das nicht.«

»Außerdem hab ich schon Blasen.« Auf die linke Krücke gestützt, hielt Patrizia ihm die rechte Hand hin, auf der sich dunkelrote Druckstellen zeigten und sich die Haut wölbte.

Andreas nahm ihre Finger zwischen seine, betrachtete sie, strich vorsichtig über ihre Handfläche. »Manchmal hilft's, wenn du Handschuhe trägst. Solche zum Radfahren zum Beispiel. Die haben eine Polsterung. Oder ich kann dir spezielle Schaumstoffüberzüge besorgen. Manchmal nehmen die den Druck. Dann geht's besser.«

»Mach dir wegen mir keine Umstände.« Sie wollte gleichgültig klingen, obwohl sie sich nicht gleichgültig fühlte. »Ich hab mir die Sache eingebrockt, jetzt muss ich sie auch auslöffeln.« Sie lachte. Es klang unnatürlich. Sie hörte es selbst.

»Das ist nicht wahr«, erwiderte Andreas. Unter seinem Blick wurde Patrizia nervös, senkte die Augen, sah wieder hoch. Wie ein Teenie! Wie albern! Er ließ ihre Hand los. Sie fühlte sich schwer an. »Ich hab schon mal den Anhänger vorbeigebracht.« Andreas deutete zum Straßenrand, an dem das arktikblaue Auto stand, das Patrizia gestern vorm Itten-Haus gesehen hatte.

»Wo ist dein Vater?«

»Die sind alle im Baumarkt. Offenbar bauen wir eine dämliche Regenhütte für den dämlichen Riesenkürbis, damit er nicht nass wird. Kannst du dir das vorstellen? Heute Nacht mussten wir ihn schon in Decken und Wärmflaschen einwickeln, damit er nicht friert. Der Kürbis wird in diesem Haus besser behandelt als die Menschen.«

»Du weißt, dass das nicht stimmt.«

»Tu ich das?«

»Vielleicht komm ich zum Helfen.«

»Musst du nicht. Mein Vater hat dich schon genug reingezogen. Mit dem Anhänger und allem. Ich komm aus der Nummer nicht mehr raus. Für dich ist es noch nicht zu spät. Mach dich aus dem Staub, solange du kannst.«

»Die Dinge sind nicht immer so, wie du denkst, Patti.«

»Was soll das heißen?«

»Ich glaub, du hast ein falsches Bild von deinem Vater.«

»Und ich glaub, du hast keine Ahnung«, gab sie zurück.

Sie ärgerte sich ein bisschen über Andreas. Was sollte das? Glaubte er tatsächlich, er würde ihren Vater besser kennen als sie?

Vom Fenster in Daniels Zimmer aus hatten sie zugesehen, wie ihr Vater in das Taxi gestiegen war, mit seinen Koffern. Ganz früh war es gewesen. Daniel hatte geweint und Patrizia versucht, ihn zu trösten, ohne zu wissen, wie. Er muss aus beruflichen Gründen verreisen, das hatte ihre Mutter gesagt, auch Winfried und Monika, wenn Patrizia gefragt hatte. Aber niemand hatte ihr eine Antwort darauf gegeben, wann er wiederkommen würde. Bald. Mehr nicht. Für Patrizia hatte sich bald wie *gar nicht* angehört. Wie *nie mehr*.

Zwei Monate lang hatte sie damit gelebt, von ihrem Vater verlassen worden zu sein. Nachdem sie gerade erst Rafael verloren hatte. Acht Wochen. Neunundfünfzig Tage. Andreas hatte keine Ahnung.

»Vielleicht nicht«, sagte er. »Aber du vielleicht genauso wenig. Ich komm nachher vorbei. Zum Helfen.«

»Wie du meinst.«

»Bis dann, Seda.« Ein weiteres Mal legte Andreas seine Hand auf Sedas Schulter. »Bis dann, Patti.« Er lächelte leicht.

»Ja.« Mehr sagte sie nicht, nahm stattdessen die Krücken in beide Hände. »Wollen wir reingehen, Mama?«, fragte sie, wandte sich ab und lauschte auf Andreas' Schritte, das Gehen der Autotür, das Starten des Motors, während sie neben ihrer Mutter die Stufen nach oben zur Haustür ging.

Als Patrizia und Seda die Küche betraten, stand die Tür zum Garten offen. Durch das Fenster erkannte Patrizia Monika, die mit zwei großen braunen Hunden über den Rasen lief. Die Tiere bellten, der eine sprang und rannte hinter ihr her, der andere lief ihr ebenfalls nach, langsamer, weil er einen kleinen Wagen zog, der unter seinem Hinterteil befestigt war. Die Räder quietschten.

Was sollte das sein? Ein Rollstuhl für einen Hund? Sollte Patrizia darüber lachen? Oder war es eigentlich ziemlich traurig? War es nicht erbärmlich, dass sie sich wie der arme rollende Hund fühlte?

»Sieh mal, Mama. Tante Monika ist da.« Patrizias Mutter reagierte nicht.

Monika hatte sie bemerkt, sich umgedreht und winkte ihnen zu, während sie einen Ball in den Händen hielt, der eine Hund an ihr hochsprang, der andere mit dem quietschenden Wägelchen Kreise um sie drehte.

»Wollen wir Hallo sagen?«

»Ich möchte zum Kürbis.«

»Was?«

»Ich will mich zu meinem Kürbis setzen.« Sedas Stimme bekam einen gereizten Klang. Vielleicht hatte Patrizias Vater recht. Gut möglich, dass heute wirklich kein guter Tag war.

»Ja … okay. Sicher.« Patrizia ließ ihre Mutter vorgehen, folgte ihr nach draußen. »Hallo, Tante Monika.« Zur Begrüßung hob sie eine Krücke. »Mama will sich zum Kürbis setzen.«

»Ich hab ihn mal aus seinen Decken gewickelt.« Mit Schwung warf Monika den Ball, und die beiden Hunde jagten ihm über den Rasen nach. Als sie zu Seda und Patrizia kam, hatten die das Kürbisbeet bereits erreicht. Die Decken lagen sorgfältig zusammengefaltet auf dem Stuhl, die Wärmflaschen daneben. »Da muss doch ein bisschen Luft dran. Und so kalt ist es auch nicht mehr.«

»Ist er nicht prächtig?«, fragte Patrizias Mutter und setzte sich. Sie sah den Kürbis an, als würde vor ihr auf dem Boden nicht ein hässliches überdimensioniertes Gemüse liegen, sondern was ganz anderes.

Was?

»Ist ein richtiger Oschi geworden«, sagte Monika.

»Ja, ein Oschi. Ein richtiger Oschi.«

»Aber er wird nicht wirklich was gewinnen. Am Sonntag bei diesem Wettbewerb, meine ich, oder?«, fragte Patrizia.

»Was fragst du mich? Von Kürbissen hab ich keine Ahnung. Wir werden sehen. Aber eigentlich geht's darum nicht.«

»Worum geht's dann? Was soll das alles?«

Anstelle einer Antwort wandte sich Monika an Seda: »Geht's dir gut, Seda? Brauchst du was?« Die schüttelte den Kopf. »Schöner Schlafanzug«, sagte Monika zu Patrizia.

»Ich dachte, ich mach mir mal nicht die Mühe, mich zu duschen und das alles. Heute Abend muss ich mich sowieso wieder umziehen. Wozu der Aufwand? Außerdem ist das ein Pullover. Obenrum bin ich angezogen. Es steht also eher 50:50, würd ich sagen.«

»Clever. Dann hast du eine fünfzigprozentige Chance, das Richtige zu tragen. Gute Quote. Die haben nicht alle von uns.« Freundschaftlich kniff Monika ihr in die Wange. »Soll ich uns drei Hübschen mal eine ordentliche Tasse Kaffee machen?«

Während Monika im Haus verschwand, blieb Patrizia befangen in der Nähe ihrer Mutter stehen. Sollte sie sich zu ihr setzen? Mit ihr reden? Sie hörte ein leises Quietschen und blickte nach unten. Der Hund mit dem Wagen schnupperte an ihrem Hosenbein, dann am Gips. Seltsam musste der riechen, es sah aus, als würde das Tier das Gesicht verziehen.

»Musst du gerade sagen«, murmelte Patrizia. »Wenigstens zieh ich nicht so alberne Räder hinter mir her. Kennst du den Spruch von den Steinen und dem Glashaus?« Sie streichelte dem Hund über den Kopf. Als sie zu einem der anderen Stühle humpelte, folgte er ihr, blieb vor ihr stehen, während sie Platz nahm, fiepte, damit sie ihn weiterkraulte. Sein Fell fühlte sich warm an, und irgendwie war es schön, mit ihm hier zu sitzen und sich hin und wieder die Hand lecken zu lassen.

Nach ein paar Minuten kam Monika zurück, mit drei Tassen und einer Kanne. Schweigend saßen die drei eine Weile im Garten, tranken Kaffee. Patrizia beobachtete, wie die beiden Hunde nun in den hinteren Teil des Gartens liefen, schnüffelnd, die Nasen am Boden. Das gleichmäßige Rauschen aus Richtung der Autobahn überdeckte das Quietschen des Wagens.

»Wie läuft's auf der Arbeit?«, fragte Monika.

»Gar nicht.«

»Was meinst du?«

»Oma Monika! Oma Monika!«, ertönte in diesem Moment Jonathans Stimme von der Küchentür. Gleich darauf kam er in den Garten gerannt, die Hunde folgten ihm laut kläffend, sprangen um ihn herum, waren genauso aufgeregt wie er. »Wir sind im Baumarkt gewesen. Und soooo viel Holz haben wir gekauft. Wir bauen eine Hütte. Eine Kürbishütte. Und es wird die schönste und größte Kürbishütte der Welt.«

»Klingt nach einem sehr guten Plan. Wo ist denn deine tolle Einhornmütze?«

»Heute bin ich kein Einhorn.«

»Was dann?«

»Hab ich noch nicht entschieden. Mal sehen.«

»Der Tag ist noch jung.« Monika zwinkerte ihm zu.

Die Hunde hatten sie erreicht, einer von beiden legte ihr den Ball vor die Füße.

»Sind das deine Hunde, Oma Monika?«

»Sind sie. Das ist Peek«, sagte sie und deutete auf den Hund mit dem Rollwagen unter den Hinterläufen, »das Cloppenburg.«

»Und das ist die Kutsche für seine Beine?«

Monika grinste. »Genau. Hast du dir gut gemerkt.«

»Sieht lustig aus.«

»Ein bisschen lustig sieht es wirklich aus. Aber solange er damit gut leben kann, kann ich es auch. Es quietscht nur ein wenig.«

»Da kümmer ich mich drum«, sagte Winfried und trat neben sie.

In den Armen hielt er einen Stapel Holzbretter, die er krachend auf den Boden fallen ließ. Die Hunde wichen fiepend ein Stück zurück. Auch Patrizia zuckte zusammen, ihre Mutter wandte sich erschrocken um. Die Hand in den Rücken gedrückt, lehnte sich Winfried zurück und gab ein Stöhnen von sich.

»Verfluchte Hacke!«

»Du bist eben auch nicht mehr der Jüngste«, sagte Monika.

»Dat is mir nich neu.«

»Nicht? Ich war mir nicht sicher, deshalb dachte ich, ich sag's mal. Aber wenn du das schon weißt.«

»Mach nur wieder Spökes mit mir«, gab Winfried zurück und legte seiner Frau zur Begrüßung eine Hand auf die Schulter, sie griff nach seinen Fingern. »Hallo, Seda. Bin wieder da.«

Im Sommer, als Patrizia in die Schule gekommen war, hatte ihr Vater ihr ein neues Bett gebaut. Schon Wochen vorher hatte sie ihm unzählige Bilder gemalt, wie es aussehen sollte. Wie ein Floß, mit dem sie über die Weltmeere schippern konnte, wie das Auto ihrer Mutter, ein Baumhaus mit einem Dach und einer kleinen Veranda, wie eine Brücke oder wie im Märchen bei Dornröschen. Jede einzelne Zeichnung hatte ihr Vater genau studiert, als wäre sie ein echter Bauplan. Die Bilder hatten sie genau besprochen, und Patrizia war sehr stolz gewesen. Schließlich waren sie gemeinsam in den Baumarkt gefahren, hatten Holz ausgesucht. Patrizia hatte sogar beim Bauen helfen dürfen, und jedes Mal, wenn ihr Vater vor Anstrengung fluchte, hatte sie laut gelacht.

»Ich hab gehört, ihr baut die schönste und größte Kürbishütte der Welt«, sagte Monika.

»So isset.«

»Kann ich mit den Hunden spielen, Oma Monika? Kann ich? Kann ich?« Jonathan hatte den Ball aufgehoben und hielt ihn den Hunden vor die Nase. Er ließ ihn kreisen, die Tiernasen folgten jeder seiner Bewegungen, und Cloppenburg bellte fordernd.

»Darfst du, Schätzelchen. Aber achte drauf, dass Peek auch mal den Ball bekommt. So schnell ist er nicht.«

»Mach ich!« Jonathan rannte los, die Hunde laut kläffend hinter ihm her.

»Du musst den Ball werfen, nicht vor ihnen hertragen«, rief Monika ihm lachend nach. Er hörte sie nicht. Belustigt schüttelte sie den Kopf, ehe sie sich wieder zu Patrizia umwandte: »Was war jetzt mit deiner Arbeit?«

»Nichts.«

»Was heißt nichts?«

»Nichts eben.«

Patrizia beobachtete, wie Daniel aus dem Haus trat, einen Moment in der Tür stehen blieb und seinem Sohn zusah, wie der weiter vor den Hunden herlief, den Ball fest in der Hand. Daniel kam langsam näher. Sie war erleichtert, ihn zu sehen. So wie früher, wenn sie gegen die Erwachsenen zusammengehalten hatten. Pack schlägt sich, Pack verträgt sich. Konnte es wieder so sein?

»Ich bin gerade in einer Art Umorientierungsphase«, sagte Patrizia.

»Klingt spannend.«

»Ist eher scheiße.«

»Alles eine Frage der Perspektive, oder?«

»Alles eine Frage, ob man drinsteckt.«

»Das hier ist die Damentoilette.« Die fremde Frau, die in diesem Moment durch die Tür in die Kaufhaustoilette kam, blieb stehen, die Hand auf der Klinke, sah mich vorwurfsvoll an.

»Ist mir bewusst«, erwiderte ich, drehte mich nur leicht zu ihr, weil ich den Blick nicht von meiner Tochter abwenden wollte, die vor mir auf dem Wickeltisch lag.

Mit den Fingern versuchte sie, nach mir zu greifen, lachte. Ich gab ihr meinen Daumen, an dem sie sich festhalten konnte. Sie hatte so viel Kraft. Manchmal fühlte es sich an, als würde sie an mir Klimmzüge machen wollen. Irgendwann würde sie mal sehr stark sein. Vielleicht Gewichtheberin oder Diskuswerferin.

»Sie sind ein Mann.« Die Frau blieb weiter in der Tür stehen.

»Ja.«

»Sie müssen auf die Herrentoilette.«

»Auf der Herrentoilette gibt es keinen Wickeltisch.« Ich deutete vor mich, war bemüht, ruhig zu bleiben. Wie oft musste ich solche Diskussionen noch führen?

Misstrauisch beugte sich die Frau vor, verließ nicht ihren Platz im Türrahmen, reckte den Kopf vor, wie ein Vogel, und spähte meine Tochter an. »Das ist ja blöd.«

»Ja.«

»Trotzdem gehört es sich nicht.«

»Ich kann's nicht ändern.«

Unschlüssig, was sie tun sollte, blickte die fremde Frau hinter sich, wieder mich an, dann meine Tochter. Ihre Augen gingen zu den Waschbecken. Schließlich kam sie herein, schloss mit hochgezogenen Augenbrauen die Tür hinter sich und verschwand in einer der Toilettenkabinen.

Janne gab ein leises Prusten von sich, ein unverständliches Brabbeln. Waren das schon Worte, die ich nur nicht verstand? Hatte sie noch keine? So gerne hätte ich gewusst, was die Laute bedeuten sollten. Wollte sie mir was sagen? Oder ging es nicht ums Sprechen? Ich hatte unzählige Babyratgeber gelesen, doch keins der Bücher hatte mir eine zufriedenstellende Antwort gegeben.

»Ja, oder? Ganz deiner Meinung«, murmelte ich und küsste meine Tochter auf die Stirn.

Ich löste die Knöpfe des Strampelanzugs und schob den Stoff nach oben. Mit einem Daumen war das schwierig, aber es ging. Ich war es kaum anders gewöhnt. Meine Tochter suchte den Körperkontakt. Ständig. Immer. Das traf sich gut. Ich auch.

Aus meiner großen Tasche kramte ich eine neue Windel, Tücher und Creme, stellte alles sorgfältig um uns auf. Es ist nur Windelwechseln, sagte Zusanna oft. Du brauchst daraus keine große Show zu machen. Aber ich mochte das. Elf Monate war Janne jetzt, Zusanna ging wieder arbeiten, ich war zu Hause, bisher war für mich kaum was zur Routine geworden. Das fand ich schön.

Ich strich meiner Tochter über die dünnen, feinen Haare, ließ den Finger in einer kreisenden Bewegung von oben nach unten gleiten und die Spitze wie eine kleine Biene auf ihrer Nase landen, machte dabei ein Summgeräusch. Sie liebte das. Kichernd strampelte sie mit den Beinen. Als ich die Klebestreifen der Windel löste, quoll mir übler Geruch entgegen. Daran würde ich mich nie gewöhnen.

»Iiihh«, sagte ich, Janne lachte lauter.

Ich schlug die Windel zusammen, legte sie beiseite und machte mich daran, Jannes Hintern zu säubern, hob sie dafür an den Beinen leicht nach oben. Das mochte sie nicht. Mit einem unzufriedenen Brummen fing sie an, sich zu drehen und zu winden. Das Ganze steigerte sich zu vorwurfsvollem Quengeln.

»Ich weiß ja. Gleich vorbei. Gleich …«

»So ist das falsch!«

Ich drehte mich halb um. Die fremde Frau war zurück. Sie hatte die Hände gewaschen, hielt noch das Papierhandtuch zwischen den Fingern, drehte es, beäugte meine Tochter und mich kritisch. Um ihren Unterarm baumelte eine Handtasche. Wie alt mochte sie sein? 40? 50? Ich war nicht gut darin, das Alter von Leuten zu schätzen.

»Wie bitte?« Ich bemühte mich, meine Tochter zu beruhigen und gleichzeitig schnell und zügig zu arbeiten. Sobald sie wieder liegen konnte, war alles gut. Ich musste mich beeilen.

»Sie machen das falsch.«

»Entschuldigen Sie, aber ich denke ...«

»Ich zeig es Ihnen.« Ehe ich etwas sagen konnte, hatte die fremde Frau ihre kleine Tasche vor meine große gestellt, mich energisch zur Seite geschoben und mir Jannes Füße aus der Hand genommen. »Geht ganz schnell. Sehen Sie? So.« Mit einer energischen Bewegung hob sie den Po meiner Tochter an, wischte ihn ab, warf das Tuch in den Mülleimer, nahm ein zweites, dann ein drittes.

Ich wollte was sagen. Das konnte sie nicht machen. Ich war der Vater! Die Frau war mir vollkommen fremd. Außerdem konnte ich meine Tochter selbst wickeln. Seit elf Monaten tat ich nichts anderes, mehrmals täglich und in der Nacht. Ich brauchte keine Nachhilfe. Ich wollte ihre Hilfe nicht. Meine Tochter quengelte weiter, verzog das Gesicht. Ich stand überrumpelt wie ein kleines Kind neben der fremden Frau und sah zu, wie sie mein Baby wickelte. Das machte mich wütend. Und hilflos.

»Hören Sie, ich denke, dass ich das sehr gut allein ...«

»Ist keine Hexerei«, unterbrach sie mich. »Sie müssen nur dran denken, dass das ein Baby ist, das vor ihnen liegt, und nicht ihr Auto oder die Modelleisenbahn.« Sie lachte, fand sich witzig.

Ich hätte heulen können.

»Es ist ja nett, dass Sie mir helfen wollen, aber ...«

»Ich habe drei von der Sorte. Drei!«

»Ja, aber ...«

»Ist doch schnell gemacht.«

Ich gab auf.

»Ich nehme immer etwas Creme«, murmelte ich und reichte ihr die Dose, während die Frau meine Tochter in die neue Windel wickelte.

»Nein, nein, nein. Zu viel Creme ist nicht gut. Wenn überhaupt, müssen Sie eine andere nehmen. Die ist schlecht für

Babyhaut. Viel zu dick und reichhaltig. Fragen Sie Ihre Frau. Die wird wissen, welche die richtige ist.« Sie täschelte mir mütterlich den Arm und wandte sich Janne zu. »Siehst du, meine kleine Prinzessin. Jetzt kannst du auch wieder lachen, was? Die Tante hat deinem Papa mal gezeigt, wie man es richtig macht. Da muss man dann auch gar nicht weinen.« Energisch schloss sie die Knöpfe des Strampelanzugs, hob meine Tochter hoch und hielt sie sich nah ans Gesicht. »Nimm es ihm nicht übel. Papas können solche Dinge nicht so gut wie Mamas. Aber wenigstens versucht er es. Nicht wahr?« Wieder lachte sie, drehte sich mit meiner Tochter im Arm zu mir und hielt sie mir hin.

»Sie haben sich ganz gut geschlagen. Für's erste Mal.« Sie zwinkerte mir zu.

Stumm nahm ich Janne entgegen. Warum konnte ich nichts sagen?

Die Frau hob ihre Tasche vom Wickeltisch und ging zur Tür. »Aber beim nächsten Mal lassen Sie das lieber wieder die Mama machen. Dann brauchen Sie auch nicht auf die Damentoilette zu gehen.«

10:51 Uhr

»Im Baumarkt darfste dir keine Blöße gebn«, sagte Winni, als sie zu viert durch die gläserne Eingangstür traten.

Direkt vor ihnen lag der Informationsschalter, den Daniel immer als Erstes ansteuerte, wenn er in einen Baumarkt kam. Er wusste selten, was genau er brauchte, und hatte keine Lust, unendlich lang danach zu suchen. Überhaupt vermied Daniel Baumärkte, wenn er konnte. Er ging gern einkaufen, aber zwischen Nudeln, Schokolade und Obst fühlte er sich wohler als zwischen Schrauben und Mischbeton. Kleine Ewigkeiten hatte er schon damit verbracht, in den Gängen nach jemandem zu suchen, der Zeit hatte und einem helfen wollte. Meist war das Baumarktpersonal bereits um die nächste Ecke oder generell nicht zuständig.

Auch heute war Daniel eigentlich nur mitgekommen, um Zeit mit seinen Kindern zu verbringen, und weil Zusanna noch nicht angerufen hatte.

Winni ging nicht zur Information. Natürlich nicht. Alles andere hätte Daniel überrascht. Stattdessen bog er entschlossen rechts ab und verschwand in einem der langen breiten Flure, deren Regale bis zu den Decken reichten. Janne, Jonathan und Daniel mussten sich beeilen und ihm nachlaufen, während Daniel es vermied, nach oben zu sehen. Ihm waren die hoch übereinandergestapelten Kisten und Kartons nicht geheuer.

»Wenne den Leutn hier nich genau sachst, watte willst, ziehnse dich übern Tisch, wode dabeistehst.«

»Sie ziehen dich nicht über den Tisch.«

»Sicher tunse dat. Ständig sindse dir wat am Andrehen, watte nich brauchs. Irgend 'n Schrott, mit deme nix anfangn kannst. Deshalb musste denen gleich zeign, wer der Mann im Haus is.«

»Und wenn man keiner ist?« Janne fragte so ernst, dass Daniel grinste.

»Dann ers recht. Egal! 'ne Männerwelt is dat hier.«

»Eine *Männerwelt?*«

»Akzeptiert wirste nur, wenne Eier inner Hose has.«

»Eier in der Hose! Eier in der Hose«, sang Jonathan, lief voraus und sprang zwischen aufgestapelten Farbeimern hin und her. Aus einem Regalfach zog er eine Dose Sprühlack, nahm sie mit und ließ sie ein paar Meter weiter liegen, wo sie nicht hingehörte. Er hüpfte auf einem Bein, wechselte auf das andere. »Eier in der Hose. Eier in der Hose. Und dazu Tomatensoße.«

»Jonathan! Hör auf, alles anzufassen und irgendwo anders hinzustellen.« Mit einem genervten Seufzen sammelte Daniel die Dose ein und trug sie zurück an ihren Platz, ehe er den anderen wieder eilig folgte. »Du machst den Verkäufern unnötig Arbeit. Die müssen das alles wieder zurückräumen.«

»Müssense nich. Dat machs du ja für sie«, sagte sein Vater.

»Witzig.«

»Außerdem ist dat nich schlimm. Die solln ruhig ma 'n bisschen arbeitn. Dat schadet denen nich die Bohne.«

»Das ist nicht das, was ich meinen Kindern beibringen möchte.«

»Willste denen überhaupt irgendwat beibringn? Scheint mir nich so.« Vor einem Regal mit Pinseln blieb Winni stehen, nahm sich zwei, ging weiter und ließ sie zwischen Farbeimern liegen.

Ernsthaft? Hatte Daniel jetzt drei Kinder, auf die er aufpassen musste? Und dann durfte er sich so was anhören. Sollte er drauf antworten? Sich rechtfertigen? Mit seinem Vater diskutieren? Was nützte das? Es führte zu nichts.

»Papa bringt uns eine Menge bei«, sagte Janne, die Hände in den Hosentaschen. »Zum Beispiel wie man seinen eigenen Pullover mit dem Staubsauger einsaugt, während man ihn trägt.«

»Wirklich witzig. Haha«, machte Daniel.

»Wie man sich festtackert. Oder bei *Aldi* in die Kartoffelkiste fällt.«

»Das ist mir einmal passiert. Und diese Kisten sind wirklich tief.«

»Oder unter dem Couchtisch stecken bleibt«, fügte Jonathan hinzu, während er einen Kreis um sie drehte, die Arme weit ausgebreitet, als wäre er ein Flugzeug.

»Ich wollte nur ...«

»Guck nicht so!«, lachte Janne. »Wir machen nur Spaß.«

»Tollpatschig warste schon, alse noch 'n kleener Stöpsel wars. Deine Mamma und ich warn imma am Hoffn, dat sich dat irgendwann rauswächst.«

»Mit dem Wachsen hat es ja generell nicht so geklappt, oder, kleiner Papa?«, sagte seine Tochter.

»Ich geb dir gleich kleiner Papa.« Als Daniel versuchte, nach ihr zu greifen, machte Janne ein paar schnelle Schritte vor und lachte lauter. »Außerdem bin ich nicht klein. Ich bin ...«

»Handlich«, beendete Janne grinsend seinen Satz. Sie kannte ihn zu gut.

»Wat könnter froh drum sein, datter beide mehr nach eurer Mamma kommt.«

Janne blieb stehen, lachte nicht mehr. »Bin ich«, sagte sie, drehte sich um, verschwand in einer Reihe für Badarmaturen.

»Was brauchen wir für die Kürbishütte, Opa? Was brauchen wir?« Jonathan hatte eine Gardinenstange entdeckt, sie aus ihrem Fach gezogen und bewegte sie wie ein Schwert vor sich. Er machte Geräusche, als stünden sie nicht im Stoffgang eines Baumarkts, sondern auf der Kommandobrücke einer Raumstation.

»Kannst du das jetzt wegtun? Scheiße, Jonathan!«

Sein Sohn hielt inne, ließ den Stab sinken. »Du hast scheiße gesagt, Papa.«

Daniel musste an diesen Tag im Supermarkt denken, als er nur schnell ein paar Zwiebeln und Tomatensoße fürs Mittagessen hatte kaufen wollen. Schon im Auto hatte Jonathan gequengelt, im Geschäft war es weitergegangen. Er hatte nicht im Wagen sitzen wollen, nicht an Daniels Hand laufen. Schließlich hatte Daniel ihn losgelassen, um ihn nicht im nächsten Moment vor allen Leuten anzuschreien. Schrecklich genervt war er gewesen. Da war es passiert. Ein lautes Rumsen hinter ihm. Daniel war herumgefahren. Sein Sohn hatte vor ihm gestanden. Dieser kleine Junge mit den großen Augen. Erschrocken. In einer Staubwolke aus Mehl. Weiß die Haare. Weiß die Schuhe. Weiß das Gesicht. Wahrscheinlich hätte Daniel mit ihm schimpfen müssen. Stattdessen hatte er gelacht.

Daniel fuhr sich mit der Handfläche über die Stirn. Obwohl es nicht heiß war, schwitzte er schon wieder. »Ich weiß.«

»Scheiße sagt man nicht. Scheiße macht man.«

»Du hast recht. Tut mir leid.« Er trat neben seinen Sohn, strich ihm die Haare aus dem Gesicht. »Ich hätte dich nicht so anfahren dürfen. Das war nicht richtig.« Einen Arm um Jonathans Schultern, drückte er ihm einen Kuss auf die Schläfe. »Verzeihst du mir?«

»Tu ich.« Jonathan lächelte breit. »Ich verzeihe dir, Papa.«

»Danke.« Noch einmal zog Daniel seinen Sohn an sich.

»Dat darfste nich machn. Am Verhätscheln biste den Jungn«,

sagte Winni, als sie in der Holzabteilung angekommen waren. »Wat soll aus dem werdn? Grenzn tun Jungs brauchn. Sonst haste da nachher so 'n verweichlichten Knilch am Tisch sitzn, der sich Brust und Beine rasiert. So 'nen Metrosexuelln oder wiese dat nennen.«

»Was weißt du von Metrosexuellen?«

»Zum Glück nich viel. Reicht abba für 'n Lebn. Haltn tu ich von denen nämlich weniger als nix. Dat kann ich dir sagn. Wat soll aus deinem Sohn werdn? Wenner ständig Röcksken und Einhornmützen am Tragn is?«

»Ein kunterbuntes Fabelwesen, das gerne Frauenkleider trägt?«

»Findse dat witzig?«

»Ein bisschen schon, ja, Papa. Er ist noch ein Kind. Er mag den Rock und er mag die Einhornmütze. Wo ist das Problem?«

»Wie 'ne Ballerina siehter in dem Tüllröcksken aus.«

»Und?«

»Er is 'n Junge. So sollter auch aussehn. Wat denkste, wat passiert, wenner inne Schule kommt? Willste, dat die andern Kinder ihn auslachn?«

»Natürlich will ich das nicht.«

»Schlimm isset, wenne inne Schule keine Freunde has. Dat weißte selbst.«

»Ja.«

»Fürn Vatter isset auch nich leicht. Ich tu mich noch gut erinnern.«

Daniel hatte viel darüber nachgedacht. Viel mit Zusanna gesprochen. Es war eine Zwickmühle. Aus eigener Erfahrung wusste Daniel, wie schrecklich es war, ein Außenseiter zu sein. Das wollte er seinem Sohn um jeden Preis ersparen. Aber bisher hatten Zusanna und er nicht das Gefühl, dass Jonathan im Kindergarten gemieden würde oder sogar geärgert, weil er gerne Röcke und seine Einhornmütze trug. Die Erwachsenen hatten damit Probleme, nicht die Kinder. Würde das in der Schule anders sein? Und was wär die Konsequenz? Sollten sie ihm verbieten, das zu tragen, was er wollte? Wie sollten sie das erklären? Oder würde Daniels Sohn irgendwann von selbst aufhören, Röcke tragen zu wollen, weil die anderen Jungen es auch nicht taten? Sollte Daniel darauf wirklich hoffen?

»Abba wat red ich mir 'n Mund fusselich«, sagte Winni.

»Was meinst du?«

»Ausm Jungn kann kein Mann werdn, wenn sein Vatter ihm kein ordentliches Vorbild is.«

»Ich dachte, das wär ich.«

»'ne Hausfrau biste. 'n Mann muss 'n Mann sein.«

»Was soll das heißen?«

»Genau dat mein ich«, erwiderte Daniels Vater und wandte sich Holzpfählen zu, die es in unterschiedlichen Farben, Längen und Breiten gab. Aus der Tasche seines Hemdes zog er seine Lesebrille, setzte sie auf, beugte sich vor und schaute sich das Holz an, dann die Schilder. »Wat solln der Unterschied sein? Aussem ganzn Kauderwelsch hier wird ja kein Mensch schlau.«

»Deshalb fragt man die Verkäufer um Rat.«

»Ich frag keine Verkäufer. Zeitverschwendung is dat. Ich nehm einfach vier von denen«, Winni klopfte auf einen Pfahl, »so verkehrt kann dat nich sein.«

»Und wenn doch? Wir sollten wirklich ...«

»Ich frag jetzt nich um Hilfe! 'n Mann bin ich. 'n Mann muss eigene Entscheidungen treffn. Und ich entscheide, dat ...«

»Das würd ich nicht nehmen, Opa«, sagte Janne, als sie mit einer Holzkiste in der Hand um die Ecke kam.

»Wieso nich?«

»Das ist unbehandeltes Holz. Um Regen abzuweisen, braucht das eine Oberflächenbeschichtung. Das ist nicht schwer, dauert aber. Wenn du deine Kürbishütte heute noch aufstellen willst, solltest du was Vorbehandeltes nehmen. Wie das hier.« Sie deutete auf eine andere Sorte Holz. »Was für ein Fundament willst du machen?«

»'n *Fundament?*«

»Ein Betonfundament hält natürlich länger, ist aber aufwendiger. Sonst kannst du das mit Kies und Steinplatten machen. Das hält auch.«

»Dat soll schon für länger sein.«

»Wieso? Willst du dir wirklich so viel Arbeit machen?«, fragte Daniel. »Wenn wir Sonntag bei diesem Wettbewerb waren, ist das eh vorbei. Warum sollte in deinem Garten noch ewig eine komische Hütte stehen, die kein Mensch braucht?«

»Und wat is, wenn ich se doch noch brauch?«

»Wofür?«

»Wat weiß ich. Für nächstes Jahr.«

»Nächstes *Jahr?* Du willst nicht wirklich …«

»Dann würde ich vielleicht wirklich ein Betonfundament gießen«, sagte Janne. »Das ist nicht weiter schwer. Das schaffen wir schon.«

»Wat kennste dich so gut aus damit?«

»Ich bin in einer AG. In der Schule. Wir renovieren Schulhöfe. Pflanzen Blumen, bauen Hochbeete, einen neuen Schuppen für die Fahrräder. So was.«

»Warum weiß ich davon nichts?«, fragte Daniel.

»Demnächst wollen wir den Spielplatz für eine Flüchtlingsunterkunft verschönern. Ich hab mir dafür schon viele *YouTube*-Videos angeguckt.«

»Is dat dat Internet?«

»Ja, das ist das Internet, Opa.« Lachend schlang Janne einen Arm um ihren Opa und drückte ihm einen Kuss auf die Wange.

»Das ist eine schöne Kiste«, sagte Daniel.

»Sie soll nicht schön sein, sondern Kunst.«

»Auch für Kunst find ich sie schön.«

Seine Tochter verdrehte die Augen.

»Also gut.« Winni nickte, drückte seine Enkelin kurz und innig. »Hast mich überzeugt. Dann tun wir dat Holz und so 'n Betonfundament nehmn. Wat brauchn wir dafür?«

»Zeig ich dir, Opa. In welcher Länge willst du die Pfähle?«

»Gucknwer zu Hause.«

»Warum? Wir können sie uns doch gleich zuschneiden lassen.«

»Dat machn die hier nich.«

»Natürlich tun sie das«, widersprach Janne. »Da vorne. In jedem Baumarkt gibt es so was. Du sagst denen, wie lang du dein Holz haben willst, und sie machen es.«

»Dat kann ich selbst. Für so 'n Kappes bezahl ich nix.«

»Das ist kostenlos.«

»Quatsch keine Opern.«

»Wie hast du das bisher gemacht, Opa? Hast du immer drei Meter lange Bretter mit nach Hause genommen, die nicht mal ins Auto passen, und sie in deiner Garage mit einer alten Handsäge auf die richtige Länge gesäbelt?«

»So wat inner Art.«

Daniel konnte sich ein Grinsen nicht verkneifen. »Dann hättest du vielleicht vorher mal um Rat fragen sollen.«

»Das sagt der Richtige. Wie viele Jahre in Folge hast du den Weihnachtsbaum mit einem Brotmesser bearbeitet und dabei fast alle fünf Finger verloren?«, fragte seine Tochter.

»Dafür nimmse doch kein Brotmesser. 'n Mann braucht 'ne ordentliche Säge.«

»Oder er lässt es beim Baumverkauf mit der Maschine machen. Das geht schnell und macht keinen Dreck. Einfacher geht's nicht. Können wir dann?«, wollte Janne wissen, drehte sich um und ging voraus.

Es war nicht leicht, alles im Kofferraum unterzubringen. Die Pfähle mussten bis nach vorne durchgeschoben werden. Winni wollte das zunächst nicht wahrhaben und versuchte, sie unter Stöhnen schräg in den Wagen zu bugsieren. Auf Daniel wollte er nicht hören, erst Janne konnte ihn überzeugen.

»Viel zu eng is dat fürde Ulligen«, sagte er. »Dat könnwer nich machn.«

»Keine Sorge, Opa, kriegen wir schon hin. Ich find's gut, wenn es zwischen Jonathan und mir eine befestigte Grenze gibt. Und euch zweien«, sie deutete auf Daniel und Winni, »kann das auch nicht schaden.«

»Was ist eine befestigte Grenze, Janne? Janne, Janne, Janne?«, wollte Jonathan wissen.

»Eine Markierung, die du nicht übertreten darfst.«

»Gar nicht?«

»Nein.«

»Auch nicht zum Spaß?«

»Nein.«

»Darf ich sie anfassen? Darf ich?«

»Nur deine Seite.«

»Deine nicht?«

»Nein.«

»Warum nicht?«

»Die Linie gehört zum Feld«, antwortete Janne und stieg ein.

Als sie kurze Zeit später vor dem Haus geparkt hatten, hielt Daniel Jonathan noch die Tür auf und wartete, dass sein Sohn nach draußen sprang. Winni war bereits um den Wagen herumgegangen.

»Lass dir doch helfen.«

»Sonne paar Bretter. Dat schaff ich wohl noch allein.« Entschlossen zog Winni das Holz aus dem Kofferraum, umfasste es, trat einen Schritt zurück. Für einen Moment sah es aus, als würde er umfallen. Er schwankte, neigte sich zur Seite, wurde gerade, taumelte erneut.

»Wir können doch …«

»Geht schon. Dat geht«, presste Daniels Vater hervor, bemühte sich, das Gleichgewicht zu halten, hochrot im Gesicht.

»Aber …«

»Nix abba. So tattrig wiede meinst, bin ich noch lange nich.« Mit einem Stöhnen schob er sich die Bretter unter den Arm, drehte sich, schlug mit dem Holzende gegen das Auto, geriet ins Trudeln, machte einige hastige Tritte vorwärts und torkelte über die Straße zum Haus.

Jonathan jagte hinter ihm her. »Ich komme mit! Ich komme mit!«

»Meinst du, er schafft es bis zum Garten?«, fragte Janne, die neben Daniel stand. Gemeinsam sahen sie den beiden nach.

»Und wenn's ihn umbringt.«

»Opa Winni kann ziemlich stur sein.«

»Da kenn ich noch jemanden.«

»Tante Patti?«

»Unter anderem.«

Seine Tochter grinste zurück. »Ich bin nicht stur. Nur meinungsstabil.«

»So nennt man das heute.« Daniel streckte die Hand nach ihr aus, strich Janne über die Wange. Früher hatte er das ständig gemacht. Heute durfte er es kaum noch.

»Opa Winni ist manchmal ein ziemlicher Macho.«

Als sie sich an ihn lehnte, legte er den Arm um ihre Schulter. Ihre kurzen Haare kitzelten ihn. Es war einer dieser wenigen Momente, dieser besonderen. Daniel hielt die Luft an, als könnte er dadurch auch die Zeit anhalten. Zumindest ein bisschen. Warum konnte es nicht immer so zwischen ihnen sein? Es schien ganz leicht. Daniel hätte ewig hier stehen können und die Wärme zwischen ihnen fühlen.

Viel zur früh löste sich Janne aus der Berührung, ging zum Auto und warf schwungvoll die Kofferraumtür zu.

»Das ist die Generation«, sagte Daniel.

»Du bist ganz anders als Opa Winni.«

»Ich weiß … Ich sollte wohl …«

»Find ich gut.«

»Ja?«

Seine Tochter nickte als Antwort. Als er lächelte, zuckte sie die Schultern und ging voraus über die Straße. Er folgte ihr.

»Hast du mit Mama gesprochen?«, fragte Janne, ohne sich umzudrehen. Sie hatten die Haustür erreicht, gingen hinein, durch den Flur und in die Küche.

»Sicher.«

»Richtig?«

»Was meinst du?«

Janne blieb am Tisch stehen, legte die Hände auf eine Stuhllehne. Hundegebell drang aus dem Garten herein.

»Hast du mit ihr darüber gesprochen, was jetzt wird?«

»Was soll werden?«

»Ich bin nicht blöd, Papa!«

»Weiß ich. Aber …«

»Das geht nicht nur euch was an.«

Weinte sie? Ihre Stimme klang, als würde sie weinen. Daniel konnte ihr nicht ins Gesicht sehen.

»Hier geht es auch um mich«, sagte sie. »Und um Jonathan.«

»Janne, ich weiß nicht, was du zu wissen glaubst, aber …«

»Du bist ein beschissener Lügner!«

Er konnte nicht atmen. Die Brust tat ihm weh. Alles. Wie gern hätte er auch eine Lehne gehabt, an der er sich hätte festhalten können. Ihm war schwindlig. Und schlecht. Was wusste Janne? Das konnte alles nicht wahr sein.

»Ich möchte nicht, dass du so mit mir redest«, sagte Daniel.

Es kostete ihn Kraft, überhaupt zu sprechen. Seine Zunge fühlte sich kalt an. Gleichzeitig saß eine entsetzliche Hitze in seinem Hals. Als würde er glühen. Die verfluchte Heizung!

»Und ich möchte nicht, dass du mich anlügst. Anscheinend bekommen wir beide nicht, was wir wollen.«

»Ich kann nicht mit dir reden, wenn du so bist.«

Er musste weg! Sofort! Daniel konnte nicht darüber reden. Nicht jetzt. Nicht hier. Gar nicht. Das würde alles ändern. Dann gab es kein Zurück mehr.

»Ich geh in den Garten. Wenn du dich wieder beruhigt hast, kannst du ja nachkommen.«

»Echt jetzt, Daniel? Mehr hast du mir nicht zu sagen?«

»Du solltest darüber nachdenken, wie du mit mir sprichst. Ich bin dein Vater und …«

»Du bist schuld.«

»Was?«

»Du bist schuld, dass Mama dich nicht mehr liebt.«

Er schluckte. Hatte das Gefühl, zu ersticken. Die Arme vor der Brust. Trat auf ein Bein. Blickte auf den Fußboden. So wie früher. Um nicht zu weinen. Es half nicht. Gar nichts half.

»Ich geh jetzt nach draußen«, flüsterte Daniel. Hatte er laut genug gesprochen?

Ihm fehlte die Kraft zum Gehen. Er konnte die Füße nicht heben. Schob sie vorwärts. Über die Fliesen. Machte einen Kreis um den Tisch. Zur Tür. War selbst überrascht, dass er sie erreichte. Frische Luft kam ihm entgegen. Obwohl es kaum hell war, musste Daniel blinzeln. Vor ihm lag der Garten. Jonathan tobte mit den Hunden über den Rasen. Lachend und quietschend. Links standen sein Vater und Tante Monika und Patti und seine Mutter und der Kürbis. Alles war laut. Er konnte nichts hören.

Fühlte es sich so an, wenn man einen Zusammenbruch hatte?

Was sollte er tun? Nicht nur jetzt.

Langsam drehte er sich. Langsam ging er auf die anderen zu.

»Alles eine Frage der Perspektive, oder?«, sagte Monika.

Worüber sprachen sie? War das nicht egal?

»Alles eine Frage, ob man drinsteckt.«

»Man kann sein Leben als Erfolg oder als Scheitern erzählen. Auch sich selbst.«

»Wir haben nicht alle so viel Interpretationsspielraum.«

»Was willst du machen?«

»Weiß ich nicht. Gibt ja nicht viel, was ich noch machen könnte.«

»Warum nicht? Du bist Mitte vierzig. Du kannst …«

»Ich bin dreiundvierzig«, verbesserte Patti.

»Ist dreiundvierzig nicht Mitte vierzig?«

»Nein.«

»Sondern?«

»Ab vierundvierzig wäre Mitte vierzig.«

»Dann Anfang vierzig?«
»Irgendwie dazwischen.«
»Alterstechnisches Niemandsland?«, fragte Monika mit einem Lachen in der Stimme.
»Passt doch.«
»Biste nich mehr anner Uni, oder wat? Wat soll dat heißn?«
»Es soll heißen«, Patti zögerte, »dass ich jetzt eine Spritztour mache. Und da ist auch schon genau die Person, die ich dafür gesucht habe.« Mit der Krücke wies sie zur Tür.
Daniel wandte sich um. Janne sah ihn nicht an.

Ich versuchte, ihre Worte zu verstehen. Zusanna saß mir gegenüber. Das Restaurant war gut besucht, aber nicht ganz voll. Bis vor fünf Minuten hatte ich das ältere Ehepaar am Nebentisch ein wenig bemitleidet. Sie mochten Mitte siebzig sein, vielleicht älter, vielleicht jünger. Auf mich wirkten sie sehr alt und hatten sich kaum mehr zu sagen, als dass er ihr das Salz reichen sollte und sie ihm die Weinkarte.
Erneut sah ich sie jetzt an und wäre gern wie sie gewesen.
Ich blickte auf meinen Teller. Zusanna hatte gewartet, bis das Essen gekommen war. Ich hatte Fisch bestellt, Zusanna das Lamm. Sie aß. Ich konnte nicht essen.
Mit der Hand strich ich über das weiße Tischtuch, als wollte ich Krümel entfernen. Es gab keine. Ich konnte nicht aufhören. War es schon die ganze Zeit so heiß gewesen? Beim letzten Mal? Wann waren wir das letzte Mal hier gewesen? Was war mit der Heizung?
Es war Zusannas Idee gewesen, Essen zu gehen. Ich hatte das schön gefunden, mich schick gemacht und gedacht, sie auch. Sicher war ich mir nicht mehr. Sie trug ein schwarzes Kleid. Wahrscheinlich war es ein gewöhnliches schwarzes Kleid, nur ich hatte gedacht, dass sie darin außergewöhnlich schön aussah. Die Haare hatte sie offen. Das gefiel mir, war weniger streng. Jetzt konnte ich nicht aufhören zu überlegen, ob sie sich nicht

die Mühe hatte machen wollen, sich zu frisieren, vielleicht nicht einmal, eine Bürste zu benutzen. Es lohnte sich wohl nicht mehr.

Seit Tagen arbeitete ich an den Illustrationen für ein Kinderbuch, das wahrscheinlich wieder niemand wollte, übertrug die Geschichte in Bilder. Probierte was aus, überlegte, radierte es weg, fing neu an. Ich versuchte, mir die Worte vorzustellen, die Zusanna ausgesprochen hatte. Wie würde ich sie zeichnen? In welches Bild würde ich sie verwandeln? Wie wurden sie geschrieben? Wie sahen sie aus, wenn man sie schnell hinkritzelte? Bekamen sie eine andere Bedeutung, wenn ich sie sorgfältig und in Großbuchstaben vor mir in der Luft notierte? Oder war das egal? Hieß es immer dasselbe?

Dass Zusanna mich nicht mehr liebte.

Denn das hatte sie gesagt. Einfach so. Vielleicht auch nicht einfach so. Aber trotzdem.

Ich liebe dich nicht.

Nicht mehr? Liebte sie mich nicht mehr oder nicht? Punkt. Das war ein Unterschied. Ich konnte mich nicht erinnern. Ich hätte mir die Worte gleich aufschreiben sollen. Die Frage blieb: nicht mehr oder nicht? Und hatte Zusanna es mit einem Ausrufezeichen gesagt? Wie ein Ausrufezeichen hatte es sich angefühlt.

Mein Blick ging zurück zu dem alten Ehepaar. Eigentlich war es schön. Sie waren wahrscheinlich eine Ewigkeit verheiratet. Vermutlich mehr als ihr halbes Leben. Vielleicht hatte man sich nach so langer Zeit tatsächlich nicht viel zu sagen. War das so schlimm? War es nicht wichtiger, dass man trotzdem gerne zusammensaß?

Vor fünf Minuten hatte ich gedacht, ich würde nicht wollen, dass Zusanna und ich einmal so wären. Jetzt konnte ich mir sicher sein. Genau das bedeutete es, oder? Was genau bedeutete es?

Sie liebte mich nicht. Würde sie ausziehen? Würde ich ausziehen müssen? Was würde aus den Kindern? Konnte man zusammenbleiben, wenn einer den anderen liebte und der andere den einen nicht? Hatte sich Zusanna darüber Gedanken gemacht? Hatte sie einen Plan? Sollte ich sie das fragen?

Mit zitternden Händen griff ich nach meinem Wasserglas. Ich hatte keinen Wein bestellt. Wir waren mit dem Auto gekommen, und ich würde zurückfahren. Außerdem trank ich meistens Wasser. Ich mochte Wasser. War das der Grund? Hatte meine Frau aufgehört, mich zu lieben, weil ich ständig nur Wasser trank? Das war albern. Natürlich. Trotzdem wünschte ich, ich hätte was anderes bestellt. Ich nahm einen Schluck, einen zweiten, musste mich konzentrieren, als ich das Glas zurückstellte, um nichts zu verschütten.

Ich konnte Zusanna nicht ansehen. Gleichzeitig wünschte ich, ich könnte es. Ich hatte den unsinnigen Gedanken, dass mir nicht mehr viele Gelegenheiten bleiben würden, sie zu betrachten. Seitlich auf ihrer Stirn war diese große Sommersprosse, die sie erst hatte, seit wir vor zwei Jahren im Urlaub in Holland gewesen waren. Die meiste Zeit hatte es geregnet, aber an einem Tag war es sonnig gewesen, und wir waren an den Strand gegangen, und als wir abends nebeneinander im Bett in der Ferienwohnung gelegen hatten, die Kinder nebenan, hatte ich diese Sommersposse bemerkt. Groß, ein bisschen unförmig und schön. Ich hatte sie mir sehr lange angesehen.

Oder war das gar nicht unsinnig?

Janne war heute bei Freundinnen, für Jonathan hatten wir einen Babysitter. Leicht war es nicht, für ihn jemanden zu finden. Mit Inga hatte ich ausgemacht, dass sie bis zehn bleiben würde, vielleicht bis elf. Wir gingen selten so lange aus, aber ich hatte ein gutes Gefühl gehabt und gedacht, dass wir im Anschluss noch spazieren gehen, was trinken, sogar einen Film hätten ansehen können. Jetzt kam ich mir sehr dämlich vor.

Wie lange würden wir noch bleiben? Wie lange saß man beim Essen, wenn die Frau, die man liebte, gerade gesagt hatte, dass sie das nicht tat. Musste ich den gesamten Fisch herunterwürgen? Würden wir Nachtisch bestellen? Was würden wir dem

Kellner antworten, wenn er fragte, ob wir einen Kaffee wollten oder einen Absacker? Wenn er wissen wollte, ob es uns geschmeckt hatte? Würden wir überhaupt noch zusammen nach Hause fahren? Musste ich mir ein Hotel suchen? Würde Zusanna bei einer Freundin übernachten? Vielleicht Aylin? Sollte ich anbieten, auf der Couch zu schlafen? Was würden wir den Kindern sagen?

Ich konnte nicht atmen. Mein Hals war eng. Mir war heiß. Ich schwitzte. Irgendwas stimmte mit der Heizung nicht. Jemand sollte ihnen das sagen. Das mussten sie reparieren. Zusanna war diejenige von uns beiden gewesen, die sich beschwert hatte. Sie konnte das besser als ich. Sie konnte energisch und nett sein. Ich war nur nett. Zu nett, hatte sie mal gesagt. Konnte man aufhören, jemanden zu lieben, weil er einem zu nett war? Musste ich weniger nett sein, damit sie mich wieder lieben würde?

Meine Hände waren nass und zittrig. Auf keinen Fall konnte ich mit ihnen die Gabel halten. Aber ich musste die Gabel halten, sonst konnte ich den verdammten Fisch nicht zu Ende essen. Und wenn ich den verdammten Fisch nicht zu Ende essen konnte, würde der Abend nie vorbei sein, und Zusanna und ich würden für immer hier in diesem Restaurant voreinandersitzen, in dem wir vor einigen Jahren unseren Hochzeitstag gefeiert hatten, während ich Zusanna liebte und sie mich nicht, und für immer neben diesem alten Ehepaar, das es nicht nötig hatte, was zu sagen, weil es miteinander glücklich war.

Ich musste die Scheißgabel halten.

Ich liebe dich nicht.

Warum nicht?

Was ist falsch an mir?

Warum liebst du mich nicht, wenn ich dich noch liebe? Kann ich uns genug für uns beide lieben?

»Sag doch was«, murmelte Zusanna, hatte den Blick vom Lamm gehoben, sah mich über die Tischdecke, den Brotkorb, die Teller, die Gläser und die eine lange weiße Kerze in der Mitte an, die der Kellner uns vor zwanzig Minuten angesteckt hatte. Zusanna hatte ihn gerufen und darum gebeten.

Warum eigentlich? Und überhaupt. Zwanzig Minuten. Das kam mir vor wie eine Ewigkeit, unendlich weit weg.

»Ich weiß nicht, was«, flüsterte ich zurück.

13:04 Uhr

Patrizia hielt es kaum aus. Die ganzen Fragen. Sie hatte es so satt. Und was machen Sie jetzt?, hatte die Sekretärin wissen wollen. Wie geht es für dich weiter?, war von einem Kollegen gekommen. Hast du schon einen Plan B? Wann kann ich mit der nächsten Miete rechnen? Hast du dich schon arbeitslos gemeldet? Wolltest du dich nicht noch auf diese Stelle in Graz bewerben? Dazu die gut gemeinten Ratschläge und Aufmunterungsversuche. Das wird schon. Sie werden sehen. Wer weiß, wofür es gut ist. Wenn sich eine Tür schließt, geht irgendwo eine andere auf. Zumindest ein Fenster. Oder eine kleine Dachluke. Daran musst du immer glauben.

Und wie?

Patrizia hatte längst damit aufgehört. Wenn sich für sie irgendwas öffnete, dann nur, um ihr ein weiteres Mal schwungvoll ins Gesicht zu schlagen.

»Es soll heißen«, sagte Patrizia und zögerte.

Ja, was sollte es heißen? Scheiße! Schluss damit! Sie wollte nicht länger darüber reden oder daran denken. Sie wollte sich nicht mehr rechtfertigen und entschuldigen und schlecht fühlen, weil alles den Bach runterging. Sie wollte in der Sonne gehen. Wie ihre Mutter gesagt hatte.

»Dass ich jetzt eine Spritztour mache. Und da ist auch schon genau die Person, die ich dafür gesucht habe.« Mit der Krücke deutete Patrizia zur Tür, durch die in diesem Moment Janne in den Garten trat.

Verdammt! Das war jetzt der Plan!

»Kommst du mit?« Patrizia humpelte ein Stück auf ihre Nichte zu.

Die blickte sie an. Hatte sie geweint? Sie sah aus, als hätte sie geweint. »Wohin?«

»Eine Spritztour machen. Einfach ein bisschen sinnlos in der Gegend rumfahren und Sprit verschwenden.«

»Bin dabei.«

»Aber wir wollten die Kürbishütte bauen. Zusammen«, sagte Daniel hinter ihnen.

Das war so klar! Ihm fiel immer was ein.

»Fangt ohne uns an.«

»Wir wissen gar nicht genau, wie das geht. Janne ist die Expertin. Sie muss uns zeigen, wie man das mit dem Fundament macht. Sie hat die ganzen *YouTube*-Videos gesehen und kennt sich aus.«

»Ach ja?« Fragend sah Patrizia Janne an.

Die hob beinahe entschuldigend die Schultern. »Irgendwie schon.«

»Ihr seid erwachsen. Das werdet ihr wohl allein schaffen. Wir Mädels wollen ein bisschen durch die Straßen düsen. Was ist so schlimm daran?«

»Aber …«

»Du hast immer ein Aber, Daniel. Musst du ständig alles miesmachen? Kannst du uns nicht einfach viel Spaß wünschen?«

Ihr Bruder schwieg.

»Vielleicht sollte ich wirklich hierbleiben und …«, setzte Janne an, wurde von ihrem Opa unterbrochen.

»Viel Spaß!«, sagte er.

»Was?«

»Wose recht hat, hatse recht. Wir sind erwachsene Männer. Dat sollten wir hinkriegn.«

»Bist du dir sicher, Opa?«, fragte Janne.

»Bin ich, Schätzeken. Dat haste doch allet schon gut erklärt. Mach dir keinen Kopf drum. Tut lieber 'n bissken Spaß ham, ihr zwei.«

Patrizia war überrascht. Das hatte sie nicht erwartet. Nicht von ihrem Vater. »Meinst du das ernst?«

»Seh ich aus, als würd ich dat nich ernst meinen?«

»Danke.«

»Nich dafür.«

»Also gut, Opa. Wenn du denkst, dass ihr das schafft.«

»Allerdings denk ich dat. Wenn nich, hamwers nich anders verdient.«

»Wollen wir dann?«

»Ja ... schon. Papa ...?« Mit unschlüssigem Gesicht blickte Janne ihren Vater an, schien einen Moment unsicher.

»Mach, wie du meinst.«

So hatte Patrizia ihren Bruder noch nicht erlebt. Er machte eine fahrige Geste mit der Hand und drehte den Kopf weg.

»Von mir aus«, gab seine Tochter scharf zurück. »Lass uns gehen, Tante Patti.«

»Dann los.« Mit einer der Krücken stupste Patrizia ihrer Nichte gegen den Unterschenkel.

Die lachte, ganz echt klang es nicht.

Keine zehn Minuten später saßen sie auf dem Roller und fuhren die Bissingheimer Straße hinab. Patrizia machte sich einen Spaß daraus, so viel Gas zu geben, dass der Motor fast ohrenbetäubend zu knattern begann, der Lenker zu wackeln, die Reifen leicht zu schlingern. So hatte sie es früher gemacht. Sie konnte sich noch genau an dieses Gefühl erinnern. Die Aufregung. Das Adrenalin. Das kleine bisschen Angst, das herrlich gewesen war. Es war eine andere Angst. Nicht dieselbe, die sie jetzt ständig spürte und gegen die hoffentlich die Tabletten bald halfen. Diese andere Angst war irgendwie schön. Weil sie nichts bedeutet hatte. Zumindest nicht alles.

Auch jetzt fühlte Patrizia sie. Bis in die Fingerspitzen.

In einem großen Bogen fuhren sie und Janne auf dem Roller um Bissingheim. Als sie unterwegs eine Bude entdeckten, hielt Patrizia die Vespa an und stieg ab.

»Lust auf Eis?«

»Immer.«

»Dann besorg ich uns welches.« Mit einem breiten Grinsen humpelte Patrizia auf die Trinkhalle zu, betätigte die kleine Schelle und wartete, bis sich das Fenster öffnete: »Zweimal *Brauner Bär.*«

»*Brauner Bär?*«, fragte die junge schwarzhaarige Frau zurück, die eingerahmt von Süßigkeiten aus dem Kiosk blickte.

Wie alt mochte sie sein? Anfang zwanzig? Vielleicht erst achtzehn oder neunzehn? Ging sie noch zur Schule?

»Gibt's das nicht mehr?«

»Wir haben nur, was auf dem Schild steht.« Ungenau wies sie auf das Plakat mit Eissorten, das links neben Patrizia an der Wand befestigt war.

»Echt? Es gibt kein *Brauner Bär* mehr? Das hab ich immer am liebsten gegessen. Seit wann gibt's das nicht mehr?«

»Kann ich Ihnen nicht sagen. Das ist die Trinkhalle meiner Eltern.«

»Bude.«

»Wie bitte?«

»Man sagt nicht Trinkhalle, sondern Bude.«

Die junge Frau musterte Patrizia, blieb aber freundlich. »Möchten Sie dann ein anderes Eis?«

»Ein anderes …?« Patrizia betrachtete nacheinander die verschiedenen Eisbilder. »*Dolomiti!* Wenigstens etwas. Früher hab ich das am zweitliebsten genommen.«

»Das ist ganz neu.«

»Ist es nicht.«

»Wir haben das erst seit letztem Jahr.«

»Das hat es schon immer gegeben. Ist ein Kulteis. In meiner Kindheit hab ich das ständig gegessen.«

»Wir verkaufen es erst seit letztem Jahr«, erwiderte die Frau unbeeindruckt. »Vorher hatten wir das nicht. Das weiß ich genau.«

»Vielleicht war es eine Weile nicht im Programm. Deswegen … Wahrscheinlich sind Sie zu jung. Aber früher …«

»Möchten Sie eins?«

»Ich möchte sogar zwei. Eins für mich und eins für meine Nichte.« Patrizia wies hinter sich. Obwohl der Kopf der jungen Frau einen Moment verschwand, sprach sie weiter: »Wir machen eine Spritztour mit meinem Roller. Eine Original-Vespa. Wir brausen einfach rum, wie es uns gefällt. Hängen ein bisschen ab.«

Ihr Gegenüber nickte, legte das Eis auf die Theke. »Zwei Euro macht das.«

»*Zwei* Euro? Früher hat das fünfzig Pfennig gekostet. Höchstens.«

»Wollen Sie es dann nicht?«

»Was? Doch. Doch, natürlich. Ich nehm's. Aber das ist ziemlicher Wucher. Typisch Teuro, oder?« Patrizia lachte. Die Frau lachte nicht mit, sah auf das Eis, dann zu Patrizia. »Ach so, ja.«

Patrizia wollte in ihre Hosentasche greifen, hielt inne. Sie hatte noch ihren Schlafanzug an. Da gab es keine Taschen. Und kein Geld.

»Ich hab kein Geld.« Die Fremde legte ihre Hände auf das Eis. »Also theoretisch hab ich welches. Oder auch nicht. Wenn man's genau betrachtet, bin ich nämlich arbeitslos. Das Arbeitsamt weiß nur noch nichts von seinem Glück. Aber eigentlich hab ich noch Geld dabei. Nur nicht mit. Weil ich mich heute nicht umgezogen hab. Ich dachte, es lohnt sich nicht. Wofür, oder? Heute Abend zieh ich ja eh wieder meinen Schlafanzug an. Warum so viel Zeit verschwenden?«

»Soll ich das Eis wegpacken?«

»Nein! Ich meine ...« Hilfe suchend wandte sich Patrizia zu Janne um.

»Was ist los?«, fragte die.

»Ich hab kein Geld mit. Wegen der Schlafanzughose. Weil das Leben scheiße ist. Wegen dem Stinkefinger und allem ...«

»Ich hab was.«

»Wirklich? Meine Nichte hat was«, fügte Patrizia an die Frau gewandt hinzu. Während Janne zu ihnen kam, setzte sie den Helm ab. »Hast du zwei Euro? Früher hat das mal fünfzig Pfennig gekostet. Aber heute ...«

»Klar.« Janne kramte das Geld aus ihrer Hosentasche und legte ein Zweieurostück neben die Eispackungen.

»Ach, super! Ich dachte schon, wir könnten uns nicht einmal ein einfaches *Dolomiti* leisten. *Brauner Bär* haben sie nicht. Kannst du dir das vorstellen?«

»Was haben sie nicht?«

»Kinder«, sagte Patrizia mit einem Grinsen.

»Vergessen Sie Ihr Eis nicht.« Die junge Frau deutete auf die Packungen.

»Wie könnten wir? Danke. Tschüss.«

Patrizia und ihre Nichte gingen gemeinsam mit dem Eis zum Roller zurück. Sie schoben ihn ein Stück zur Seite und setzten sich auf zwei große Steinquader an der Fahrbahn. Autos fuhren vorbei. Ein leichter Wind wehte. Es roch nach Abgasen und dem Mülleimer ein paar Schritte weiter. Zwischen Grashalmen lagen Zigarettenkippen, Kronkorken, Papierschnipsel. Ein altes hellrosa Kaugummi klebte an der Kante, auf der Patrizia saß, das Gipsbein weit von sich gestreckt, die Krücken seitlich angelehnt.

Wie Sommer hätte es sich anfühlen können. Wie einer dieser Sommer. Wenn das Wetter schöner gewesen wäre. Der Himmel weniger grau. Die Luft nicht so frisch.

»Es sieht anders aus«, sagte Patrizia.

»Was?«

»Das Eis. Früher sah es irgendwie anders aus.«

»Wie?«

»Weiß ich nicht genau. Anders eben.« Sie biss eine der drei Eisspitzen ab. »Und es schmeckt auch nicht wie früher.«

»Das liegt bestimmt an den künstlichen Aromen, die sie heute nicht mehr reinmachen. Jetzt tun sie so, als wäre alles vollkommen natürlich. Als könnten wir uns nicht denken, dass an Waldmeister-Zitronen-Himbeereis in Bergform nichts natürlich ist. Wusstest du, dass in vielen Joghurtsorten Sägespäne sind? Wir sollen denken, es wären frische Früchte, aber eigentlich ist es Holz. Und der Farbstoff Karmin wird aus Läusen gewonnen.«

»Echt?«

»In allem Möglichen ist der drin. In deinem roten Lippenstift.«

»Das wusste ich nicht. Ich dachte ... keine Ahnung, was ich dachte. Meinst du, meine Vespa ist auch mit Läuseblut bemalt?«

»Keine Ahnung. Aber ich find sie schön. Ich wünschte, ich hätte auch einen Roller. Papa würde ausflippen, aber ich fänd's toll.«

»Es ist auch toll! Früher war ich damit ständig unterwegs.« Als das Eis auf ihre Hand tropfte, leckte Patrizia das süße Wasser von ihren Fingern. Sie lächelte.

»Das muss herrlich gewesen sein.«

»War's.« Ihre Stimme wurde leiser. »Ja, das war's.«

»Vielleicht sollten wir langsam wieder zurückfahren«, schlug Janne nach einer Weile vor. »Sonst bekommt Papa einen Herzinfarkt. Väter nerven, oder?«

»Total.«

»Aber die anderen können mit der Kürbishütte bestimmt Hilfe brauchen.«

Patrizia hätte losheulen können. Woher kam das? Albern. Natürlich mussten sie irgendwann zurück. Sie konnten nicht ewig hier an der Straße sitzen und *Dolomiti* essen und so tun, als wäre alles in Ordnung. Aber vielleicht noch ein kleines bisschen. Ein ganz kleines bisschen.

»Lass uns noch was hier sitzen, ja?«

»Okay.«

»Nur noch fünf Minuten. Oder zehn.«

»Ist gut.«

»Hast du vielleicht zwei Euro?«

»Wofür?«

»Für eine weitere Runde *Dolomiti* mit Läuseblut«, lachte Patrizia.

Es war bereits früher Nachmittag, als Patrizia und Janne zurückfuhren.

»Da seid ihr ja endlich«, rief Daniel ihnen zu, als sie kurze Zeit später in den Garten traten.

Er war bemüht, einen der Pfähle gerade zu halten, drei von ihnen standen bereits. Janne beachtete ihn nicht, sondern ging nach rechts in Richtung ihres Bruders, der mit den Hunden spielte. Einen Moment blieb Patrizia im Türrahmen stehen.

»Sieh mal, wer zum Helfen gekommen ist.« Ihr Bruder deutete auf Andreas, der eine dunkelgraue Masse aus einem Eimer in ein Erdloch goss.

»Hallo.« Andreas richtete sich auf und wischte sich den Schweiß von der Stirn.

Patrizia kam näher. »Ich hab noch versucht, dich zu warnen.«

»Ich wollte ja nicht hören.«

Sie deutete ein Lächeln an. »Wolltest du nicht.«

»Ich hab dir was mitgebracht.«

»Hast du?«

»Bringst du noch Frischkäse mit?«, rief Zusanna aus dem Wohnzimmer.

»Mach ich«, rief ich zurück, während ich zum Kühlschrank ging und die Packung herausnahm, sie zu den Schokorosinen für Jonathan und den Nachos mit Avocadocreme für Janne stellte.

Durch unsere kleine Diele hörte ich die gedämpften Stimmen aus dem Fernseher im Nebenraum und dazwischen Jannes und Jonathans Lachen. Worüber lachten sie? Über eine Stelle im Film? Über was, das Zusanna gesagt hatte? Ich lauschte.

Es war einer dieser wenigen Nachmittage, die wir alle gemeinsam verbrachten. Viele gab es davon nicht mehr. Auch um diesen hatte ich kämpfen müssen. Immer war irgendwas, und Janne jetzt vierzehn. Sie langweilte sich mit uns und verbrachte ihre Zeit lieber mit Freundinnen. Zusanna arbeitete viel, auch am Wochenende. Oft blieben am Ende nur Jonathan und ich. Dieses Mal nicht. Dieses Mal waren wir alle zusammen.

Ich hatte *Merida* aus der Videothek ausgeliehen. Warum kauft ihr euch nicht endlich einen vernünftigen Fernseher? Dann können wir Filme übers Internet gucken, hatte Janne in ihrem motzigen Tonfall gefragt und mich auf diese Art angesehen, die ich manchmal schwer ertragen konnte. Im Moment war ich für sie der blödeste und peinlichste und dämlichste Mensch der Welt. Irgendwann würde das wieder vorbeigehen. Hoffentlich! Aber musste sie mich deshalb so angucken?

Ich war seit Ewigkeiten nicht in einer Videothek gewesen, hatte prompt von einer Nebenstraße aus den falschen Eingang erwischt und war in der Pornoabteilung gelandet. Für den jungen Mann hinter dem Tresen musste ich einer von diesen armseligen, traurigen, mittelalten Typen gewesen sein, die jeden Abend allein auf dem Sofa saßen und sich Sexfilmchen ansahen. Bestimmt passte ich gut ins Schema. Klein, dick, kaum Haare. Er hatte versucht, es sich nicht anmerken zu lassen. Es war nicht zu übersehen gewesen. Und als ich nach Disneyfilmen gefragt hatte, war sein Blick mitleidig geworden. Wahrscheinlich hatte er gedacht, mich hätte der Mut verlassen und ich wollte so tun, als wäre ich nicht wegen dem da, wegen dem ich da war. Er musste mich für sehr erbärmlich gehalten haben.

Früher war ich gern in die Videothek gegangen, als es noch Videokassetten gab. Heute hatte ich aufpassen müssen, nicht aus Versehen eine *Blu-ray* mitzunehmen. Ein paarmal hatten meine Schwester und ich als Kinder gemeinsam Filme ausgeliehen. Öfter waren es meine Mutter und ich gewesen. Ich hatte es gemocht, durch die Gänge zu streifen, hatte mir die Videohüllen angesehen und überlegt, was ich gucken wollte. Ich hatte gewusst, wenn etwas neu rausgekommen war. Manchmal war ich zum Stöbern gekommen, ohne dass ich vorgehabt hatte, was auszuleihen. Ich hatte einfach die Atmosphäre gemocht. Die Welten, die sich in den schwarzen Kassetten verbargen. Dass man zwei Stunden anderen dabei zusehen konnte, wie sie sich durchschlugen.

Es war egal gewesen, ob ich mich für eine Komödie, einen Kinderfilm oder einen Actionstreifen entschieden hatte, eine Romanze oder einen Krimi, aus allem, was ich mir ansah, hatte ich was mitnehmen können. Ich hatte mein Leben mit dem auf der Mattscheibe verglichen, mich mit den Hauptfiguren, und versucht, so zu sein wie sie, selbst wenn sie muskelbepackte Vietnamveteranen, Meerjungfrauen, durchgedrehte Wissenschaftler, gewitzte Hexen, streunende Hunde oder reiche Geschäftsmänner gewesen waren. Eine Ähnlichkeit zu mir hatte ich immer gefunden, irgendwas, das mir geholfen, mir ein bisschen Mut gemacht hatte. Früher. Als Kind. Heute war das nicht anders, obwohl es albern war. Es waren nur Filme, die Menschen nicht echt, und trotzdem …

Sogar in *Merida* erkannte ich mich wieder. Nicht so sehr in der mutigen, entschlossenen Prinzessin. Dafür fehlten mir die wilden roten Locken. Oder überhaupt Haare. Aber in der unbeholfenen, plumpen Bärenmutter, die in ihrer Gestalt zurechtkommen musste. Nichts anderes versuchte ich seit achtunddreißig Jahren.

»Was hast du gesagt?« Zusanna stand in der Tür.

Ich hatte sie nicht kommen gehört. »Was?«

»Was du gesagt hast.« Grinsend trat sie zu mir, schob ihre Arme um mich, sich zu mir.

Ihr Gesicht war so nah, dass ich beinahe schielen musste. Ihre Wärme, ihre Hände auf meinem Rücken. Sie hatte etwas Schokolade an der Lippe, ich küsste sie ihr weg.

Erneut drang Kichern aus dem Nebenzimmer zu uns. Ich lächelte Zusanna an, sie lächelte mich an. Gab es einen perfekteren Moment als diesen?

»Gibt's Frischkäse zu den Chips?«

»Natürlich.« Ich deutete hinter mich, sie drehte sich nicht um.

»Ich liebe Salzchips mit Frischkäse.«

»Weiß ich.«

»Und was liebst du?«

»Dich.«

Sie küsste mich, schob eines ihrer Beine zwischen meine. Ihre Hände wanderten zu meinen Schultern, ihre Arme unter meine, mit ihrer Nase strich sie an meinem Hals entlang, an meiner

Wange, küsste mich erneut. Ich fuhr mit den Fingern unter ihr T-Shirt, berührte ihre Taille, ihren Bauch, glitt nach oben.

»Wir sollten das öfter machen.« Zusanna löste ihre Lippen kaum von meinem Mund.

»Sollten wir. Ich glaub, die Kinder haben Spaß. Sogar Janne.«

Zusanna rückte von mir weg, ich spürte es, sie lehnte den Kopf zurück, musterte mich. Meine Hand lag noch auf ihrer Brust, fühlte sich jedoch schwerer an und kälter, wie alter Fisch oder eine Seehundflosse. Ich musste den Arm fast strecken, um sie zu erreichen. Meine Finger fielen langsam von ihrer Haut. Ich konnte ihnen dabei zusehen.

»Was?«

Sie schwieg.

»Nehmt euch ein Zimmer«, sagte Janne von der Tür aus, kam in die Küche und schob sich an uns vorbei zum Kühlschrank. Zusanna machte einen Schritt zurück. »Haben wir keine Cola mehr?«

»Im Kämmerchen müsste welche sein.«

»Dann ist sie aber nicht kalt.«

»Kann ich auch nicht ändern.« Zusanna hatte sich die Tüte mit Nachos unter den Arm geklemmt, griff nach dem Frischkäse und den Schokorosinen. »Man geht nicht mit leeren Händen.« Mit dem Ellbogen wies sie auf das Glas Guacamole.

Janne gab ein ärgerliches Schnauben von sich. »Und was soll ich jetzt trinken? Warme Cola ist so eklig.«

»Vielleicht haben wir noch Eiswürfel«, schlug ich vor, Zusanna und Janne hatten die Küche bereits verlassen, niemand hatte mich gehört.

16:46 Uhr

Daniel konnte sein Telefon nicht finden. Hatte er es in der Küche gelassen? In der Jacke? Es verloren? Was, wenn Zusanna anrief und ihn nicht erreichte? Was, wenn sie es schon versucht hatte? Ihm gingen Jannes Worte nicht aus dem Kopf. Hatte sie recht? War alles seine Schuld? Konnte man Schuld daran haben, nicht mehr geliebt zu werden?

Wenn du ein Lebensmittel wärst, hatte Jonathan letzte Woche gefragt, was wärst du dann? Brokkoli, hatte Daniel gesagt. Warum? Eigentlich fühlte er sich nicht wie Brokkoli. Eher wie oller Kartoffelbrei.

Gern wäre Daniel gleich ins Haus gegangen. Irgendwo musste das Handy sein. Er wollte es suchen. So lange, bis er es gefunden hatte. Bis er sicher sein konnte. Doch das ging nicht. Er stand draußen, im Garten, und musste einen der Pfähle gerade halten.

»Wie lange muss ich hier stehen bleiben?«

»Warum? Haste wat andres vor?«, fragte sein Vater.

»Nein, aber …«

»Wat soll der Andreas sagn? Der is da schon viel länger am Stehn als du.«

Andreas und Daniel tauschten Blicke, zuckten fast gleichzeitig die Schultern. Warum war Andreas hier? Zum Helfen, hatte er gesagt. Warum hatte er dann nach Patti gefragt? Wie lange waren Janne und seine Schwester schon weg? War es Daniel egal? Oder wollte er nur, dass es ihm egal war? Wie spät war es? Wo waren sie hingefahren?

»Soll ich dir das Holzding mal abnehmen?«, fragte Monika und kam näher. Bisher hatte sie mit Jonathan und den Hunden gespielt.

»Wat stellter euch so an. Dat bissken Gradehalten wird euch nich umbringn.« Vor Daniel kniend, goss Winni den flüssigen Beton in das Loch und strich die Masse glatt. »Abba bitte. Wat soll's. Andreas, du kannsten Pfahl jetzt loslassn. Ich tu den nächstn nehmen, und du machs dat mittem Beton.«

»Ich kann sonst auch Daniel ablösen, wenn er …«

»Schon gut.«

»Wat benehmter euch, wie wenner Mädchen wärt?«

»Das will ich nicht gehört haben!«, sagte Monika.

»Anwesende ausgeschlossn.«

»Und was ist mit deiner Enkeltochter?«

»Die auch.«

»Und deine Frau?«

Winni stöhnte auf. »Benehmt euch halt nich wie 'n paar Warmduscher.«

»Winfried!«

»Wat denn? Warmduscher werd ich wohl noch sagn dürfn, ohne vonne Seite angenölt zu werdn. Nimmse jetzt den Beton, oder nich?«, wandte er sich an Andreas. »Ich hab gedacht, du wollst helfn.«

Mit einem Grinsen ließ Andreas den Pfahl los, den er festgehalten hatte, half Winni, einen weiteren aufzustellen, und anschließend das gegrabene Loch mit Flüssigbeton aufzufüllen.

»Kann ich dich was fragen, Tante Monika?« Daniel blickte sie an.

»Sicher.«

»Auch wenn es was Persönliches ist?«

»Ich hab dir schon den Popo mit Papiertüchern abgewischt. Noch persönlicher wird's nicht. Worum geht's? Schieß los.«

Gerade als Daniel seine Frage stellen wollte, kam Janne durch die Küchentür nach draußen in den Garten, seine Schwester folgte.

»Da seid ihr ja endlich!«, rief er ihnen zu.

Warum fühlte er sich so erleichtert? Ohne ihn zu beachten, ging Janne über den Rasen zu Jonathan, der versuchte, Peek und Cloppenburg beizubringen, ordentlich in einer Reihe zu laufen. Natürlich. Nichts anderes hatte Daniel von seiner Tochter erwartet, trotzdem musste er schlucken.

»Sieh mal, wer zum Helfen gekommen ist«, sagte er zu Patti und deutete auf Andreas.

»Hallo.«

Eine Krücke vor die andere setzend, kam seine Schwester näher. »Ich hab noch versucht, dich zu warnen.«

»Ich wollt ja nicht hören.«

»Wolltest du nicht.«

»Ich hab dir was mitgebracht.«

»Hast du?«

»Hab ich.«

»Und was?«

»Ich hab's in der Küche, aber ich kann gerade nicht ...«

»Janne! Jonathan!«, rief Winni. »Kommt ma bei mich bei. Die Erwachsnen sind ma wieder zu nix zu gebrauchn.« Er nahm Andreas den Eimer mit Beton aus der Hand und wartete, bis Janne und Jonathan aus dem hinteren Teil des Gartens zum Kürbisbeet gekommen waren. Laut kläffend liefen die Hunde ihnen nach.

Patti und Andreas gingen gemeinsam zum Haus. Diese Art, wie Andreas auf Pattis Schritte achtete, erkannte Daniel wieder. Schon früher war ihm das aufgefallen, als die beiden noch zusammen gewesen waren. Andreas hatte immer seine Geschwindigkeit ihrer angepasst, einen Blick auf sie gehabt. Auch jetzt, obwohl Patti nur langsam vorankam. Schließlich verschwanden sie durch die Küchentür.

»Müssnwer die Männerarbeit wieder selber machn«, sagte Winni.

»Bin dabei«, erwiderte Janne.

»Dat is meine Enkeltochter.« Anerkennend klopfte er ihr auf die Schulter. »Biste mit unsrer Arbeit so weit zufriedn?«

»Sieht gut aus.«

»Dat hör ich gern. Ich hab gedacht, dat du jetzt dat Befülln übernimmst.«

»Und was soll ich machen? Was mach ich?«, wollte Jonathan wissen.

»Du hälst hier dat vierte Holz fest. Kannste dat?«

»Ja, kann ich. Kann ich.«

»Dat musse aber wirklich grade haltn. Nich so rumzappeln. Schief wird's sonst.«

»Ich halt es supermegagerade.«

»Nicht schon wieder«, stöhnte Janne.

»Gut, dann biste ab jetzt mein Pfahlbeauftragter.«

»Ich bin der Pfahlbeauftragte. Ich bin der Pfahlbeauftragte«, sang Jonathan.

Während er selbst einen der Pfosten hielt und wartete, dass der Beton trocknete, sah Daniel zu, wie seine Tochter das letzte Loch mit der Masse füllte. Andreas und Patti kamen zurück, doch Daniel konnte nicht erkennen, was Andreas ihr mitgebracht hatte.

Als alle Pfähle standen, machten sie sich daran, das Dach der Kürbishütte zusammenzubauen. Immer wieder holte Winni von Janne Rat ein, die nicht nur jede Frage beantwortete, sondern entschlossene Anweisungen gab, die alle anderen befolgten. Warum hatte Daniel nicht gewusst, dass seine Tochter all das konnte? Was wusste er überhaupt noch von ihr? Traurig war das. Gleichzeitig war er stolz, nicht nur auf Janne. Auch Jonathan arbeitete konzentriert und ruhig mit. Erst nach dem Essen hielt er es nicht mehr aus und tobte wieder mit den Hunden durch den Garten.

Es wurde bereits dunkel, als sie endlich das Dach auf den Pfeilern befestigten. Schweigend blieben sie anschließend gemeinsam vor der Kürbishütte stehen. Das hatten sie zusammen geschafft. Noch vor ein paar Tagen hätte Daniel so was nicht für möglich gehalten. Nicht, ohne dass es Tote und Verletzte gegeben hätte. Nicht einmal Winni und Patti waren ernsthafter aneinandergeraten.

»Gut gewordn«, sagte sein Vater. »Siehste, Seda? Is dat nich 'ne tolle Hütte für 'n Kürbis gewordn? Vor Wind und Wetter isser jetzt geschützt. Dat hamwer in erster Linie unserm Expertn hier zu verdankn.« Er legte Janne eine Hand auf den Arm.

»Danke, Opa«, erwiderte sie.

»Ich denke, ich verabschiede mich jetzt.« Mit einer knappen Bewegung wies Andreas zur Küchentür. »Ich hab gar nicht gemerkt, wie spät es schon ist.«

»Ich bring dich«, sagte Patti.

Er folgte ihr ins Haus.

»Und ich seh mal zu, dass ich mein wildes Einhorn einfange und ins Bett bringe«, murmelte Daniel.

»Wildet *Einhorn?* Willste den Jungn noch mehr verhunzn?«

»Winfried!«, kam es von Monika.

»Wat denn? Is doch so. Vonner Rockgeschichte will ich gar nich anfangn.«

»Jonathan ist wohl kaum …«, setzte Daniel an, wurde jedoch von seinem Sohn unterbrochen.

»Was bin ich?«, wollte er wissen.

»Nichts. Wunderbar.« Mit einem Blick auf seinen Vater zog er Jonathan in die Arme, küsste ihn auf den Kopf, spürte, dass sein Sohn die Hände um ihn schlang. »Wunderbar bist du.«

»Sieh mal, was Cloppenburg gemacht hat.«

»Was hat er gemacht?«

Jonathan hielt ihm die schmutzigen Finger hin. »Aa.«

»Was? Hast du mir das jetzt hinten an …« Daniel drehte den Kopf und versuchte, einen Blick auf seinen Rücken zu werfen, geriet dabei aus dem Gleichgewicht. Er taumelte, stolperte über einen der Eimer, in denen sie den Flüssigbeton angemischt hatten, versuchte, sich am Sonnenschirm festzuhalten. Riss ihn mit sich, als er wenig elegant zu Boden plumpste.

Winni war der Erste, der in lautes Gelächter ausbrach. Janne, Jonathan und Monika stimmten ein. Sogar Seda kicherte.

»Na toll«, brummte Daniel.

Mussten solche Dinge immer ihm passieren? Er hatte das so satt. Das alles.

»Warte, ich helf dir«, sagte Monika und reichte ihm die Hand.

Etwas widerwillig ließ sich Daniel von ihr nach oben ziehen und klopfte sich den Hosenboden ab. »Hab ich die Hundesch… Hab ich das jetzt alles am Rücken?«

»Lass mal sehen. Nein. Alles gut.«

»Das wär's noch gewesen. Und wir zwei, Freundchen, gehen jetzt nach oben und waschen dir ordentlich die Hände, und dann geht's ab ins Bett.«

»Warum muss ich mich waschen, wenn Tante Patti das auch nicht macht?«

»Tante Patti ist erwachsen. Erwachsene dürfen stinken, wie sie wollen. Wenn du erwachsen bist, darfst du auch selbst entscheiden, wie sehr du anderen stinken willst. Aber bis dahin hab ich die Macht über deinen Stinkegrad. Und ich sage dir, dass er jetzt«, er schnupperte an Jonathan, verzog das Gesicht, »deutlich überschritten ist.«

»Aber ich will nicht.«

»Sag allen gute Nacht.«

»Gute Nacht, Oma Seda. Gute Nacht, Oma Monika«, rief Jonathan in die Runde. »Bis morgen, Opa.«

»Bis morgen, kleener Mann.«

»Kommst du auch mit nach oben, Janne? Liest du mir was vor?«, wandte sich Jonathan an seine Schwester.

»Vielleicht später.«

»Ich kann dir auch was vorlesen«, schlug Daniel vor.

»Das soll Janne machen.«

»Aber nur, wenn du nicht mehr so fies stinkst«, sagte Janne. »Sind wir im Geschäft?«

»Sind wir, sind wir«, lachte Jonathan, wollte sie umarmen.

Janne machte einen Schritt zurück. »Das verschieben wir besser auf später«, fügte sie hinzu.

Gewaschen und umgezogen lag Jonathan kurze Zeit später im Bett, Daniel saß auf der Kante und deckte ihn zu. Wie oft hatten Zusanna und er das zusammen gemacht. Schon bei Janne, noch öfter bei Jonathan, weil es weniger ruhige Momente mit ihm gab. Das Zähneputzen, das Vorlesen, das Zudecken, das Sitzen am Bett. Für Daniel waren diese Abende besonders gewesen, besonders schön. Nicht nur wegen der Kinder, auch wegen Zusanna. Selten hatte er sich ihr näher gefühlt als in den Augenblicken, wenn die Wohnung still wurde, sie die Letzten waren, die aufblieben.

Wie lang war das her?

Noch einmal drückte Daniel seinem Sohn einen Kuss auf die Stirn, wollte gerade aufstehen, als Jonathan ihn zurückhielt.

»Hasst Opa mich?«

»Was?« Überrascht sah Daniel ihn an. »Warum sollte er dich hassen?«

»Weil ich Röcke anziehe. Opa mag das nicht. Jungs, die Röcke tragen, hasst er. Hat er gesagt. Ich will nicht, dass mein Opa mich hasst.« Jonathans Augen füllten sich mit Tränen. Er schniefte.

Einen Moment musste Daniel die Augen schließen. Was sollte er sagen?

»Dein Opa hasst dich nicht, Jonathan. Glaub mir das.« Sich vorbeugend, strich Daniel Jonathan über die Stirn, wischte ihm Tränen von den Wangen. »Dein Opa hat dich sehr sehr lieb. Kein Rock auf dieser Welt wird das ändern.«

»Aber er sagt, dass Jungen keine Röcke tragen dürfen. Bescheuert ist das, sagt er.«

»Manchmal hat dein Opa etwas altmodische Ansichten. Das ist alles und hat nichts mit dir zu tun.«

»Ist es schlimm, dass ich am liebsten Röcke anziehe?«

»Was sollte schlimm daran sein?«

»Du ziehst nie Röcke an, Papa.«

Daniel schluckte, zögerte.

»Das liegt daran, dass Papa keinen besonders guten Geschmack hat«, sagte Janne von der Tür aus. Sie hatte geduscht und sich ein Handtuch um die Haare gewickelt. »Guck dir nur mal die komischen Hemden an, die er immer trägt. Muss ich mehr sagen?« Sie zwinkerte ihrem kleinen Bruder zu.

Jonathan kicherte.

»Was ist an meinen Hemden auszusetzen?«, wollte Daniel wissen.

»Die sehen ganz komisch aus«, erwiderte Jonathan.

»Ich geb dir gleich ganz komisch.«

»Nicht kitzeln! Nicht kitzeln!«, rief sein Sohn, lachte lauter.

Daniel wartete, bis Jonathan wieder ruhiger wurde. »Ziehst du gerne Röcke an, Schatz?«

»Tu ich, Papa.«

»Dann ist alles gut. So, jetzt aber Schluss und Licht aus. Der Zug ins Traumland fährt in genau zehn Minuten.« Er klopfte auf sein Handgelenk, obwohl er keine Uhr trug.

»Tut-tut«, machte Jonathan. »Tut-tut.«

Mit einem letzten Kuss auf die Wange erhob sich Daniel und ging zur Tür, wandte sich um. »Gute Nacht. Schlaft schön.«

»Gute Nacht, Papa«, sagte Jonathan.

Janne sagte nichts.

Als Daniel zurück in den Garten kam, saßen sein Vater, Patti und Monika auf den Stühlen neben dem Kürbis. Unter der neugebauten Hütte lagen die Hunde. Jemand hatte zwei Lampen auf den Tisch gestellt, die etwas Licht spendeten und kleine Kreise in die Abenddämmerung zeichneten.

»Wo ist Mama?«

»Im Bett.«

»Worüber redet ihr?«

»Ich hab deinen Vater gefragt, warum unsere Mutter so schlecht aussieht. Aber die Wahrheit will mir hier offenbar niemand sagen«, fügte Patti hinzu. Ihre Stimme zitterte leicht. Vielleicht, weil sie wütend war. Vielleicht nicht.

»Du hast es ihr immer noch nicht gesagt?« Daniel blickte seinen Vater an.

Sein Vater blickte zurück.

»Was? Was ist los?«

Meine Schwester griff meine Hand. »Einmal *Zurück in die Zukunft II*«, sagte sie. »Für meinen Bruder und mich.«

Ich hielt die Luft an.

Seit Wochen, Monaten, wartete ich auf diesen Moment. Ich wollte wissen, wie es mit Marty und Doc Brown weiterging. Würden sie tatsächlich in die Zukunft reisen, um Martys und Jennifers Kinder zu retten? Warum mussten die gerettet werden? Was war schiefgelaufen? Und würden sie es am Ende in die Gegenwart zurückschaffen? Ich konnte es kaum erwarten, all das herauszufinden.

Aber das war nicht der einzige Grund, warum ich mich auf den Film freute. Es war eine Sache zwischen meiner Schwester und mir. Es gab wenig, was wir gemeinsam machten. Sie hatte ihre Freundinnen und Andreas. Ständig fuhr sie mit ihnen auf ihrem Roller durch die Gegend. Immer war sie unterwegs. Nur selten durfte ich mitkommen, obwohl ich am liebsten jedes Mal dabei gewesen wär.

Ich verbrachte meine Zeit lieber mit ihr als sie mit mir.

Also blieb ich zu Hause. Ich hatte niemanden, mit dem ich mich hätte treffen können. Meine Mutter war meine beste Freundin, mein Bruder mein bester Freund, reden konnte ich kaum mit ihm, und seit es ihm schlechter ging, blieb nicht viel.

Zurück in die Zukunft war anders. Wir beide mochten das, meine Schwester und ich. Seit Wochen redeten wir davon. Aus rotem Kartonpapier mit weißer Glitzerschrift hatte sie mir einen kleinen Kalender gebastelt, von dem man jeden Tag einen Streifen abreißen konnte, um zu wissen, wie lange man noch warten musste. Vor dem Schlafengehen hatte ich mich jeden Abend feierlich davorgesetzt und das nächste Stück Papier fein säuberlich abgetrennt, und gestern war ich mit dem letzten Schnipsel zu meiner Schwester gelaufen und hatte ihn ihr gezeigt, und dann hatten wir beide gelacht.

Aber heute waren unsere Eltern nicht rechtzeitig nach Hause gekommen, wie sie es versprochen hatten. Meine Mutter hatte es geschworen, hoch und heilig. Sieben Uhr war es geworden, viertel nach sieben, halb acht, viertel vor acht. Wieder und wieder hatten wir auf die Uhr gesehen, meine Schwester hatte aus dem Fenster gespäht, und ich war mehrfach nach draußen auf die Straße gegangen, in der Hoffnung, dass sie genau dann um die Ecke biegen würden. Irgendwann war klar gewesen, dass wir es nicht rechtzeitig schaffen würden, wenn wir nicht sofort losfuhren, wir würden *Zurück in die Zukunft II* verpassen. Also waren wir in die Stadt gefahren. Wir hatten den Roller meiner Schwester genommen, wie ich es so oft vom Fenster aus beobachtet hatte. Einige Male hatten wir zurückgeblickt, bis das Haus verschwunden war. Erst danach hatte Patti Gas gegeben, und wir waren gerade pünktlich am Kino angekommen. Jetzt standen wir hier am Schalter, vor dieser Frau, die mich für elf hielt.

Was soll schon passieren?, hatte meine Schwester gefragt.

Ja, was sollte schon passieren?

»Dat will ich euch ma glauben tun.« Die Frau am Schalter riss zwei Karten von ihrer Rolle. »Wer tut bezahln?« Ich wollte mein Geld aus der Hosentasche kramen. Münzen hatten bei mir die Angewohnheit, bis in den letzten Winkel des Stoffes zu rutschen, manchmal fielen sie auch durch ein Loch, das ich nicht bemerkt hatte. Ich bohrte meine Finger tief in meine Tasche, als mich Pattis Stimme innehalten ließ: »Ich bezahl für uns beide.«

Ich sah sie an, lächelte, und als die Frau uns die Karten gab, zog ich die Nase hoch.

Patti kam mir so erwachsen vor. Ich durfte gar nicht daran denken, wie es sein würde, wenn sie auszog. Ich konnte mir kaum vorstellen, mit meiner Mutter, meinem Vater und meinem Bruder allein zurückzubleiben. Manchmal hoffte ich, meine Schwester müsste die Klasse wiederholen, damit sie ein Jahr später ginge. Passieren würde das nicht. Sie hatte zu gute Noten. Meine Mutter mochte meine beste Freundin sein und mein Bruder mein bester Freund. Aber eigentlich hatten Patti und ich nur uns. Wir waren die Einzigen, die verstehen konnten, wie es war, einen Bruder wie unseren Bruder zu haben, eine Mutter wie unsere Mutter, einen Vater wie unseren Vater. Wir mochten uns nicht ähnlich sein, und vielleicht gab es nicht mehr viel, was wir zusammen machten. Aber das würde uns immer bleiben. Das war ein schönes Gefühl.

Patti stand auf Marty McFly, das wusste ich. Auch ich mochte ihn, vor allem wegen seiner lässigen Art und den tollen Turnschuhen, die ich mir mehr wünschte als alles auf der Welt. Viel mehr verehrte ich jedoch Doc Brown. Der war vollkommen verrückt, und das war okay. So wollte ich auch sein. Ich hatte sogar mal versucht, meine Haare wie er zu tragen. Mit einem Kamm meiner Mutter hatte ich sie toupiert und anschließend mit Farbe aus der Garage weiß angesprüht. Tagelang hatte meine Mutter sie einweichen müssen, damit der Lack halbwegs rausgegangen war, und in der Schule hatten die anderen einen Grund mehr gehabt, sich über mich lustig zu machen.

Straßen? Wo wir hinfahren, brauchen wir keine Straßen. Wie oft hatten wir uns diesen Satz in den letzten Wochen vorgesagt, als wäre er eine Geheimsprache. Irgendwie war er das auch. Jedes Mal hatte ich mir dabei eine unsichtbare Sonnenbrille auf die Nase geschoben, wie Doc Brown, und mich unglaublich cool gefühlt.

Hand in Hand gingen wir jetzt durch die Tür, die hinter dem Schalter lag. Von hier aus konnte man die Säle erreichen. Wie viele es genau waren, wusste ich nicht. Ich war noch nicht oft hier gewesen. Meist hatte ich kein Geld, um mir eine Karte kaufen zu können, und noch öfter hatte ich niemanden, mit dem ich gehen konnte. Einmal hatte ich mit meiner Mutter und meinem Bruder einen Film ausgesucht. Der war schön gewesen, aber irgendwann hatte Rafael nicht mehr ruhig sitzen können, deshalb waren meine Mutter und er nach draußen gegangen, um zu warten, bis der Film zu Ende war. Ich hatte allein in der Dunkelheit gesessen.

»Willst du Popcorn?«, fragte Patti.

Der Raum vor den Sälen war überfüllt von den vielen Stimmen vieler Leute. Über unseren Köpfen hing ein süßlicher Geruch. Menschenmengen machten mich nervös. Ich war froh, dass ich die Hand meiner Schwester hielt, und schämte mich, weil meine Finger schwitzten.

»Das zahl ich«, sagte ich, als wir uns an einer Schlange anstellten, und puhlte die Markstücke aus der Hosentasche. Leicht klebrig und fusselig waren sie.

Mit einer großen Tüte Popcorn und zwei Bechern *Coca-Cola* machten wir uns auf den Weg in den Kinosaal, suchten uns Plätze. Im dämmrigen Licht warteten wir, bis die Werbung anfing, beobachteten die Leute um uns herum. Meine Schwester hatte das besondere Talent, Menschen auf witzige Art zu beschreiben. Als würde sie mit ihren Worten Karikaturen von ihnen zeichnen, ein bisschen wie die Bilder, die ich malte. Der Mann vor uns war ein Blumenkohl mit Schlips, eine Frau links eine alte Porzellankanne, die einen Sprung im Deckel hatte. Ich musste so laut und heftig lachen, dass mir die Cola aus der Nase lief und mich meine Sitznachbarin vorwurfsvoll ansah. Patti zuckte die Schultern. Ihr machte es nichts aus, was andere von ihr dachten. Deren Meinung war ihr egal.

Möglichst unauffällig putzte ich mir die Nase.

Der Film war so toll, wie ich erwartet hatte. Spannend und lustig und herrlich verrückt. Die Zukunft würde ein Riesenspaß werden. So viel war sicher. An den besten Stellen warfen meine Schwester und ich uns Blicke zu, stießen uns in die Seiten und lachten gemeinsam. Als wir den Saal und das Kino verließen, redeten wir über nichts anderes, erzählten uns die besten Szenen nach, als wären wir nicht beide dabei gewesen, und lachten noch lauter. Auf dem Nachhauseweg, während ich hinter meiner Schwester auf dem Roller saß und den kalten Fahrtwind im Gesicht spürte, stellte ich mir vor, ich könnte Marty McFly sein und jemanden wie Doc Brown zum Freund haben. Und dass dieser Abend nie zu Ende gehen würde.

Wir sahen das blaue flackernde Licht bereits, als wir in unsere Straße einbogen. Es zuckte über den Asphalt, wir fuhren darauf zu. In der Einfahrt stand ein Krankenwagen, die Türen weit geöffnet. Mein Vater saß auf den Stufen vor unserem Haus, ohne Jacke, obwohl es kalt war. Er rauchte. Außerhalb der Garage hatte ich ihn nie zuvor rauchen gesehen.

Wir stellten den Roller ab, kletterten vom Sitz, sprachen nicht. Meine Beine und Hände fühlten sich steif an. Ich konnte sie kaum genug biegen, um abzusteigen und zu laufen. Irgendwie taten sie weh.

»Was ist passiert?«

»Was?« Patrizia sah ihren Bruder an, dann ihren Vater. Die beiden tauschten Blicke, taten heimlich. Was wussten sie? Was wussten sie, was sie ihr nicht sagten? »Was ist los?«

Mit Daumen und Zeigefinger knibbelte Patrizia am Rand ihres Gipses. Einige Fasern hatten sich gelöst. Sie spürte Panik, die sich wie das Aufflattern eines Vogels anfühlte, sich in ihrer Brust ausbreitete, größer und stärker wurde. Patrizia zwang sich, ruhig zu atmen. Es half nur mäßig.

Sie musste hören, was sie bisher nicht gehört hatte. Sie musste es wissen. Sehen, womit sie es zu tun hatte.

»Seda is krank«, sagte Winfried.

»Okay.« Patrizia nickte. »Abgesehen von ihrer Demenz?«

»So isset.«

»Was hat sie?«

»Krepps.«

»Welche Art von Krebs?«

»Wat weiß ich, wiese dat nennen. Inne Lymphdrüsn sitzter. Oder so.«

»Oder *so?* Weißt du es nicht genau? Hast du nicht gefragt?«

»Wat denkste denn? Natürlich hab ich se gefragt. Abba die wertn Herrn sagn ja nix. Unsereiner erfährt von denen nix Genaues. Und du brauchst gar nich so zu tun. 'n Kind bin ich nich, datte …«

»Dann benimm dich nicht so!«

»So redeste nich mit mir.« Patrizias Vater wollte aufstehen, hatte die Hände auf die Armlehnen gestützt, sich ein Stück nach oben gedrückt und hielt in der Luft inne.

»Und? Was jetzt? Machst du dich aus dem Staub? Das kannst du ja so gut! Lass uns ruhig wieder mit der ganzen Scheiße allein! Wär nicht das erste Mal.« Hinter Patrizias Rippen begann die Panik zu kreiseln, sich um sich selbst zu drehen. Ihr wurde schwindelig, sie biss die Zähne aufeinander, konzentrierte sich auf ihr Gipsbein und die Finger, die an den losen Fasern zogen.

Winfried blieb einen Moment unbewegt, dann sank er zurück

in die Polsterung des Stuhls, ließ sich fallen, als hätte er keine Kraft. Sie schwiegen sich an, lange, länger. Patrizia rang mit der Frage, die sie stellen musste. Ihr fehlte der Mut. Für alles fehlte ihr der Mut.

»Was hat der Arzt gesagt? Andreas.« Sie sprach seinen Namen mit einer Wut aus, die sie selbst überraschte. »Muss Mama operiert werden? Bekommt sie eine Chemotherapie? Was machen wir?«

»Nix.«

»Was soll das heißen?«

»Nix gibtet, watwer tun können.«

»Können oder wollen?«

»Du machstet dir ma wieder verdammt einfach.«

»Ich *mach* es nicht einfach! Es *ist* so einfach! Können oder wollen. Da sein oder nicht da sein. Verantwortung übernehmen oder keine Verantwortung übernehmen. Seine Familie im Stich lassen oder seine Familie nicht im Stich lassen.«

»Es ist nicht alles nur schwarz oder weiß«, sagte Monika, die bisher geschwiegen hatte. »Die Dinge sind nicht immer so, wie du ...«

»Kannst du dich da raushalten? Das ist eine Familiensache.«

»Sie is Familie.«

»Warum eigentlich? Das wollte ich längst gefragt haben. Warum eigentlich, Monika? Warum hast du dir nie eine eigene Familie gesucht? Warum hast du immer seine genommen? Er wollte dich nicht. Hat dich verlassen. Für meine Mutter. Hast du kein bisschen Selbstachtung? Findest du das nicht armselig?«

»Jetzt gehste zu weit!« Donnernd schlug ihr Vater mit der Hand auf den Tisch. Die Gläser erzitterten und klirrten. Erschrocken hoben die Hunde, die weiter hinten im Gras lagen, die Köpfe. Peek gab ein leises Knurren von sich.

»Ist schon gut.« Monika legte Winfried eine Hand auf den Arm. »Ganz unrecht hat sie nicht. Es ist nur nicht der richtige Moment, das zu diskutieren. Ich geh nach Hause.« Als sie sich erhob, sprangen Peek und Cloppenburg ebenfalls auf. »Ihr habt einiges zu besprechen.« Sie drückte Winfrieds Finger, umarmte Daniel und kam zu Patrizia, die ihrem Blick auswich.

Patrizia war wütend, aber sie wusste, es hatte nicht die richtige Person getroffen. Vielleicht gab es die nicht einmal.

»Die Menschen sind nicht immer so, wie du denkst«, sagte Monika. »Nicht einmal die, von denen du weißt, wie sie sind. Die vielleicht sogar am allerwenigsten. Du bist eine kluge Frau, Patti. Aber du hast nicht alle Informationen. Und du solltest alle Informationen haben, um dir eine Meinung bilden zu können. Malerei ist zweidimensional. Von einem Punkt aus kannst du alles sehen. So funktioniert die Welt nicht. Das Leben hat mehr Ähnlichkeit mit einer Skulptur. Dein Blick darauf ist nur einer von vielen. Du kannst versuchen, ihn zu ändern. Du kannst rumgehen, eine andere Position einnehmen. Trotzdem wirst du nie aus genau derselben Richtung draufgucken wie ein anderer. Egal, wie sehr du dich bemühst. Und du solltest dich bemühen, Patti. Selbst dann, wenn die Sicht versperrt ist oder sogar der Weg. Weil du sonst nicht einmal eine Idee davon hast, wie das ganze Ding aussieht. Verstehst du?« Monika deutete ein Lächeln an, legte Patrizia die Hand auf die Wange.

Die drehte den Kopf weg.

»Gute Nacht«, murmelte Monika. »Streitet nicht mehr zu lange. Es ist schon spät.« Ein letztes Mal blickte sie in die Runde, wandte sich um und ging zur Tür, die Hunde folgten ihr. Peek verschwand mit seinem Rollwagen als Letzter im Haus.

Patrizia blickte nach oben zum dunklen Himmel. Sie musste an ein Gemälde von Caspar David Friedrich denken. *Frau vor der untergehenden Sonne.* An das orange-rot-gelb-graue Farbenspiel, das ein bisschen was von der Oberfläche eines Sees hatte, die sich leicht kräuselte und zarte Wellen warf. In der Schule, eine gefühlte Ewigkeit war das her, hatte sie mal aus diesem Bild eine Collage gemacht. Patrizia wusste nicht mehr genau, was die Aufgabe gewesen war. Sie hatte die Frau herausgeschnitten und in andere Bilder aus Zeitschriften eingeklebt. Dafür hatte sie eine riesige Kaffeetasse genommen. Warum? Sie hatte keine Ahnung. Wahrscheinlich lag das Bild jetzt irgendwo oben in einem Karton, völlig verstaubt und ausgeblichen. Sie hatte keine schlechte Note dafür bekommen, was sie schon damals seltsam gefunden hatte. Eigentlich verstand sie nicht, was gut daran sein sollte, das Bild eines anderen zu zerschneiden, Teile herauszunehmen und in ein anderes Bild zu setzen, obwohl sie nicht hineinpassten und seltsam aussahen. Was sollte schön daran sein?

War das vielleicht gar nicht wichtig? Sollten gar nicht alle Teile stimmig zusammenpassen und gemeinsam ein schönes Bild ergeben? Ging es darum, auszuhalten, dass sie es gerade nicht taten? War das dem Leben nicht ähnlicher?

»Wie viel Zeit … Ich meine … wie lange noch?«, fragte Patrizia in die Stille zwischen ihnen. Im ersten Augenblick war sie sich nicht sicher, ob sie laut genug gesprochen hatte. Sie hatte kein Gefühl mehr dafür.

»'n paar Wochn, vielleicht Monate«, antwortete Winfried.

»Wie hat sie es aufgenommen?« Ihr Vater schwieg, Daniel schwieg. »Wie hat sie es aufgenommen?«

»Gar nich.«

»Was soll das heißen? Habt ihr es ihr nicht gesagt? Ihr habt es ihr doch gesagt, oder?«

»Wozu?«

»*Wozu?* Weil sie es wissen muss.«

»Musse dat?«

»Natürlich!«

»Warum?«

War das sein Ernst? Patrizia blickte ihren Vater an, dann Daniel, dann wieder Winfried. Warum sagte ihr Bruder nichts?

»Weil es hier um sie geht«, sagte Patrizia. »Sie ist doch kein unmündiges Kind, sondern eine erwachsene Frau. Es geht um ihr Leben, verdammte Scheiße!« Patrizias Stimme brach. »Sie muss es wissen. Sie hat ein Recht darauf.«

»Wat hätte dat für 'n Sinn?«

»Welchen *Sinn?*«

»Dat würdese traurig machn und ganz verrückt. Furchtbare Manschettn hättese deswegn. Und wozu?«

»Wahrscheinlich würde sie es auch wieder vergessen.« Patrizia hörte die Tränen, die ihr Bruder versuchte herunterzuschlucken. »Nur das Gefühl würde ihr bleiben.«

»Du wusstest davon?« Sie blickte ihn an. »Du wusstest davon und hast mir nichts gesagt?«

»Wann denn? Du hast nie zurückgerufen.«

»Das kann nicht … Das kann doch alles nicht wahr sein! Ihr müsst es ihr sagen!«

»Dat machnwer nich.«

»Das kannst du nicht einfach so entscheiden. Ihr habt kein Recht, *das* vor ihr geheim zu halten?« Es fühlte sich an, als würde der Panikvogel zu einem Flugzeug werden. Tosend grollte das Motorengeräusch in Patrizias Ohren. Hörte sich an, als wäre es überall. Schlug über ihrem Kopf zusammen. Patrizia verlor die Orientierung. Wo war oben? Wo unten? Sie konnte nichts sehen. »Hier geht es um Mamas Leben! Ihr könnt das nicht entscheiden! Dazu habt ihr kein Recht!«

Sie griff nach ihren Krücken. Ihre Hände zitterten. Die Stöcke entglitten ihr. Fielen zu Boden. Erneut fasste sie danach. Stellte sie auf. Drückte sich hoch. Wackelte. Konnte nicht stehen. Sah ihren Vater an. Ihren Bruder.

»Dazu habt ihr kein Recht!« Sie zwang sich zu gehen. Einen Schritt. Einen zweiten. Sie konnte nicht bleiben. Sie musste weg.

Sie humpelte zur Tür, ins Haus, durch die Küche, in den Flur, nach draußen, zur Garage. Es war nicht leicht, den Roller ohne Hilfe auf den Gehweg zu schieben. Sie war erleichtert, als sie es geschafft und auf dem Sitz Platz genommen hatte, die Vibrationen des Motors in ihren Armen spürte. Das gleichmäßige Brummen der Vespa beruhigte die Panikwellen in ihrer Brust. Ein wenig. Nicht genug. So weit, dass sie fahren konnte.

Zunächst steuerte sie den Roller auf die Straße, die still und leer war, wie ein teerschwarzes Band, das sich vor ihr aufzog. Patrizia folgte ihr, lenkte Kurve um Kurve, gab Gas, um den Fahrtwind zu spüren. Der machte es etwas besser.

Dass sie zum Haus von Ittens wollte, hatte Patrizia nicht gewusst. Zu Andreas' Haus. Zum Haus von Andreas und seiner Frau. Sie war einen großen Umweg gefahren, um zurückzukommen.

»Wie konntest du das tun?« Wütend blickte Patrizia ihn an, als er die Tür öffnete.

Sie hatte mehrmals geklingelt und geklopft, besonders laut, nachdem sie bereits Schritte und Geräusche aus dem Haus gehört hatte. Jetzt stand Andreas vor ihr. In Jogginghosen und einem Kapuzenpullover.

»Patti.« Er wirkte überrascht.

»Wie konntest du das tun?«

»Was? Was meinst du?«

»Andi?«, drang eine Stimme von innen. Die dazugehörige Frau trat hinter Andreas, sah Patrizia über seine Schulter hinweg an. Sie war groß, hatte glattes, offenes Haar, das frisch gewaschen aussah. Wahrscheinlich immer. Natürlich. »Wer ist das?«

»Das ist Patrizia. Winfrieds und Sedas Tochter.«

War das alles? Mehr war Patrizia nicht? Andreas war ihre erste große Liebe gewesen, auch die letzte, wenn man es genau nahm. Manchmal, jeden Tag, bereute sie, dass sie nicht mehr zusammen waren. Und für ihn war sie nur noch die Tochter einer Patientin?

»Patti, das ist Vicky«, sagte er.

»Hallo.«

»Ja, hallo.« Ungenau hob Patrizia die linke Krücke.

»Wollen Sie vielleicht reinkommen?«

»Kann ich nicht.«

»Wieso nicht?«

»Das ist das Haus von Ittens. Früher war ich ständig hier. Vielleicht nicht ständig. Aber sehr oft. Noch bevor mein Bruder und ich meinen Bruder getötet haben. Er war krank, wissen Sie? Natürlich wissen Sie das nicht. Behindert. Wir hätten auf ihn aufpassen sollen und sind lieber ins Kino gegangen. *Zurück in die Zukunft II.* Kennen Sie den Film? So gut wie den ersten fand ich ihn nicht, aber das war nicht schlimm. Weil Daniel und ich ihn zusammen gesehen haben. Daniel ist mein Bruder. Nicht der tote. Der hieß Rafael. Darum ging's. Den dritten Teil wollten wir uns auch angucken. Haben wir aber nie. So ist das im Leben, oder? Meistens tut man nicht, was man tun will, und dann verpasst man den dritten Teil. Mein Vater ist dann abgehauen. Nach *Zurück in die Zukunft II* war er weg. Acht Wochen lang. Für immer, dachte ich. Auf Geschäftsreise. Superwichtig. Wissen Sie, warum ein Bahnarbeiter mit einer scheißorangefarbenen Warnweste auf Geschäftsreise gehen sollte? Was soll er da machen? Anderen scheißorangefarbene Warnwesten verkaufen? Er trägt sie immer noch. Peinlich, oder? Vicky, finden Sie das nicht auch peinlich für einen erwachsenen Mann, der Riesenkürbisse in seinem Garten züchtet?«

Was sagte sie da? Patrizia ahnte, dass es Schwachsinn war. Nicht einmal in ihrem Kopf ergab das Sinn. Und gleichzeitig kam ihr alles richtig vor.

Aus dem Inneren des Hauses hörte sie den Fernseher. Wahrscheinlich hatten Andreas und seine Frau gerade auf der Couch gelegen und eine Serie geguckt. Es war sicher ein L-förmiges Sofa. Irgendwo hatte Patrizia gelesen, dass die meisten Sofas in den meisten deutschen Wohnzimmern L-förmig waren. Oft stand ein obligatorischer Sessel daneben. Andreas und seine Frau hatten bestimmt einen obligatorischen Sessel. Wahrscheinlich war er gletschergrau. Patrizia hätte auch gerne ein L-förmiges Sofa und einen obligatorischen Sessel in Gletschergrau. Stattdessen hatte sie ein Gipsbein und eine Mutter, die bald sterben würde.

»Ich komm gleich«, sagte Andreas zur großen Vicky mit den glatten, offenen, gewaschenen Haaren. Er drehte sich halb zu ihr um.

Was für ein Gesicht machte er? Patrizia konnte es nicht sehen. Wahrscheinlich versuchte er, seiner Frau zu sagen, dass sie die Polizei rufen sollte oder den Krankenwagen, weil vor ihrer Haustür eine Irre einen Nervenzusammenbruch hatte und dringend in die Klapse musste.

Ich nehm schon Tabletten dagegen, hätte Patrizia gerne gesagt. Tat es nicht.

Als Andreas' Frau im Inneren verschwunden war, trat Andreas zu Patrizia nach draußen. »Setzen wir uns.« Er deutete auf eine Bank neben dem Haus.

Natürlich! Andreas und seine Frau hatten eine Bank neben dem Haus. Patrizia hatte immer eine Bank neben dem Haus haben wollen. Oder stimmte das gar nicht?

Andreas berührte Patrizia am Arm, wollte sie in die richtige Richtung lenken. Ganz der Arzt. Immer alles im Griff. Das musste eine Erleichterung sein, Patrizia konnte das gerade nicht ertragen. Sie schüttelte seine Finger ab, humpelte zur Bank, setzte sich. Sie hielt die Krücken fest, weil sie nicht wusste, ob sie nicht gleich wieder aufstehen würde. Andreas nahm neben ihr Platz.

»Ich bin nicht verrückt.«

»Weiß ich.«

»Ein bisschen verrückt darf man wohl sein, wenn die eigene Mutter stirbt und gerade alles den Bach runtergeht.«

»Ja.«

»Du hättest es mir sagen müssen.«

»Konnte ich nicht.«

»Du hättest es *ihr* sagen müssen.«

»Vielleicht. Vielleicht hast du recht.«

»Du bist ihr Arzt. Du kannst sie nicht anlügen. Bestimmt gibt es dafür ein Gesetz. Ich könnte dich verklagen.«

»Ich lüg sie nicht an. Ich sag ihr nur nicht alles.«

»Das ist dasselbe.«

»Nein.«

»Erklär das einem Richter!« Patrizia bohrte das Ende ihrer Krücke in den Boden vor sich.

»Gut möglich, dass es die falsche Entscheidung war.« Mit einer raschen Bewegung fuhr sich Andreas durch die Haare, strich sich übers Kinn, das nicht rasiert war. »Vielleicht hätten wir deiner Mutter die Diagnose gleich sagen müssen, aber … zu dem Zeitpunkt ging es ihr sehr schlecht. Sie hat … Wir wollten sie nicht zusätzlich aufregen und verängstigen.«

»Red dich nicht raus.«

»Tue ich nicht. Ich versuch, es dir zu erklären.«

»Dafür gibt es keine Erklärung.«

»Doch, ich denke, die gibt es. Vielleicht keine Entschuldigung. Mag sein.« Er schluckte hart. »Aber eine Erklärung gibt's. Deine Mutter ist verwirrt. Sie hat gute Tage, ja. Aber sie werden weniger. Seda leidet unter ausgeprägten Angstepisoden.«

»Das nennt man Leben. Es gibt Tabletten dafür. Verschreib ihr was. Oder ich geb ihr welche von meinen. Ich hab die im Vorratspack.«

»Wir wollten das Richtige tun.«

»Für wen?«

»Für Seda. Für deine Mutter.«

»Für mich klingt es, als hättet ihr nicht den Mut, es ihr zu sagen.«

»Das eine schließt das andere nicht aus.«

»Es ist falsch, Andreas.«

Er nickte leicht. »Ich hab gesagt, dass wir das Richtige tun wollten. Ich sag nicht, dass wir das Richtige tun. Aber was wäre, wenn sie es wüsste, Patti? Würde es ihr helfen?«

»Darum geht's nicht.«

»Nein?«

»Nein. Ihr habt kein Recht, das zu entscheiden. Ihr habt kein Recht, es vor ihr geheim zu halten. Es ist ihr Leben. Scheiße! Sie ist meine Mutter. Sie war immer diese superstarke Frau. Wie *Wonder Woman.* So kam sie mir vor. Als hätte sie Superkräfte. Sie hatte das Leben im Griff, nicht umgekehrt. Sie war furchtlos. Sie konnte alles schaffen.«

»Ja, so war deine Mutter.«

»Ist sie noch.«

»Da bin ich mir nicht sicher.«

»Aber ich! Ich kann sie sehen. Du kanntest sie nicht so gut wie ich.«

»Das stimmt.«

»Sie hätte nicht gewollt, dass man ihr etwas verheimlicht, um sie zu schützen. Sie hätte es wissen wollen.«

»Die Situation ist jetzt anders.«

»Weiß ich! Scheiße! Ich weiß, dass die Situation anders ist. Trotzdem sollte meine Mutter wissen, was los ist. Sie sollte wissen, was mit ihr passiert.«

»Selbst wenn es ihr Angst macht?«

»Du bist ihr Arzt. Nicht der meines Vaters. Du hast eine Verpflichtung. Scheiße, Andreas, du hast einen Eid geleistet.«

»Ich will das Beste für deine Mutter.«

»Wirklich?«

»Das ist nicht fair.«

»Willkommen in der Realität! Und weißt du, was noch nicht fair ist? Dass ich meine Mutter verloren hab und dass ich sie jetzt noch mal verliere! Das ist auch nicht fair.« Patrizia spürte die Tränen erst, als sie ihr bereits über die Wangen liefen und vom Kinn tropften. Ärgerlich wischte sie sich übers Gesicht, wollte nicht weinen. Nicht vor Andreas. Gar nicht. Sie konnte nichts dagegen tun. »Sie wird sterben, Andreas. Meine Mama … Ich weiß nicht … Ich kann nicht … Was soll ich tun? Ich weiß nicht, was ich tun soll.«

Sie sah ihn an.

Und plötzlich spürte sie seine Hände auf ihrem Rücken, lehnte ihren Kopf an seine Schulter, schloss die Arme um ihn, hielt sich an ihm fest.

Eine Weile saßen Patrizia und Andreas auf der Bank vor seinem Haus. Sie schluchzte an seinen Hals, er strich ihr über den Nacken, sagte was, das sie nicht verstand. Vielleicht waren es keine Worte. Sie fühlte seine Wärme, atmete seinen Geruch ein. Wie lange hatte sie sich nicht mehr so sicher gefühlt? Patrizia hob den Kopf, blickte Andreas in die Augen, auf seine Lippen, küsste ihn. Es war ein vertrauter Kuss. So viele Jahre hatten sie sich nicht gesehen, nicht miteinander gesprochen. Aber jetzt, mit seinem Mund auf ihrem, kam es Patrizia nicht so vor, als wäre viel Zeit vergangen. Sie war wieder sechzehn, bevor sie Rafael verloren hatte, dann ihren Vater, bevor sie all die falschen Entscheidungen getroffen und ihr Leben grandios in den Sand gesetzt hatte. Sie spürte die Sonne der Sommer, die sie mit Andreas verbracht hatte, die Leichtigkeit, die Erleichterung. Sie schmeckte, wie er schmeckte, fühlte, wie er sich anfühlte. Vielleicht war es doch möglich, die Zeit ein bisschen zurückzudrehen. Vielleicht konnte man doch wieder von vorne anfangen. Vielleicht bekam man doch eine zweite Chance.

»Patti, nein.« Ihre Schultern fassend, schob Andreas sie ein Stück von sich weg. »Das ist keine gute Idee.«

Erst verstand Patrizia nicht. Es war, als würde sie aus diesem Moment herausfallen. Diesem einen Moment, in dem alles gut, die Welt heil, ihr Leben in Ordnung war. Es war ein schmerzhafter Sturz, wie der Augenblick auf dem Eis, als sie das Gleichgewicht verloren hatte und gefallen war. Sie hatte zugesehen, wie die harte, weiße Oberfläche näher gekommen war. Auf eine seltsam schnelle und seltsam langsame Art. Es hatte wehgetan, noch bevor sie aufgeschlagen war.

»Aber …« Mehr konnte Patrizia nicht sagen. Mehr fiel ihr nicht ein.

»Ich bin verheiratet. Patti, ich …«

»Es gab Zeichen.« Sie deutete ein Kopfschütteln an, versuchte, ihre Gedanken zu ordnen. »Du hast doch … Wir saßen zusammen auf der Motorhaube und haben geraucht. Du hast diesen blöden Anhänger vorbeigebracht. Du hast im Garten beim Bauen der Kürbishütte geholfen und mir diese Polsterdinger gegeben. Die ganze Zeit warst du in meiner Nähe. Ich meine … Das hab ich mir doch nicht nur eingebildet.«

»Wahrscheinlich hast du recht. Ich schätze … Ich wollte bei dir sein, dich sehen, mit dir sprechen. Es ist so lange her, und ich … Ich hab mich gefreut, dich wiederzusehen. Du warst meine erste große Liebe, Patti! Weißt du eigentlich, wie sehr du mir das Herz gebrochen hast?« Wieder fuhr sich Andreas hastig durch die Haare. In seinem Gesicht erkannte Patrizia den Jungen von damals, der vor ihr am Fenster gestanden hatte. »Ich wollte einfach … Keine Ahnung, was ich wollte. Ich fand es schön, mit dir zusammen zu sein. Sehr schön. Und ich hatte das Gefühl, dass du im Moment ein bisschen verloren bist und einen Freund brauchen könntest.«

»Dann hab ich dir nur leidgetan?«

»So ist das nicht, Patti. Es ist nicht schlimm, einen Freund zu brauchen. Wir alle …«

»Wir sind keine Freunde!« Sie drückte ihn weg, schüttelte seine Hände ab. »Und ich brauch dein Mitleid nicht. Gar nichts brauch ich von dir.«

Sie griff nach ihren Krücken. Stemmte sich hoch.

»Patti«, versuchte Andreas, sie zurückzuhalten. »Patrizia!«

Sie reagierte nicht. Setzte die Stöcke auf. Humpelte weg von der Bank. Weg von Andreas. Sie konnte seinen Blick spüren. Würde er ihr nachkommen? Wollte sie das? Früher hatte sie es schön gefunden, wenn Andreas ihr nach einem Streit nachgelaufen war. Romantisch war ihr das vorgekommen. Wie im Film. Jetzt lief sie schneller. Über den Rasen. Zum Gehweg. Zum Roller. Sie war erleichtert, als sie ihn erreichte, auf den Sitz klettern und den Motor starten konnte. Als das gleichmäßige Knattern in ihre Arme kroch und sich von dort überall in ihrem Körper ausbreitete, wurde sie ruhiger. Das Geräusch übertönte das Rauschen in ihren Ohren. Ihr eigenes Zittern wurde von den Vibrationen überdeckt. Sie steuerte vom Bürgersteig und auf die Straße.

Dieses Mal fuhr sie keinen Umweg, sondern direkt nach Hause. Sie stellte den Motorroller nicht zurück in die Garage, ließ ihn einfach vor den Stufen stehen. Sie würde gleich zurück sein. Patrizia betrat das Haus, das still und dunkel war. Es war schon spät. Vorher war ihr das nicht aufgefallen. Sie war nicht mal mit Licht gefahren. Patrizia ließ die Tür offen, ging nach oben, durch den finsteren Flur, auf Rafaels Zimmer zu.

»Janne«, flüsterte sie, als sie neben das Bett ihrer Nichte trat.

»Janne. Bist du wach?« Im schwachen Mondlicht, das durch das Fenster fiel, konnte sie die Umrisse von Jannes Gesicht erahnen. Hinter ihr gab Jonathan ein Murmeln von sich. Hatte sie ihn geweckt? Nein, er schlief. »Janne.« Vorsichtig berührte sie ihre Nichte an der Schulter.

Die blinzelte, drehte ihr den Kopf zu, wurde endlich wach. »Tante Patti? Was ist? Warum …? Ist was passiert?« Ihre Worte klangen rau von Müdigkeit.

»Komm mit.«

»Wohin?«

»Sag ich dir, wenn wir draußen sind.«

»*Draußen?* Wieso?«

»Ich hab eine Idee.«

»Was für eine Idee?«

»Komm.« Patrizia zog Janne leicht am Arm, die gab ein unterdrücktes Seufzen von sich, schlug jedoch die Decke zurück, schwang die Beine aus dem Bett, warf ihrem Bruder einen kurzen Blick zu.

Gemeinsam verließen sie das Zimmer, schlichen die Treppe nach unten und zur Tür nach draußen. Als sie vor dem Roller standen, war Patrizia außer Atem, weil sie die Luft angehalten hatte. Janne schien es ähnlich zu gehen. Sie sahen einander an und kicherten.

»Hast du Lust auf ein kleines Abenteuer?«

»Immer.« Patrizia grinste, ihre Nichte grinste ebenfalls. »Was hast du vor?«

»Lass dich überraschen.«

»Okay.«

»Dann los.«

Als Patrizia Janne ihre Krücken gereicht hatte, nahm sie auf dem Roller Platz, wartete, bis ihre Nichte hinter sie geklettert war und sich an ihr festhielt, dann startete sie den Motor. Ihr Blick ging zurück zum Haus. Es fühlte sich wie früher an, wenn sie sich nachts heimlich rausgeschlichen hatte, um sich mit ihren Freundinnen zu treffen oder mit Andreas. Dieselbe aufgekratzte Aufregung, dieselbe Vorfreude, etwas Verbotenes zu tun. Es war kühl, Patrizia fröstelte leicht. Das war egal. Sie war zu gespannt, um zu frieren.

»Wir haben keine Helme.«

»Wir brauchen keine. Wir sind Abenteurerinnen. Die tragen keine Helme.« Mit einem Lachen drehte Patrizia den Schlüssel, wartete auf das Brummen des Motors und fuhr los.

Sie steuerte den Roller durch die Dunkelheit, die in den Straßen hing. Alles um sie herum schien aus Schattierungen von Schwarz zu bestehen. Der Asphalt, die Häuser, die Bäume, die Autos. Der Himmel hatte ein tiefes Grafitgrau, das sich auf die Dächer und um die Wipfel der Bäume legte. Scharf hoben sich ihre Umrisse darauf ab, als wären sie mit einem Kohlestift auf Papier gezeichnet. Das Licht des Mondes war leinenweiß, wurde von schleierartigen Wolken aufgefangen und war am Boden kaum mehr als ein zarter Schimmer. Dieses Mal hatte Patrizia den Scheinwerfer eingeschaltet, dessen runder Helligkeitspunkt sich seinen Weg durch die Straßen suchte. Alles war still. Zwischen den dunklen Häusern war das Knattern des Rollers das einzige Geräusch. Was für Leben führten die Menschen hinter den Türen und Fenstern? Warum konnte sie nicht eines von ihnen leben? Warum musste es ihr eigenes sein?

Um nicht nachzudenken, fuhr Patrizia schneller. Der frische Fahrtwind trieb ihr Tränen in die Augen. Sie wischte sie nicht weg. Niemand sah es.

Ab wann wusste Janne, wohin sie fuhren? Ihre Nichte sagte nichts, schien aber nicht überrascht, als sie den Supermarkt erreichten, Patrizia den Roller zum Stehen brachte und sie abstiegen.

»Du hast gesagt, dass wir wiederkommen würden. Und ich dachte, heute Nacht ist die richtige Nacht dafür.«

»Ziemlich cool, Tante Patti!«

»Ja?«

»Definitiv.«

»Na los! Holen wir uns den Müll, der uns zusteht.«

»Es gibt ein Problem.«

»Welches?«

»Das Tor.« Janne deutete auf den Zaun, der das Gelände umgab und vor ihnen verschlossen war. Matt glänzten die oberen Stangen im Mondschein. »Es ist zu.«

»Das ist kein Problem. Nur eine zusätzliche Verkomplizierung.«

»Meinst du?«

»Mein ich.«

»Was machen wir?«

»Drüberklettern. Was sonst? Ich bin eine gescheiterte, arbeitslose Kunstdozentin. Mit dem Knacken von Schlössern kenn ich mich nicht aus. Du?«

Janne lachte. »Aber wie willst du da rüberkommen? Mit dem Gipsbein?«

»Ich hab schon ganz andere Sachen geschafft.« Patrizia lachte zurück. »Wenn du mir hilfst, kriegen wir's hin. Am besten stellen wir den Roller ganz nah ans Tor und klettern von da aus rüber.« Sie zeigte auf die Vespa und auf die Stelle, an der sich Zaun und Tor trafen und am niedrigsten waren. »Was denkst du?«

»Klingt nach einem Plan.« Als Patrizia Anstalten machte, den Motorroller zu schieben, hielt Janne sie zurück: »Ich mach das.«

Patrizia folgte ihrer Nichte und der Vespa zum Tor. »Vielleicht kletterst du vor, und ich komm nach.«

»Ist gut.« Janne stieg auf den Sitz des Rollers, fasste den Rand des Zauns, drückte sich hoch, schwang sich rüber und stand im nächsten Moment auf der anderen Seite.

»Sieht ganz leicht aus, wenn man kein Gipsbein hat.« Durch einen Spalt zwischen den Gitterstäben reichte Patrizia ihr die Krücken. »Die Nächste bin wohl ich.« Zunächst nahm sie auf dem Ledersitz Platz, drehte sich umständlich auf die Knie und zog sich am Zaun nach oben, wackelte, der Roller wackelte.

»Vielleicht ist das doch keine gute …«

»Geht schon«, gab Patrizia zurück, obwohl sie selbst nicht sicher war. Das Gipsbein war schwerer, als sie gedacht hatte, sie selbst ungelenkiger und ungeschickter. Mehr wie Daniel. Sie hielt sich so stark an den Stäben des Zauns fest, dass ihre Finger schmerzten. Irgendwie musste das … Sie wollte nicht … Patrizia drückte sich nach oben, vorsichtig, unsicher, stand endlich auf dem einen Bein, das andere zog sie schwer wie ein Anker nach unten. Wie sollte sie von hier aus …? Das konnte nicht gut gehen!

Einen Moment hielt Patrizia inne, zögerte, die Hände oben auf dem Rand des Tors. Konnte sich nicht überwinden, sich rüberzulehnen. Hatte Angst, zu fallen. Hatte Angst, sich wehzutun. Noch mehr. Würde sie wieder aufstehen, wenn sie dort unten auf den Steinboden aufschlug? Konnte sie es?

»Tante Patti?« Janne schien ebenfalls nervös. »Vielleicht sollten wir lieber wieder …«

»Ich schaff das! Ich kann das schaffen.«

»Bist du sicher?«

Anstatt zu antworten, beugte sich Patrizia weit über das Tor, hievte die Beine seitlich über den Rand, schob sich auf die andere Seite. Mit einem Mal konnte sie das Gewicht nicht halten. Das Gipsbein riss sie nach unten. Ihr Griff löste sich. Sie stürzte. »Nein!« »Vorsicht.« »Ich kann nicht …!« »Ich halt dich!«

Patrizia fiel auf Janne. Janne fiel zu Boden. Gemeinsam lagen sie auf der Erde. Es war schmerzhaft, aber nicht so schlimm, wie Patrizia gedacht hatte. Sie sahen einander an und lachten.

»Keine elegante Landung«, sagte Patrizia.

»Gibt Schlimmeres.«

»Stimmt. Holen wir uns jetzt unseren Müll?«

»Wir holen uns unseren Müll.«

Beim Aufstehen halfen sie sich gegenseitig, Janne reichte Patrizia die Krücken, und sie steuerten zwei große, dunkle Mülltonnen an, die seitlich hinter dem Ausgang des Supermarkts standen.

»Hoffentlich hat sich die ganze Schinderei am Zaun gelohnt. Nachher gibt's da gar nichts.«

»Du glaubst nicht, wie viel jeder Supermarkt jeden Tag wegwirft. In jeder Stadt. Überall. Es ist unvorstellbar.« Als sie eine der Tonnen erreicht hatte, hob Janne den Deckel und spähte hinein. Ein fauliger, muffiger Geruch quoll heraus. »Wenn das kein Jackpot ist. Siehst du? Was hab ich gesagt?«

Einen Schritt nach vorne machend, blickte Patrizia ebenfalls hinein. Das Innere des Plastikbehälters war bis zum Rand gefüllt, mit Salatköpfen, Brot, Tomaten, Eiern, Zucchini, Kartoffeln, Äpfeln, Trauben, Bananen. Einige wenige waren verschimmelt, viele hatten braune, matschige Stellen, dazwischen gab es aber auch jede Menge Stücke, die fast neu und unversehrt aussahen.

»Das alles wird weggeworfen?«

Wenn Patrizia bisher durch den Supermarkt gegangen war und sich an den Obst- und Gemüseständen die schönsten Birnen, Auberginen und Pilze ausgesucht hatte, hatte sie nie darüber nachgedacht, was mit dem Apfel passieren würde, den sie zur Seite gelegt hatte, weil er an einer Stelle leicht angedötscht gewesen war. Hatte sie gedacht, jemand anderes würde ihn nehmen? Oder hatte sie nicht eigentlich gewusst, dass er weggeworfen werden würde? War es ihr egal gewesen? Vielleicht. Und wenn, dann hatte sie nur an das einzelne Stück gedacht. Nie hätte sie erwartet, dass es solche Mengen waren.

»Und das ist nur von einem Tag?«

»Vielleicht. Möglicherweise auch von zwei oder drei. Das spielt keine Rolle. Trotzdem ist es erschreckend viel. Findest du nicht?«

»Ist es.«

»Und das meiste ist noch vollkommen gut. Das kann man ohne Probleme essen, wenn man die eine oder andere faule Stelle rausschneidet oder einfach nicht so pingelig ist. Aber na ja … Du siehst es selbst.« Janne zuckte die Schultern. »Und anstatt das Essen zu spenden oder zumindest zu erlauben, dass diejenigen, die es brauchen können und wollen, es sich nehmen, sitzen die Märkte auf ihrem Müll. Wer soll das verstehen? Klingt wie ein schlechter Scherz, und vielleicht könnte man drüber lachen, wenn es nicht so ernst wäre. Mit unserer Umwelt, mit dem Planeten, mit allem.«

Patrizias Nichte war so entschlossen, so überzeugt und kompromisslos. Sie hatte etwas, woran sie glaubte, was ihr wichtig war.

Wann war Patrizia das verloren gegangen?

»Dann such dir mal die ekligsten Stücke aus«, sagte Patrizia und deutete auf eine Pflaume, die mit einer weißlichen Schicht überzogen war.

»Hast du an Tüten gedacht? Irgendwie müssen wir die Sachen transportieren.«

»Verdammt! Hab ich vergessen! Wie blöd!« Gemeinsam blickten sie in die Tonne, schwiegen. Patrizia sah sich um, an sich nach unten. »Wir nehmen meine Jacke.«

»Was? Nein! Das können wir nicht machen.«

»Natürlich können wir das.« Sie stellte die Krücken ab und zog sich aus. »Wir nehmen sie wie einen Beutel. Viel passt vielleicht nicht rein, aber besser als nichts.«

»Sie wird ganz dreckig. Ein paar von den Sachen sind wirklich widerlich. Vor allem die, die ich mir aussuche.«

»Macht nichts. Kann man waschen.«

»Sicher?«

»Ganz sicher.«

»Also gut«, sagte Janne zweifelnd, begann jedoch, sich zermatschtes und angeschimmeltes Obst und Gemüse auszusuchen.

Langsam legte sie die ersten Stücke in den Jackenbeutel und versuchte, nichts schmutzig zu machen. Irgendwann gab sie es auf, stapelte Tomaten über Pilze, Zwiebeln über Birnen, Orangen und Kiwis, beugte sich weit in die Tonne, um an die besonders schäbigen Teile zu kommen.

»Fertig?«, fragte Patrizia, als ihre Nichte lächelnd vor ihr stand.

»Fertig.«

»Bist du zufrieden mit deiner Auswahl?«

»Sehr zufrieden. War ein erfolgreiches Containern.«

»Dann ab nach Hause.« Als sich Patrizia bereits umwenden wollte, hielt sie inne, griff in die Tonne und nach einem leicht matschigen Apfel, rieb diesen kurz an ihrer Hose ab und biss hinein. »Du hast recht. Noch vollkommen in Ordnung. Ein bisschen dreckig vielleicht, aber Dreck reinigt bekanntlich den Magen.«

Janne lachte als Antwort, und gemeinsam gingen sie zum Tor zurück. Als sie es erreichten, blieben sie stehen, blickten durch den Zaun auf den Roller auf der anderen Seite, dann nach oben.

»War das vorhin auch so hoch?«, fragte Patrizia.

Warum hatte sie darüber nicht nachgedacht? Wie sollte sie ohne Roller den Rand des Tors erreichen?

»Kam mir auch nicht so vor.«

»Wie sollen wir da rüberkommen?«

»Vielleicht können wir helfen«, sagte in diesem Moment eine dunkle Männerstimme. Im nächsten Moment leuchtete der grelle Strahl einer Taschenlampe Patrizia mitten ins Gesicht. »Ist das ein Schlafanzug?«

Samstag

01:04 Uhr

»Ich glaub, ich spinne!«

»Ich kann's erklären.«

»Ich will nichts hören!«

»Es ist nicht so schlimm, wie es aussieht. Wir wollten nur …«

»Es ist nicht so schlimm, wie es *aussieht?* Willst du mich verarschen, Patti?«

»Jetzt reg dich nicht auf!«

»Ich soll mich nicht *aufregen?* Ich soll mich nicht aufregen, wenn meine 15-jährige Tochter mit ihrer Tante wegen Hausfriedensbruch und Diebstahl verhaftet wird und mitten in der Nacht die Polizei vor der Tür steht? Darüber soll ich mich nicht aufregen?«

»Wir haben ja nicht wirklich was gestohlen, Papa. Es war nur Müll, und wir sind auch nicht eingebrochen oder so. Wir haben nur …«

»Mit dir rede ich nicht.«

»Ganz was Neues.«

»Geh nach oben, Janne«, sagte Daniel und deutete mit dem Finger zur Treppe.

Er musste sich anstrengen, seine eigene Stimme zu hören. Zu laut klopfte ihm die Wut in den Ohren. Noch immer spürte er den Schreck, der in der Brust angefangen hatte, direkt hinter den Rippen, dann runtergesackt war, vom Bauch in die Knie. Er hatte sich so unsicher auf den Beinen gefühlt, dass er sich auf dem Weg nach unten am Treppengeländer hatte festhalten müssen und draußen am Türrahmen. Die Klingel hatte ihn zusammenfahren lassen.

Irgendwas hatte er geträumt. Was genau? Er konnte sich nicht erinnern. Bevor er verstanden hatte, dass das Geräusch, das ihn geweckt hatte und dann verschwunden war, die Schelle gewesen sein musste, hatte er das Blaulicht gesehen. Es hatte von der Straße herauf seine flackernden Schatten gegen die Wand geworfen. Der Schein hatte sich zuckend über die Tapete bewegt, war kräftiger geworden, schwächer, war zurückgekommen. Woran hatte Daniel als Erstes gedacht? Hatte er überhaupt was gedacht? Außer an Rafael. Würde er bei Blaulicht jemals nicht an seinen Bruder denken müssen?

Daniel war sofort aufgestanden. Zur Tür gegangen. In den Flur. Zur Treppe. Nach unten. Da war sein Vater gewesen. Er hatte ausgesehen wie damals. So viele Jahre konnten vergehen. Alles konnte sich verändern. Das nicht. Ein weiteres Mal hatte es geklingelt. Auch unten in der Diele war das blaue Zucken gewesen. Winni und Daniel hatten sich angesehen. Was ist?, hatte Daniel mit den Augen gefragt. Sein Vater hatte den Kopf geschüttelt und die Tür geöffnet. Daniel hatte hinter ihm gestanden, sich am Türrahmen festgehalten und mit dem Schlimmsten gerechnet. Und das Schlimmste war dieser Schreck gewesen, in seiner Brust, in seinem Bauch, in seinen Knien.

»Papa, ich …«

Daniel presste die Lippen zusammen. »Sofort!« Janne sah ihn an, drehte an einem ihrer Ohrringe, wandte sich ab und ging an ihm vorbei aus der Küche. Er hörte ihre Schritte auf der Treppe.

Einen Moment schloss Daniel die Augen, atmete. Er konnte das alles nicht fassen. Gut, so schlimm, wie er befürchtet hatte, war es nicht. Niemand war verletzt. Niemand hatte … Aber wie sollte er es Zusanna erklären? Bei dem Gedanken hob Daniel leicht die Schultern. Er konnte sie sowieso nicht erreichen. Das würde warten können.

»Lass mich das Ganze erklären, Daniel.« Patti stand in der Mitte der Küche, hinter einem der Stühle am Tisch, auf ihre Krücken gestützt.

Winni saß, schwieg.

»Eine Erklärung will ich von dir nicht, Patti. Ich will, dass du … Ich will …«

»Was?«

Ihr Haar war unordentlich, ungekämmt, ungewaschen. Sie wirkte müde, blass, trug noch ihren Schlafanzug. Zum ersten Mal fielen ihm die Falten um ihre Augen auf. Es waren keine feinen Lachfältchen. Eher scharfe, tiefere Einkerbungen. Sie gaben ihrem Blick etwas Erschöpftes. Warum sah er das erst jetzt?

»Was ist los mit dir, Patti?«

»Was soll los sein?« Sie stemmte sich fester auf die Krücken.

»Ich erkenn dich nicht wieder.«

»Da bist du nicht der Einzige.«

»Was hast du dir dabei gedacht?«

»Ich … Gar nichts. Gar nichts hab ich gedacht. Ich hab versucht, auf der Sonnenseite zu gehen. Das ist alles.«

»Was?«

»Ich wollte ein bisschen Spaß haben. Was ist so schlimm daran? Ich dachte, ich könnte … Es sollte wie früher sein. Wie damals, als ich sechzehn war und …«

»Es ist nicht damals, Patti! Und du bist nicht sechzehn!«

»Glaub mir, das weiß ich!«

»Dann verhalt dich verdammte Scheiße noch mal auch so!«

»Du hast Scheiße gesagt«, murmelte Patti.

»Sehr witzig. Du bist erwachsen. Du kannst nicht mit einem Gipsbein durch die Gegend fahren. Du kannst nicht in einen Supermarkt einbrechen und …«

»Wir sind nicht eingebrochen. Wir sind nur über den Zaun geklettert, um …«

»Du musst doch mal Verantwortung übernehmen! Ihr hattet nicht mal Helme. Es hätte weiß Gott was passieren können! Scheiße! Patti!«

Konnte oder wollte sie das nicht verstehen?

»Es ist nicht so einfach.«

»Scheiße, nein! Ist es nicht. Aber so ist das Leben! Dann läuft es für dich gerade eben nicht so toll …«

»Die Untertreibung des Jahrhunderts.«

»Scheiße passiert. Krieg dich wieder ein!«

»Was weißt du schon? Du hast keine Ahnung, wie es ist, wenn du alles falsch gemacht hast und dein ganzes Leben für 'n Arsch ist. Was hab ich denn noch? Gar nichts! So hab ich mir das alles nicht vorgestellt.«

»Willkomm im Club«, sagte Winni.

Überrascht sahen sich Daniel und Patti zu ihm um. Er rieb sich über das Gesicht und stand geräuschvoll auf. Die Stuhlbeine quietschten auf den Fliesen. Mit schlurfenden Schritten ging er zum Schrank. Wann hatte er zu Schlurfen angefangen? Er nahm drei Gläser und eine Flasche Schnaps heraus, stellte alles auf den Tisch, goss große Schlucke in die Gläschen.

»Dat Lebn is 'n Haufn Scheiße. Aber 's hilft nix.« Er trank, schenkte sich nach. »Da müssnwer durch. Nix andret bleibt uns übrich.«

Daniel und Patti zögerten, tauschten Blicke, setzten sich zu ihrem Vater an den Tisch. Daniel angelte nach einem der gefüllten Gläser, beobachtete, wie Patti ihres in einem Zug leerte, und tat es ihr nach. Der Alkohol brannte heiß in seiner Kehle. Er war es nicht gewohnt zu trinken, vertrug nichts. Oft hatte sich Zusanna über ihn amüsiert, weil er nach einem halben Bier angeheitert war. Sie konnte spöttisch sein, fast wie Patti. Keine ihrer guten Eigenschaften. Manchmal hatte sich Daniel gewünscht, Zusanna hätte ihn öfter ernst genommen.

»Ich weiß nicht, wie. Keine Ahnung, wie ich … Ich hab fürs Arbeiten gelebt. Alles dafür aufgegeben. Was andres wollt ich nie. Ich dachte, das wär's wert. Aber jetzt? Jetzt hab ich gar nichts! Einfach nichts!«

»Du hast nicht nichts.«

»Fühlt sich an wie nichts.«

»Das hat nichts zu sagen.«

»Du hast leicht reden, Daniel. Du hast Janne und Jonathan und Zusanna, der du jeden Tag fünf Millionen Liebesnachrichten auf die Mailbox sprichst. Für dich ist's leicht. Du kannst …«

»Zusanna liebt mich nicht mehr.«

Er hatte nicht gewusst, dass er das sagen wollte. Es war ein gutes Gefühl, es auszusprechen. Dadurch schien es weniger groß. Es tat nur nicht weniger weh.

»Was?«

Daniel versuchte, die Schultern zu zucken. Sie waren zu schwer. Mit einem großen Schluck trank er sein Glas leer und schob es seinem Vater hin, der es erneut füllte.

»Woher weißt du das?«

»Sie hat's gesagt.«

»Wann?«

»Vor elf Tagen.«

»Vor *elf Tagen?*«

»In einem Restaurant. Ich hab gedacht, wir wollten mal wieder schön zusammen ausgehen. Wir hatten einen Babysitter, und ich hab mich extra rasiert und meine schicken Hosen angezogen und ein sauberes Hemd und … Ich dachte wirklich, wir könnten …«

»So ein Arschloch!«

»Was? Nein. Dafür kann sie nichts. Entweder man liebt jemanden oder eben nicht. Und sie liebt mich eben nicht.«

»Das sagt sie dir in einem Restaurant? Vor Leuten? Glücklichen Pärchen? Damit du ihr keine Szene machst, oder was?«

»Ich glaub nicht, dass sie es deshalb gemacht hat. Wahrscheinlich …«

»Warum verteidigst du sie?«

»Weil sie meine Frau ist und weil ich sie liebe.«

»Aber sie liebt dich nicht mehr.«

»Spielt keine Rolle.«

»Ich denke schon.«

»Nein.«

»Nur weil du sie liebst, heißt das nicht, dass du alles gut finden musst, was sie tut. Und mit dir in ein romantisches Restaurant zu gehen, um dir bei Kerzenschein und Geigenmusik …«

»Es gab keine Geigenmusik.«

»… zu sagen, dass sie dich nicht mehr liebt, ist total daneben.«

»Ja … kann sein.«

»Kann nicht nur sein, Daniel. Das ist so! Und natürlich liebst du sie, und sie ist die Mutter deiner Kinder und das alles. Aber in dieser Situation war sie ein Arschloch!«

»Ich glaub, sie hatte Angst, dass …«

»Ein Arschloch war sie!«

»Vielleicht … Vielleicht in dieser Situation. Kann sein …«

»Und was passiert jetzt?«

»Weiß ich nicht.«

»Zieht sie aus? Lasst ihr euch scheiden?«

»Ich weiß es nicht.« Daniel bemühte sich, deutlich zu sprechen. Gelingen wollte es ihm nicht.

Seine Zunge war schwer und taub, seine Worte zitterten wie seine Hände. Beinahe verschüttete er den Schnaps, den er umklammert hielt. Sollte er noch ein Glas nehmen? Er fühlte sich unsicher, wackelig. Kam das von zu viel Alkohol? Oder von zu wenig?

»Warum weißt du's nicht?«

»Hab mich nicht getraut zu fragen.«

Daniel musste an die Tage nach dem Restaurantbesuch denken. Wie Zusanna und er umeinander herumgeschlichen waren, vielleicht auch nur er um sie. Geredet hatten sie darüber nicht, waren abends gemeinsam Schlafen gegangen, morgens aufgestanden, hatten als Familie gefrühstückt. Sie war zur Arbeit gegangen, er hatte die Kinder in die Schule gebracht, den Haushalt gemacht und sich dann ans Zeichenbrett gesetzt, was ihm längst sinnlos vorkam. Nur einen Unterschied hatte es gegeben: Zusanna hatte das Badezimmer abgeschlossen. Sonst hatte sie das nie getan. Nach dem Aufstehen hatten sie oft nebeneinander am Waschbecken gestanden und sich die Zähne geputzt. Manchmal hatte er geduscht, während sie sich die Haare geföhnt hatte. Manchmal hatte sie sich angezogen und er sich rasiert. Beim ersten Mal, als ihm aufgefallen war, dass Zusanna das Bad abschloss, hatte Daniel gedacht, die Tür würde klemmen. Mehrfach hatte er versucht, sie zu öffnen, bis er verstanden hatte, dass es nicht ging. Drinnen war es sehr still gewesen, daran konnte er sich gut erinnern. Draußen auch.

Er hatte sich geschämt, dass er es nicht früher kapiert hatte.

Aber das war das Einzige, das sich seit dem Abend verändert hatte, als Zusanna ihm gesagt hatte, dass sie ihn nicht liebte. Alles andere war wie immer gewesen. Hatte Daniel es nicht angesprochen, weil er hoffte, alles würde beim Alten bleiben, wenn er so tat, als wäre es das noch? War es wirklich so schlimm, wenn sie ihn nicht liebte? Konnten sie nicht trotzdem eine Familie bleiben? Sie beide ein Ehepaar? Reichte es nicht, dass er sie liebte?

Dann war der Anruf seines Vaters gekommen. Zusanna hatte gesagt, sie würde nicht mitfahren. Wieder hatten sie nicht geredet, und Daniel war sich plötzlich nicht mehr sicher, ob Zusanna da sein würde, wenn er am Sonntag nach Hause kam. Vielleicht war sie dann ausgezogen.

»Was soll das heißen?«

»Wir haben nicht darüber gesprochen. Nach dem Essen sind wir nach Hause gegangen. Ich hab dem Babysitter sein Geld gegeben und Jonathan ins Bett gebracht. Und als ich ins Schlafzimmer gekommen bin, hat Zusanna schon geschlafen. Ich wusste nicht, was ich tun sollte. Ich hab mich auf meine Seite gelegt. Morgens war sie schon im Bad. Alles ist irgendwie so … seinen Gang gegangen, denk ich.«

»Ihr müsst doch drüber sprechen, was jetzt wird. Ihr könnt nicht so tun, als hätte sie das nie gesagt.«

»Warum nicht?«

»Weil sie es gesagt hat, Daniel.« Patti lachte, es klang mitleidig.

Daniel wusste selbst, wie armselig das war. Aber was sollte er machen? Zu groß war die Angst, dass sich alles ändern, die Familie zerbrechen, sein Leben auseinanderfallen würde. Es kam ihm klüger vor, nichts zu tun und nichts zu sagen.

»Du kannst nicht mit jemandem zusammenleben, der dich nicht liebt.«

»Wer sagt das?«

»Willst du das?«

»Ich will mit Zusanna zusammen sein. Ich will, dass wir weiter eine Familie sind. Ich will weiter verheiratet sein. Aber ich denke … Zusanna will das nicht. Gut möglich, dass sie dieses Wochenende auszieht. Ich weiß selbst, wie traurig das klingt. Stimmen tut's trotzdem. Ich hoffe immer noch, dass sie mich nicht verlässt. Ich hoffe, dass sie merkt, dass sie mich doch liebt. Von mir aus auch, dass es ihr nicht so wichtig ist. Oder dass meine Liebe für uns beide reicht. Denn ich liebe sie. Ich liebe sie noch. Trotz allem. Ich will mich nicht von ihr trennen. Ich will, dass alles bleibt, wie es war. Ich will einfach …«

»Das kann's nicht, Daniel. Und das ist's ja auch schon nicht mehr. Daran kannst du nichts ändern.«

»Dann soll es wenigstens so nah dranbleiben wie möglich. Ich will nicht geschieden sein. Nicht getrennt leben. Kein alleinerziehender Vater sein oder ein Wochenendvater oder was auch immer ich dann wär.«

»Das hast du nicht in der Hand.«

»Denkst du, das weiß ich nicht? Was meinst du, warum ich Zusanna ständig anrufe und ihr jeden Tag zehn Nachrichten auf die Mailbox spreche? Ich versuche, meine Ehe zu retten! Meine Familie! Mein Leben!«

Daniel wischte sich über die Augen, bemühte sich, nicht zu weinen, weinte dadurch mehr. Wie sollte es weitergehen? Was sollte er machen? Er durfte Zusanna nicht verlieren. Er durfte seine Familie nicht verlieren! Dafür würde er alles tun!

Patti streckte die Hände nach ihm aus, legte ihre um seine, drückte sie. Er spürte ihre Wärme in seinen Fingern. Wie damals. Als Sheila in der dritten Klasse seinen Liebesbrief an sie vor allen Kindern vorgelesen hatte. Als niemand zu seinem neunten Geburtstag gekommen war. Als Rafael eines seiner schönsten Bilder kaputt gemacht hatte. Ein weiteres Mal hörte Daniel das Quietschen der Stuhlbeine auf dem Küchenfußboden. Neben ihm stand Winni, legte ihm eine Hand auf die Schulter und drückte so fest zu, dass es wehtat. Daniel sagte nichts.

»Wissen es die Kinder?«, fragte Patti.

»Wir haben nichts gesagt.«

Nachdem sich Winni wieder gesetzt hatte, nippte er an seinem Schnapsglas. »Dat lasster besser auch sein.«

»Was meinst du?«

»Die Ströppken brauchn nich allet wissn. Sonst kriegense nur Manschettn. Der Vatter bis du. Beschützn musstese.«

»Halt ich für falsch«, widersprach Patti. »Man muss offen mit ihnen umgehen. Es betrifft auch ihr Leben. Sie haben ein Recht drauf, es zu wissen.«

»Du imma mit deim Recht. Wennet nach dir ginge, hättn alle Recht auf allet. Fiesematenten sind dat. Wenne machn kannst, dat wer andres nich unter wat leidet, musse dat machn. So isset und nich anders!«

»Genau darum geht's doch. Er kann's ihnen nicht ersparen. Sie werden auf jeden Fall darunter leiden.«

Am liebsten hätte Daniel sich die Ohren zugehalten, nichts mehr hören müssen. Er schluckte, schluckte härter, verschränkte die Arme vor der Brust, blickte konzentriert auf sein Glas. Nichts half.

»Als ihr Vater ist es Daniels Aufgabe, ihnen das so zu erklären, dass sie es zumindest verstehen können. Es wird traurig und schmerzhaft. Vielleicht kann man es damit trotzdem ein bisschen besser machen.«

Daniel packte das kleine Gläschen und stürzte den scharfen Inhalt hinunter.

»Dat seh ich anders.«

»Überrascht mich nicht.«

»Ich glaub, Janne weiß es. Ich glaub, deshalb hasst sie mich so.«

»Sie hasst dich nicht.«

»Tut sie. Sie glaubt, es ist meine Schuld, dass Zusanna mich nicht mehr liebt. Was soll ich dazu sagen? Sie hat recht. Ich bin's«, fügte Daniel hinzu. Wieder spürte er Tränen in den Augen. Sie brannten stärker als der Alkohol im Hals. »Ich versteh einfach nicht, warum … Ich mein … Was stimmt nicht mit mir? Was hab ich falsch gemacht? Und bitte, Papa! Sag jetzt nichts. Ich will gar nicht … Du musst mir jetzt nicht alles aufzählen. Ich wollte einfach …«

»Nix haste falsch gemacht«, antwortete Winni. »Dat is die Liebe. Kommn tutse, wiese will. Und gehn tutse, wiese will. Da kannste nix dran machn. Ich will euch ma wat dadrüber sagn.« Nach einem großen Schluck aus seinem Glas schüttete er sich Schnaps nach, vergoss einigen auf dem Tisch, räusperte sich. Es schien ihm schwerzufallen, den richtigen Anfang zu finden, er war leicht betrunken. »Mein Vatter und ich warn dicke miteinander. Nich so wie du und deine Ulligen. Damals hat's so wat nich gegebn. Frechheitn hätt ich mir im Lebn nich erlaubt. Den Hintern versohlt hätt mir mein Vatter. Dat kann ich euch sagn. Aber viel hamwer zusammn gemacht. Mehr als dat die Väter von andern Jungs gemacht ham. Wir sind viel am Angeln gewesn. Dat Schnitzn hat mein Vatter mir beigebracht. Und weil ich 'n Karl May so gut gefundn hab, hat mein Vatter mir 'n Bogn gebastelt. Mit dem bin ich richtig auffe Jagd gegangn. Im Wald. Hab nix erwischt oder so. Richtige Pfeile sind dat auch keine gewesn. Darum isset nich gegangn. Dat war nich … nich wichtig.« Obwohl Winni den Kopf gesenkt hatte, sah Daniel sein Lächeln. »Nachem Krieg is mein Vatter beim Amt gewesn. 'ne gute Stelle hatter da gehabt. Jedn Morgn isser mittem schwattn Anzug und Krawatte raus. Picobello hatter ausgesehn. 'n wichtiger Mann, dein Vatter. Dat hab ich imma gedacht. Und irgendwann wollt ich dat auch ma. So 'n schickn schwattn Anzug und sonne gute Arbeit beim Amt. Wie der Vatter so der Sohn. Sonne schöne silberne Uhr hatter außerdem gehabt. 'ne Taschenuhr. Damit konnste dat Licht einfangn und als Punkte anne Wand werfn. Jedet Mal, wenner vonne Arbeit nach Hause gekommn is, hatter seine Aktentasche neben de Tür gestellt und auffe Uhr gesehn. ’ne blöde Angewohnheit is dat gewesn. Ganz toll hab ich dat gefundn. Manchma durft ich dat gute Stück selbst haltn. Dat war echt wat. Für mich war dat dat Größte.« Zögerlich trank Winni einen weiteren Schluck Alkohol. »Für mich war mein Vatter wer. Aber …’n Aufseher isser auch gewesn. Jetzt nich so ’n hohet Tier. Befohlen hatter nix, oder wat auch imma. Soweit ich dat weiß. Seine Arbeit warer am Tun. Musser ordentlich gemacht ham. Die Stelle beim Amt hatter dafür bekommn. Man is wohl …«, er räusperte sich erneut, »zufriedn mit ihm gewesn. Ganz zufriedn.« Wieder trank er Schnaps, goss sich nach, trank weiter. »Wat weiß ich, wem die Uhr wirklich gehört hat. Irgend ’nem armn Schwein vielleicht.«

Daniel blickte seinen Vater an. Was sollte er sagen? Und wie? Er konnte nicht sprechen. Diese Geschichte kannte er nicht. Er kannte gar keine Geschichten über seinen Vater.

»Gehasst hab ich meinen Vatter dafür. Bis aufs Blut. Nix hat dat geändert. Mein Vatter warer. Ich hab ihn lieb gehabt. Bis zum Schluss. Dat darfste wahrscheinlich gar nich sagn. Aber ’n guter Vatter isser gewesn. Geschämt hab ich mich und dat allet. Nützn tut’s nix. Et is, wie et is. Dat Liebham hört nich auf dat, watwer wolln. Et tut kommn, wie et lustig is, beim Gehn isset genauso.«

»Das hab ich nicht gewusst«, sagte Patti.

»Ich auch nicht.«

Erneut nippte Winni an seinem Schnaps. Seine Augen wurden bereits glasig. »Euch Stöpseln hab ich dat auch nie erzählt. Dat gehört sich nich.«

»Warum jetzt?«

»Wat weiß ich. Weil ich besoffn bin wahrscheinlich.« Er hob die Schultern und ließ sie so langsam sinken, als würde er sich in Zeitlupe bewegen.

»Danke«, murmelte Patti.

»Jetzt mach nich ’ne große Nummer draus. Lieber trinkn wir noch ’n Schnäpsken zusammn.« Als er nach der Flasche griff und die Gläser füllte, goss er so viel Schnaps daneben, dass ein kleiner dursichtiger See auf der Tischplatte entstand. »Auffe Beschissenheit der Dinge.«

»Auf die Beschissenheit der Dinge.«

»Ja, auf die Beschissenheit.« Obwohl sich Daniel bereits benommen fühlte, trank er sein Glas aus. Sein Kopf wirkte dumpf, die Gedanken langsam und träge. Sicher war es besser, wenn er ins Bett ging. Er konnte nicht, er wollte nicht. »Ich muss dringend was essen.« Leicht schwankend stand er auf und hangelte sich an den Stuhllehnen in Richtung Kühlschrank. »Haben wir noch Reste von gestern?«

Ohne eine Antwort abzuwarten, öffnete er die Tür und blickte sich im hellen Licht um, das ihm entgegenschien. Resteessen. Schon als Kind hatte er das gerne gemacht, genau wie seine Mutter. Das war eine Sache zwischen Seda und ihm gewesen. Manchmal hatten sie bis spät in die Nacht am Küchentisch gesessen und kalte Nudeln, Schnitzel oder Auflauf gegessen. Ganz am Anfang, als Zusanna und er gerade zusammengezogen waren, hatten sie sich manchmal in der Küche verabredet, später, um heimlich das zu essen, was Janne übrig gelassen hatte. Schon lange war Daniel damit allein.

Jetzt nahm er den Topf heraus, in dem sein Vater am Donnerstag *Feijoada* gekocht hatte. Unter etwas Anstrengung trug er ihn zum Tisch, stellte ihn in die Mitte, holte Besteck, verteilte es und nahm wieder Platz. Es war schön, nachts nicht allein am Küchentisch zu sitzen. Eine kleine Weile saßen sie da und aßen schweigend den kalten Eintopf, bis Patti die Stille beendete.

»Ich bin neidisch auf die Frauen an der Supermarktkasse.«

Aufstehen. Hinknien. Beten. Setzen. Aufstehen. Singen. Setzen. Hinknien. Beten. Aufstehen. Wie lange machtenwer dat schon? Bestimmt 'ne verdammte Ewigkeit. Dreimal war ich mitten Füßen gegen dat Holzdings gebumst, einmal hatte ich mir den Kopp angedötscht. Pscht, hatte wer hinter mir gemacht. Vielleicht Tante Heddi oder die Trude. Die konnten dat gut. Pscht! Wie wenn se dich am Aufpieksen wärn. Konntense, wenn se wollten. Und die wollten oft.

Ein Gesicht hat Mutter gemacht, wie wenn se nix hörte. Natürlich! Auch die Fahne willse wahrscheinlich nich bemerkt haben. Vorhin. Vor der Kirche. Wie ich se umarmt hab. Tun als ob, egal, wat. So warse. Nix hatse gewusst. Nie. Scheiße!

Warum war's so heiß hier drin? Hattense die Heizung aufgedreht, oder wat? War ja ganz wat Neues. Sonst frierte man sich inner Kirche den Arsch ab. Ein Frostköttel war ich nich. Hier drin war's immer usselig. Schon wie ich beim Gottesdienst gewesen bin, als Messdiener, im Knabenchor. Einmal sind mir die Zähne so doll am Klappern gewesen, dat ich dat Vatterunser nich hab vorbeten können. Eine geschallert hat mir der Pfaffe dafür. Volle Kanne, erst links, dann rechts. Zwei ordentliche Backpfeifen. Dat hat gezwiebelt. Wie ich abends Vatter davon erzählte, kriegte der 'ne Wut. Richtig in Brass isser gewesen. Geschimpft hatter. Nie warer 'n Kiebigen. Aber am nächsten Tag ging er gleich zur Kirche hin und pflaumte den Pfaffen an. Ordentlich Tacheles redete er mit dem. Nie wieder hab ich mir eine eingefangen. Nich mal, wie ich inner Katechismusstunde eingepennt bin und mir dat Buch ausser Hand gefallen ist.

So war mein Vatter. So war er auch gewesen.

Ich schäm mich, dat ich dein Sohn bin.

Zum Reihern war mir.

Anner Krawatte war ich am Ziehen. Scheiß eng war die. Und dann die Scheißhitze. Wollten die einen grillen? Wat sollte dat werden? Ein Vorgeschmack auffe Hölle, oder wie? Kaum gucken konnt ich. Verflucht hell war's. Wie Hulle brannte der Schweiß inne Augen. Merkte dat niemand? Meine Mutter. Die Trude. Tante Maria ihr Ösken. Wie war der Kleene am Heißen? Kein Schimmer. Onkel Alfred mitter Pläte. Vatters Kollegen vom Amt, mit ihre Anzüge. Schickobello waren die. Wie dem Vatter seine. Richtig töffte hatte ich die mal gefunden. Hatte wie Vatter sein wollen.

Wirklich nach Kotzen war mir.

Kopfschmerzen hatte ich auch.

Wat trug Vatter jetzt? Anzug? 'nen neuen? Welche Farbe hatte der? Schwatt? Braun? Der Sarg war zu. Gucken konnteste nix. Wollte ich auch nich. Mutter war allein zur Aufbahrung. Nich ganz allein. Mitter Familie. Aber ohne mich. Draußen war ich am Warten gewesen. Zu hell war's mir da schon vorgekommen. Vor die Augen hab ich die Hände gehalten. Den Schnaps gerochen. 'ne ordentliche Picheltour. Gestern. Heute. Keine Ahnung. Ich hätte nich kommen könn, wenn ich nich gesoffen hätte.

»Lass das!«, hörte ich Mutter neben mir. Sehr leise. Sie zog an meinem Arm, damit ich aufhörte, anner Krawatte zu ziehen. Guckte mich an.

Ihre Haare waren zurück. Streng. Mit so 'nem Knötken auffem Kopf. Wann warense so grau geworden? Ein Kleid warse am Tragen. Immer trug Mutter Kleider. Wie Vatter immer Anzüge getragen hat. Gestärkt und gebügelt. Natürlich. Warum musste ich plötzlich annen Drachen denken, den Vatter und ich zusammen gebaut ham? Aus Mutter ihrem Hutschachtelpapier. 'n neuer Hut war's gewesen. Stolz wie Oskar hatse ausgesehen. Sogar im Haus hatse den angehabt, so gut gefallen hater ihr. Am Meer hamwer den steigen lassen. Den Drachen. Nich den Hut. Konnte dat stimmen? Am Meer hamwer nie gewohnt. War dat im Urlaub gewesen? Anner Ostsee? Wann? Hamwer den Drachen mitgenommen? Da gebaut?

Dat Kotzgefühl wurde schlimmer.

Er hat nich fliegen wollen. Ist am Abstürzen gewesen. Jedes Mal. Wir haben nich aufgegeben. Vatter und ich. Männer geben nich auf. Über den Strand isser gerannt. Vatter. Ich auch. Irgendwann hat's gefluppt. Irgendwann is dat Dings geflogen. Wir sind am Lachen gewesen. Vatter, Mutter, ich. Mutter hat die Haare offen getragen. Vatter die Hosenbeine hochgekrempelt. Nie hater die Hosenbeine hochgekrempelt gehabt. Es muss im Urlaub gewesen sein. Wir haben eng zusammengestanden. Inne gleiche

Richtung geguckt. Nach oben. Zum Drachen. Der am Fliegen gewesen ist.

Ich schäm mich, dat ich dein Sohn bin.

Wieder sitzen. Sitzen war gut. Im Stehen drehte sich die Kirche.

Pscht, hinter mir. Wat hatte ich gesagt? Nix. Ich war auch nirgendwo angestoßen.

»Halt dir wenigstens die Hand vor den Mund«, wisperte Mutter.

Vatter hat mir dat Schwimmen beigebracht. Im Sommer. Irgendeinem. Am See. Wie alt war ich da? Sechs? Fünf? Jedenfalls ein Stöpsken. Ein Mann muss Schwimmen könn. Angst hab ich gehabt. Wegen dem Wasser. Schwatt war dat. Und tief. Wie ein Wunder ist mir dat Schwimmen vorgekommen. Vatters Wunder. Mutter konnte nich Schwimmen. Er hat mich festgehalten. Vatter. Auffn Armen getragen. Während ich die Beine am Bewegen gewesen bin, wie wenn ich 'n Frosch wär. Auf und zu. Auf und zu. Jetzt die Arme, hater gesagt. Immer so. Immer so. Siehst du, du schwimmst. Nich loslassen!, bin ich am Rufen gewesen. Nich loslassen. Sonst ertrink ich. Todesangst ist dat gewesen. Du ertrinkst nich, hat Vatter gelacht. Du schwimmst längst. Recht hater gehabt. Nur gemerkt hab ich's nich. Dat er mich nich mehr am Tragen gewesen ist. Dat ich alleine schwamm.

Warum musste ich daran denken? Jetzt? Inner Kirche? Besoffen? Daran. Oder an dat Angeln. Als ich um dat Fischken geheult hab. An meiner kurzen Kinderangel biss eigentlich nix an. Mutter hamwer dat nie gesagt. Es sind immer unsere Fische gewesen. Immer hamwer beide Mutters Lob gekriegt. Ich hab nie geheult. Nie hat mir der Fisch leidgetan. Dieses Mal schon. Der Fisch hat mich mit diesen Augen angeguckt. Erschrocken. Hat mitter Flosse geschlagen. Pack ihn! Richtig festhalten! Hab ich nich gekonnt. Hab ich nich gewollt. Nur geheult hab ich. Vatter hat ihn genommen. Mit beiden Händen. Hat ihn wieder innen See geworfen. Dat hat's besser gemacht. Darüber brauchst du nich heulen, hater gesagt. Ein Mann heult nich. Er trifft Entscheidungen.

Mittem Verstand. Und mittem Herz. Nix ist falsch dran, wenne Mitleid hast. Ein guter Mann hat Mitleid mit solchen, die schwächer sind als er. Nur heulen brauchste darüber nich.

Ich schäm mich, dat ich dein Sohn bin.

Wär wat anders gekommen, wenn ich mir dat verkniffen hätte?

Ich schäm mich, dat ich dein Sohn bin.

Die letzten Worte an Vatter sind dat gewesen. Vor 'n paar Tagen. Wir ham gestritten.

Sie stimmten.

Und sie stimmten nich.

02:10 Uhr

»Auffe Beschissenheit der Dinge.«

Sie prosteten sich gegenseitig zu und stürzten den Inhalt ihrer Gläser hinunter. Patrizia fühlte sich seltsam. Das lag am Alkohol, aber nicht nur. Sie war sicher gewesen, ihrem Vater nicht nahezustehen. All die Jahre. So wie sie gewusst hatte, dass ihre Mutter ihr das Schlittschuhlaufen beigebracht hatte. Die Erinnerungen an ihren Vater hatten so lange aus Schweigen und Schreien und Schimpfen bestanden. Auf einmal waren da andere. Wie sie mit ihrem Vater Fahrrad fuhr. Wie er ihr ein Eis kaufte. Wie er ihr vorlas und dabei einschlief. Wie er sie auf den Schultern trug. Wie sie ihn bei den Hausaufgaben um Hilfe fragte, obwohl sie keine brauchte.

Lange war sie überzeugt gewesen zu wissen, wie ihr Vater war. Was, wenn das nicht nur richtig war?

»Auf die Beschissenheit der Dinge«, fügte sie hinzu, leiser, trank ihren Schnaps.

»Ja, auf die Beschissenheit.«

Als Daniel den Topf mit *Feijoada* zwischen sie stellte, merkte Patrizia erst, wie hungrig sie war. Das Essen war kalt. Natürlich. Aber es half, schmeckte, und irgendwie war es schön, gemeinsam die Reste von gestern zu essen.

Zwischen ihnen wurde es still.

»Ich bin neidisch auf die Frauen an der Supermarktkasse«, sagte Patrizia, weil sie das Schweigen nachdenklich machte und weil sie gerade nicht nachdenken wollte. »Nicht auf die Frauen, die einkaufen. Gut, auf die auch. Aber vor allem auf die Verkäuferinnen. Das ist albern. Klar. Aber ich sehe sie an, wie sie die Lebensmittel über dieses Strichcodeerkennungsding ziehen und es piep macht. Und ich frage mich, was sie für ein Leben haben. Bestimmt haben sie Familie. Geregelte Arbeitszeiten, einen festen Job, nichts Unvorhergesehenes, einfach ein bisschen Sicherheit. Vielleicht ist es nicht die spannendste Arbeit der Welt. Die schlechteste aber auch nicht. Du versorgst Menschen mit Essen, machst den Laden sauber, und abends gehst du nach Hause und das war's dann. Keine Projekte halten dich die ganze Nacht wach. Du musst nicht daran denken, wie es nächstes Jahr weitergeht oder nächsten Monat. Es wird immer gegessen. Ein überschaubares Arbeitsfeld. Du hast deine Kolleginnen und Kollegen, die Vorgesetzten. Musst dich mit niemandem gutstellen, wenn du nicht willst. Kein ständiges Weiterbilden und Lernen und Bewertetwerden. Keine ständigen Tagungen und Sitzungen und kein ständiges Beziehungenknüpfen bei einem Glas Bier und lahmen Witzen. Du machst deine Arbeit. Nicht mehr und nicht weniger. Das stell ich mir schön vor.« Mit dem Finger hatte Patrizia etwas verschütteten Schnaps aufgenommen, leckte ihn ab. Der Alkohol brannte auf der Zunge.

»Ich denk nicht, dass das so rosig ist«, sagte Daniel.

»Vielleicht nicht, aber …«

»Red kein Killefitt! Dat sind nix als Ausbeuterjobs! So is dat! Da wird genau geguckt, wie lang du Pause machst und wie lang du pinkeln tust, wie schnell du sonne Kiste ausräumn kannst, und wat nich allet. Wenne dich verzählst, bekommste gleich 'ne Abmahnung. Und wehe, du fragst die Leute anner Kasse nich, obse Sammelpunkte wolln. Da fliegste achtkantig vorde Tür. Dat kannste abba ma glaubn. Manche von denen solln sogar Windeln tragn, damit se nich so oft aufs Klo müssn und …«

»Na ja, so schlimm ist es wahrscheinlich auch nicht, Papa«, widersprach Daniel. »Und wolltest du nicht, dass die Leute mehr arbeiten? Im Baumarkt hast du …«

»Ich halt's da wie unsre Politiker.«

»Was meinst du?«

»Wat schert mich mein Geschwätz von gestern?«

»Meist wirst du in diesen Jobs schlecht bezahlt«, fuhr Daniel fort. »Du hast furchtbare Arbeitszeiten, rackerst dich ab und wirst am Ende von ungeduldigen Kunden angemeckert, weil du keine zweite Kasse aufmachst oder es ihnen nicht schnell genug geht.«

»Aber es sieht so entspannt aus, wenn sie eine Packung Nudeln nach der anderen über das Piepding ziehen. Sie kennen alle Nummern auswendig. Und als ich letztens an der Kasse stand, war die Frau so nett und freundlich. Bestimmt hat die ein perfektes Leben. Vielleicht hätte ich nach dem Abi auch eine Ausbildung beim Supermarkt machen sollen und …«

»Du wärst total genervt von den Leuten, Patti.«

»Vielleicht. Aber … darum geht's ja auch nicht. Nimm zum Beispiel die Bibliothekarin bei uns an der Uni. Ständig ist die von so vielen tollen Büchern umgeben. Ist das nicht herrlich? Oder die Männer bei der Müllabfuhr. Den ganzen Tag sind die an der frischen Luft und dürfen auf diesen riesigen Wagen springen. Das fand ich schon als Kind super.«

»Du ekelst dich doch schon, wenn nur ein bisschen Schimmel auf der Marmelade ist. Da willst du …?«

»Und was ist mit der Floristin im Bahnhof? Sich mit Pflanzen zu beschäftigen ist auf jeden Fall gut für die Seele. Ihnen beim Wachsen zuzusehen, mit den Händen in der Erde zu graben, sie zu düngen und zu wässern. Das stelle ich mir sehr erfüllend vor.«

»Ich bezweifle, dass eine Floristin im Bahnhof das tatsächlich macht. Sie bekommt die Blumen geliefert, steckt sie zusammen und verkauft sie.«

»Aber das Zusammenstecken ist auch eine schöne Arbeit.«

»Du hasst Pflanzen, Patti.«

»Ich hasse Pflanzen nicht. Manchmal vergesse ich sie. Das ist was anderes.«

»Ich wette, du hast keine einzige lebende Blume in deiner Wohnung.«

»Und wenn schon. Wenigstens ist die Floristin nicht dreiundvierzig, eine gescheiterte Existenz und vollkommen allein!«

»Du bist nicht ...«

»Dreiundvierzig?«

»Doch, das schon.«

»Siehst du!« Triumphierend lehnte sich Patrizia in ihrem Stuhl zurück, der unter ihr zu schwanken schien. Auch der Tisch wirkte nicht mehr vollkommen gerade, senkte sich zu einer Seite, dann zur anderen, wie eine Wippe. Entweder hatte sie einen Schnaps zu viel oder einen zu wenig getrunken.

»Ich glaub nicht, dass du glücklich geworden wärst, wenn du eine Ausbildung zur Verkäuferin gemacht hättest, Patti.«

»Ich *wäre* nicht glücklich geworden?«, fragte sie zurück.

Ihr Bruder sah sie an, schwieg.

Ebenfalls schweigend, entschied sich Patrizia für einen weiteren Schnaps, leerte das Glas in einem Zug und stellte es zurück auf den Tisch, der nicht aufhörte zu schwanken. »Vielleicht hätte ich nicht weggehen, sondern hierbleiben und Andreas heiraten sollen.«

»Hätteste nich«, sagte Winfried.

»Wieso nicht?«

»Der is zu langweilich für dich.«

»Ach ja?«

»Hab ich früher schon gedacht. 'n ganz Netter isser und allet. Aber für dich wärer nix. So 'n Freigeist biste. Schon imma gewesn.«

Einen Moment lang war Patrizia zu überrascht, um reagieren zu können. So dachte ihr Vater über sie? Das hatte sie nicht gewusst.

»Vielleicht hätte ich wenigstens mit dem Eislaufen nicht aufhören sollen. Ich wollte wie Katarina Witt werden.«

»Dat hätte noch gefehlt!«

»Was?«

»Und ’n liebn langn Tach mit so lächerlichn Kostümken und kurzen Röcksken durche Gegend laufn, oder wat?«

»Ich dachte, du magst Eislaufen«, sagte Patrizia.

»Tu ich. Abba dieset ganze Brimborium und die ganzn Shows. Bekloppt is dat. Dieset *Holiday on Ice*. Oder wiese ’n ganzn Killefitt nennen. Da fährste im Kreis und wackelst mitte Fott, und dazu gibt’s Musik und Feuerwerk. Und wenne zu alt fürs Popowackeln bis, musste als so ’n Hund aufs Eis. So isset doch.«

»Als *Hund?*«, fragte Daniel.

»Snoopy oder Goofy oder wiese alle heißn.«

»Ich glaub, das verwechselst du mit *Disney on Ice*.«

»Is doch allet derselbe Pipifax.«

»Ich denke nicht, dass Kati Witt jemals als Snoopy oder Goofy verkleidet gewesen ist«, sagte Daniel mit leichtem Schmunzeln.

»Kommt noch. Allet nur ’ne Frage der Zeit. Nee, nee. Dat haste allet schon ganz richtig gemacht. Mitter ganzn Studiererei und dem alln. Schon imma biste klug gewesn. Dat Popowackeln hätt dir nich gereicht und auch nich beim *Aldi* anner Kasse. Und dat is gut so.« Winfried nickte, sah Patrizia nicht an, sondern vor sich in sein Glas, das er mit beiden Händen festhielt. »Jetzt musse nur noch dat ganze Rumgeflenne und dat Nölen sein lassn und aufhörn zu denken, dat jedet Lebn besser is als deins. Zu gar nix führt dat. Du kriegst nämlich kein andret. So siehtet aus! Abba dat war allet richtig so. Glaub mir ma.«

Winfried hatte Patrizia nie unterstützt. Nachdem sie zum Studium weggezogen war, hatte er kein einziges Mal gefragt, was sie lernte, wie sie vorankam, ob es ihr gefiel. Alles hatte sie nur ihrer Mutter erzählt. Aber hatte sie manchmal nicht seine Stimme im Hintergrund gehört?

»Besonders weit hat es mich nicht gebracht«, sagte Patrizia.

»Hattet.«

»Ich bin arbeitslos, Papa. Ich hab keinen Job, kein Geld …«

»Dann musse dir jetzt wat andret einfalln lassn. Bist ’n schlauet

Kind. Dat wirste schon schaffn.« Ihr Vater streckte die Hand aus, legte sie auf ihre, drückte sie kurz und griff wieder nach seinem Schnapsglas.

»Und was, wenn nicht?«

»Wat bleibt dir andret übrig?«

Patrizia antwortete nicht. Sie betrachtete die kleine Schnapspfütze vor sich. Auf der Oberfläche der Flüssigkeit spiegelte sich das Licht der Lampe, die über dem Küchentisch hing. Schön sah das aus. Das Fenster war vollständig finster, als hätte es jemand von außen mit schwarzer Farbe ausgemalt, sorgfältig, bis hinein in die Ecken. Patrizia konnte nicht hinaussehen, auf der Scheibe wiederholte sich der Raum, in dem sie saß, schemenhaft und unklar. Sie sah Umrisse der Stühle, des Tisches, von Daniel, ihrem Vater und sich selbst. Sie musste daran denken, dass sie Andreas geküsst hatte. In dem Moment hatte es sich gut angefühlt. Jetzt schämte sie sich. Was hatte sie sich nur gedacht? Bei allem. Was hatte sie sich gedacht?

»Ich hab Angst, Mama zu verlieren.« Ihre Stimme klang rau und kratzig. Patrizia überlegte, ob sie einen weiteren Schnaps trinken sollte, tat es nicht. Nichts würde dadurch besser. »Ich hab so große Angst. Es macht mich vollkommen … Ich kann gar nicht … Ich weiß nicht, wie du das aushältst, Winfried.«

»Tu ich nich.«

Eine Weile saßen sie zusammen am Küchentisch, schwiegen, hingen ihren Gedanken nach. Irgendwann standen sie auf, gingen nach oben, verschwanden in den Zimmern. Betrunken fiel es Patrizia leichter, auf ihren Krücken zu gehen. Sie war weniger unsicher, weniger besorgt hinzufallen. Als sie oben auf ihrem alten Bett saß, drehte sich der Raum um sie. Sie kletterte unter die Decke, verschränkte die Arme hinterm Kopf und blickte nach oben. Leuchtende Sterne hatten früher an der Tapete über ihr geklebt. Als Kind war sie manchmal länger wach geblieben, um sie anzusehen, als Jugendliche zu faul, um sie einzeln abzumachen. Ob sie noch da waren? Es war zu dunkel, als dass Patrizia sie hätte erkennen können. Wenn sie noch da waren, hatten sie ihr Licht verloren. Wie einer dieser Sterne kam sich Patrizia vor. Vielleicht hatte ihr Vater recht, auch wenn sie nie gedacht hätte, dass sie das jemals denken würde.

Was blieb ihr anderes übrig?

Als Patrizia am nächsten Morgen aufwachte, dröhnte ihr der Kopf. Der Schnaps rächte sich. Schwer und langsam fühlten sich ihre Gedanken an. Sie musste sich zu jeder Bewegung einzeln überwinden. Die Sonne schickte ihre Strahlen bereits durch das Fenster in den Raum, eine Weile lag Patrizia mit offenen Augen im Bett. Jetzt konnte sie die Sterne sehen. Sie klebten an der Decke, blassgelb, leicht angegraut und staubig, in die Jahre gekommen. Es waren nicht mehr so viele wie in ihrer Kindheit. Damals war es ein ganzer Sternenhimmel gewesen. Offenbar verlor man Sterne mit dem Älterwerden. Einige von denen, die verblieben waren, lösten sich von der Tapete, ihre Strahlen rollten sich auf. Lange würden sie nicht mehr halten. Sie hatten aufgehört zu leuchten. Aber noch waren sie da.

Patrizia griff zum Nachttisch, schluckte ihre Tabletten ohne Wasser, zwang sich aufzustehen. Die Beine über die Bettkante schiebend, hüpfte sie zu ihren Krücken und trat ans Fenster. Blau war der Himmel, bereits hell die Sonne, still die Straße. Ein zartes Funkeln lag auf den Grasspitzen. Leicht wehte der Wind. Konnte Patrizia das Geräusch hören, das die Blätter machten? Dieses sehr leise Klatschen sehr kleiner Hände? Oder bildete sie sich das ein? Vielleicht würde es ein schöner Tag werden.

Als sie das Zimmer verließ, war es ruhig. Aus der Küche drangen Geräusche nach oben. Patrizia wollte ihnen folgen, blieb allerdings an der Tür ihrer Eltern stehen. Ihr Vater war dabei, ihrer Mutter das Nachthemd auszuziehen.

»Kann ich das machen?«, fragte Patrizia und schob mit der Krücke vorsichtig die Tür weiter auf.

Überrascht hob Winfried den Kopf. »Wenne willst.«

Sie kam näher, trat neben ihre Mutter. »Darf ich, Mama?«

Die Arme nach oben gestreckt, hielt ihre Mutter inne, Patrizia die Luft an.

»Patti.«

Erleichtert lächelte Patrizia. »Ja.« Sie nickte. »Darf ich dir beim Anziehen helfen?«

Seda sagte nichts, lächelte aber zurück.

»Ich geh dann ma.« Winfried legte seiner Frau eine Hand auf die Wange. »Wir sehn uns beim Frühstück, Seda. Bis gleich.«

»Danke«, sagte Patrizia leise.

Als ihr Vater an ihr vorbeiging, berührte er ihre Schulter, nur kurz, nur leicht. Patrizia blickte ihm nach, wie er das Zimmer verließ und die Tür hinter sich schloss. Sie war allein mit ihrer Mutter. Ihr Herz klopfte. Warum hatte Patrizia das Gefühl, weinen zu müssen? Wieder.

»Ziehen wir zuerst das Nachthemd aus?« Sie lehnte die Krücken an die Wand, stellte sich auf einem Bein balancierend vor ihre Mutter. Als Antwort hielt Seda die Arme höher. »Gut. Also zuerst das Nachthemd.«

Patrizia fasste den Stoff, ließ ihn über den Oberkörper ihrer Mutter gleiten, über die Schultern, die Arme. Ihre Finger zitterten. Sie musste schlucken, als ihre Mutter nackt vor ihr stand, bis auf die Unterhose. Ein seltsames Gefühl war das. Ihre Mutter unbekleidet zu sehen, darauf wartend, dass sie sich um sie kümmerte, ihr half. Ihr Körper der Körper einer älteren Frau. Und so dünn. Und so klein. Es war nicht mehr zu übersehen.

»Warum weinst du?«, fragte Seda.

»Tu ich nicht.« Patrizia fuhr sich mit dem Handrücken über die Augen. »Ich bin nur … Ich wollte …«

Sie musste es ihr sagen! Wegen der Frau, die ihre Mutter früher gewesen war. Um ihretwillen. Alles andere wäre falsch, verlogen, als würde sie ihr in den Rücken fallen. Seda hätte es nicht anders gewollt. So viel hatte ihre Mutter ihr gegeben. Immer war sie für Patrizia da gewesen. Jetzt musste sie was für ihre Mutter tun. Musste es ihr sagen. Unbedingt! Wollte es.

»Sind das deine Sachen?«, fragte Patrizia stattdessen und deutete auf die zusammengelegten Kleidungsstücke auf dem Bett. »Willst du das heute anziehen?«

»Ja.«

»Also gut.« Als sie nach dem Unterhemd griff, musste Patrizia aufpassen, nicht das Gleichgewicht zu verlieren. »Dann geht's jetzt los.« Sie fasste das Hemd so zusammen, dass ihre Mutter mit dem Kopf leicht durch die Öffnung schlüpfen konnte. Schwieriger waren die Ärmel. Ihre Mutter war unbeholfen, Patrizia musste ihr die Richtung zeigen, die Hände zu den Ausgängen führen. »Na, siehst du. So geht's.« Sie war erleichtert, als das Unterhemd geschafft war, und nahm den Pullover. »Der Anfang ist gemacht.« Sie versuchte, heiter zu klingen, weniger angestrengt, als sie es war. Einige Male musste sie tief ein- und ausatmen, ehe sie ihrer Mutter den Pullover überstreifen konnte. »Für die Hose setzt du dich besser aufs Bett. Zwei Störche, die voreinander auf einem Bein stehen, sind keine gute Kombination.« Ihr Lachen klang nervös, etwas sehr hoch. »Setzt du dich? Hierhin?« Patrizia klopfte auf die Bettdecke, als ihre Mutter nicht reagierte. Schämte sich ein bisschen. »Setz dich hier aufs Bett.«

»Winni macht das anders.«

»Glaub ich gern. Aber Winni hat auch nicht gedacht, dass er nach über zwanzig Jahren wieder aufs Eis gehen und losfahren kann wie früher. Für so viel Blödheit wird man bestraft.«

»Ich hab meiner Tochter früher beim Eislaufen zugesehen.«

Da war es wieder. Das schmerzhafte Gefühl. »Hast du?«

»Sie konnte schön Eislaufen. Sie war sehr talentiert.«

»Bist du auch Eisgelaufen?«

»Nein.«

»Nie?«

»Es war mir nicht geheuer.« Zögerlich ging Patrizias Mutter zum Bett, ließ sich auf die Kante sinken und streckte die nackten Beine nach vorne. »Ist es schlimm?«

Während sich Patrizia umständlich vor sie hockte, bemühte sie sich, Sedas Füße in die Öffnungen der Hose zu bugsieren. »Das gebrochene Bein? Irgendwie schon. Aber wahrscheinlich gibt's Schlimmeres.« Sie zog den Bund bis zu den Knien nach oben. »Jetzt müsstest du aufstehen.«

Als sie ihrer Mutter eine Hand reichte, erhob die sich und hielt sich an ihr fest. Sie zog ihr die Hose über den Hintern, verschloss sie vorne, half ihr in die Socken, dann in die Schuhe.

»Fertig«, sagte sie erleichtert, fühlte sich erschöpft, spürte Schweiß auf der Stirn.

»Was ist mit meinen Haaren?«

»Was soll damit sein?«

»Winni bürstet sie immer.«

»Tut er das? Wenn Winni sie bürstet.«

Auf dem Nachttisch lag die Bürste, Patrizia nahm sie, setzte sich zu ihrer Mutter aufs Bett und begann, ihr die Haare zu kämmen. Vom Scheitel über den Hinterkopf fuhr sie mit der Bürste, über den Nacken, die Schultern bis hinab zu den Haarspitzen. Einmal, zweimal, irgendwann hörte sie auf zu zählen. Es war schön, ihrer Mutter so nah zu sein. Sie konnte riechen, wie sie roch. Es war noch derselbe Geruch wie früher. Das süßliche Parfüm, obwohl sich Patrizia nicht sicher war, ob sie es noch benutzte.

Patrizia musste an einen Morgen vor vielen Jahren denken. Wie alt mochte sie gewesen sein? Vielleicht zwölf? Oder dreizehn? Es war ein Samstag gewesen, und Patrizia hatte mittags einen Wettkampf gehabt. Von diesen Tagen hatte es viele gegeben. An diesem einen hatte ihre Mutter ihr die Haare gemacht. Das war nicht oft vorgekommen, ihre Mutter hatte dafür nicht die Ruhe gehabt, hatte Rafael fertig machen müssen, damit sie rechtzeitig loskonnten. Anders war es an diesem Samstag gewesen. Winfried war mit Rafael und Daniel auf den Spielplatz gegangen, vielleicht war es auch ein Fußballspiel gewesen. Konnte das stimmen? Hatte Daniel da noch Fußball gespielt? Patrizia konnte sich nicht erinnern. Aber sie wusste genau, wie sie in der Küche auf einem Stuhl gesessen hatte, ihre Mutter hinter ihr. Seda hatte ihr die Haare gebürstet, lange, sie dann zusammengebunden, gedreht und mit vielen kleinen Nadeln zu einem Knoten gesteckt, wie Patrizia ihn viele Jahre getragen hatte. Es hatte wahrscheinlich nicht lange gedauert, Patrizia war es wie eine kleine Ewigkeit vorgekommen.

Sie musste lächeln.

Und gleichzeitig hätte sie heulen können.

Patrizia wollte nicht aufhören, die Haare ihrer Mutter zu bürsten. Wollte nicht aufhören, mit ihr auf dem Bett zu sitzen, in ihrem Zimmer, in ihrem Haus. Nicht aufhören, ihr so nah zu sein. Sie wollte den Augenblick festhalten. Am liebsten hätte sie ihn gepackt. Irgendwie. Spürte dadurch umso mehr, wie er ihr entglitt. So viele Momente gingen einfach vorbei, ohne dass man sie bemerkte. Doch selbst wenn man es tat, änderte das nichts. Irgendwann würde Patrizia an jetzt zurückdenken, wie sie an den Samstag in der Küche zurückdachte. Dann wäre jetzt vorbei.

Wie viel Zeit blieb ihnen noch? Tage? Wochen? Patrizia spürte Panik. Wann musste sie sich verabschieden? Wie verabschiedete man sich von seiner Mutter?

»Du weinst«, sagte Seda, sie hatte sich leicht zu Patrizia umgedreht. »Jetzt weinst du aber.«

»Nein, ich … Es ist nur …«

Sie legte Patrizia eine Hand auf die Wange. Es musste sich für sie nass anfühlen, Patrizia spürte nur die Wärme. Ihre Mutter strich ihr über die Stirn. Als wäre sie ein Kind. Wieder und wieder.

»Kannst du nicht sagen, dass alles gut wird?«, fragte Patrizia. Es war albern. Sie konnte es nicht ändern.

»Nicht alles wird wieder gut«, antwortete ihre Mutter, hörte nicht auf, ihr über den Haaransatz zu streicheln. »Aber das macht nichts.«

Patrizia musste aufschluchzen. So laut, dass es sie selbst erschreckte. Lange hatte der Schluchzer in ihrer Brust gesteckt. Trotzdem spürte Patrizia keine Erleichterung. Sie hätte noch so viel öfter schluchzen müssen. Das war erst der Anfang.

»Wollen wir nach unten? Zum Frühstück?«, fragte sie ihre Mutter. »Ich hab einen Bärenhunger.«

»Vielleicht gibt's Pfannekuchen.«
»Die gab's gestern schon.«
»Jeder Tag kann ein Pfannekuchentag sein.«

Als sie nach unten gingen, drang ihnen bereits auf der Treppe ein warmer, süßlicher Geruch entgegen, der dichter wurde, je näher sie der Küche kamen.

»Wenn ich's nicht besser wüsste, würd ich sagen, dass es nach Pfannekuchen riecht«, sagte Patrizia, als sie hereinkam.

Janne und Jonathan waren dabei, den Tisch zu decken. Daniel und Winfried sahen ihnen bereits sitzend zu.

»Meine Idee war das nicht«, gab Janne zurück. »Ich wollte einfach nur Frühstück machen.«

»Pfannekuchen ist Frühstück«, protestierte ihr Bruder.

»Nicht jeden Tag.«

»Warum nicht?«

»Weil's ungesund ist.«

»Mir egal.«

»Wundert mich nicht. Du würdest sogar Gummibärchen zum Frühstück essen.«

»Gibt's Gummibärchen?«

»Nein.«

»Kann ich Gummibärchen zum Frühstück essen, Papa? Kann ich? Kann ich? Kann ich?«

09:11 Uhr

Er hatte definitiv zu wenig geschlafen. Alles kam Daniel doppelt laut und doppelt hell vor. Wann war er das letzte Mal so spät ins Bett gekommen? Wann hatte er das letzte Mal so viel getrunken? Hatte er jemals so viel getrunken? Er konnte sich nicht erinnern, dass ihm von seinem eigenen Atem irgendwann mal so schlecht geworden wäre.

Sein Telefon hatte er wiedergefunden. Es war tatsächlich in seiner Jackentasche gewesen. Zusanna hatte nicht zurückgerufen.

»Kann ich Gummibärchen zum Frühstück essen, Papa? Kann ich? Kann ich? Kann ich?«, fragte Jonathan.

Am liebsten hätte sich Daniel die Ohren zugehalten. Es war lieb, dass Janne und Jonathan Frühstück machten, aber ging das nicht leiser?

»Warum siehst du nicht aus, wie ich mich fühle?«, fragte Daniel seinen Vater, der einen erschütternd munteren Eindruck machte.

»'n echter Mann muss wat vertragn.«

»Ist das so?«

»So isset.«

»Willst du deinen Pfannekuchen mit *Kinderschokolade* oder *Duplo?*«, fragte Jonathan.

»Was?«

»Schläfst du, Papa?«

»Schön wär's.«

»Willst du *Kinderschokolade* oder *Duplo?*« Daniels Sohn klang ungeduldig.

Worum ging es? Daniel war nicht sicher.

»Wofür?«

»Für deinen Pfannekuchen.« Das war eindeutig Jannes Stimme.

»*Kinderschokolade* oder *Duplo?*«

Sollte er daraus schlau werden?

»Wir machen gefüllte Pfannekuchen.«

»Ich hätte gern erst mal einen Kaffee.« Allein bei dem Gedanken, einen öligen Teigteller mit jeder Menge geschmolzener Schokolade vor sich stehen zu haben, wurde Daniel schlecht.

»Dann bekommst du *Kinderschokolade*«, entschied sein Sohn.

Daniel konnte nichts sagen. Wenn er noch einmal die Luft riechen musste, die er ausatmete, konnte er für nichts garantieren. Zum Glück stellte ihm Janne irgendwann tatsächlich einen Kaffee vor die Nase. Er warf ihr einen dankbaren Blick zu, nahm einen ersten Schluck, dann einen zweiten. Langsam ging es ihm besser. Nur beiläufig verfolgte er die Gespräche am Tisch, während er damit beschäftigt war, seine Lebensgeister zusammenzusammeln.

Schließlich gelang es ihm sogar, einige Stücke Pfannkuchen mit Schokolade zu essen, ohne sich davon übergeben zu müssen.

Nach dem Frühstück gingen Daniels Eltern mit Patti und Jonathan nach draußen. Janne und Daniel räumten gemeinsam das letzte Geschirr zusammen und fingen an zu spülen.

»Opa sollte sich wirklich mal eine Spülmaschine kaufen«, sagte Janne. Vielleicht, um irgendwas zu sagen. Sie war den ganzen Morgen um ihn herumgeschlichen, hatte kaum mehr als ein paar Worte verloren.

»Können wir reden?«, fragte Daniel, rieb mit dem Handtuch einen Teller trocken, während seine Tochter neben ihm eine Tasse in das Spülwasser tauchte, sie mit einer Bürste bearbeitete, rauszog und wieder zurück unter den weißen Schaum drückte.

»Von mir aus.«

»Dass es nicht in Ordnung war, im Supermarkt einzubrechen und Müll zu stehlen, weißt du selber.«

»Es war nur Müll.«

»Weiß ich.«

»Niemand will den. Hätten sie ihn sonst weggeworfen? Das ist so albern.« Sie machte ein spöttisches Geräusch. Und klang dabei wie Patti.

»Ist es. Aber darum geht's nicht.«

»Worum dann?«

»Es ist eine Straftat, Janne. Ich hab dich für klüger gehalten.«

»Bin ich offensichtlich nicht.«

»Doch, bist du. Das weiß ich. Und ich weiß auch, dass du kein kleines Kind mehr bist.«

»Ein Wunder ist geschehen!«

»Erwachsen bist du aber auch noch nicht. Manchmal weiß ich nicht, wie ich mich verhalten soll. Ich möchte dich beschützen, weißt du? Dich und Jonathan.«

»Du kannst Jonathan und mich nicht in einen Topf werfen. Ich bin neun Jahre älter als er.«

»Weiß ich.«

»Ihn muss man beschützen. Mich nicht.«

»Seh ich ein bisschen anders. Ich bin dein Vater und …«

»Werden Mama und du euch scheiden lassen?«

Daniel schluckte. Was hatte Patti gesagt? Es ging auch um das Leben seiner Kinder. Sie hatten das Recht zu wissen, was los war. Er hätte sich nur gewünscht, es würde weniger wehtun.

»Das weiß ich nicht.«

»Du lügst!«

»Tu ich nicht. Ich weiß es wirklich nicht. Ich weiß nicht, was jetzt passieren wird.«

»Warum nicht?«

»Keine Ahnung.«

»Du solltest es wissen!«

»Da hast du recht.« Er nickte langsam. »Sollte ich.«

»Wird Mama uns verlassen?«

Die Tasse rutschte Janne aus der Hand. Mit einem schmatzenden Geräusch glitt sie ins Spülwasser, verschwand unter dem Schaum. Seine Tochter sah ihn mit großen Augen an. Ja, sie war beinahe erwachsen, aber gerade sah sie aus wie das kleine Mädchen, das nachts nach ihm gerufen hatte, weil es Angst vor dem Hai hatte, der um sein Bett schwamm und unter die Decke springen wollte.

»Nein. Wird sie nicht.«

»Wie kannst du das wissen?« Weil sie versuchte, nicht zu weinen, klang ihre Stimme hart und gepresst.

»Ich weiß es.«

»Kannst du nicht! Gerade hast du gesagt, dass du nichts weißt. Du weißt nicht, ob ihr euch scheiden lasst. Du weißt nicht, was passieren wird. Wie soll ich dir glauben? Du lügst mich an! Du lügst! Du lügst!« Sie konnte die Tränen nicht länger zurückhalten.

Den Teller zur Seite stellend, trat Daniel auf seine Tochter zu, schloss sie in die Arme, zog sie an sich, hielt sie fest, die Wange an ihrem Kopf. Oft hatte Daniel früher ihren Duft eingeatmet, wenn er sie auf dem Arm durch die Wohnung getragen hatte, auch später noch, als sie älter gewesen war, heimlich, wenn sie geschlafen und er sie zugedeckt hatte. Seine Tochter brauchte eine Weile, bis sie aufhören konnte zu weinen. Gerne hätte er sie länger in den Armen gehalten. Es gab nicht mehr viele Gelegenheiten. Oft ließ sie es nicht zu. Auch jetzt drückte sie sich aus seiner Berührung.

»Ich weiß es«, sagte er.

»Woher?« Sie schniefte.

»Eure Mutter wird euch nie verlassen. Vielleicht werden wir uns trennen.« Als seine Stimme schief wurde, räusperte er sich. »Vielleicht lassen wir uns sogar scheiden.« Janne schluchzte auf, und auch Daniel rang mit den Tränen. »Aber wenn sie mich verlässt, heißt das nicht, dass sie euch verlässt. Mit euch hat das nichts zu tun. Euch könnte sie gar nicht verlassen. Dafür liebt sie euch zu sehr. Viel zu sehr. Ihr seid für sie das Wichtigste auf der Welt. Das weiß ich hundertprozentig. Daran musst du immer denken.«

»Liebst du sie noch, Papa?«

»Tu ich.«

»Aber sie dich nicht mehr, oder?«

Daniel konnte nicht antworten, kämpfte mit sich. Was sollte er sagen? Sein Hals fühlte sich so eng an, als könnte er weder sprechen noch Luft holen. Hinter den Rippen spürte er einen Schmerz.

»Dann hat sie Schuld. Papa! Alles ist ihre Schuld!«

»Das ist nicht wahr. Niemand hat Schuld.«

»Aber sie liebt dich nicht mehr, Papa. Stimmt doch, oder?«

»Das ist eine Sache zwischen deiner Mutter und mir. Wir müssen gemeinsam eine Lösung finden. Und das werden wir auch. Das werden wir, Schätzchen.« Er küsste Janne auf die Stirn, zwang sich zu einem Lächeln. »Wahrscheinlich brauchen wir nur etwas Zeit.«

»Wirst du es Jonathan sagen?«

»Werd ich. Aber noch nicht gleich.«

»Wirst du ausziehen?«

»Weiß ich nicht.«

»Es sind immer die Väter, die ausziehen.«

»Nicht immer.«

»Meistens schon.«

»Ja … vielleicht.«

»Und du hast keinen Job.«

»Nein.« Daniel bekam keine Luft.

»Ich will nicht, dass du ausziehst.« Wieder begann Janne zu weinen. Sie warf sich in Daniels Arme, presste sich an ihn. »Ich will nicht, dass du ausziehst, Papa.«

»Will ich auch nicht, Schatz. Das will ich auch nicht.«

»Und ich will nicht, dass Mama auszieht«, murmelte sie an seine Brust.

»Nein.« Er konnte kaum atmen. Ihm war schlecht. Am liebsten hätte er sich übergeben, sich wie früher unter dem Tisch versteckt. »Wir werden einen Weg finden, Janne. Das versprech ich dir.«

»Wie?«

»Weiß ich noch nicht. Aber wir kriegen das hin.«

»Indianerinnenehrenwort?« Sie blickte zu ihm hoch, das Gesicht voller Tränen, die Augen rot vom Weinen. Ihre Nase lief. Früher hätte er ein Taschentuch aus der Hosentasche gezogen, und sie hätte hineingeschnäuzt. Feste wie ein Buckelwal, hätte er gesagt, und Janne hätte gelacht und sich angestrengt und gelacht.

»Indianerinnenehrenwort«, antwortete Daniel, strich sich mit dem Zeige- und Mittelfinger über die Brust und hielt sie dann in die Luft.

»Ich hab dich lieb.«

»Ich hab dich auch sehr lieb.« Er fuhr über ihre kurzen Haare.

Sie streckte die Hand aus und streichelte ihm über seine Halbglatze. »Ein Mann mit Glatze bringt Glück.«

»Ich bin kein Mann mit Glatze.«

»Was dann?«

»Das ist allerhöchstens eine Halbglatze. Aber allerallerhöchstens. Oder hätte ein Mann mit Glatze hier noch Haare?« Mit gedrehtem Kopf deutete Daniel nach hinten, zum Kranz aus dünnen, leicht gewellten Haaren.

Wortlos schlang Janne ein weiteres Mal die Arme um ihn. Ein kleines bisschen länger. Daniel fühlte es genau.

Gemeinsam spülten sie die restlichen Tassen und Teller ab und räumten sie weg. Als sie nach draußen gingen, suchte Janne Daniels Hand, schob ihre hinein. Ihre Schultern berührten sich, so eng liefen sie nebeneinander.

»Wat soll 'n jetzt eigentlich aussem stinkigen Zeugs werdn, wat bei mir inner Garage am Liegn is?«, fragte Winni, als Daniel und Janne zu ihm kamen. Er stand neben dem Kürbis, zog einige Schrauben an der Hütte fest und wies ungenau mit dem Ellbogen neben das Haus.

»Du hast es nicht weggeworfen?«

»Dat is doch Kunst, oder wat? Ich hab gedacht, dat dat noch gebraucht wird.«

»Wird es auch. Wird es.« Janne lächelte. »Ich dachte nur, du hättest es vielleicht …«

»Hab ich nich.«

»Oh super, Opa! Danke.« Überschwänglich fiel Janne ihrem Großvater um den Hals.

Winni räusperte sich verlegen. »Wat is nu damit.«

»Ich hol nur eben meine Kamera. Dann können wir anfangen. Hast du gehört, Tante Patti?«, rief Janne zum hinteren Teil des Gartens, wo Patti dabei war, umständlich mit einem Kescher und auf eine Krücke gestützt, den Teich zu säubern.

Sie hob den Kopf. »Was?«

»Der Müll ist noch da. Opa hat ihn nicht weggeschmissen. Ich kann ein paar Bilder machen. Ich hol nur meine Kamera. Bin gleich zurück.« Noch einmal schlang Janne einen Arm um Winni, dann drehte sie sich um und rannte zurück ins Haus.

»Danke«, sagte Daniel an seinen Vater gewandt.

»Wofür?«

»Einfach danke.«

»Wenne meinst.«

Als Janne wenige Momente später mit ihrer Kamera und Pattis

Jacke zurückkam, in die das verfaulte Obst und Gemüse noch immer gewickelt war, legte Daniels Schwester den Kescher zur Seite und humpelte über den Rasen auf sie zu.

»Wo machen wir das am besten?«, fragte sie, als sie ihre Nichte erreicht hatte, die dabei war, die verfaulten Lebensmittel auf dem Tisch auszubreiten.

»Das ist ja eine Schweinerei«, sagte Monika, die hinter ihren Hunden durch die Tür kam. Bellend sausten Peek und Cloppenburg auf Jonathan zu, der sie strahlend begrüßte.

»Dat is keine Schweinerei, sondern Kunst.«

»Das eine schließt das andere nicht aus.«

»Wo machen wir's?«, wollte Patti wissen.

»Ich weiß nicht genau.« Suchend sah sich Janne um.

»Wat hältste davon, wenne dat allet zum Kürbis tust.«

»Zum *Kürbis?*«

»Warum nich?«

»Darf ich das denn?«

»Is doch auch 'n Gemüse, oder nich?«

»Das würde toll aussehen. So was hatte ich noch nie auf dem Bild. Wäre das okay, Oma Seda?«, wandte sich Janne an ihre Oma, die wieder in ihrem Stuhl neben dem Beet saß.

»Hm?«

»Darf ich ein Foto von deinem Kürbis machen?« Janne beuge sich leicht zu ihrer Oma nach unten.

»Natürlich. Ist ein prächtiger Kürbis, oder?«

»*Bonito.*«

»*A mais bonita*«, erwiderte Seda mit einem Lächeln.

»*Pois é.*«

»Was ist das?«, fragte Daniel. »Ist das Brasilianisch? Seit wann kannst du Brasilianisch?«

»Kann ich nicht«, sagte Janne. »Hab nur ein bisschen was aus dem Internet.«

»Wann?«

»Gestern oder so.«

»Warum?«

»Warum nicht? Ich bin zu einem Viertel Brasilianerin.«

»Find ich gut«, sagte Patti.

»Ja?«

»*Sim.*«

»Hast du das auch aus dem Internet?«, wollte Daniel wissen.

»Ich hab mal einen Kurs besucht. Vor Ewigkeiten. Viel mehr als ja und nein ist nicht hängen geblieben.«

»Bin ich jetzt der Einzige, der kein Brasilianisch kann?«

»So isset«, antwortete Winni.

»Du auch? Na toll!«

»Wollen wir dann?«, fragte Patti, lächelte Janne zu.

Sorgfältig nahm Daniels Tochter ein Gemüsestück nach dem anderen aus der Jacke, baute es vor und um den Kürbis auf, blickte durch die Kamera und veränderte die Anordnung, sah erneut durch den Sucher. Neben den vergammelten Salatkopf kamen die matschigen Tomaten, die verfaulte Birne vor den angedötschten Pfirsich, der runzlige Apfel hinter die braunen Trauben und das verschimmelte Brot. Einige Male beriet sie sich mit Patti, änderte die Position der Gurke oder der Karotten. Zu gern hätte Daniel gewusst, worüber sie sprachen. Sie redeten so leise, dass er sie nicht verstehen konnte. Er wollte aber auch nicht näher gehen, das war Jannes Sache. Er wollte nicht stören.

Als bereits die ersten Fotos gemacht waren, wandte sich Daniel ab und schlenderte durch den Garten.

»Auch ein Banause, was?«, sagte Monika. Mit einer großen Schere bearbeitete sie einen Busch, der weit über den Rasen gewuchert war, schien willkürlich, aber entschlossen Zweige und Blätter abzuschneiden, die zu Boden fielen.

»Sieht so aus.«

»Schuldig im Sinne der Anklage. Für mich sieht es wirklich nur wie verfaultes Obst aus und gehört in die Abfalltonne.«

Daniel nickte zustimmend. »Was Patti gesagt hat … Gestern Abend … Ich meine …«

»Mach dir keine Gedanken. Sie hat sich schon bei mir entschuldigt. Vergeben und vergessen.«

»Kann ich dich was fragen?« Er drückte eine Fußspitze ins nasse Gras. Unter dem Baum spielte Jonathan mit den Hunden, hatte aber das Ballholen offenbar immer noch nicht richtig verstanden, denn er warf die kleine Gummikugel über den Rasen und lief gemeinsam mit Peek und Cloppenburg hinterher.

»Ich weiß nicht, ob du das kannst, aber du darfst gerne.«

»Es ist vielleicht eine etwas indiskrete Frage.«

»Hatten wir das nicht gestern geklärt? Das sind mir die liebsten.« Lachend ließ sie weiter die Gartenschere auf- und zuschnappen.

»Warum bist du ... Ich meine ... Als mein Vater dich verlassen und meine Mutter geheiratet hat. Warum bist du geblieben? Warum hast du nicht ... Ich weiß nicht ...«

»Schreiend das Weite gesucht?«

»Im Grunde ... ja.«

»Weil ich ihn geliebt hab.«

»Aber er hat dich für eine andere Frau verlassen.«

»Weiß ich. Ist mir aufgefallen«, fügte Monika mit einem Schmunzeln hinzu.

War sie unbekümmert oder tat sie so? Daniel war sich nicht sicher.

»Wie konntest du bleiben? Wie hast du das ausgehalten?«

Monika zögerte, presste die Arme der Schere fest zusammen, bohrte die Spitze in den Rasen. »Erst hab ich wirklich das Weite gesucht.«

»Hast du?«

»Ich musste meine Wunden lecken und hab Reißaus genommen. Schreiend! Dein Vater war meine große Liebe. Ist er noch. Ich hab tatsächlich gedacht, dass wir für immer zusammen sein würden. Ich wollte mein Leben mit ihm verbringen. Aber er nicht. Er hat jemand anderen kennengelernt. Jemanden, den er mehr geliebt hat als mich. Oder anders. Das passiert.«

»Dir ist es nicht passiert.«

»Nein.«

»Wohin bist du gegangen?«

»Wo man eben hingeht, wenn die ganze Welt zusammenbricht. Nach Hause zu Mama.« Sie lachte. »Nachdem er mir gesagt hat, dass er mich verlassen würde, hab ich meine Sachen gepackt und bin geflüchtet. Ich hatte damals schon ein schnelles Auto. Ich hatte immer schnelle Autos. Und dann bin ich von hier bis Rosenheim durchgefahren. In einer Nacht. Ohne anzuhalten. Ich glaube, ich bin nicht mal aufs Klo.« Es folgte ein dunkles, dröhnendes, schönes Lachen. »Bei meiner Mutter hab ich mich erst mal ausgeheult. Sieben Tage und sieben Nächte hab ich nichts anderes getan, als geweint und getrunken und weiter geweint. Alles, was an Tränen rausging, hab ich mit Alkohol nachgeschüttet. Am Ende sind meine Tränen hochprozentig gewesen. Ich hätte sie sammeln und verkaufen sollen. Wahrscheinlich wäre ich damit reich geworden. Meine Mutter hat deinen Vater nie wirklich gemocht, weißt du?«, sagte Monika. »Ein einfacher Bahnfahrer. Für ihre Tochter hatte sie sich ein bisschen was anderes vorgestellt. Die Rosenheimer sind im Großen und Ganzen ziemlich piefig, und meine Mutter ist eine waschechte Rosenheimerin. Ich glaub, ihr größter Traum für mich war, dass ich eines Tages Weinkönigin werden würde.«

»*Weinkönigin?* Ist Rosenheim so eine große Weinstadt?«

»Nicht wirklich. Sie hat nur gerne Wein getrunken«, erwiderte Monika. »Jedenfalls … Sie hätte ganz froh sein können, dass aus deinem Vater und mir am Ende nichts geworden ist. Stattdessen hat sie mich nach diesen sieben Tagen und sieben Nächten angesehen und gesagt: Zum Selbstmitleid und zur Jammerei habe ich dich nicht erzogen, Monika Annegrete. Bei meinen beiden Vornamen hat sie mich genannt, wenn es ernst wurde. Zum Selbstmitleid und zur Jammerei habe ich dich nicht erzogen, Monika Annegrete, hat sie also gesagt. Es ist deine Entscheidung, ob du dein Leben mit diesem Mann verbringen willst. Nicht seine. Wenn du das willst, obwohl er eine andere Frau liebt, mach es. Unter einer Voraussetzung, hat sie gesagt und den Zeigefinger in die Luft gereckt.« Monika hob ebenfalls den Finger. »Unter einer Voraussetzung: Du darfst nicht darauf hoffen, dass er sich irgendwann wieder in dich verliebt und die andere verlässt. Aller Wahrscheinlichkeit nach wird das nicht passieren, und die ganze Zeit darauf zu warten macht dich nur unglücklich. Wenn du also entscheidest, mit diesem Mann dein Leben zu verbringen, dann nur, weil du dein Leben mit ihm verbringen willst. Aus keinem anderen Grund. Keine unnützen Hoffnungen, kein Was-wäre-wenn, kein Hätte, Könnte, Würde. So nicht, Monika Annegrete.«

»Und du hast dich dafür entschieden?«

»Genau das! Ohne Was-wäre-wenn oder Hätte, Könnte, Würde. Ich konnte mir nicht vorstellen, ein glückliches Leben zu führen, in dem dein Vater kein Teil ist. Jeden Tag hätte er mir gefehlt. Er ist nicht nur meine große Liebe gewesen, er war auch mein bester Freund. Das wollte ich nicht aufgeben.«

»Deshalb bist du zurückgekommen?«

»Deshalb bin ich zurückgekommen.«

»So einfach war das?«

»*Einfach?*« Monika lachte laut auf. »Weit entfernt von einfach. Wie ein Tier hab ich gelitten. Und die Tatsache, dass deine Mutter so eine wunderbare, herzliche Frau ist, die man einfach lieb haben muss, hat es nicht besser gemacht. Liebend gern hätte ich sie gehasst. Glaub mir das. Aber es ging nicht. Außerdem hatte ich meine Entscheidung getroffen.«

»Hast du sie nie bereut?«

»Verflucht hab ich sie. Mehr als einmal. Bereut nie. Ich hab mal eine Kreuzfahrt gemacht.«

»Wirklich? Wohin?«

»An die amerikanische Ostküste. Florida und so weiter. Die Keys bei Sonnenaufgang. Himmlisch, sag ich dir. Einfach himmlisch. Unterwegs sind wir allerdings in einen totalen Sturm gekommen. Du machst dir keine Vorstellung. Bestimmt dreißig Meter hoch waren die Wellen. Vielleicht noch mehr. Das hat vielleicht geschaukelt. Mein lieber Herr Gesangsverein. Ich lag in meinem Zimmer auf dem Bett und bin jedes Mal in die Luft geworfen worden, wenn das Meer das Schiff wieder durch die Gegend geschleudert hat. Mir war schlecht. Kotzübel. So was hab ich meinen Lebtag noch nicht gehabt. Ich hab gedacht, der Magen würde mir zum Hals raushängen. Holla, die Waldfee. Das war ein Trip. Ich wollte lieber tot sein, als nur einen Moment länger auf diesem elendigen Boot auf diesem elendigen Ozean. Aber was hätte ich tun sollen? Ich war nun mal drauf. Also musste ich da durch. So ist das Leben. Manchmal kotzt du dir die Seele aus dem Leib. Aber zwischendurch, hin und wieder, hast du eine phänomenale Aussicht.«

»Dadurch hast du nie eine eigene Familie gehabt. Einen Mann, der dich liebt, oder?«

»Stimmt.«

»Findest du das nicht traurig?«

»Doch. Sicher. Ich sag auch nicht, dass es die richtige Entscheidung war. Aber es war meine.«

»Wolltest du nie Kinder?«

»Ich hatte immer Hunde.« Daniel musste schmunzeln. »Es ist doch so«, fuhr Monika fort. »In den seltensten Fällen bekommen wir, was wir uns wünschen. Aber manchmal ist das Zweitbeste auch nicht schlecht. Manchmal ist es sogar gut. Und manchmal ist es sogar besser. Wenn man sich was wünscht, aber es nicht bekommen kann, muss man seinen Wunsch erweitern.«

»Warst du glücklich?«

»Glücklichsein wird überbewertet. Das macht mich ein bisschen misstrauisch, weißt du? Alle wollen ständig glücklich sein, am liebsten vierundzwanzig Stunden am Tag, sieben Tage die Woche. Vollzeitglückliche sozusagen. Kompletter Schwachsinn ist das. Und kann nur unglücklich machen. Leid gehört zum Leben. Glück ist ohne Unglück nicht zu haben, und wir können uns glücklich schätzen, wenn wir nicht Vollzeitunglückliche sind. Ich war sicher nicht immer glücklich, aber ich schätze, ich hab einen guten Teilzeitjob gemacht.«

»Liebst du ihn noch?«, fragte Daniel. »Meinen Vater?«

»Tu ich.«

»Und es hat dir gereicht, dass nur du ihn geliebt hast, aber er dich nicht?«

»Was heißt *gereicht?* Was anderes hab ich nicht bekommen, oder? Ich kann nicht behaupten, dass ich wirklich gewusst hab, worauf ich mich einlasse. Aber am Ende haben wir nur unsere eigene Liebe. Sie spüren wir. Hier drin.« Sie legte eine Hand auf die Brust. »Ist sie dann nicht das Einzige, was zählt?«

Einige Schritte entfernt zog Daniels Sohn an einem Stock, den Peek im Maul hatte. Beide wollten nicht loslassen, und der Wagen an den Hinterbeinen des Hundes rollte vor und zurück. Jonathan lachte. Um sie herum sprang Cloppenburg, als wollte er sie bei ihrem Tauziehen anfeuern.

»Ich glaub nicht, dass ich das könnte«, sagte Daniel.

»Versteh ich gut.«

»Ich möchte zurückgeliebt werden. Ich möchte für einen Menschen der eine Mensch sein. Was immer das bedeutet. Das Gefühl brauch ich, dass ich jemand anderem so wichtig bin wie er mir. Ich glaube nicht, dass ich es aushalten könnte, wenn es anders wäre.«

»Dann solltest du das auch nicht.«

»Ich bin mir nicht sicher, ob ich das in meiner Ehe bekommen werde. Oder wahrscheinlich doch. Wahrscheinlich bin ich sicher. Werd ich nicht.«

»Dann musst du deine Entscheidung treffen.«

Daniel blinzelte leicht in die Sonne. Ihm war nicht aufgefallen, dass das Licht seinen Weg durch die dichten Wolken gefunden hatte. »Ich weiß nicht, welche.«

»Weiß ich auch nicht.«

»Ich hab ziemliche Angst.«

»Ist nicht schlimm. Solange die Angst dich nicht hat.« Mit einem Lächeln legte Monika ihm eine Hand auf die Schulter.

Eine Weile blieben sie so stehen, schwiegen. Irgendwann zog Monika die Spitze der Gartenschere aus der Erde und setzte ihre Arbeit am Busch fort. Daniel hörte das Auf- und Zuschnappen, hatte den Blick auf Jonathan und die Hunde gerichtet. Er ging zu ihnen hinüber.

»Darf ich mitspielen?«

»Alles wird gut!« Dat war dat vierte Mal, dat Seda dat sagte. Vielleicht dat fünfte. Ich hatte nich mitgezählt.

'n bissken ärgerte ich mich, dat ihr nix andres einfiel. Oder ärgerte ich mich über mich selbst? Weil ich nickte und Ja sagte und wieder nickte, wie die drei oder vier Mal vorher? Wat sollte ich sonst sagen? Wat sollte ich andres tun als nicken? Wat sagte und wat tat man, wenn man vor so einem saß?

Mit Ihrem Sohn stimmt was nicht. Ja, Sie Knalltüte, hätt ich am liebsten geantwortet. Dafür hamse Medizin studiert und tragen dieses alberne Dr vor Ihrem Namen? Damit se uns sagen könn, wat wer längst wissen? Wat denkense, warum wer hier sind? Blasierter Pisskopp! Nich aus Jux und Dollerei hamwer die Ulligen bei Nachbarn einquartiert und sind vier Stunden mit 'm Schrottmobil hierher. Im Juli. Obwohl dat eine Autofenster am Klemmen ist. Auf meiner Seite. Kaum auszuhalten ist dat gewesen. In der Hölle kann's nich heißer sein. Fachklinik schimpft sich dat hier, Sie Schmierlappen! Und Sie wollen 'n Facharzt sein! Und jetzt tunse uns damit abspeisen? Dat kann nich Ihr Ernst sein. Wollense mich verdummdeuveln?

Ich fragte mich, wat der gute Herr Doktor gesagt hätte, wenn ich ihm dat alles vorn Latz geknallt hätte. Tat ich nich. Nix tat ich. Und ich sagte nix. Bis auf dat dämliche Nicken und dat dämliche Ja und Amen und dat dämliche Nicken. Ich hätt kotzen könn.

Ich sah Rafael an. Er stand auf Sedas Knien, auf diese komische verbogene Art. Wie 'ne kleine Gummischlange oder wat. Deswegen warenwer hier. Wegen diesem Verbogensein und diesen seltsamen Bewegungen, die er machte. Seda auch wegen irgendwat in seinen Augen. Dem Blick. Der war anders als bei Patti oder Daniel. Mir war der nich anders vorgekommen. Aber ja, wegen dem Blick warenwer auch hier.

Ich hatte ganz genau auf die Uhr geguckt. Zwölf Uhr dreiundzwanzig war's, als die pummelige Schwester uns Rafael weggenommen hatte. Auf so 'ne Krankenschwesternart. Lächelnd, freundlich, aber widersprechen darfste nich. Sie weiß es besser. Hier wissen alle alles besser. Wat du meinst, interessiert die feinen Herrschaften in Weiß nich die Bohne. Drei Uhr siebenundvierzig war's jetzt. Solange waren die Tests am Dauern gewesen. Die Untersuchungen, die se mit Rafael gemacht ham. Wat für Tests? Wofür? Warum? Wat war los? Niemand sagte einem wat. Seda hatte gefragt. Immer wieder. Von dem kleinen Wartekabuff, in dat man uns gesperrt hat, wie wenn wer Tiere im Zoo wären, isse zur Tür des Schwesternzimmers gelaufen. Hin und wieder zurück. Wie wenn se 'n Tiger wär. Nix ist dabei rausgekommen.

Wenigstens hattenwer Rafael wieder. Lass uns gehen, Seda, hätt ich sagen wollen und mit ihnen beiden nach unten zum Auto gehen und die ganze Strecke bis Duisburg zurückfahren, in der scheißbeschissenen Affenhitze, mittem Fenster, dat am Klemmen war. Uns allen hätt ich 'n Eis gekauft, irgendwo anner Tanke. An einem von diesen schäbbigen Tischen hättenwer gesessen, inner Sonne, und hätten Eis am Stiel gegessen, dat in null Komma nix geschmolzen wär. Alles hätte geklebt. Dann wär tatsächlich alles wieder gut geworden.

Hier ging dat nich.

Gar nix ging hier.

Jetzt war der Pannemann auffer andren Seite von seinem ach so wichtigen Schreibtisch plötzlich über Statistiken am Reden und über Wahrscheinlichkeiten, wie er's nannte. Seine Sätze wurden länger, so lang, dat ich kein blassen Schimmer hatte, womit er angefangen hatte. War da ein Nich gewesen? Ging es wirklich um Rafael? Wen meinte er, wenner sagte, Kinder wie Ihr Sohn? Wat für Kinder waren dat? Und wie war Rafael? Warum warer wie sie? Warum konntenwer nich nur über ihn reden? 'nen Scheiß gab ich auf andre Ströppken. Normalerweise. Sein verdammtes Lieblingswort. Normal. Normale Kinder. Normale Entwicklung. Unter normalen Umständen. Normalerweise dies. Normalerweise dat. Ich beobachtete Rafael. Wie er sich auf Sedas Schoß verdrehte. Sie versuchte, ihn festzuhalten, er verknotete sich weiter. Normalerweise dies. Normalerweise dat.

»Ich würde Ihren Sohn gerne noch etwas hierbehalten.«

»Wie lange?«, fragte Seda.

»Ein paar Tage. Vielleicht eine Woche. Oder zwei.«

»Warum?«

»Wir möchten noch einige Tests machen.«

»Morgn bin ich wieder am Arbeitn«, sagte ich. »Ich kann nich einfach zwei Wochn …«

»Sie können Ihren Sohn hierlassen. Das ist kein Problem.«

»Nein.« Seda schüttelte den Kopf.

»Das Personal kümmert sich um ihn. Er ist bestens versorgt.«

»Ich lasse meinen Sohn nicht hier. Ich bin seine Mutter. Ich …«

»Ich kann Ihnen versichern, Herr und Frau Mertens, dass wir bei all unseren aufwendigen Bemühungen nur das Kindeswohl im Blick haben und alles in unserer Macht Stehende tun, um Ihrem Sohn die bestmögliche Pflege und Behandlung angedeihen zu …«

»Wo kann ich eine quarzen?«, fragte ich und unterbrach dem besserwisserischen Sesselpupser sein Bandwurmsatz. Ich konnte mir dat keine Sekunde länger anhören. In dieser verflixten weißen Zelle kriegte ich keine Luft.

Der Arzt schien 'n bissken krawuttig, dat er nich ausreden durfte. Kannte er wahrscheinlich nich. Bestimmt hingen die Leute sonst an seinen Lippen, als wärer der Herrgott persönlich.

»Da müssen Sie rausgehen.« Er deutete zur Tür. Scheiße, hatte der lange dünne Finger! Wie so Stöcksken sahen die aus. »Rauchen ist hier untersagt. Das ist nur im Raucherzimmer möglich.«

»Wiese meinen.« Ich zuckte die Schultern, erhob mich, wandte mich zu Seda und zum verbogenen Rafael. »Bin gleich wieder da«, flüsterte ich, legte ihr eine Hand auffen Arm, die andere Rafael anne Wange. »Ich muss …« Ich machte 'ne Kopfbewegung zur Tür. Seda musterte mich. Mit ihrem Seda-Blick. Sie verstand mich. Immer.

»Ist gut.«

»Ich komm gleich.«

»Ja.«

Ein letztes Mal guckte ich Rafael an. Er lachte. Ihm schien es schnurz, dat er 'ne kleine Gummischlange war. Schien ihm sogar zu gefallen.

Wat warenwer hier am Machen?

Scheiße, war ich froh, wie ich auffem Flur war. Kurz blieb ich stehen, hörte die Stimme von der Kackstelze durche Tür, ging mit großen Schritten den Gang entlang. Irgendwo hielt ich an. In so 'ner Ecke. An irgend 'nem Fenster. Neben 'nem kleinen Baum. Seda hätte ganz genau gewusst, welche Art von Baum dat war. Immer wusste Seda alles genau. Meinen Tabak zog ich ausser Hosentasche, dat Papier ausser Tabakpackung, eins zwischen den andern. Ich zupfte Fäden zusammen, tat sie auf dat Blättchen drücken, verteiltese der Länge nach, rolltese zusammen, dat Papier drum, vor und zurück. Den einen Rand leckte ich an, strich ihn über den andern, klopfte mittem Ende der Fluppe auf meine Handfläche, einmal, zweimal, dreimal.

Obwohl ich drinnen war, machte ich die Hand um die Flamme. Der Mensch ist 'n Gewohnheitstier. Ich zog an der Fluppe. Rot war die Glut, fraß sich in den Tabak. Der Qualm war scharf und rau. Er brannte inne Augen. Verfluchte Hacke!

Ich musste aufpassen, dat mir nich die Tränen kamen.

»Sie dürfen hier nicht rauchen«, sagte eine Stimme neben mir. Eine Frau in Weiß. Natürlich! Lief hier irgendwer rum, der nich komplett weiß war? Wat war los, wenn man sich wat Gelbes anzog? Oder wat in Rot? Gab's gleich 'nen Arschtritt oder schicktense dich nach Hause? Zum Umziehen. Immer noch tat der Rauch inne Augen weh. »Das Rauchen ist im gesamten Gebäude untersagt und nur in den Raucherzimmern gestattet.«

»Ja ja.«

»Sie müssen den Gang runter. Bis zum Ende. Dann rechts.«
»Wat dann?«
»Dort befindet sich das Raucherzimmer.«
»Und wenn ich dat nich will?«
»Dann müssen Sie rausgehen. Ganz raus.« Mit ausgestrecktem Arm zeigtese den Flur entlang.
»Worauf Sie sich verlassen können!«, sagte Seda, trat zu uns, Rafael auffem Arm. »Wir hatten nichts anderes vor, *senhora bonita*«, fügte sie spöttisch hinzu, die Frau merkte dat gar nich.
Sedas Eltern waren aus Brasilien weg, als Seda noch 'n kleener Stöpsel war. Sie konnte besser Deutsch als Portugiesisch, aber Portugiesisch war so wat wie 'ne Geheimsprache. Dat klang oft schön, gemeint war's dat fast nie. *Chuchu* nanntese mich manchmal. Dann hattese 'ne Scheißwut auf mich.
Ich sah Seda an. Sie sah mich an.
Einen letzten Zug nahm ich von der Fluppe, drücktese inne Pflanzenerde. Seda gab mir Rafael. Wie so 'n kleenes Äffchen hielt er sich an mir fest, grinste mich an.
War dat der Blick, von dem Seda am Reden war?
»Lass uns gehen.«

11:23 Uhr

Jannes Fotos hatten Spaß gemacht. Das Arrangieren der Lebensmittel um den hässlichen Riesenkürbis. Überraschend gut hatte er auf den Bildern ausgesehen. Der Kontrast der verschiedenen Farben, der Formen, der Größen, das verschimmelte, schäbige Gemüse neben dem prallen, kräftigen Kürbis, der schon ein bisschen was Prächtiges hatte. Das musste Patrizia zugeben. Es hatte ihr gefallen, von ihrer Nichte um Rat gefragt zu werden. Sie hatte es schön gefunden, dass Janne ihre Meinung wichtig war. Einige besondere Bilder waren dabei am Ende herausgekommen. Janne hatte Talent. Und Patrizia war es schwergefallen, sich loszureißen. Sie wäre gerne im Garten bei Janne geblieben. Bei den anderen. Der Familie.

Sie hatte noch etwas zu erledigen.

»Hallo«, sagte Patrizia und musste sich zwingen, den Blick vom Ende ihrer Krücke ab- und Andreas zuzuwenden.

»Hallo.« Er hielt die Tür fest.

»Ich wusste nicht, ob du da bist.«

»Bin ich.«

»Seh ich.« Sie verzog den Mund. Sollte das ein Lächeln sein? Ein Grinsen? Oder was anderes? »Ist Vicky auch da?«

»Sie ist spazieren. Brauchte frische Luft. Tut sie manchmal. Oft. Weil … Nein. Ist sie nicht.«

»Können wir reden?«

»Patti, ich …«

»Keine Angst, ich werd dich nicht wieder küssen.« Abwehrend hob sie eine der Krücken. »Indianerinnenehrenwort!«

Andreas grinste leicht. »Dann ist ja gut.« Sein Grinsen wurde breiter.

»Ich möchte mich bei dir entschuldigen.«

»Vergiss es. Ist okay.«

»Nein. Ist es nicht. Das war … Ich meine … Ich hätte das nicht tun sollen. Du bist verheiratet. Und Vicky scheint … Ich meine, sie scheint nett.«

»Ist sie.«

»Das ist schön. Ich freu mich für dich. Sie ist so groß und hat diese langen glänzenden glatten gewaschenen Haare. Im Moment geh ich nicht mal duschen. Ihr scheint sehr gut zusammenzupassen.«

»Muss ich das verstehen?«

»Nein. Das ist nur … Ich versuche, dir zu erklären, was mich geritten hat, dich anzuspringen und zu küssen.« Patrizia wollte lachen, es wurde ein Husten.

»Du hast mich nicht angesprungen.«

»Nur weil ich dieses dämliche Gipsbein hab.« Mit der Krücke klopfte sie gegen den Gips. »Das hat dich gerettet. Sonst hätt ich dich wahrscheinlich zu Boden geknutscht. Ich will einfach nur, dass du weißt, dass ich weiß, dass das ziemlich daneben war. Was ein schrecklicher Satz. Aber das ist auch schon alles. Kommt nicht wieder vor.«

»Dafür hättest du nicht extra vorbeikommen müssen.«

»Denk ich schon. Außerdem war ich grad in der Gegend.« Patrizia deutete hinter sich zum Bürgersteig, auf dem ihr Roller stand. »Im Moment läuft es für mich ziemlich beschissen.«

»Tut mir leid.«

Sie nickte, wusste nicht, was sie darauf sagen sollte. »Ein bisschen bemitleide ich mich deshalb.«

»Wenn's hilft.«

»Nicht wirklich. Aber irgendwie … Ich weiß auch nicht. Anders geht's eben grad nicht.«

»Dann ist das so. Ist auch okay.«

»Vielleicht. Keine Ahnung. Wird auch wieder besser. Denk ich. Hoff ich! Aber bis dahin … na ja, ist, wie es ist. Ein paarmal hab ich schon gedacht, ich wär am Tiefpunkt angekommen, aber irgendwie ging's immer noch ein bisschen weiter abwärts. Ich hör wohl einfach nicht auf zu graben. Aber vielleicht ist das jetzt wirklich der Tiefpunkt. Riecht zumindest so.« Patrizia tat, als würde sie an sich schnuppern, und verzog das Gesicht. »Wie auch immer … Tut mir leid, dass ich dich da mitreingezogen hab.«

»Mir nicht. Mein Angebot steht.«

»Was meinst du?«

»Wenn du einen Freund brauchst.«

»Vielleicht brauch ich den wirklich.«

»Du weißt ja, wo ich wohne.«

»Tu ich.«

»Deine Haare sind anders.«

»Du meinst ungewaschen und ungekämmt?«

»Das wollte ich nicht sagen.«

»Ich war den ollen Knoten leid.«

»Sieht gut aus. Passt besser zu dir.«

»Kann sein. Vielleicht auch nicht. Ich weiß grad nicht, was zu mir passt und was nicht. Aber wie charmant von dir, dass du nicht auf meinen Schlafanzuglook eingegangen bist.« Sie zupfte an ihrer Hose.

»Ist das nicht gerade in? Out-of-bed oder wie das heißt.«

»Du meinst, dann bin ich nicht erbärmlich, sondern eigentlich cool? Kann man wahrscheinlich so oder so sehen.«

»Du warst immer cool.«

»Fällt mir schwer, zu glauben.«

»Muss nichts heißen.«

»Ist alles grad ein bisschen scheiße, weißt du? Oder auch ein bisschen mehr. Na ja. Jedenfalls … die Sache mit deinem Herz tut mir auch ziemlich leid.«

»Mit meinem *Herz?*«

»Dass ich's dir gebrochen hab und so. Das wollte ich nicht. Ehrlich nicht.« Patrizia sah Andreas jetzt direkt an, lehnte sich auf die Krücken. »Ich wusste mir damals nicht anders zu helfen. Wegen Rafael und allem. Irgendwie brauchte ich wohl Abstand.«

»Ich hätt mir gewünscht, dass du keinen Abstand von mir gebraucht hättest.«

»Wünsch ich mir auch. Glaub mir. Jeden Tag. Vielleicht würden wir dann heute im Itten-Haus wohnen.«

»Wer weiß.«

Schweigend standen sie einige Augenblicke voreinander, Andreas in der Tür, Patrizia davor auf ihren Krücken. Sie betrachtete die langen, aluminiumgrauen Stangen mit den Gummifüßen, die sich in den Boden drückten. Mit ihnen musste sie einen Schritt nach dem anderen machen. Anstrengend war das. Schrecklich. Es half ein bisschen.

Sie sah zurück auf ihren wartenden Roller. »Ich wollte noch eine kleine Runde drehen. Hast du Lust mitzukommen? Wie früher?«

Andreas folgte ihrem Blick. »Ist keine gute Idee.«

»Wahrscheinlich nicht.«

»Aber wir sehen uns morgen.«

»*Morgen?*«

»Wenn wir den Kürbis verladen. Ich komme auf jeden Fall zum Helfen.«

»Musst du nicht.«

»Will ich aber.«

»Warum?«

»Weil es eine gute Sache ist.«

»Ist es nicht! Glaub mir. Ist es nicht. Du solltest diesen Mist von meinem Vater nicht noch unterstützen.«

»Tu ich nicht. Nicht nur. Ich mach es für deine Mutter«, sagte Andreas.

»Warum für meine Mutter?«

»Es ist ihr Kürbis.«

»Was meinst du? Wieso ist es ihr Kürbis?«

»Das weißt du nicht?«

»*Was* weiß ich nicht?«

»Oh Mann, Patti!« Mit einem Seufzen fuhr sich Andreas durch die Haare. Jetzt erinnerte sich Patrizia wieder. Er konnte sehr theatralisch sein. Früher hatte sie das manchmal geärgert. »Deine Familie ist echt gut darin, nicht über Dinge zu reden.«

»Weiß ich. Warum ist es ihr Kürbis?«, wiederholte Patrizia.

Anstelle einer Antwort fragte Andreas: »Willst du reinkommen?«

»Ich glaub nicht …«

»Komm rein.« Er trat zur Seite, verschwand im Inneren des Hauses.

Patrizia blickte sich um, zu ihrem Roller, dann die Fassade nach oben. Sie wollte nicht reingehen. Wollte nicht sehen, wie schön sich Vicky und Andreas das Itten-Haus gemacht hatten. Das Haus, in dem sie schöne Stunden verbracht hatte. Und entsetzliche. Es hätte ihres sein können. Vielleicht sein sollen.

»Komm«, rief Andreas.

Endlich folgte Patrizia ihm.

Sie ging durch die kleine Diele. Ein dunkler, rostrot gemusterter Läufer hatte damals eine Brücke von der Tür bis ins Wohnzimmer geschlagen. Auf diesem waren Daniel und Patrizia gelaufen, als wären die weißen Fliesen zu beiden Seiten reißende Strömungen, in die sie nicht hatten stürzen wollen. Am Ende waren sie über die Lücke zwischen Dielenteppich und Wohnzimmerteppich gesprungen, ans rettende Ufer. Heute war der Boden mit birkenfarbenem Laminat belegt. Es gab keine Teppiche, die einen vor gefährlichen Stromschnellen bewahren konnten.

Ein gemütlicher, warmer Ort war das Wohnzimmer früher gewesen. Stickbilder hatten an den Wänden gehangen, von Pfauen, Obstschalen, Landschaften. Einmal hatte Frau Itten für Daniel und Patrizia Stickvorlagen für Kinder besorgt, ein kleines Huhn und einen Welpen. Damit hatten sie mehrere Nachmittage verbracht. Daniels Bild war schöner geworden als das von Patrizia. Frau Itten hatte beide aufgehängt. Da. An der Stelle. Jetzt war dort eine Schwarz-Weiß-Aufnahme von New York zu sehen. Wahrscheinlich aus der Fotoabteilung von *IKEA*.

Sie erkannte den gesamten Raum kaum wieder. Er war sehr hell, es gab große Fenster, die bis zum Boden reichten. Früher waren sie kleiner gewesen. Eine Holztür mit vier kleinen Scheiben hatte in den Garten geführt, jetzt war sie vollständig aus Glas. Ittens hatten eine Vorliebe für Stoffe gehabt. Dicke, schwere Vorhänge, Kissen, Decken, kleine Läufer über größeren Teppichen, selbst gehäkelte Tischdecken, kleine Untersetzer, halbe Spitzengardinen. Nicht alles hatte zusammengepasst, war altmodisch gewesen und immer etwas zu voll, aber der Raum hatte eine Wohnlichkeit besessen, die Patrizia gemocht hatte.

Das Wohnzimmer war schön eingerichtet, stimmig, in einem einheitlichen Farbkonzept mit aufeinander abgestimmten Brauntönen. Es sah nackt aus. Rechts und links neben der großen Fensterwand waren dünne, transparente Gardinen angebracht, es gab keine Teppiche, keine Kissen. Nur über der einen Lehne der L-förmigen Veloursledercouch lag eine Wolldecke. Wahrscheinlich wurde Vicky beim Fernsehen abends kalt. Andreas fror nicht. Hatte er nie.

»Ganz schön viel verändert habt ihr«, sagte Patrizia und blieb im

Wohnzimmereingang stehen. Wie gerne hätte sie einen Satz ans rettende Ufer gemacht. Es gab nur kein Ufer mehr.

»Ein bisschen.« Andreas saß am Esstisch, der seitlich im Raum stand. Früher waren der Essbereich und das Wohnzimmer getrennt gewesen. Jetzt war die Wand weg.

»Die Fenster waren nicht so groß.«

»Wir wollten mehr Licht. Gefällt's dir?«

»Ja.« Es stimmte. Und stimmte nicht. »Passt zu euch. Denk ich.«

»Wir fühlen uns sehr wohl hier. Du solltest sehen, was wir aus der Küche gemacht haben.« Patrizia antwortete nicht, sie wollte es nicht sehen. »Setz dich.« Andreas wies auf einen der Stühle am Tisch. Sie kam zu ihm, nahm Platz. »Geht's mit den Gummigriffen eigentlich besser?« Er deutete auf die neuen Handgriffe an ihren Krücken, die er ihr am Tag zuvor mitgebracht hatte.

»Weiß ich noch nicht. Sagst du mir jetzt, warum der blöde Kürbis meines Vaters der Kürbis meiner Mutter sein soll?«, fragte Patrizia.

»Willst du was trinken?«

»Ich will, dass du mir antwortest.«

Andreas zögerte, knetete seine Hände. Das tat er, wenn er nervös war, verlegen. Wie damals am Fenster. »Die Angstepisoden deiner Mutter waren Anfang des Jahres sehr schlimm. Sie war aggressiv und verstört. Gewalttätig.«

»Meinem Vater gegenüber?« Es klang wie eine Frage, war eine Feststellung.

»Ich hab versucht, deinen Vater zu überreden, für sie einen Heimplatz zu suchen.«

»Würd er nie tun.«

»Nein, würd er nicht. Aber ich hab keine andere Möglichkeit gesehen. Ich war besorgt, dass was passieren würde.«

»Das wusste ich nicht.«

Er sah sie an. Sagte nichts.

»Was hat das mit dem Kürbis zu tun?«

»Ich hab ihm gesagt, dass wir einen Weg finden müssen, Seda

Sicherheit zu geben. Etwas, das ihr vertraut vorkommt, sie beruhigt.«

»Einen *Kürbis?*«

»Dein Großvater hat früher jedes Jahr Kürbisse in seinem Schrebergarten angebaut. Riesengroße.«

»Woher weißt du das?«

»Winfried hat's mir erzählt. Als sie von Brasilien nach Deutschland gekommen sind, hat Sedas Vater damit angefangen. Seda war da noch klein. Was typisch Deutsches wollte er tun, deshalb hat er einen Kleingarten gepachtet und Gemüse angebaut. Sein ganzer Stolz waren die Kürbisse. Aus Südamerika hat er spezielle Sorten mitgebracht und wollte jedes Jahr einen Kürbis züchten, der größer war als der im Vorjahr. Juan Pablo, den Kürbiskönig, haben sie ihn im Kleingartenverein genannt.«

»Den *Kürbiskönig?*«

Konnte das stimmen? Viel wusste Patrizia nicht von ihrem Großvater. Ihre Großeltern waren nach Brasilien zurückgegangen, als Daniel und Patrizia noch klein waren. Ein- oder zweimal hatten sie ihre Tochter und die Enkelkinder besucht. Irgendwann waren sie gestorben, erst ihr Großvater, kurze Zeit später die Großmutter. Seda war zur Trauerfeier nach Brasilien geflogen, und Daniel und Patrizia hatten eine Woche bei Ittens verbracht. Winfried hatte sich freigenommen und sich um Rafael gekümmert.

»Bei der Kürbiszucht hat deine Mutter ihm jedes Jahr geholfen und wollte immer selbst Riesenkürbisse anbauen. Sie hat gesagt, es wäre besser als jede Therapie, den Kürbissen beim Wachsen zuzusehen. Ist wohl irgendwie nicht dazu gekommen. Wie das immer so ist.«

»Deshalb liegt jetzt dieser hässliche, überdimensionierte Kürbis bei meinen Eltern im Garten? Damit meine Mutter doch noch ihren Riesenkürbis bekommt?«

»Wir dachten, es würd sie vielleicht beruhigen. Es ist was aus ihrer Kindheit. Etwas, das sie kennt und mit dem sie positive Erinnerungen verbindet.«

»Wie die *Feijoada?*«

»Was?«

»Nicht so wichtig. Hat's geklappt?«

»Irgendwie schon. Klingt wahrscheinlich seltsam …«

»Allerdings!«

»Ihr geht's besser, seit der Kürbis bei euch im Garten wächst. Keine Ahnung, woran genau es liegt. Vielleicht nur Zufall. Natürlich wirkt es keine Wunder. Aber deine Mutter ist ruhiger. Ihre Angstepisoden sind deutlich weniger geworden.«

»Ernsthaft?«

»Ich bin selbst überrascht.«

»Es ist nur ein Kürbis. Und zwar ein ziemlich hässlicher.«

»Ein komischer Kürbis im Garten ist ein geringer Preis, wenn es ihr dadurch besser geht, oder?«, lachte Andreas.

»Und diese alberne Kürbisweltmeisterschaft morgen? War das auch Mamas großer Traum? Wollte sie Seda, die Kürbiskönigin, werden?«

»Keine Ahnung.« Er lachte lauter. »Vielleicht hat da nur deinen Vater der Ehrgeiz gepackt.«

»Würd mich nicht wundern.«

»Mich auch nicht.«

Patrizia ließ den Blick über die eierschalenfarbenen Tapeten, den Couchtisch aus Glas und den großen schwarzen Flachbildschirmfernseher wandern, der an der Wand hing, als wäre er ein Bild und kein TV-Gerät. »Warum weiß ich nichts davon?«

»Im Reden seid ihr Martens nicht wirklich gut, Patti.«

»Wahrscheinlich nicht.«

»Habt ihr jemals über Rafaels Tod gesprochen?«

»Wie? Mein Vater ist gleich abgehauen. Auf seine wichtige Geschäftsreise.« Sie gab ein abfälliges Geräusch von sich.

Allein der Gedanke an ihren Vater, der in das Taxi gestiegen war, ohne nach oben zu gucken, ohne zum Abschied zu winken, machte sie wütend. Eine Wut war das, die wehtat. Jetzt noch. Sechsundzwanzig Jahre später.

»Du hast ihm nie verziehen, oder?«

»Mit der ganzen Scheiße hat er uns alleingelassen. Meine Mutter. Uns Kinder. Sich einfach aus dem Staub gemacht. Und sag mir jetzt nicht, dass er vielleicht nicht anders konnte.« Sie hob abwehrend die Hand, als erwartete sie, Andreas würde ihr widersprechen. Er schwieg. »Eine Geschäftsreise lässt sich verschieben. Egal, wie wichtig sie ist. Wenn man will, kann man sie verschieben oder absagen oder was auch immer. Nichts ist so wichtig, dass man Frau und Kinder nach so was alleinlässt. Das kann mir niemand erzählen. Dafür gibt's keine Entschuldigung. Vielleicht wollte er uns so bestrafen. Daniel und mich.«

Patrizia redete schnell. So schnell, dass einzelne Worte zu einem wurden. Ihr Herzklopfen wurde heftiger. Sie atmete nicht. Hatte sie das jemals ausgesprochen? Diesen Gedanken?

»Er wollte uns bestrafen«, sagte sie, »dass wir nicht gewartet haben, bis sie wieder da waren. Dass Daniel und ich ins Kino gegangen sind, obwohl niemand zu Hause war. Dass wir Rafael alleingelassen haben. Deshalb ist er abgehauen. Als Strafe. Aber weißt du was? Nötig wär das nicht gewesen. Ich weiß es selbst. An Rafaels Tod sind wir schuld. Damit muss ich leben. Nichts anderes mach ich seit über zwanzig Jahren.«

»Das ist nicht wahr, Patti«, widersprach Andreas. »Ihr seid nicht schuld an dem, was mit Rafael passiert ist.«

»Natürlich sind wir das.«

»Ihr wart noch Kinder.«

»Daniel war ein Kind. Ich war erwachsen. Ich bin für ihn verantwortlich gewesen. Ich hätt's besser wissen müssen. Ich *wusste* es besser. Aber wir wollten uns ja unbedingt diesen Film ansehen. Ich fand, wir hätten ein Recht drauf. Immer hat sich alles nur um Rafael gedreht. Das sollte für uns sein. Es war anders abgesprochen. Sie wollten rechtzeitig wieder da sein, waren's aber nicht. Also sind wir gegangen. Einfach gegangen.«

»Er ist im Schlaf an seinem eigenen Speichel erstickt, Patti. Ihr hättet nichts tun können, selbst wenn ihr da gewesen wärt.«

»Das weißt du nicht!«

»Es ist ziemlich wahrscheinlich.«

»Ziemlich wahrscheinlich reicht nicht.«

»Selbst wenn ihr zu Hause gewesen wärt und im Wohnzimmer ferngesehen hättet …«

»Das hilft mir nicht!« Verzweifelt blickte Patrizia Andreas an, konnte nichts hören als ihre eigene Stimme. Nichts fühlen als die Wut im Bauch und die Traurigkeit und den Schmerz überall.

»Er hätte uns nicht bestrafen müssen«, flüsterte sie. »Hab ich selbst schon tausendmal getan. Also nein! Ich hab meinem Vater nicht verziehen. Werd ich auch nicht! Diese Sache wird immer zwischen uns stehen.« Sie verschränkte die Arme vor der Brust, schob die Hände unter die Achseln, hielt sich fest. Sie wollte ruhiger atmen, es gelang ihr nicht. Sie rang mit ihrem Zorn, mit den Tränen, die vor ihr auf die saubere, glänzende Tischplatte tropften. Geräuschvoll zog Patrizia die Nase hoch.

Ein toller Anblick! Ungewaschen und heulend saß sie in diesem schicken Wohnzimmer in diesem schicken Haus. Und jetzt lief ihr noch Rotz aus der Nase.

Andreas stand auf, ging zu einem Schränkchen an der Seite, öffnete eine der Schubladen und nahm eine Packung Taschentücher. Eins zupfte er heraus, reichte es ihr, setzte sich wieder und streckte die Hand nach ihr aus, berührte ihre, drückte sie leicht.

Patrizia hätte sich gewünscht, er würde sie in den Arm nehmen, festhalten. Vielleicht hätte sie sich weniger allein gefühlt. Er tat es nicht. Natürlich nicht. Sie selbst hatte es versaut, wieder einmal.

»Bist du dir sicher, dass dein Vater auf Geschäftsreise war?«

»Wat?« Sie schniefte in ihr Taschentuch, wischte sich die Nase ab und rieb sich mit der Hand über die Augen. »Was?«

»Woher weißt du, dass dein Vater damals auf Geschäftsreise war?«

»Meine Mutter hat's mir erzählt. Superwichtig wäre es, hat sie gesagt. Dass er gerne geblieben wäre, aber nicht gekonnt hätte und blablabla.«

»Hast du ihn je danach gefragt?«

»Wozu? Was hätte das gebracht? Er hat uns im Stich gelassen, in der schlimmsten Zeit überhaupt. Das war für mich … Nein! Gerade ist sein Sohn gestorben, seine Frau fix und fertig, und er fährt acht Wochen irgendwohin, um ein besserer Lokführer zu werden? Weißt du, wie lächerlich das klingt? Welcher Vater tut so was?«

Andreas sah aus, als wollte er antworten. Er schwieg. Was hätte er anderes tun sollen? Zu sagen gab es nichts.

Patrizia brauchte einige Momente, um sich zu beruhigen. Noch einmal putzte sie sich die Nase, wischte sich die Tränen von den Wangen, leckte sich über die Lippen. »Ich sollte gehen.« Ihre Stimme klang heiser.

»Du kannst noch bleiben. Ich kann uns einen Tee machen.« Patrizia lachte. Ja, Andreas war sicher ein Teetrinker. »Oder einen Kaffee«, fügte er hinzu.

»Nein. Danke. Ich sollte wirklich gehen.«

»Wie du willst.«

»Ja.« Sie griff nach ihren Krücken, schob sich das benutzte Taschentuch in die Hosentasche, stemmte sich nach oben. »Dann sehen wir uns morgen.«

»Ja, wir sehen uns morgen. Vielleicht kommt Vicky auch zum Helfen. Je nachdem, wie's ihr geht. Dann könnt ihr euch mal kennenlernen. Richtig.«

»Wär schön«, antwortete Patrizia. Wie ernst meinte sie das? Wahrscheinlich stimmte es nicht, vielleicht doch. »Also dann.« Sie humpelte in die Diele, Andreas folgte ihr.

»Warte.« Er hielt die Tür auf.

»Danke.«

»Gern geschehen.«

»Denkst du, wir kriegen das hin?«

»Was?«

»Das mit dem Freundesein.«

»Warum nicht?«

Patrizia zögerte. War das möglich? Glaubte sie daran? Wollte sie es glauben? Sie hob die Krücke zum Abschied. »Bis morgen.«

»Bis morgen«, hörte sie hinter sich, drehte sich nicht mehr um.

Sie ging zum Roller, nahm Platz, startete und steuerte den Gehweg hinab auf die Straße. Anstatt gleich nach Hause zurückzufahren, machte sie einen großen Bogen durch die Stadt und klapperte drei Geschäfte ab, bis sie fand, was sie suchte. Sie machte beim Supermarkt Halt und hängte die Tüten auf dem Rückweg an beide Seiten des Lenkers ihrer Vespa. Noch einmal genoss sie den Fahrtwind, den Geruch von Abgasen, der sie umgab, das Vibrieren in der Karosserie. Im Gesicht spürte sie die Sonne. Schön war das. Es würde ihr fehlen.

Als Patrizia nach Hause kam, war die Küche leer. Aus dem Wohnzimmer drangen Geräusche zu ihr. Die Einkäufe, die sie mehr schlecht als recht ins Haus bugsiert hatte, stellte sie auf dem Tisch ab und folgte den Stimmen. Daniel, Jonathan, Janne und Winfried standen vor dem Aquarium und blickten hinein.

»Was macht ihr da?«

»Blänsch schwimmt wieder gerade«, sagte Jonathan lächelnd und winkte Patrizia zu sich.

»Wer?«

»Blänsch Elisabäss Dewero.«

»Wat?« Patrizia kam näher und beugte sich nach unten.

»Der Goldfisch«, fügte ihr Bruder erklärend hinzu.

Sie betrachtete die Fische genauer. Schwammen nicht alle gerade? Gab es einen Unterschied? »Welcher?«

»Der mit dem Korken auf dem Rücken.«

»Willst du mich …?« Jetzt sah sie es. Da war ein kleiner orangefarbener Fisch, um dessen Körper eine Stoffschlaufe mit einem Weinkorken geschlungen war.

»Das ist eine Schwimmhilfe. Ich und Opa haben sie gebastelt.«

»Ach ja?«

»Blänsch hat eine kaputte Schwimmblase, deshalb schwimmt sie schief. Aus einem Korken und Stoff haben wir die Schwimmhilfe gebastelt, damit Blänsch wieder gerade ist. Wie du und deine Krücken, Tante Patti. Eine Fischkrücke.«

»Ist 'n Scherz!« Patrizia blickte zu ihrem Bruder, der die Schultern hob.

»Wir haben die schon am Donnerstag gebastelt. Der Kleber musste erst trocknen. Heute konnten wir sie endlich ausprobieren. Siehst du? Es funktioniert. Blänsch schwimmt wieder ganz gerade.«

»Ziemlich cool, oder?«, fragte Janne.

»Ja, irgendwie ... cool.« Patrizia nickte. »Wer von euch hat Hunger?«

»Ich, ich, ich!«

»Dann mach ich mich ans Kochen. Ich war einkaufen und versuch mich an *Moqueca*.«

»Was ist das?«

»Eine Art Eintopfsuppe. Oder so ähnlich. Mit Fisch und Tomaten und Kokosmilch.«

»Ich ess kein Fisch«, sagte Winfried, der sich aufgerichtet hatte.

»Warum eigentlich nicht, Opa?«, fragte Janne.

»Ich tu nix essn, wat mich anguckn kann.«

»Ich auch nicht.«

»Deshalb mache ich sie mit Tofu«, sagte Patrizia. »Keine Ahnung, ob das schmeckt. Wir werden sehen.« Sie drehte sich um und ging zur Küche.

»Ich helf dir«, sagte Daniel.

Patrizia hörte, wie er ihr nachkam, und lächelte.

»Kann ich mitfahren?«, wollte die fremde Frau von mir wissen und lächelte.

Auffem Bahnsteig standse. In so 'nem hellblauen Kleid. Dat Haar am Wehen. Ich lehnte mich aussem Fahrerhäuschen, guckte am Zug lang bis nach hinten durch. Die Leute stiegen aus. Stiegen ein. Alles wie immer.

Ich hatte die Schicht getauscht. Feiertag. Für 'nen Kollegen.

'nen Kumpel. Der Kinder wegen. Niemand wollte arbeiten. Mir war's schnurz. Morgens. Abends. Ich war immer gern am Fahren. Früh raus machte mir nix. Spät in die Poofe gehen auch nich. Monika und ich machten keine Pläne. Man konnte alles ändern. Wir passten uns an. Waren zusammen, wie es eben ging. Und wenn nich, dann nich. Manchmal tatse mich vom Bahnhof abholn, manchmal ich se vonne Arbeit, manchmal nahmenwer die Karre, machten 'nen großen Bogen. Monika fuhr gern rum. Ich fuhr gern mit. Vielleicht würd's später Spargel geben, mit Salzkartoffeln und Schinken und Soße. Vielleicht Pellmänner mit Quark. Vielleicht 'n Pülleken Bier dazu. Bier war Monika gern am Trinken. Ich trank gern mit.

»Bei Ihnen«, sagte die Frau, als ich nix sagte.

»Sie meinen ...?«

»Ja.« Sie nickte.

'ne braune Ledertasche hing ihr über der Schulter. Eher 'n Beutel. Der aussah, als wärer nich von hier. Ein bissken exotisch. Von woanders eben. Wat wusste ich schon.

»Erlaubt is dat nich.«

»Tun Sie nur, was erlaubt ist?«

»Neh.«

»Sie haben bestimmt schon mal ein Mädchen mitgenommen.«

»Meine Frau.«

»Tun Sie einfach, als wär ich Ihre Frau.«

»Sindse nich.«

»Könnte ich aber sein.«

Der Wind wehte ihr dat schwatte Haar ins Gesicht, sie schob's ausser Stirn und guckte mich weiter so an. Nervös tat mich dat machen. Ich musste pünktlich los. Nich mal 'ne Minute war dat noch. Die meisten Leute waren drin. Die andern gingen raus. Ein Letzter war am Rennen, die Stufen rauf zur Tür. Ich kam nich gern zu spät. Musste aussem Bahnhof raus.

»Warum steigense nich hintn ein?«

»Vorne ist es schöner. Müssten Sie doch am besten wissen.« Sie lachte.

»Ja«, sagte ich, weil ich kein Schimmer hatte, wat ich sagen sollte.

Die Frau hielt sich die Hand anne Stirn, blinzelte gegen die Sonne. Dann kam sie näher. »Haben Sie Mitleid mit einer armen Studentin. Ich kann mir keine Fahrkarte leisten.«

»Wat studierense denn?«

»Ich will Keramikerin werden.«

Ich guckte zur Bahnsteiguhr. Rappzapp musste es gehen. Spät war's. »Dann steigense schon ein.« Ich war am Zittern, wie wenn ich 'n Frierpitter wär. »Jetzt aber ruckizucki.«

Sie guckte mich an und lachte.

Helfen wollte ich der Frau, beim Einsteigen. Dat wolltese nich. War ganz entschlossen, packte den Griff anner Innenseite der Tür, knubbelte ihr Kleid zusammen, mit dem Arm die Tasche fest anne Seite, so fest, wie wenn ich 'n Klaubock wär und damit gleich stiften gehen würde.

»Soll ich …« Schon wieder die Pitterhände wie dem Oppa Klaus sein Dadderich. Der ging auch nur weg, wenner sich ein paar Kurze hinter die Binde kippte.

»Geht schon.«

Dann standse inner Lok. Irgendwie hat mir dat gefalln. Auch wenn's komisch war. Ich wollt an ihr vorbei, um die Tür zuzumachen. Dat musste total bescheuert aussehen. Wie wenn ich mich am Verbeugen wär. Im Führerhäuschen eine Verbeugung. Peinlich war dat.

»Von hier aus steuern Sie den ganzen Zug?«

»So isset.«

»Wann fahren wir los?«

»Jetzt«, erwiderte ich, bewegte mich nich. Die Frau wartete. »Ich …«

Wat war dat denn? Ich benahm mich wie ein Dämlack. Wie wenn ich meschugge wär. Ich musste weggucken. Meine Arbeit machen. Ich lehnte mich aus dem Fenster, nach draußen, wartete auf den Pfiff. Dann endlich konnte ich losfahren. Ich guckte auf die Gleise, um nich auf die Frau zu gucken. Die war nett anzuschaun. Wurde immer netter. Killefitt! Niemand wurde immer netter anzuschaun. Entweder man war's oder man war's nich. So und nich anders. Trotzdem.

»Mir gefällt Ihre Weste.«

»So wat müssnwer hier tragn. Vorschrift is dat.«

»Ich bin übrigens Seda.« Die Hand hatse mir hingehalten, wieder am Lächeln. Zurücklächeln konnte ich nich. »Das ist ein brasilianischer Name und bedeutet Seide.«

»Ich bin der Winfried. 'n deutscher Name is dat und tut gar nix heißn.«

»Freut mich, Winfried.«

»Sie können mich auch Winni nenn.«

»Dann Winni.«

»Ja.«

Dat war alles.

Sie ging ans Fenster, guckte raus, nach hinten, nach vorne, ihr Haar flatterte. »Das ist toll!«

Sie sagte noch wat. Ich verstand's nich, durfte sie nich angucken. Musste fahren. Aber dann lachte sie, drehte sich um, sah mich an. Ihre Wangen waren rot, die Haare durcheinander. Sie stellte sich neben mich, ganz nah. Unsere Hände taten sich nich berührn. Aber die Unterarme. Ein bissken. Am Lachen warse. Dat konnte ich nich.

»Wo?«, fragte ich.

Dat machte keinen Sinn. Verdorri noch mal. Wat ein Kack. Nix machte Sinn.

»Wo was?«

»Wo sindse Keramik am Studiern?«

»In Krefeld.«

»Ich tu nich nach Krefeld fahrn.«

»Weiß ich.«

15:16 Uhr

Daniel konnte es nicht fassen. Es stimmte. Goldfisch Blanche Elizabeth Devereaux schwamm wieder gerade. Bis vor einer halben Stunde hatte er das nicht für möglich gehalten. Gesagt hatte er das natürlich nicht. Jonathan war so begeistert gewesen. Aber hatte Daniel tatsächlich geglaubt, dass man einem schrägen Fisch helfen konnte? Mit einem Stückchen Stoff und einem Weinkorken? Vor ihm im Aquarium drehte der Beweis seine Kreise.

Irgendwie war Daniel erleichtert. Das war seltsam und albern. Er musste an Peek denken, jetzt Blanche. Janne hatte recht. Irgendwas hatten alle. Wirklich gerade schwamm niemand. Gut möglich, dass man nur den richtigen Korken für sich finden musste. Und vielleicht jemanden, der sich die Mühe machte, ihn einem auf den Rücken zu binden.

Patti hatte sich bereits aufgerichtet und auf den Weg zur Tür gemacht. Gern hätte Daniel noch ein wenig länger vor dem Aquarium gesessen und sich Blanche angesehen. Er hatte Fische nie wirklich gemocht. Sie waren ihm langweilig vorgekommen, man konnte sie nicht streicheln. Zum ersten Mal stellte er fest, dass es etwas Beruhigendes hatte, wenn sie vor sich hin schwammen.

Er riss sich los. »Ich helf dir«, sagte er.

Während Daniels Eltern mit Janne und Jonathan in den Garten gingen, machten sich Patti und Daniel daran, *Moqueca* zu kochen. Aus dem Internet hatte Patti ein Rezept gesucht und las vor, welche Zutaten sie brauchten. Daniel trug alles zusammen, stellte es um sie herum auf, verteilte Messer und Schneidebrettchen. Eine Weile schwiegen sie.

»Ich hab versucht, es Mama zu sagen«, sagte Patti, während sie Zwiebeln klein schnitt. Sie sah Daniel nicht an, sondern konzentrierte sich auf die weiße Kugel, die sie in Ringe, dann in Stücke teilte.

»Was meinst du?«

»Sie hat das Recht zu wissen, dass sie krank … was überhaupt los ist, dass sie vielleicht … Wir dürfen ihr das nicht vorenthalten.«

»Halt ich für falsch.« Er hatte einen großen, schweren Tontopf auf die Arbeitsplatte gestellt, gab Öl hinein und die fein gehackte Petersilie, verrührte alles mit einem Holzlöffel.

»Mir egal. Ich halt's für falsch, es nicht zu tun.«

»Warum soll sie unnötig leiden? Müssen wir ihr das nicht ersparen?«

»Hier geht es um ihr Leben. Niemand kann ihr das ersparen. Ihr macht sie zu einem unmündigen Kind. Sie ist unsere Mutter, Daniel. Sie ist immer so stark gewesen. Furchtlos.«

»Sie ist nicht furchtlos gewesen. Sie war auch … Sie hatte …«

»Was soll das heißen?«

»Ich glaube, du hast …« Daniel zögerte. Seine Hand zitterte stark. Er bemühte sich, ruhiger zu rühren, langsamer.

»Was?«

»Vergiss es. Dieser Mensch ist sie nicht mehr.«

»Doch. Ist sie!«

»Nein.«

»Wie kannst du so was sagen?«, fragte Patti und schlug das Messer fest auf das Holzbrettchen.

»Kannst du das weglegen?«

»Was?«

»Das Messer. Kannst du es weglegen, wenn wir streiten?«

»Wir streiten überhaupt …« Patti brach ab, schwieg, nahm sich selbst das Messer aus der Hand.

»Danke.« Erleichtert lächelte Daniel seine Schwester an.

Sie lächelte knapp zurück. »Mama ist mehr als ihre Demenz. Sie ist immer noch ein Mensch. Immer noch unsere Mutter und nicht nur eine verrückte alte Frau.«

»Aber sie ist nicht mehr der Mensch, der sie früher war.«

»Ich seh sie noch, ganz deutlich.«

»Ich nicht.« Es fiel Daniel schwer, das auszusprechen. Es stimmte. Er sah seine Mutter nicht mehr in seiner Mutter. Nicht mehr so.

»Ich wurd mal überfallen.«

»Was?«

»Nicht richtig überfallen. Aber irgendwie schon. Hier auf der Straße. Dahinten.« Sie deutete zur Tür. »Zwei Frauen waren's. Mama hatte mich mit ihrem Portemonnaie zur Bude geschickt. Ich sollte für uns alle *Brauner Bär* kaufen. Aber diese Frauen haben mich abgefangen, gegen eine Mülltonne gedrückt und versucht, mir das Geld wegzunehmen. Ich hab es hinter meinem Rücken versteckt und festgehalten, aber ich hatte wirklich Angst. War richtig starr vor Schreck. Klingt wie ein Klischee. So war's. Und plötzlich ist Mama angerannt gekommen. Vom Fenster aus muss sie mich gesehen haben. Sie kam laut schreiend auf uns zu. Noch auf Socken. Wenn sie mich gemeint hätte, hätte ich es mit der Angst bekommen, so wütend und Furcht einflößend wirkte sie. Die Frauen haben sofort das Weite gesucht. Mama und ich sind dann gemeinsam zur Bude gegangen. Zwei *Brauner Bär* hab ich bekommen. Eins für unterwegs und eins für zu Hause mit euch.«

Patti lächelte.

Daniel auch.

»Im Kunstunterricht hab ich vom Meyer mal 'ne Drei für ein Bild bekommen. Mama fand das nicht fair. Ich hätte eine Eins verdient gehabt, hat sie gesagt. Wie mein Lehrer das nicht sehen könnte. Also ist sie mit dem Bild in der Hand zu ihm gegangen und hat eine bessere Note gefordert. Sie hat ihm erklärt, was ihr an meinem Bild gut gefallen würde. Dass ich eine besondere Begabung hätte, die gefördert werden müsste und nicht unterdrückt. Und so weiter.«

»Was hat der Meyer gesagt?«

»Dass es ihm sehr leidtue, aber unsere Aufgabe wäre es gewesen, ein Mais- oder Weizenfeld mit Vögeln zu malen.«

»Was hast du gemalt?«

»'ne Schneelandschaft.«

»Da konnte wahrscheinlich selbst Mama nicht viel tun, was?«

»Denkste. Sie hat ihm erklärt, dass ich das Maisfeld sehr wohl gemalt hätte. Nur eben zu einer anderen Jahreszeit, als er erwartet hätte. Wenn er ein Maisfeld im Spätsommer hätte haben wollen, hätte er das sagen müssen. Dafür könnte er mich nicht bestrafen. Außerdem gäbe es künstlerische Freiheit, die man den Kindern gewähren müsste. Das wäre nun mal meine Interpretation eines Maisfelds, und es würd für mein Talent sprechen, dass er nicht ein weiteres langweiliges gelbes Bild bekommen hätte. Und wo sind die Vögel?, hat der Meyer ziemlich genervt gefragt. Mama hat ihn irritiert angesehen und gesagt: Weggeflogen. Haben Sie im Biologieunterricht nicht aufgepasst? Die sind nach Süden gezogen. Sollten Sie das als Lehrer nicht wissen?«

Fast gleichzeitig fingen Patti und Daniel zu lachen an. Sie standen nebeneinander in der Küche und konnten nicht aufhören.

»Erinnerst du dich, wie wir mal diese Kinder mit Vogelfutter beworfen haben?«, fragte Daniel, als er wieder zu Atem gekommen war. Zwischen seine Worte drängten sich kleine Gluckser.

»Am Tag zuvor hatten sie Rafael geärgert, oder?«

»Beschimpft haben sie ihn, glaub ich.«

»Einer hat sogar gegen seinen Rollstuhl getreten. Ich weiß noch, wie Mama uns eingeschworen hat. In ihrem Kreis.«

»Ja, der Kreis. Immer der Kreis. Wie beim Football.«

»Sie hat uns zusammengetrommelt und gesagt, dass unsere Familie angegriffen worden wär und wir jetzt zusammenhalten müssten. In einer Familie würde man sich gegenseitig verteidigen und beschützen und füreinander einstehen. Egal, um was es geht. Selbst wenn es bedeuten würde, andere mit Vogelfutter zu bewerfen.«

»Wir haben bestimmt eine halbe Stunde hinter der Hecke gehockt und gewartet, dass sie endlich vorbeikommen würden. Ich war richtig nervös. Hatte Herzklopfen bis hier oben, und meine Hände haben total gezittert.«

»Meine auch«, sagte Patti. »Jedem von uns hat Mama eine Ration Vogelfutter gegeben. Meine hab ich so festgehalten, dass ich nachher Abdrücke von den Körnern in der Handfläche hatte.«

»Ich auch! Und als die Jungen die Straße langgekommen sind, war Mama die Erste, die geworfen hat. Sie ist hochgeschnellt, hat ihre Ladung abgefeuert und sich wieder hinter der Hecke versteckt. Superschnell. Dann kamst du, dann ich.«

»Sogar Rafael hat Vogelfutter geworfen. Es ist nur nicht angekommen.«

»Trotzdem hat er die ganze Zeit gelacht.«

»Und wie die Jungen geschrien haben. Die haben erst gar nicht gewusst, woher das kommt.«

»Und dann sind sie schneller abgehauen, als ich gucken konnte.«

»Auf einmal waren die weg, oder?«

»Wahrscheinlich sind die nach Hause gelaufen, um sich bei Mama auszuheulen.«

»Wenn sie eine Mutter wie wir gehabt hätten, hätten sie wahrscheinlich einen Gegenangriff gestartet.«

»Hatten sie aber nicht. Niemand hatte eine Mutter wie wir.«

»Nein. So eine Mutter hat niemand.«

»Sie braucht unsere Hilfe«, sagte Daniel nach einer Weile.

Patti nickte. »Das heißt nicht, dass wir über sie bestimmen dürfen.«

»Vielleicht ist das das Einzige, was wir noch für sie tun können.« Sich an einem Handtuch die Hände abwischend, drehte er sich zu seiner Schwester, die vor ihm stand, das Gipsbein leicht angewinkelt. »Sie ist in ihrer eigenen Welt. Sie erkennt uns nicht mal.«

»Manchmal schon.«

»Selten, Patti. Sehr selten. Ich weiß nicht, was in ihr vorgeht. Wie sie sich fühlt. Ich seh nur, dass ihr stinknormale dunkle Fliesen Angst machen und sie stundenlang vor einem Kürbis sitzen und damit vollkommen zufrieden sein kann. Über ihren Kopf hinweg will ich auch nicht entscheiden. Scheiße! Ich wünschte, wir müssten das nicht. Ich wünschte, ich könnte einfach zu ihr nach draußen gehen und mich mit ihr unterhalten, ihr von meinen Problemen erzählen. Wie früher. Aber das geht nicht. Und das Einzige, was wir für sie noch tun können, ist, die Dinge von ihr fernzuhalten, die ihr Angst machen. Wir müssen sie beschützen, wie sie früher uns beschützt hat. Wir müssen alles dafür tun, dass es für sie mehr schöne Momente gibt als schreckliche. Glaub mir, Patti. Ich wünsch mir wirklich, dass es mehr geben würde, was ich tun kann. So ist es nun mal nicht. Also halte ich mich an das, was übrig geblieben ist.« Daniel versuchte, die Tränen zurückzuhalten. Es gelang ihm nicht mehr. »Die verdammten Zwiebeln«, murmelte er.

»Ja, genau.« Patti lachte. »Die Zwiebeln.« Sie streckte eine Hand nach ihm aus, strich ihm über die Wange. Früher hatte sie das oft getan. »Ich versteh dich«, sagte sie leise, lachte nicht mehr. »Ich versteh dich gut. Ich seh in Mama noch dieselbe Frau, die sie gewesen ist. Es kommt mir wie Verrat an ihr vor, weißt du? Ich hab das Gefühl, sie im Stich zu lassen. Das hat sie nicht verdient.«

Daniel schniefte. »Nein, hat sie nicht.«

»Und solange ich sie seh, kann ich das nicht tun, Daniel. Ich fühl mich verpflichtet. Ich bin ihre Tochter. Ich kann sie nicht … nicht aufgeben. Auch wenn es vollkommen aussichtslos und albern und bescheuert ist. Ich meine … Kannst du das ein bisschen verstehen?«

»Kann ich.«

»Deshalb wollte ich es ihr sagen. Heute Morgen. Ich wollte es ihr wirklich sagen.«

»Warum hast du nicht?«

»Ich hab nicht gewusst, wie.«

»Wüsste ich auch nicht.«

»Es ist leichter, nichts zu sagen.«

»Da bin ich mir nicht sicher.«

»Vielleicht nicht.«

»Manchmal kann ich sie kaum ansehen, weil ich so ein schlechtes Gewissen hab und nicht weiß, ob wir das Richtige tun.«

Einige Augenblicke schwieg Patti. »Dass ich es ihr heute nicht gesagt hab, heißt nicht, dass ich … Vielleicht mach ich's noch. Wenn ich genug Mut hab. Ich hab es fest vor. Wahrscheinlich bin ich nur wieder an meinen eigenen Ansprüchen gescheitert. Darin hab ich ja jetzt Übung. So schwer hatte ich's mir nicht vorgestellt. Keine Ahnung, wieso.«

Daniel nickte nur. Er konnte nichts anderes tun, nichts sagen.

»Weißt du eigentlich, was in knapp zwei Wochen ist?«, fragte seine Schwester.

»Was?«

»Der 21. Oktober. Das ist der Tag …«

»… an dem Marty in der Zukunft ankommt«, beendete Daniel Pattis Satz. »Exakt um …«

»Sechzehn Uhr neunundzwanzig.«

»Genau.«

»In vielen Kinos gibt's dazu Sondervorstellungen. Vielleicht gehen wir zusammen hin?«

»Fänd ich schön.«

»Die Zukunft ist nicht so geworden wie im Film.«

»Nein.«

»Ich hab uns was mitgebracht.«

»*Uns?*«

»Dir und mir.« Lächelnd griff Patti nach einer Krücke, humpelte auf dieser zum Küchentisch, zog aus einer der Tüten eine DVD und kam zurück.

»Was ist das?« Daniel spähte auf die Hülle.

»*Zurück in die Zukunft III.*«

»Was?« Sein Blick sprang vom Film zu seiner Schwester und wieder zurück.

»Dumm und dusselig hab ich mich gesucht, bis ich ihn gefunden hab.«

»Wann?«

»Heute. Vorhin. Wir wollten ihn immer zusammen sehen.«

»Stimmt.«

»Ham wir aber nicht.«

Er schüttelte stumm den Kopf. Patti hatte wirklich … Nie hätte er …

»Vielleicht ist jetzt der richtige Zeitpunkt«, sagte sie. »Ich mein … ich fänd's schön, wenn wir … na ja …«

»Ich auch.« Ein weiteres Mal spürte Daniel Tränen in den Augen, wischte sich über das Gesicht.

»Wieder die Zwiebeln?«, fragte Patti grinsend.

»Wahrscheinlich bin ich allergisch.«

»Das wird's sein.«

»Warum hast du nie zurückgerufen?«, fragte Daniel. Er hatte so viele Nachrichten hinterlassen. Jedes Mal hatte er gehofft, sie würde abnehmen oder zurückrufen oder irgendwas. Nichts. »Ich hätt meine große Schwester gebraucht. Ich wollt dir sagen, was für ein Versager ich bin.«

»Deswegen.«

»Was meinst du?«

»Ich wollt dir nicht sagen müssen, was für eine Versagerin ich bin.« Patti presste die Lippen zusammen, kämpfte mit sich. Daniel konnte es genau sehen. Er trat näher auf sie zu. »Ich will nicht von dir umarmt werden«, murmelte sie.

»Weiß ich.« Mit einem Nicken schloss er die Arme um sie, spürte, wie Patti zögerte, steif blieb und schließlich die Hände auf seinen Rücken legte, den Kopf an seine Schulter.

15:34 Uhr

Am liebsten hätte Patrizia die Schultern gezuckt, so getan, als wäre alles nicht so schlimm, egal. Es ging nicht. Es war schlimm. Nichts war egal. Daniel machte einen Schritt auf sie zu, wollte sie umarmen. So war ihr Bruder. Wollte sie das? Wollte sie es nicht? Wollte sie, dass sie es nicht wollte?

»Ich will nicht von dir umarmt werden«, flüsterte sie, unsicher, ob es stimmte.

»Weiß ich.« Ohne ein weiteres Wort legte Daniel seine Arme um sie.

Um ihren Kopf an seine Schulter legen zu können, musste sie

sich nach unten beugen. Würde sie mit dem Gips die Balance halten können? Konnte Patrizia auf einem Bein stehen? Vielleicht nicht. Trotzdem tat sie es. Es war nicht so schwierig, wie sie gedacht hatte. Nicht, wenn sie sich an Daniel festhalten konnte.

»Was wirst du jetzt tun?«, fragte Daniel leise.

»Weiß nicht. Du?«

»Keine Ahnung.«

Eine Weile standen Daniel und Patrizia so zusammen, ehe sie sich voneinander lösten. Schweigend fingen sie wieder an zu kochen. Den Tofu legten sie in ihre Mischung aus Knoblauch, Zwiebeln, Koriander und Limettensaft ein und stellten den Topf anschließend auf den Herd, während sie den Reis zubereiteten und den Tisch deckten. Als das Essen fertig war, kamen Janne und Jonathan mit ihren Großeltern aus dem Garten ins Haus. Sie setzten sich zusammen und aßen gemeinsam. Aufgeregt erzählte Jonathan eine Geschichte, doch Patrizia konnte kaum zuhören. So viele Dinge gingen ihr durch den Kopf. Ihre Gedanken waren zu laut, um was anderes hören zu können. Sie sah die Kinder an, Daniel, ihre Eltern.

Wünschte sie sich wirklich ein Kind? Wollte sie eine eigene Familie, weil sie sonst nichts zustande bekommen hatte? Wollte sie Mutter werden, weil sie sonst gar nichts war? Oder weil es sehr unwahrscheinlich war, dass sie noch Kinder bekommen würde? Damit es eine weitere Sache war, bei der sie versagt hatte? Wegen der sie sich schlecht fühlen konnte?

»Tante Patti und ich wollen uns einen Film ansehen«, sagte Daniel, als sie dabei waren, das Geschirr abzuräumen, und riss Patrizia aus den Gedanken. »Wer will mitgucken?«

»Was für ein Film?«, fragte Jonathan.

»*Zurück in die Zukunft III*.«

»Was ist das?«

»Ein Film aus unserer Kindheit.«

»Da gab es schon Fernsehen?«, fragte Janne.

»Witzig, liebe Tochter. Ja, stell dir vor. Wir haben uns um das

Lagerfeuer gesetzt, und einer musste mit dem Fahrrad den Generator antreiben, damit die anderen …«

»Wirklich?« Jonathan machte große Augen.

»Das war ein Scherz, du Dummkopf«, sagte Janne.

»Janne hat mich Dummkopf genannt.«

»Sag nicht Dummkopf zu deinem Bruder.«

»Dann soll er sich nicht wie einer benehmen.«

»War das ein Scherz, Papa? War das ein Scherz?«

»Das war ein Scherz, ja«, antwortete Daniel.

Patrizia versuchte, ein Grinsen zu unterdrücken. In den letzten Wochen, vielleicht Monaten, hatte sie sich so sehr anstrengen müssen, um zu lächeln. Damit niemand was merkte. Wenn sie abends nach Hause gekommen war, hatte es sich angefühlt, als würde das scheißfröhliche Gesicht von ihren Zügen bröckeln. Wie eine Gipsmaske, die getrocknet war, sich ablöste und zu Boden fiel.

Gerade war es umgekehrt.

»Ich gucke mit«, sagte Janne.

»Ich auch«, kam es von Jonathan.

»Was ist mit dir und Mama?«, fragte Patrizia ihren Vater.

»Wir setzn uns besser nach draußn, oder wat denkste, Seda? Zum Kürbis?« Als Winfried seine Frau ansprach, hob die den Kopf.

Er legte eine Hand auf ihre Schulter, hatte sich ihr vollständig zugedreht. Zum ersten Mal fiel Patrizia auf, dass sich seine Stimme veränderte, wenn er mit ihrer Mutter sprach. Sie wurde leiser, langsamer. War das schon früher so gewesen? War es ihr nicht aufgefallen? Warum bemerkte sie es jetzt?

»Willste dir 'n Film anguckn? Seda?«

»Ich will beim Kürbis sitzen.«

»Dann sollet der Kürbis sein.« Er reichte ihr die Hand, sie stand auf.

Gemeinsam gingen sie durch die Tür in den Garten, nach links und am Fenster vorbei zum Beet. Von ihrem Platz aus konnte Patrizia die Ecke der Kürbishütte sehen. Ihre Eltern liefen sehr eng, stießen bei jedem Schritt ganz leicht aneinander, brachten sich jedoch nicht aus dem Gleichgewicht.

»Will irgendwer was von der Bude?«, fragte Daniel. »Wir können nicht *Zurück in die Zukunft* gucken, ohne uns ordentlich mit Süßkram einzudecken.«

»Eis! Eis! Eis!« Jonathan hüpfte wie ein Frosch von Küchenfliese zu Küchenfliese. Jedes Mal, wenn er das Wort sagte, sprang er ein Stück vor. »Eis. Eis. Eis.«

»Ich würd auch eins nehmen«, sagte Janne.

»Kauf einfach für alle eins«, fügte Patrizia hinzu. »Wird ja bei uns nicht schlecht. Wenn's nicht anders geht, kann ich gerne auch zwei essen.«

»Nein, ich will zwei. Zwei, zwei, zwei!« Daniels Sohn machte einen Satz auf die Sitzfläche seines Stuhls und hockte sich hin, als wäre er eine Kröte.

»Ich werd sehen, was sich machen lässt. Kommst du mit zur Bude, kleiner Frosch?«

»Quack.«

»Ist das ein Ja?«

»Quack.«

»Dann komm.« Daniel streckte die Hand nach ihm aus, sein Sohn ergriff sie, und gemeinsam gingen sie zur Haustür, während sich Jonathan mit kleinen Hopsern fortbewegte und dabei weiter Quackgeräusche machte.

»Ich hab was für dich«, sagte Patrizia, als sie mit Janne Chipstüten und Popcorn, Gläser und Getränke ins Wohnzimmer trug.

Es fiel ihr nicht leicht. So viel hing daran. Es war die richtige Entscheidung. Über was konnte Patrizia das noch sagen? Zumindest dieses eine Mal war sie sich sicher. Vielleicht musste das im Moment reichen.

»Für mich?«

Als sie die Dinge, die sie sich auf dem Weg aus der Küche unter den Arm geklemmt hatte, auf dem Couchtisch abgestellt hatte, fasste sie beide Krücken mit einer Hand und kramte mit der anderen in der Tasche ihres Kapuzenpullis. »Hier.« Sie warf ihrer Nichte den Rollerschlüssel zu.

»Was?«

»Ist für dich.«

»Heißt das …?«

»Was denkst du, was es heißt?«

»Du kannst mir nicht deinen Roller schenken«, stammelte Janne, betrachtete den Schlüssel.

»Warum nicht? Gehört mir.« Patrizia humpelte zum Sofa, konnte keinen Augenblick länger stehen, ließ sich fallen. »Ich kann damit machen, was ich will. Ich hatte mit meinem Roller eine ziemlich tolle Zeit. Jetzt will ich, dass *du* mit ihm eine ziemlich tolle Zeit hast.«

»Nein.«

»Doch.«

»Nein!«

»Wenn ich noch mal doch sagen muss, bekommt dein Vater ihn.«

»Bin schon still«, lachte Janne. »Danke, danke, danke, Tante Patti.« Sie stürzte sich auf Patrizia und schlang die Arme um sie. »Du bist die beste Tante der Welt.«

»Ich bin deine einzige Tante. Und wenn du mich weiter so drückst, bist du bald vollkommen tantenlos. Vergiss nicht, ich bin Invalidin«, fügte sie hinzu. Janne lachte lauter, ließ Patrizia aber los. »Du kannst es leugnen, so viel du willst. Zumindest was die Umarmungen angeht, kommst du nach deinem Vater.«

»Tu ich.«

»Es ist nicht schlimm, ein bisschen Ähnlichkeit mit deinem Papa zu haben.«

»Weiß ich.«

»Ich weiß, dass du das weißt.«

»Du weißt, dass sie *was* weiß?«, fragte Daniel von der Tür aus.

»Ihr wart aber schnell«, erwiderte Patrizia.

»Supermegaturboschnell waren wir«, verbesserte Jonathan.

Seine Schwester stöhnte genervt auf.

»Wie habt ihr es in der kurzen Zeit bis zum Bahnhof und zurück geschafft?«

»Mit Ultraturboantrieb.«

»Erzähl keinen Scheiß.«

»Wir sind mit dem Auto gefahren«, sagte Daniel. »Du weißt, dass sie *was* weiß?«

»Das ist ein Geheimnis zwischen einer Tante und ihrer Nichte. Was habt ihr gekauft?«

»Wusstest du, dass es kein *Brauner Bär* mehr gibt?«

»Wer weiß das nicht? Schon seit Ewigkeiten nicht mehr.«

»Echt? Ist total an mir vorbeigegangen. Gut, ich hab auch schon lange nicht mehr drauf geachtet. Aber irgendwie ... Und dann wollte mir der Mann stattdessen ein *Nogger* anbieten. Als ob das dasselbe wär.«

»Budenbanause!«

»Aber echt!« Er grinste. »Wenigstens gibt's noch *Dolomiti*. Früher hab ich das total gern ...«

»Schmeckt jetzt anders.«

»Wirklich?«

»Weil die da kein Läuseblut mehr reinmachen dürfen.«

»Da war Läuseblut drin?«

»Lebst du hinterm Mond?« Patrizia warf Janne einen vielsagenden Blick zu, konnte sich ein Lachen kaum verkneifen.

Daniel zuckte die Schultern. »Halt ich mich eben an die gemischte Tüte.«

»Mit oder ohne?«

»Ohne natürlich. Für wen hältst du mich?«

»Mit oder ohne *was?*«, wollte Jonathan wissen. »Was?«

»Kinder!«, sagten Daniel und Patrizia fast gleichzeitig.

Als sie sich auf die große alte Couch gesetzt hatten, Eis, Chips und Süßigkeiten zwischen sich, angelte Daniel nach der Fernbedienung. »Seid ihr bereit?«

»Wofür? Wofür?«

»*Straßen? Wo wir hinfahren, brauchen wir keine Straßen.*«

»Was soll das heißen, Papa? Was soll das heißen?«

»Krieg dich wieder ein, Jonathan«, fuhr Janne ihren Bruder an. »Ist nur so ein peinliches Alte-Leute-Ding.« Mit einem Seufzen verdrehte sie die Augen.

Einige Male blickte sich Patrizia während des Films um, sah Daniel an, Janne und Jonathan, die gebannt auf den Fernseher sahen, hin und wieder lachten. Genau so hatte sie es damals getan, im Kino, mit ihrem Bruder. Sie hatte beobachtet, wie konzentriert er gucken konnte. Daniel hatte schon immer gerne Filme angeschaut. Patrizia mochte es, sich Menschen anzuschauen, die sich Filme anschauten.

Nach dem Abspann saßen sie noch eine Weile schweigend auf der Couch, während über den Bildschirm das hellgrüne Herstellerlogo des DVD-Spielers wanderte. Patrizia sah ihm zu, wie es von einer Seite zur anderen glitt, an den Rändern abprallte und zurückfuhr. Wie früher beim Computer das Windowszeichen. Wie alt war das Gerät? Oder gab es Dinge, die trotzdem blieben?

»Lustig«, sagte Daniel. »Aber nicht so gut wie der erste.«

»Schon der zweite war nicht so gut wie der erste.«

»Trotzdem gut.«

»Findest du?«

»Ja, du nicht?«

»Ich war eher enttäuscht.«

»Wirklich?«

»Irgendwie schon.«

»Ich wollte Martys Turnschuhe haben. Die selbst schnürenden. Fand ich super.«

»Nur, weil du nie richtig eine Schleife binden konntest.«

»Wenigstens habe ich nicht Marty McFly angeschmachtet.«

»Hab ich gar nicht! Nur ein bisschen.«

»Keine Ahnung, was ihr habt«, sagte Janne. »Ich fand den echt super. Der *Delorean* ist total cool. Und überhaupt.«

»Ja?«

»Ist nicht nur Alte-Leute-Kram, sondern wirklich cool.«

»Das ist mal ein Kompliment. Hätte ich gar nicht …«

In diesem Moment hörten sie das Geschrei.

Laute Stimmen. Aus dem Garten. Ihr Vater. Ihre Mutter. Patrizia sah Daniel an. Daniel sah Patrizia an. Sie stand auf. Angelte nach den Krücken. Hüpfte. Humpelte. Daniel war schon draußen. Sie musste hinterher. War zu langsam. Kam nicht voran. Ihr Herz klopfte. Sonst gab es nichts. Nur das Herzklopfen. Und die Stimmen. Und das Geschrei.

Als Patrizia endlich die Küchentür erreichte, endlich in den Garten kam, schrie ihre Mutter noch immer. Die Hände. Wild. Durch die Luft. Der Kürbis! Der Kürbis!

»Was ist mit dem Kürbis?«

Hatte Patrizia das gefragt? Oder Daniel?

»Seda! Beruhig dich. Is allet gut. Beruhign musste dich.«

»Der Kürbis!«

Sedas Hand traf Winfried. Fest. Im Gesicht. Er zuckte zusammen. Zog den Kopf ein. Hatte Patrizia ihn jemals so gesehen? Das musste wehgetan haben.

Patrizia machte einige Schritte vor. Stellte sich neben ihre Mutter. Die weiter schrie. Weiter schlug. Patrizia hatte Angst, getroffen zu werden. Hinzufallen. »Mama«, sagte sie. »Mama.« Konnte ihre Mutter sie hören? »Mama. Alles ist gut.« Keine Reaktion. »Mama.« Jetzt. Endlich. Ihre Mutter sah sie an. Sie ließ die Hände sinken. »Alles ist gut. Beruhige dich.« Ohne Krücken humpelte Patrizia näher. Berührte ihre Mutter an der Schulter. Wusste sie, wer sie war? War das gerade wichtig? »Alles ist gut.« Sie streichelte den Rücken ihrer Mutter. Wie die früher Rafaels Rücken gestreichelt hatte. Wie sie es bei Daniel getan hatte. Bei Patrizia. Um sie zu trösten. Sie alle.

»Schhhh«, machte Patrizia. »Schhhh.« Plötzlich fühlte sie sich sehr ruhig. »Willst du dich setzen? Hier? Auf deinen Stuhl?« Patrizias Mutter sagte nichts. Langsam nickte sie. »Dann komm.«

Schritt für Schritt begleitete Patrizia ihre Mutter zu ihrem Platz, hüpfte auf einem Bein neben ihr her. Als sie saß, blieb Patrizia neben ihr stehen, hielt ihre Hand.

»Ich hol dir Eis«, sagte Daniel zu Winfried.

»Ich brauch kein Eis.«

»Es wird schon rot.«

»Und wennschon.«

»Lass dir helfen.«

»Ich brauch keine Hilfe.«

»Natürlich brauchst du die«, fuhr Patrizia ihren Vater an. »Gerade hat dir Mama ins Gesicht geschlagen.«

»Hatse nich extra gemacht.«

»Spielt doch keine Rolle. Allein schaffst du das nicht. Mama ist gewalttätig. Sie …«

»Jetzt hab ich die Schnauze voll! So redeste nich über deine Mutter! Nix mehr will ich hörn! Nix! Wat wisster schon? Am Verliern bin ich se. Ich. Fast fuffzig Jahre. Fuffzig. *Ich* tuse verliern. Mein bester Freund isse. Nix wisster.« Die Stimme ihres Vaters wurde leiser. »Und wenne so schlau bis. Wer soll mir helfn? Du? Dat will ich sehn.«

»Was soll das wieder heißen?«

»Wann biste dat letzte Mal hier gewesn? Is ja nich so, datte dich jemals um irgendwat gekümmert häts.«

»Ich hab viel gearbeitet.«

»Schon 'ne Weile nich mehr. Oder hab ich da wat falsch verstandn.«

»Du kannst mich mal!«

»Aber weiße wat? 'ne Überraschung is dat nich. Dat kannste gut. Dich außem Staub machn. Nix von dir hörn lassn. Du tus, watte willst. Und Schluss. Schon imma war dat so.«

Endlich gab er es zu! Die Sache mit Rafael. Patrizia wusste es selbst. Sie war schuld. An allem. Ihr Vater hatte es nie ausgesprochen. Niemand hatte das. Ändern tat das nichts.

War sie jetzt erleichtert?

Ihr war nur schlecht.

»Muss ich von dir haben«, sagte Patrizia kühl. »Wie der Vater so die Tochter.«

»Dann hamwer dat wenigstens gemeinsam.«

»Wat?«

»Dat Scheißesein.«

»Oma Seda?«, fragte Janne in diesem Moment. »Oma Seda? Geht's dir nicht gut?«

Patrizia sah ihre Mutter an. Sie hatte es nicht bemerkt. Die Hand ihrer Mutter war in ihrer schwach geworden. Ihr Kopf war auf die Brust gesunken. Sie war blass. Elendig blass. Und ganz still.

»Ruf den Notarzt!«, sagte Daniel. »Janne! Schnell! Ruf 'nen Krankenwagen!« Seine Tochter rannte los.

Wie spät war's? Ich musste weggeknackt sein. Wie lange? Kein blassen Schimmer. Wat hatte mich geweckt?

Heiß war's. Sogar unterm Schirm. Besser gemacht hatte es dat bissken Ratzen auch nich. Gelb und weiß war der Schirm. Wir hätten 'nen blauen kaufen sollen. Von mir aus 'nen roten. Gelb und Weiß konnten nix ausrichten gegen die Affenhitze. Aber mit so wat durfte ich Seda nich kommen. Schon gar nich den Ulligen. Den hattense hübsch gefunden. Wie Eis am Stiel, hatte Patti gesagt. Deswegen hattenwer ihn beim *Horten* genommen. Und deswegen würdenwer ihn auch mitnehmen, nächste Woche, nach Holland, in Urlaub. In unsere Schrottkarre würd der nich passen. So sicher wie dat Amen inner Kirche war dat. Zu groß war dat Ding und zu sperrig. Seda liebte den Schirm. Die Ulligen liebten den Schirm. Wie Vanille- und Bananeneis. Wer hörte schon auf mich?

Mit dem Handrücken wischte ich mir Schweiß ausse Augen. Kopppiene hatte ich. Von gestern. Bestimmt drei Stunden hatte ich inner Sonne gestanden, weil ich Daniels Tor aufbauen wollte. Hinten. Im Garten. Die ganze Platte hab ich mir verbrannt. Vom Rest durfte ich gar nich erst anfangen. Wie Hulle brannte dat. Aber 'n Tor musste schon sein. Daniel würde bald mittem Fußball anfangen. Im Verein. Ein bissken war ich jetzt schon mit ihm am Pöhlen. Er war ein Dötzken, ein Köttel. Aus ihm würde nie 'n ordentlicher Kawenzmann werden. Aber 'n Finnigen warer. Und 'ne Klebe hatte er auch. Der Rest kam von allein. Anders war's bei mir auch nich gewesen. Links außen hatte ich gespielt. Vielleicht kam der Kleene nach seinem Vatter. Schön wär's. Bei jedem Spiel würden Rafael und ich dabei sein. Dat war klar. Wie bei Patti und ihrem Eislaufen. Dat würde gut für Daniel sein. Wie dat Eislaufen gut für Patti war.

Schon wieder!

Mich hatte wat getroffn. Nass war's gewesn. Oder nich? Wat war dat?

Ich blinzelte. Wurd ich jetzt ganz meschugge? War's am Regnen? Dat hätte grad noch gefehlt. Ich hatte komisches Holz für dat Tor gekauft. Viel zu lang. Dat musste ich bestimmt noch lackieren. Sonst war dat ratzfatz am Faulen. Dat die einem auch nie 'n paar ordentliche Stücksken Holz verkauften. Immer war wat damit. Wie mitter Schaukel vorne. Dat war auch 'ne ziemliche Scheiße. Aber wat nützte dat Geplärre? Die Ulligen schaukelten gern. Noch mal würde ich so wat jedenfalls nich machen. Dat konntense knicken. Allein schon wegen der Seile. Wie mir Seda damit inne Ohren gelegen hat. Sicher sollte dat sein. Wat erzähltese mir dat? Wie wenn ich 'n Kappeskopp wär. Scheiß Holz. Scheiß Seile.

Schon wieder! Verfluchte Hacke. Wat war dat?

Ich setzte mich auf. Der verdammte Liegestuhl kippte fast um dabei. Dat wär's noch gewesen. Dat ich mittem ganzen Schisselameng auffe Erde knallen würde. Ich hatte die blöden Stühle sowieso nich kaufen wollen. Viel zu unbequem warense. So eine Larifari-Arbeit. Wie ein Hering musste man draufliegen. Bloß nich bewegen. Sie waren günstig gewesen. Jau. Bei solchen Sachen konnte Seda 'n Sparbrötchen sein. Wenn se wieder heimlich Bömmsken für sich und die Ulligen kaufte und dachte, ich würd's nich mitkriegen, da warse die Spendierhosen am Tragen.

Aber wehe ich wollte für den Garten 'n paar vernünftige Liegestühle. Plötzlich ging's da um jeden Groschen. 'ne richtiger Pfennigfuchser, meine Frau.

Natürlich tat ich dat nich sagen. Wie ich auch nich sagte, dat se 'n Klümpkenkopp war, sondern einfach dat Bömmskenpapier ausser Autotür holte und inne Mülltonne warf.

Dat mochte ich. Dat wir unsere Spielchen hatten. Wie die Sache mittem Streiten, wenn wir taten, wie wenn wir krawuttig aufeinander wärn. Dat machte uns aus.

Jetzt war aber Ende im Gelände! Wat zum Geier noch mal war dat?

Ich guckte mich um. Sah die Ulligen. Ein paar Schritte weit weg. Die hatten 'nen Eimer. Bespritzten mich mit Wassertröpfken. Grinsten sich eins. Alle drei. Dat konnte denen so passen. Ihren alten Vatter auffe Schüppe nehmen. Die würd ich mir greifen.

»Dat habter nich umsonst getan!« Ich sprang auf. Der Stuhl fiel um. Daniel schrie auf. Patti packte Rafaels Rollstuhl.

»Weg, weg, weg!«, warse am Rufen. »Schnell, schnell, schnell!«

Patti und Daniel lachten und kreischten und schoben ihren Bruder übern Rasen.

Ich hinterher. »Na, wartet! Wenn ich euch erwisch. Dann könnter abba wat erlebn!« Ich war auch am Lachen.

18:27 Uhr

Wie Stunden fühlte sich das Warten an. Tage. Der Zeiger hatte keine ganze Runde auf der Uhr im Warteraum gemacht, seit sie hereingekommen waren. Hinten in der Ecke saß Patti. Weit weg. Daniel hätte sie gerne bei sich gehabt, wagte es nicht, zu ihr zu gehen. Lieber blieb er in der Nähe der Tür. Wahrscheinlich war das albern. Was brachte das? Trotzdem.

Jonathan war mit Monika zu Hause geblieben, Janne war mitgekommen, saß neben Daniel. Schon im Auto hatte sie seine Hand genommen. Seitdem hielt sie ihn fest.

War jetzt der Moment gekommen? Er konnte das Gesicht seiner Mutter nicht vergessen. Wie sie sich angefühlt hatte. Als wäre sie nicht mehr da. Daniel hatte gedacht, dass sie noch Zeit hätten. Ein bisschen.

Ruf den Notarzt! Janne! Schnell! Ruf 'nen Krankenwagen! Die Worte gingen ihm nicht mehr aus dem Kopf. Hatte er sie gesagt? Oder jemand anderer? Er war sich nicht sicher.

Die Tür öffnete sich. Daniel sprang auf. Ließ fast Jannes Hand los. Fasste schnell nach. Drückte sie an sich. Andreas kam rein. Dann Daniels Vater. Was?

»Es war ein Schwächeanfall«, sagte Andreas.

»Ein Schwächeanfall.«

»Sie ist jetzt wieder stabil.«

»Wieder stabil.«

»Kannste aufhörn, allet zu wiederholn? Dat macht mich wahnsinnig.«

»Ich versuch nur, alles zu verstehen.«

»Musste dat deshalb so dumm nachquatschn?«

»Nur ein Schwächeanfall? Sonst nichts?«, fragte Patti aus ihrer Ecke.

»Natürlich ist es der Krebs. Er hat sie erschöpft. Insgesamt ist sie sehr schwach, deshalb … Sie sollte sich nicht so aufregen. Sie braucht Ruhe.«

»Warum hat sie das?«

»Wat?«

»Warum hat Mama sich so aufgeregt?«, fragte Patti.

»Mit 'm Kürbis hat dat zu tun.«

»Was genau?«

»Kaputt isser.«

»Wie? Kaputt?«

»Hat 'n Riss. Am Stängel.«

»Einen Riss? Am Stängel?«

»Jetzt fängste auch noch an.«

»Deshalb hat sie sich so aufgeregt? Wegen einem dämlichen Riss am Stängel?«

»Da war schon 'ne Schnecke am Reinkriechen.«

»Und?«

»Wat willste eigentlich von mir, Patti? Der Kürbis is wichtig für deine Mutter. Dat musse nich verstehn. Dat musse auch nich glaubn. Aber so isset!«

»Was passiert jetzt?«, fragte Daniel.

»Ich würd eure Mutter gern noch eine Nacht hierbehalten. Zur Sicherheit, aber …«

»Dat kannste knicken, Andreas. Seda muss nach Hause. Hier drin gehtse kaputt.«

»Wie gesagt, ich würde es gern, aber …«

»Wenn Andreas als Arzt sagt, dass sie besser noch eine Nacht hierbleibt«, sagte Daniel, »dann sollten wir vielleicht wirklich …«

»Kommt nich inne Tüte!«

»Er ist ihr Arzt. Er sollte …«

»Ich bin auch dafür, dass wir Mama mit nach Hause nehmen.« Patti war aufgestanden und kam auf ihren Krücken langsam näher.

»Bist du?«, fragte Daniel.

Auch sein Vater schien überrascht.

»Krankenhäuser hat sie nie gemocht.«

»Aber …«

»Lass uns Oma wieder mit nach Hause nehmen, Papa.«

Erst sah Daniel Janne an, dann seine Schwester, dann seinen Vater. Andreas, nickte. »Lasst uns mit ihr nach Hause gehen.«

Wieder mussten sie warten. Es kam Daniel dieses Mal nicht so unerträglich vor. Eine Weile saß Winni mit ihnen im Wartezimmer. Patti war nicht zurück in ihre Ecke gegangen. Papiere mussten unterschrieben werden. Alles dauerte. Endlich durften sie zu ihr. Endlich durften sie mit ihr nach Hause fahren.

»Ich schlaf heut Nacht draußn«, sagte Daniels Vater.

Gemeinsam saßen sie am Küchentisch und aßen die *Moqueca-*

Reste. Monika war gegangen, als Winni seine Frau ins Bett gebracht hatte. Seitdem hatten sie kaum gesprochen.

»*Draußen?*«

»Beim Kürbis.«

»Du kannst doch nicht draußen beim Kürbis schlafen«, widersprach Patti.

»Ich weiß selbst, wat ich kann und wat nich.«

»Es wird kalt.«

»Dafür gibt's Deckn.«

»Ich will auch beim Kürbis schlafen!«, rief Jonathan. »Darf ich, Papa? Darf ich?«

Daniel blickte von seinem Vater zu seinem Sohn und zurück. »Find ich keine gute Idee, Papa«, sagte er. »Du solltest nicht ...«

»Wisster wie scheißegal mir dat is, ob ihr dat für 'ne gute Idee haltet? Ich hab euch nich um Erlaubnis gefragt.«

»Opa hat scheißegal gesagt.«

»Aber ...«

»Nix abba.«

»Was versprichst du dir davon?«, fragte Patti. »Willst du den Kürbis verteidigen, falls eine Schneckenarmee angreift?«

»Wenn's sein muss.«

»Ich will auch, Papa! Ich will auch gegen die Schneckenarmee kämpfen! Bitte, bitte, bitte!«

»Es gibt keine Schneckenarmee«, murmelte Daniel.

»Tante Patti hat aber gesagt ...«

»Ich weiß, was Tante Patti gesagt hat.«

»Ich würde auch bleiben«, sagte Janne. »Bei Opa und dem Kürbis.«

»Warum darf Janne beim Kürbis schlafen und ich nicht? Ich will auch, Papa! Ich will, ich will, ich will.« Auf dem Stuhl sitzend, trampelte Jonathan unter dem Tisch ärgerlich mit den Füßen.

»Jonathan!«, fuhr Daniel ihn an. Er wollte nachdenken. Einen Moment, um in Ruhe ...

»Ich will, ich will, ich will!«

»Von mir aus!« Er gab ein genervtes Seufzen von sich, fuhr sich über die Stirn und warf seinem Vater einen vorwurfsvollen Blick zu.

Der blieb unbeeindruckt.

»Jippie!« Jonathan sprang vor Freude von seinem Platz auf, stieß beinahe sein Glas um, hüpfte in die Höhe, kreiste wild mit den Armen. »Ich schlaf beim Kürbis. Ich schlaf beim Kürbis.«

»Dann schlafen wir alle beim Kürbis«, sagte Daniel. »Wir machen eine Familiensache draus.«

»Find ich gut.« Janne lächelte.

»Guckt mich nicht so an!« Mit zusammengepressten Lippen verschränkte Patti die Arme vor der Brust. »Ich werde auf keinen Fall die ganze Nacht in der Kälte sitzen und einen hässlichen Riesenkürbis bewachen. Das könnt ihr vergessen. Habt ihr eine Vorstellung davon, wie eisig es wird? Ein paar Decken helfen euch da auch nicht mehr.«

»Ich hol 'n Heizstrahler ausser Garage.«

»Einen *Heizstrahler?* Damit wir am Ende das ganze Haus abfackeln? Außerdem bin ich müde. Ich will schlafen.« Als wollte sie aufstehen, drückte Patti die Krücken in den Boden, blieb jedoch sitzen. »Ihr werdet draußen kein Auge zumachen.«

»Und wenn schon.«

»*Und wenn schon?* Wir müssen früh raus. Schon vergessen? Nach Stuttgart ist es 'ne ziemliche Ecke. Von selbst fährt sich das nicht.«

»Schaffnwer schon. Sonst tun wir den Andreas fragn.«

»Wir können nicht Andreas fragen tun. Fragen«, verbesserte sich Patti. »Wir können ihn nicht fragen.«

»Warum solltenwer dat nich könn?«

»Weil wir ihn nicht in unseren Familienwahnsinn reinziehen dürfen. Deswegen! Im Garten einen Riesenkürbis zu züchten ist eine Sache. Aber damit durch halb Deutschland zu fahren, zu einer dämlichen Kürbisweltmeisterschaft, eine ganz andere.«

»Wir fahrn nich durch halb Deutschland. Nach Ludwigsburg isset keine vier Stundn. Richtig, Janne?«

»Drei Stunden und zweiunddreißig Minuten. Ohne Verkehr.«

»Und 'ne Kürbisweltmeisterschaft isset auch nich. Wofür hab ich dich zur Uni geschickt, wenne dir nich ma dat merkn kanns? Da tunse den schwerstn Kürbis von Europa wähln.«

»Warum?«

»Warum *wat?*«

»Warum müssen wir dahin fahren? Geht es dabei wirklich um Mama oder eigentlich um dich? Willst du Europameister im ...«

»Würdeter sonst kommn?«, unterbrach Winni sie, die Stimme dunkel vor Zorn.

»Was?«

»Von mir aus bin ich wieder der Buhmann und der schlechteste Vatter vonne Welt. Aber tut ma nich so, wie wenner gekommn wärt, wenn ich nich ...«

»Wir wären auch so gekommen, Papa. Du hättest nicht ...«

»Verscheißern kann ich mich alleine, Daniel«, erwiderte Winni. »Die paar Feiertage. Mehr war dat nich.«

»Wir waren öfter da.«

»Wann dat letzte Ma?«

»So genau weiß ich das nicht.«

»Abba ich. Im Juni. Im Juni seiter da gewesn. Für genau zwei Stundn und dreizehn Minutn. Dat war allet. Jetzt hamwer Oktober. Und von dir will ich gar nich anfangn«, fügte er an Patti gerichtet hinzu.

»Es ist immer so viel los«, sagte Daniel. »Manchmal weiß ich nicht ...«

»Warum hast du das nicht einfach gesagt?«, wollte Patti wissen.

»Mittem Betteln fang ich nich an, damit meine Kinder mich ma ... damit sie ihre Mutter ma besuchn.«

»Stattdessen spannst du uns alle in diese alberne Kürbismeisterschaft ein? Ist das besser?«

»Seiter hier oder seiter nich hier?«

Sie schwiegen.

»Ich hol jetzt 'n Heizstrahler.«

Patti seufzte. »Von mir aus.«

»Alle schlafen beim Kürbis. Alle schlafen beim Kürbis«, jubelte Jonathan und sprang um die Stühle. »Kürbis, Kürbis, Kürbis.«

»Kannst du mal aufhören zu nerven?«, fuhr Janne ihren Bruder an.

»Janne!«

»Was denn? Stimmt doch!«

»So sind kleine Brüder«, sagte Patti.

»Witzig«, gab Daniel zurück.

»Was denn? Stimmt doch! Na, los.« Sie machte eine einladende Bewegung mit ihrer rechten Krücke. »Füllen wir ein paar Wärmflaschen, damit wir die Nacht überleben.«

22:45 Uhr

»Papa?«, fragte Janne.

Sie sprach von irgendwoher, sehen konnte Patrizia sie nicht. Das Haus war unbeleuchtet, fast schwarz der Himmel. Trotzdem wurde es nie ganz dunkel, wie es auch nie ganz still wurde. Selbst in der Nacht war das unablässige Rauschen der Autobahn zu hören. Schweigend hatten sie seit einer Weile nebeneinander im Garten gelegen, eingewickelt in ihre Decken. Allein Winfried hatte es sich auf dem Stuhl bequem gemacht, um den Kürbis nicht aus den Augen zu lassen. Es war kalt, zu kalt zum Schlafen.

»Ja?«, gab Daniel zurück, gleich neben Patrizia.

»Wie war Onkel Rafael so?«

»Wie er war?«

Natürlich, für Janne und Jonathan war Rafael ihr Onkel, wie Patrizia ihre Tante war, trotzdem klang es komisch und fühlte sich auch komisch an. Patrizia hatte Rafael nie als etwas anderes gesehen als ihren kleinen Bruder.

»Du hast nie viel von ihm erzählt. Ich hab die Fotos in der Küche gesehen. Wie ist er so gewesen?«

Ehe Daniel etwas sagen konnte, antwortete Winfried. Ohne ihn sehen zu können, war seine Stimme noch dunkler und kräftiger, obwohl er weiter weg war. »'n Lustign warer«, sagte er. »Schotn hatter draufgehabt. Da ham dir abba die Ohrn geschlackert. Mein lieber Scholli.«

»Konnte Onkel Rafael sprechen? Ich dachte …«

»Nicht wirklich, nein«, erwiderte Daniel.

»Er konnte einen aufmuntern«, sagte Patrizia. »Irgendwie hat er immer gewusst, wie es dir geht. Dafür hatte er einen sechsten Sinn. Wenn ich traurig war, bin ich zu ihm.«

»Biste?«

»Dann hat er eine lustige Grimasse gezogen, und du musstest lachen. Oder er hat dich in die Arme genommen. Er konnte dich auf eine ganz besondere Art festhalten.«

»Ja, genau.« Daniel nickte. Patrizia konnte seinen Schatten sehen und das leicht schabende Geräusch des Kissens auf dem Boden hören. »Er hat seine Wange an deine gedrückt und die Arme um dich geschlungen. Besonders stark war er nicht, aber festhalten konnte er. Richtig festhalten. Das war schön.«

»Fand ich auch.«

»So machst du es auch«, sagte Janne.

»Du meinst, weil ich auch keine Muckis hab?«, fragte Daniel zurück.

»Sie hat recht«, fügte Patrizia hinzu. »Du hältst einen genauso fest.«

»Wirklich? War mir gar nicht … Ich meine … Danke.«

»Jetzt mach nich wieder sonn großet Ding draus, sonst biste gleich wieder am Heuln.«

Sehr leise schnäuzte sich ihr Bruder, Patrizia konnte ihn trotzdem hören.

»Wisster, dat hier inner Nähe früher zwei Ziegnfraun gewohnt ham?«, fragte Winni.

»Zwei Ziegenfrauen?«

»Tante Erna und die Frau Fink. 'n ganzn Haufn Ziegn hatten die wohl, Schafe und Hühner. Kanickel glaub ich auch. Mittem

Bollerwagen sindse durche Straßen. Abfälle hamse denen gebracht. Dat Grüne vonne Möhrn, Kartoffelschaln und so weiter. Damit de Tiere wat zu futtern hattn. Bömmsken ham die Ströppken dafür gekriegt.«

»Hier?«, fragte Patrizia. »Durch unsere Straße?«

»So isset. Durchs ganze Dorf. Den Ziegn ihre Milch und Butter hamse verkauft. Davon hamse gelebt.«

»Sie konnten mit den Ziegen ihren Lebensunterhalt verdienen?«

»Dat sind noch andre Zeitn gewesn.«

»Ich wünschte, ich könnte auch von Ziegen leben«, sagte Patrizia. »Ich stell es mir schön vor, jeden Tag mit ihnen spazieren zu gehen und sie zu melken und ihre Milch zu Butter und Käse zu verarbeiten.«

»Vor allem biste da am Scheißesammeln. Dat kannste wohl glaubn. So isset doch. 'n Haufn Scheiße is überall dabei. Da kommste nich drumrum. Nur guckn musste, datte am Ende noch wat andret am Tun bis, wie nur Scheiße sammeln.«

Als ihr Neffe nichts sagte, fragte Patrizia: »Schläft Jonathan?«

»Schon eine Weile. Ist gleich eingepennt, als wir uns hingelegt haben«, erwiderte Janne.

»War ja irgendwie ein langer Tag«, sagte Daniel. »Ich bin auch hundemüde.«

Patrizia musste ebenfalls gähnen.

»Warum tuter nich schlafn?«

»Was wird aus der Schneckenarmee?«

»Hab ich 'n Auge drauf.«

»Du kannst nicht die ganze Nacht wach bleiben.«

»Wieso nich?«

»Du brauchst auch Schlaf«, sagte Patrizia. »Wie jeder andere Mensch. Tu nicht immer so, als wärst du …«

»Nix tu ich. Ich sach nur, dat ich …«

»Blödsinn ist das.«

»Dat muss ich mir …«

»Ich stell einen Wecker«, sagte Janne.

»Wat?«

»Auf meinem Handy. Ich stell mir den Wecker für, keine Ahnung, halb eins. Opa übernimmt die erste Wache, ich die zweite. Dann wecke ich einen von euch.«

»Nee nee nee, keine gute Idee is dat. Wenner Wecker am Klingeln is, werdn alle wach. Dat will ich …«

»Ich schalte ihn auf Vibrationsalarm und leg ihn neben mich. Dann werde nur ich von ihm geweckt, und alle anderen können weiterschlafen«, widersprach Janne.

»Dat geht?«

»Natürlich geht das.«

»Was bin ich froh, dass ich so eine schlaue Tochter hab«, sagte Daniel.

»Ist ja nicht so, als ob ich das erfunden hätte. Jedes Handy kann das. Ist keine große Sache.«

»Stolz bin ich trotzdem.«

»Papa«, protestierte Daniels Tochter.

»Da brauchste nich rumjankn. Wennen Vatter auffe Tochter stolz is, isser stolz. So isset nun ma. Da kommse nich gegn an. Glaub mir dat ma.«

Für einen Moment war es still.

»Gute Nacht, Papa«, flüsterte Janne.

»Gute Nacht, Schatz. Schlaf schön.«

»Gute Nacht, Tante Patti. Gute Nacht, Opa. Bis um halb eins.«

»Gute Nacht, Janne«, murmelte Patrizia in ihre Decke.

Die hatte sie bis hinauf zur Nase gezogen. Ihr war unglaublich kalt, der Stoff kratzig auf der Haut. Sie blickte zum Haus, das sich dunkel abhob, roch die Erde, die Feuchtigkeit der Herbstluft. Als Kinder hatten sie manchmal im Garten gezeltet. Daniel und sie. An eine Nacht erinnerte sich Patrizia, als sie ihrem kleinen Bruder schaurige Geschichten erzählt hatte. Um ihm Angst zu machen. Von Mördern und Kinderräubern und den schrecklichsten Monstern, die ihr eingefallen waren. Daniel war weiter von der Zeltwand weggerückt und näher an sie heran, hatte sich an ihr festgehalten und geheult. Sie hatte trotzdem weitererzählt. Ein bisschen gemein war das gewesen, wenn sie jetzt darüber nachdachte, aber eigentlich hatte Patrizia es nur gemacht, weil sie es mochte, wie sich Daniel an sie klammerte, an seine große Schwester. Sie hatte es übertrieben, und irgendwann war er aufgestanden und zurück ins Haus gegangen. Patrizia war wütend auf ihn gewesen, aus Protest im Zelt geblieben und hatte sich die ganze Nacht vor ihren eigenen Geschichten gefürchtet.

Sie musste an Seda denken, die dort oben hinter einem der schwarzen Fenster schlief. Was träumte sie? Hatte man Träume, wenn einem das eigene Leben verloren ging? Kamen Daniel und Patrizia noch in den Träumen ihrer Mutter vor? Rafael? War Seda zumindest sie selbst, wenn sie schlief? Einmal hatte Patrizia Seda weinen gesehen, an einem Nachmittag, in der Garage. Rafael hatte geschrien, Patrizia ihn nicht beruhigen und ihre Mutter nirgendwo finden können. So wütend war sie gewesen. Auf Rafael, der nicht sagen konnte, was er hatte, auf Seda, die nicht da war, um ihr zu helfen. Durchs ganze Haus war Patrizia, hatte laut gerufen, war irgendwann zornig zur Garage gestapft. Da hatte ihre Mutter gesessen, in ihrem Auto, auf dem Fahrersitz, die Hände vorm Gesicht, von heftigen Schluchzern geschüttelt. Sie hatte so schrecklich geweint, lange nicht aufgehört. Und Patrizia war nicht zu ihr gegangen. Warum nicht? Warum hatte sie ihr nicht geholfen? Sie hatte sich nicht getraut und war zurückgegangen und hatte Rafael beruhigt.

Wie viele solcher Momente hatte es gegeben, die Patrizia nicht mitbekommen hatte? An wie viele konnte sie sich nicht erinnern?

Sie sah zum Himmel nach oben. Wieso fühlte der sich so schwer an? Wieder konnte Patrizia nicht atmen. Warum wurde es nicht besser? Würde es jemals besser? Sie musste plötzlich weinen. Weinen, wie ihre Mutter damals geweint hatte. Worüber genau? Irgendwie über alles und über nichts.

»Was ist, Patti?«, hörte sie Daniel neben sich, der sehr leise sprach.

»Ich werde die Scheißangst nicht los«, flüsterte sie zurück.

»Wovor?«

»Keine Ahnung … Vor dem Leben, schätz ich.«

Er legte ihr die Hand auf die Schulter.

Rafael war ganz still gewesen. Wie wenner am Schlafen wär. Warer aber nich. Sein Körper war grade. Arme. Beine. Wie Stöcksken. Wie 'n Brett. War keine kleine Gummischlange mehr. Weg isse. Dat war alles, wat ich am Denken war. Weg ist die kleine Gummischlange.

Seda war an sein Bett gestürzt, ich anner Tür geblieben. Geschüttelt hatse ihn, geklopft, aufgesetzt, umarmt. Ich hab nix getan. Nur dagestanden. Auch wie se an mir vorbei ist. Zum Telefon. Und zurück. Wie die Sanis gekommen sind. Ich trat zur Seite. Um nich blöde im Weg zu stehen. Um nich hingucken zu müssen. Wat machtense? Mit der kleinen Gummischlange. Meiner. Nix hab ich wissen wollen.

Ich bin runtergegangen. Inne Diele. Dann inne Küche. Dann raus. Auffe Stufen hab ich mich gesetzt. Kalt war's. Wusste ich, aber ich fror nich. Heiß oder so war mir auch nich. Gar nix. Irgendwo musste ich hingucken. Nirgendwohin kann man nich gucken. Dafür muss man die Augen zumachen. Selbst dann guckt man noch. Hatte ich die Augen zu? Hätte ich sonst den Krankenwagen gesehen, der auffm Gehweg stand? Halb. Da, wo Patti sonst den Roller abstellte. Die Türn waren geöffnet. Überall dat Blaulicht. Es zuckte. Übern Bürgersteig. Den Rasen. Die Straße. Warum war dat blau? Kam dat von blauen Glühbirnen? Oder lag dat am blauen Plastik drumrum? Scheißegal war dat. Jetzt gerade war's wichtig. Ich guckte ins Licht. So lange, bis die Augen am Wehtun waren.

Inner Hosentasche tastete ich nach der Schachtel, hielt sie inner Hand, klopfte, fummelte 'ne Fluppe raus, klopfte die, schobse zwischen die Lippen, nich mittig, eher rechts, immer eher rechts. Dat Feuerzeug fischte ich als Nächstes raus, wollte es anzünden, einmal, zweimal, dreimal. Nur 'ne kurze, kleine Flamme, nur 'n paar Funken. Wieder versuchte ich's. Und wieder. Endlich Feuer, groß genug, dat ich die Fluppe reinhalten konnte. Ganz nah ran, mittem Handrücken den Wind abgeschirmt, der nich da war, paffte, paffte, schmeckte den Rauch, legte dat Feuerzeug weg, auch die Schachtel. Seda hasste es, wenn ich rauchte. Nur inner Garage machte ich's. Heimlich. Wenn se nich da war. Wusstese. Ich wusste, dat sie's wusste. Dat war okay.

Alles war meine Schuld. Ich hatte mich verquatscht. Ein Bier zu viel. Nich auffe Zeit geachtet. Warum hatte ich nich auffe Uhr geguckt? Wir waren zu spät. Es war allein meine Schuld.

Pattis Roller hatte ich nich gehört. Er war da gewesen. So wie Patti da gewesen war und Daniel. Sie standen vor mir. Patti sagte wat. Wat?, hätt ich fragen könn. Kannste dat wiederholn? Irgendwat stimmt nich, mit meinen Ohren. Ich hörte nix. Die Ulligen waren weiß umme Nase. Beide. Auf den Gesichtern zuckte dat Blaulicht. Daniel sah wie ein Stöpsel aus. Patti wie wenn se sich beim Stöpselsein nich entscheiden könnte.

Sie wollten reingehen. Vielleicht hätt ich sagen sollen, dat se nich reingehen sollten. Vielleicht hättenwer zusammen draußen sitzen sollen. Wie? Ich hatte kein Schimmer. Und eigentlich wollte ich dat nich.

Irgendwann kamen die Sanis raus. Die kleine Gummischlange, die keine kleine Gummischlange mehr war, nahmense mit. Sehen konnte ich se nich. Es war ein Laken drüber. Hingeguckt hätt ich auch nich. Sie ludense ein. Türen knallten. Der Motor sprang an. Der Wagen fuhr los. Dat Blaulicht wurde weniger.

Zucken für Zucken für Zucken für Zucken.

Nur eins konnte ich denken: Hattense gefragt? Ob se die kleine Gummischlange mitnehmen durften? Hattense gefragt?

Irgendwann kam Seda. Müssnwer auch fahrn?, hätt ich sie gern gefragt. Wat sollnwer tun? Wat soll jetzt werdn?

Irgendwann gingenwer zurück ins Haus.

Irgendwann war diese Nacht zu Ende.

Irgendwann kam der Tag.

Irgendwann fing dat mitter Angst an. Und die Sache mitte Hände. Dat ich damit nach nix greifen konnte. Nix festhalten. Nix tragen. Dat ich nich lesen konnte, wie wenn ich meschugge im Kopp wär, weil die Zeilen am Verrutschen waren. Dat die ganze Welt am Verrutschen war. Dat die Ohren schlimmer wurden. Dat ich schreien musste und mich nich hören konnte. Dat ich 'ne Stelle am Nacken hatte, knapp überm Kragen, die juckte wie sonst wat, egal, wie fest ich kratzte. Und dat ich meine scheißverdammte Warnweste nich mehr ausziehen konnte. Dat hätte Rafael gefallen. Er hatte die Warnweste geliebt. Gelacht, wenn ich se getragen hab. Tut-tut, hater jedes Mal gemacht. Tut-tut.

Und irgendwann rief Seda inner Klinik an und packte meine Koffer und setzte mich ins Taxi. Wegen der Hände und dem Verrutschen und den Ohren und dem verfluchten Kratzen. Deswegen. Vor allem aber wegen der Weste und dem Tut-tut.

Sonntag

07:12 Uhr

»Dat glaub ich jetzt nich.«

»Was?«

»Dat is nich dein Ernst.«

»Wieso?«

»Ich glaub, ich seh nich richtig. Ers dat Knirpsken. Dann Patti ihr Schlaffanzuch. Und jetzt dat!«

»Was meinst du?«

»'n Röcksken is dat.«

»Ja.«

»Biste jetzt auch 'n Röcksken am Tragen?«

»Sieht so aus.«

»'n Mann biste.«

»Ich denk schon.«

»Männer tun keine Röcke tragn.«

»Stimmt nicht.«

»Woher haste den überhaupt?«

»Aus Mamas Kleiderschrank.«

Obwohl er versuchte, ernst zu bleiben, konnte sich Daniel ein Schmunzeln nicht verkneifen. Er blickte an sich nach unten. Gut, der schönste Rock der Welt war es nicht, ein bisschen zu eng auch. Den obersten Knopf hatte er auflassen müssen. Aber sonst? Ganz nett eigentlich. Luftig. Irgendwie.

Die Gesichter waren es wert gewesen. Sein Vater jetzt. Jonathan vorhin. Der hatte gelacht. Und die Arme um ihn geschlungen. Steht dir gut, hatte sogar Janne gesagt. Das war natürlich Quatsch. Was machte das? Dafür hatte er es nicht getan.

Der Blick seines Vaters ging von Daniel zu Jonathan, der zur Feier des Tages den Tüllrock und die Einhornmütze trug, weiter zu Patti auf ihren Krücken, schließlich zum Kürbis. Ein schweres Stück Arbeit war es gewesen, ihn auf den Hänger zu kriegen. Alle hatten sie anpacken müssen und es trotzdem beinahe nicht geschafft. Da lag er jetzt. Abfahrbereit. Als könnte er die Aufregung nicht verstehen. In der Hand hielt Winni eine Decke, mit der er den Kürbis auf der Reise warm halten wollte. Darüber eine Plane. Obwohl laut Wetterradar kein Regen angekündigt war. Wissen tustes nie, hatte Daniels Vater gesagt. Regn kommt, wie er kommt. Dagegen kannste nix tun. Et regnet, wann's will, und et hört auf, wann's will.

Daniel stand in der Tür, im Licht der Lampe, neben dem kaputten Gartenzwerg. Würde der jemals repariert?

»Und was ist jetzt?«, fragte Daniel.

»Wat soll sein?«

»Darf ich nicht mit zur Kürbisweltmeisterschaft?«

»Dat is keine Weltmeisterschaft. Wat bin ich euch die ganze Zeit am Sagn?«

»Darf ich nicht mit?«

»Hab ich nich gesagt.«

»Dann darf ich mitkommen?«

»Wenne Abstand hälst. Vom Kürbis. Nich datte Leute denkn, ihr gehört zusammn. Der Kürbis kann nix dafür.«

»Ich bin dir doch nicht peinlich, oder?«

Was war los mit ihm? Daniel erkannte sich kaum wieder. Seit wann hatte er eine diebische Freude daran, seinen Vater aus der Fassung zu bringen?

Zusanna hatte angerufen. Endlich. Er hatte es auf seinem Telefon gesehen. Irgendwann gestern. So genau hatte er nicht nachgeschaut.

Das war es. Er hatte die ganze Zeit darauf gewartet. Und jetzt? Was bedeutete das? Er würde zurückrufen müssen. Sie mussten reden. Entscheidungen treffen. Aber nicht heute. Was sollte Daniel sagen? Was wollte er?

Auf der Fahrt würde er das Telefon nicht mitnehmen. Er hatte es in der Küche gelassen.

»Du schämst dich doch nicht für mich, oder?«, wollte Daniel wissen.

Diese diebische Freude. Sein Grinsen wurde breiter.

»Die Beine haste schoma nich dafür«, sagte sein Vater und wandte sich ab.

07:15 Uhr

Andreas war nicht gekommen. Patrizia war nicht überrascht. Aber es war nicht wichtig. Monika war da, die Kinder, Daniel, ihr Vater. Seda saß bereits im Auto. Patrizia würde sich neben sie setzen. Die ganze Fahrt. Bis vor ein paar Tagen hatte sich Patrizia vor den gemeinsamen Momenten mit ihrer Mutter gefürchtet. Viele blieben nicht. Es war keine Zeit mehr, Angst zu haben.

Was würde werden? Mit Seda? Wenn der Kürbis nicht mehr da wäre. Und überhaupt. Mit ihr selbst? Patrizia würde noch ein paar Tage hierbleiben. Vielleicht länger. Was dann? Wahrscheinlich musste sie damit anfangen, sich arbeitslos zu melden. Bereit fühlte sie sich nicht dazu. Sie konnte sich nicht ewig hier verstecken. Ein bisschen schon noch.

In der Straße war wenig Licht, der Himmel über ihnen sahnig, leicht und locker aufgeschlagen die Wolken. Einen Nachtischhimmel hatten sie das früher genannt. Wer? Daniel? Ihre Mutter? Sie selbst? Patrizia war sich nicht sicher. Bei vielem nicht mehr. Der Wind war frisch. Es roch nach Herbst, nach nassem Boden und nassem Laub. Um die Zeit war es fast noch dunkel. Würde die Sonne heute rauskommen?

Sie musste an eine Geschichte denken, die ihre Mutter gerne erzählt hatte. Früher hatte sie mit Daniel oft Schule gespielt und ihm alles beigebracht, was sie selbst gelernt hatte. Ein bisschen Schreiben, etwas Lesen, Plusrechnen. Sogar die Experimente aus dem Sachunterricht hatte sie mit ihrem kleinen Bruder gemacht, wie man einen Tropfen auf einem Groschen platzierte, wie man ein Taschentuch in einem Glas ins Wasser tauchte, ohne dass es dabei nass wurde. Lange war sich Patrizia sicher gewesen, dass sie die Schule von Anfang an heiß und innig geliebt hatte. Anders hatte es für sie nicht sein können. Bis Seda ihr von diesem Tag erzählt hatte, dem Freitag, nachdem sie in die Schule gekommen war. Ihre Mutter hatte aus dem Fenster geguckt, als Patrizia nach Hause kam – mit all ihren Sachen unter dem Arm. Du bist so klein gewesen, hatte Seda gesagt. Und alles hast du dabeigehabt. Deinen riesigen Tornister, den Turnbeutel, den großen Zeichenblock, die Wasserfarben, das blaue Platzdeckchen mit den Sternen, auf dessen Rückseite du deinen Namen geschrieben hast, das Kissen und die Flasche Kakao aus der Pause. Du kannst dir nicht vorstellen, was das für ein Anblick gewesen ist. Dieses kleine Mädchen, das da die Straße entlanggestapft kam, vollbepackt bis obenhin. Dass du genug hast von der Schule, hast du gesagt. Dass du nichts weiter lernen wolltest und deshalb nicht wieder hingehen würdest. Du hast so entschlossen geklungen, so unglaublich entschieden. Da hab ich es mit der Angst bekommen und gleich deine Lehrerin angerufen. Wenn wir das Kind jetzt zwingen, zur Schule zu gehen, wird es ein Schulverweigerer, hab ich ihr gesagt. Ich kenne meine Tochter, glauben Sie mir. Zwingen lässt sie sich nicht. Wir haben lange gesprochen. Zum Glück hattest du eine tolle Lehrerin. Und zum Schluss haben wir vereinbart, dass du erst einmal ohne Tornister und das alles zur Schule gehen darfst. Einfach nur zum Spaß. So hat es geklappt. Ab da hast du es geliebt zu lernen. Damit hat es angefangen. Keine Ahnung, was sonst aus dir geworden wäre.

Patrizia blickte zum Kürbis auf dem Anhänger. Schön war das Ding immer noch nicht, vielleicht ein bisschen weniger hässlich. Sie war müde, fror, und alles tat ihr weh, der Rücken, die Beine, sogar der Hintern. Zu hart war der Boden gewesen, zu kalt die Nacht, sie selbst zu alt, um auf der Erde zu schlafen, zu laut hatte erst Daniel geschnarcht, dann Winfried. Sie bekam kaum die Augen auf. Dumpfer Kopfschmerz klopfte hinter ihrer Stirn. Noch mal brauchte sie so was nicht, aber für dieses eine Mal war es okay gewesen.

»Du schämst dich doch nicht für mich, oder?«, fragte Daniel gerade.

War das ein Grinsen in seinem Gesicht? Machte er sich einen Spaß daraus, ihren Vater zu ärgern? So kannte Patrizia ihn gar nicht. Vielleicht gab es noch Hoffnung. Für ihn. Für sie. Vielleicht.

»Die Beine haste schoma nich dafür.«

»Tante Patti?«, fragte Janne, war näher zu Patrizia getreten, flüsterte.

»Ja?«

»Ich hab das mal gegoogelt.«

»Was?«

»Beschädigte Kürbisse sind vom Wettbewerb ausgeschlossen. Sie sind disqualifiziert. Denkst du, Opa weiß das?«

»Kein Ahnung. Vielleicht.«

»Dann brauchen wir den weiten Weg eigentlich gar nicht zu machen.«

»Nein, brauchen wir eigentlich nicht.«

Danke